KB076415

책벌레의 하극상

사서가 되기 위해서라면 뭐든지 할 수 있어

제 5 부 여신의 화신 IV

카즈키 미야
miya kazuki

길찾기

4부 줄거리

귀족원에서 로제마인은 최우수인 동시에 문제아. 축복으로 마술구의 주인이 되기도 하고 대영주와 디터를 하고, 왕족에게 사랑에 대해 조언을 하고, 검은 마물을 쓰러뜨리고, 채집 장소를 치유하고……. 그러던 중에 페르디난드의 출생 비밀을 알고 있는 중앙 기사단장의 진언 때문에, 페르디난드에게 결혼하라는 왕명이 내려왔다. 그 명령을 받고, 페르디난드는 아렌스바흐로 떠났다.

로제마인

주인공. 조금 성장해서 외모는 9세 정도. 정신은 딱히 달라지지 않았다. 귀족원에서도 책을 읽기 위해서라면 수단을 가리지 않는다. 귀족원 3학년생.

에렌페스트 영주 일족

질베스타

로제마인을 양녀로 삼은 에렌페스트 영주이자 로제마인의 양아버지.

플로렌치아

질베스타의 아내이자 세 아이의 어머니. 로제마인의 양어머니.

빌프리트

질베스타의 아들. 로제마인의 오빠이자 귀족원 3학년생.

샤를로테

질베스타의 딸. 로제마인의 여동생이고 귀족원 2학년생.

멜키오르

질베스타의 아들. 로제마인의 남동생

보니파티우스

질베스타의 숙부. 칼스테드의 아버지. 로제마인의 할아버지.

페르디난드

에렌페스트 영주 일족. 왕명을 받고 아렌스바흐로 갔다.

리카르다
로제마인의 수석 시종.

리젤레타
중급 시종. 안게리카의
동생.

브륀힐데
상급 견습 시종. 5학
년생.

그레티아
중급 견습 시종. 4학년
생. 이름을 바쳤다.

하르트무트
상급 문관이자 신관장.
오틸리에의 아들.

뮤리엘라
중급 견습 문관. 5학년
생. 이름을 바쳤다.

로데리히
중급 견습 문관. 3학년
생. 이름을 바쳤다.

필리느
하급 견습 문관. 3학
년생.

코르넬리우스
상급 호위기사. 칼스테
드의 아들.

레오노레
상급 호위기사. 코르넬
리우스의 약혼자.

안게리카
중급 호위기사. 리젤레
타의 언니.

마티아스
중급 견습 기사. 5학년
생. 이름을 바쳤다.

라우렌츠
중급 견습 기사. 4학년
생. 이름을 바쳤다.

유디트
중급 견습 호위기사. 4
학년생.

테오도르
중급 견습 호위기사. 1학
년생. 귀족원 한정 측근.

다무엘
하급 호위기사.

오틸리에 ····· 상급 시종. 하르트무트의 어머니.

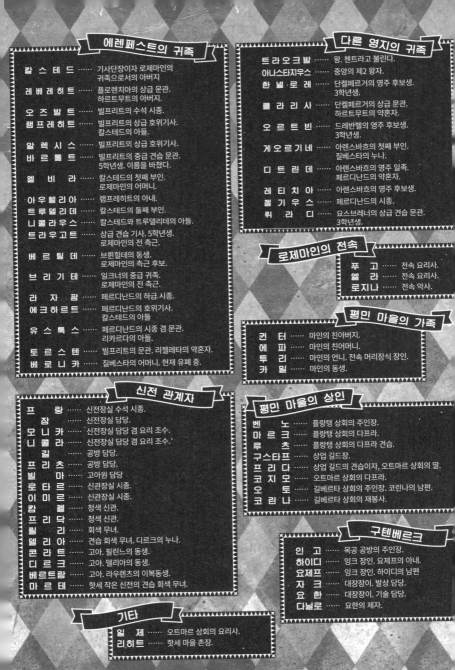

에렌페스트의 귀족

칼스테드 ····· 기사단장이자 로제마인의 귀족으로서의 아버지
레베레히트 ····· 플로렌치아의 상급 문관. 하르트무트의 아버지.
오즈발트 ····· 빌프리트의 수석 시종.
램프레히트 ····· 빌프리트의 상급 호위기사. 칼스테드의 아들.
알렉시스 ····· 빌프리트의 상급 호위기사.
바르톨트 ····· 빌프리트의 중급 견습 문관. 5학년생. 이름을 바쳤다.
엘비라 ····· 칼스테드의 첫째 부인. 로제마인의 어머니.
아우렐리아 ····· 램프레히트의 아내.
트루델리데 ····· 칼스테드의 둘째 부인.
니콜라우스 ····· 칼스테드와 트루델리데의 아들.
트라우고트 ····· 상급 견습 기사. 5학년생. 로제마인의 전 측근.
베르틸데 ····· 브륀힐데의 동생. 로제마인의 측근 후보.
브리기테 ····· 일크너의 중급 귀족. 로제마인의 전 측근.
라자팜 ····· 페르디난드의 하급 시종.
에크하르트 ····· 페르디난드의 호위기사. 칼스테드의 아들
유스톡스 ····· 페르디난드의 시종 겸 문관. 리카르다의 아들.
토르스텐 ····· 빌프리트의 문관. 리젤레타의 약혼자.
베로니카 ····· 질베스타의 어머니. 현재 유폐 중.

다른 영지의 귀족

트라오크발 ····· 왕. 첸트라고 불린다.
아나스타지우스 ····· 중앙의 제2 왕자.
한넬로레 ····· 단켈페르거의 영주 후보생. 3학년생.
클라리사 ····· 단켈페르거의 상급 문관. 하르트무트의 약혼자.
오르트빈 ····· 드레반헬의 영주 후보생. 3학년생.
게오르기네 ····· 아렌스바흐의 첫째 부인. 질베스타의 누나.
디트린데 ····· 아렌스바흐의 영주 일족. 페르디난드의 약혼자.
레티치아 ····· 아렌스바흐의 영주 후보생.
젤기우스 ····· 페르디난드의 시종.
뤼라디 ····· 요스브레너의 상급 견습 문관. 3학년생.

로제마인의 전속

푸고 ····· 전속 요리사.
엘라 ····· 전속 요리사.
로지나 ····· 전속 악사.

평민 마을의 가족

귄터 ····· 마인의 친아버지.
에파 ····· 마인의 친어머니.
투리 ····· 마인의 언니. 전속 머리장식 장인.
카밀 ····· 마인의 동생.

신전 관계자

프랑 ····· 신전장실 수석 시종.
잠 ····· 신전장실 담당.
모니카 ····· 신전장실 담당 겸 요리 조수.
니콜라 ····· 신전장실 담당 겸 요리 조수.
길 ····· 공방 담당.
프리츠 ····· 공방 담당.
빌마 ····· 고아원 담당.
로타르 ····· 신관장실 시종.
이미르 ····· 신관장실 시종.
캄펠 ····· 청색 신관.
프리다 ····· 청색 신관.
릴리 ····· 회색 무녀.
델리아 ····· 견습 회색 무녀. 디르크의 누나.
콘라트 ····· 고아. 필린느의 동생.
디르크 ····· 고아. 델리아의 동생.
베르트람 ····· 고아. 라우렌츠의 이복동생.
마르테 ····· 핫세 작은 신전의 견습 회색 무녀.

평민 마을의 상인

벤노 ····· 플랑탱 상회의 주인장.
마르크 ····· 플랑탱 상회의 다프라.
루츠 ····· 플랑탱 상회의 다프라 견습.
구스타프 ····· 상업 길드장.
프리다 ····· 상업 길드의 견습이자, 오트마르 상회의 딸.
코지모 ····· 오트마르 상회의 다프라.
오토 ····· 길베르타 상회의 주인장. 코린나의 남편.
코린나 ····· 길베르타 상회의 재봉사.

구텐베르크

인고 ····· 목공 공방의 주인장.
하이디 ····· 잉크 장인. 요제프의 아내.
요제프 ····· 잉크 장인. 하이디의 남편
자크 ····· 대장장이. 발상 담당.
요한 ····· 대장장이. 기술 담당.
다닐로 ····· 요한의 제자.

기타

일제 ····· 오트마르 상회의 요리사.
리히트 ····· 핫세 마을 촌장.

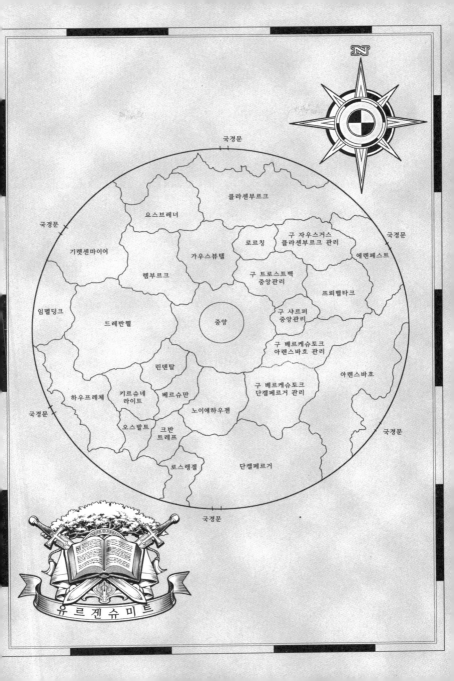

제5부 **여신의 화신 Ⅳ**

일러스트 시이나 유우　**지도제작** 후지시로 요　**번역** 김정규
디자인 백진화　**편집** 정성학 김일철　**교정** 김보람　**마케팅** 이수빈

제 5 부

여신의 화신 Ⅳ

프롤로그

겨울의 주인 토벌이 끝나자 눈보라가 그쳤다. 오랜만에 맑은 하늘이 나타나자 회랑도 정말 밝았다. 겨우 햇살이 들어올 뿐인데 마음마저 가벼워진 것 같다. 램프레히트는 그런 생각을 하면서 서둘러 기사단장실로 향했다.

……휴가 이야기라면 좋겠는데…….

겨울 초반에 갑자기 예정이 앞당겨진 숙청과 겨울의 주인 토벌. 양쪽 모두에 관여했던 기사들은 매우 바빠서 대부분이 숙소에 발이 묶여서 집에도 제대로 가 보지 못하는 상태였다. 영주 일족의 호위기사인 램프레히트는 '너희는 주인께서 귀족원에 가 계시니 할 일도 없어서 한가할 테지'라는 말과 함께 부친인 칼스테드가 평소보다 훨씬 험하게 부려 먹었다. 예외는 로제마인의 호위기사들이겠지. 그 사람들은 바쁜 와중에도 휴가를 받았던 것 같다. 얼굴을 못 본 날이 몇 번이나 있었다.

……출산 때만 귀가 허가가 나온다는 건 예상 밖이었다. 아우렐리아의 출산은 숨기기로 했다지만, 아버님이 기사단장이니까 코르넬리우스 같은 애들한테 휴가를 주는 김에 나한테도 융통성을 발휘해 줘도 좋지 않을까.

예년 같으면 주인께서 귀족원에 가 계신 동안에는 겨울의 주인 토벌 기간을 제외하면 휴가를 받기가 수월했다. 하지만 현실은 램프레히트의 예상대로 흘러가지 않았다. 숙청이 겨울 초반으로 앞당겨져서 행해졌고, 겨울의 주인 토벌은 인원이 줄어든 상태에서 강행했다. 그래서 가혹한 겨울이 됐고, 겨울의 주인을 토벌한 뒤에는 하급 기사들부터 순서대로 휴가를 줬기 때문에 람프레히트는 지금까지도 집에 돌아가지 못했다.

"실례하겠습니다."

기사단장실에 들어갔더니 지칠 대로 지친 얼굴의 칼스테드가 손에 들고 있던 목패를 살짝 흔들어 보였다.

"람프레히트, 너에게 내일부터 이틀 동안 휴가를 주겠다. 얼마 안 되는 시간이지만 가족들과 지내도록 해라. 북쪽 별채에는 이걸 보여 주도록."

"예!"

칼스테드가 내민 목패에는 기사단장 명의로 휴가 명령서가 적혀 있었다. 람프레히트는 목패를 받으면서도 약간 원망하는 눈으로 칼스테드를 봤다.

"로제마인의 호위기사들에게는 몇 번이나 휴가를 주시지 않았습니까. 저에게도 휴가를 더 주셨으면 싶었습니다."

"멍청한 놈. 코르넬리우스 등은 아우브와 신관장 하르트무트의 요청으로 제사를 위해 신전에 틀어박힐 필요가 있었기 때문에 훈련을 면제시켰을 뿐이다. 휴가가 아니었다."

올해는 주인인 로제마인이 귀환하지 않아서 호위기사들이 신전에 갈 필요도 없다고 생각했었다. 하지만 귀환하지 않은 주인의 빈 구멍을 측근들이 메워야 한다는 것 같다.

"영주 일족의 호위기사에게 청색 신관 노릇을 시키면 좋은 소리를 못 듣겠지? 그래서 훈련을 면제해 준 이유에 대해서는 굳이 말하지 않앗는데, 일이 귀찮아진 것 같다. 로제마인 님의 호위기사들을 편애한다거나 그 녀석들만 몇 번이나 휴가를 챙겨 준다고 여기게 되면 통제에 문제가 생길 수 있다. 정말이지, 골치 아픈 일이다."

칼스테드는 미간을 주무르는 것처럼 손가락으로 눌렀다.

"하지만, 첸트도 제사의 유용성을 인정하시는 것 같으니까, 그나마 체면은 챙길 수 있겠지?"

그러고 보니 겨울의 주인 토벌에서 돌아왔을 때, '귀족원에서 제사를 치를 테니까 빌프리트 님의 의식용 의상을 준비하라는 명령이 날아와서 갑자기 준비하느라 정말 힘들었다'고 시종이 투덜거리는 소리를 들은 것 같다. 귀족원에서는 로제마인의 폭주가 심하다고 주인들의 보고에 적혀 있었다.

……기사단 관련은 물론이고 로제마인의 동향에도 주의를 기울이고 있는 건가. 아버님도 정말 힘드시겠구나.

램프레히트는 그제야 처음으로 아버지의 얼굴을 자세히 봤다. 피곤한 기색이 심하다. 하급 기사들부터 순서대로 휴가를 주고 있었으니, 정작 기사단장인 칼스테드는 램프레히트보다도 못 쉬었겠지. 오랜 기간 업무를 보기 위해 숙소에서 휴양하는 시간은 확보하고 있겠지만, 어쨌거나 집에 가지 못했다는 건 틀림없다.

"기사단장님도 빨리 휴가를 가실 수 있으면 좋겠군요."

"그래, 영지 대항전 전에는 한 번쯤 가고 싶구나. ……나도 집에 가는 날을 기대하고 있다."

아무래도 첫 손주를 만나는 날을 기대하고 계시는 것 같다. 살짝 덧붙인 말에 씁쓸하게 웃으며 램프레히트는 기사단장실에서 나와서 그대로 휴가 명령 목패를 가지고 북쪽 별채로 향했다.

"이제야 휴가를 받으셨나요? 잘됐네요."

"램프레히트도 푹 쉬고 오세요."

빌프리트의 측근 방에서 목패를 제출하고 휴가를 알렸더니 동료 측근들이 이제야 휴가를 받은 램프레히트에게 수고했다는 말을 해 줬다. 시종과 문관들은 비교적 간단히 휴가를 받을 수 있었다.

웃는 얼굴로 대답하면서 휴가 절차를 마친 램프레히트는 아내 아우렐리아와 어머니 엘비라에게 휴가를 받았다는 사실을 알리는 올도난츠를 보냈다. 두 사람은 바로 답장을 보내왔다.

"엘비라입니다. 지금 아우렐리아는 제 관리하에 있습니다. 오늘은 본관으로 오세요. 그리고 저의 집에 싸움의 기척이나 피 냄새를 들이고 싶지는 않습니다. 숙소에서 깨끗이 씻고, 옷을 갈아입은 뒤에 오도록 하세요."

"아우렐리아입니다. 오시기를 기다리고 있습니다."

두 사람이 보내온 올도난츠를 들은 동료 측근들은 "우와", 하고 살짝 어깨를 으쓱거렸다.

"엘비라 님은 참 무섭네. 아렌스바흐에서 온 며느리를 관리하에 두고 계시는 건가……."

"기사단장님 제1 부인인데 싸움의 기척이나 피 냄새를 싫어하시는 건가."

제각기 말하는 사람들에게 램프레히트는 살짝 한숨을 쉬고서 말했다.

"아우렐리아한테 독하게 대하고 있다는 것처럼 들릴지도 모르지만, 아렌스바흐에서 온 집사람이 의심받지 않도록 하기 위해서야. 안전하게 지내려면 어머님 관리하에 있는 쪽이 좋으니까."

아렌스바흐에서 아우렐리아와 함께 온 베티나는 기베 뷜토르의 아들과 결혼했다. 남편 가족이 게오르기네에게 이름을 바쳤던 일과 더불어 그녀 자신이 아렌스바흐의 친정 식구를 통해서 게오르기네와 내통했던 것이 발각된 탓에 결국 체포돼 처형당했다.

아우렐리아는 시집온 뒤로 계속 엘비라의 관리하에 있었고, 교류 상대를 전부 엘비라에게 맡겼으며 아렌스바흐나 구 베로니카 파벌과의 교류가 전혀 없었기 때문에 기사단에 연행돼서 심문당한 일도 없었다고 들었다.

그리고…… 싸움의 기척과 피 냄새를 들이지 말라는 어머니의 말씀은, 아기 때문이겠지.

램프레히트의 자식이 태어나면서 할머니가 됐다. 엘비라가 아우렐리아와 아기를 지키기 위해 분투하고 있다는 느낌이 전해져 온다.

"너무 심한 게 아닐까. 그렇게까지 엄격하게 관리하지 않아도, 램프레히트의 아내가 잡혀갈 일은 없을 텐데. 차기 영주 빌프리트 님의 호위기사 가족이잖아. 우리도 베로니카 님께 가담한 죄로 잡혀가도 이상하지 않을 처지인데, 빌프리트 님의 측근은 아무도 안 잡혀갔잖아."

영주 부부의 측근은 몇 명이나 해임당하기도 하고 잡혀가서 처벌당하기도 했지만, 빌프리트의 측근은 아직 아무도 잡혀가지 않았다. 동료들은 낙관하기도 하고, 일부러 현실에서 눈을 돌리려는 것인지 주인에게 자기 가족에 대해 부탁하겠다고 말하고 있다.

……측근 해임은 주인이 하는 일이다. 빌프리트 님이 귀환하면 죄에 따른 처벌이 정해지는 것은 아닐까?

램프레히트는 도저히 낙관할 수가 없었다. 하지만 도망치거나 혼란에 빠지는 자가 생기지 않도록 하기 위해서라도 쓸데없는 추측을 입에 담을 생각은 없었다.

　램프레히트는 엘비라가 말한 대로 숙소에서 옷을 갈아입은 뒤에 기수에 올라탔다. 겨울 공기가 살을 에는 것처럼 차갑지만, 오랜만에 쾌청한 날씨. 햇볕이 따뜻하게 느껴진다.

　"다녀오셨습니까."

　"다녀왔습니다. ……어라? 베일을 벗은 거야?"

　맞이해 준 사람은 엘비라와 아우렐리아. 그런데, 아내의 얼굴에 베일이 보이지 않는다.

　"아이가 어머니 얼굴을 알아봐야 하지 않겠느냐고 꾸중하셔서……."

　"그렇군. 아들은 어디 있지?"

　램프레히트에게는 출산에 입회한 이후 처음으로 집에 돌아왔다. 아이 얼굴을 보기를 너무나 기대했기 때문에 아들이 마중 나오지 않은 것이 너무나 불만이었다.

　"마음은 알겠지만, 식사를 마칠 때까지 기다리세요. 아우렐리아가 저녁을 같이할 수 있도록 여러모로 조정했으니. 아우렐리아와 유모들의 노력을 헛되게 만들면 용서하지 않겠습니다."

　마력 관계상 아기에게 젖을 먹이는 것은 어머니의 역할이다. 그 정도는 램프레히트도 알고 있다. 하지만 부부가 같이 저녁 식사를 하기 위해 시간을 맞추는 데도 노력이 필요하다는 것은 몰랐다.

　"우리 가문의 후계자는 무럭무럭 자라고 있습니다. 안심하세요. 자, 식당으로 갑시다. 서둘러서 식사를 마쳐야지."

　후계자가 정식으로 정해진 것은 에크하르트가 아렌스바흐로 가는 것이 정해진 때였다. 램프레히트와 코르넬리우스 중 한 사람이 에크하르트의 집을 물려받아 당분간 그의 짐들을 관리해야 하는 상황이 됐다. 그때, 누가 집에서 나갈지를 두고 의논했다.

코르넬리우스와 레오노레는 라이제강계 귀족에게 상당히 좋은 혼처였기 때문에 친족들이 후계자가 되기를 바라고 있었다. 친족 중에는 후계자의 제1 부인이 아렌스바흐 출신의 아우렐리아는 아닌 것 같다고 투덜대는 이도 있었고. 친해지기 힘든 친족들과 교류해야만 하는 아내가 고생할 것이 뻔하기에, 딱히 후계자가 되기를 바라지도 않았다. 그래서 램프레히트는 자신들이 집에서 나오고 코르넬리우스 쪽이 별채에서 살면 좋겠다고 제안했다.

하지만 엘비라가 허락하지 않았다.

"숙청 전후에 아렌스바흐 출신인 아우렐리아가 기사단장의 집에 있는가 아닌가에 따라 주위 사람들의 보는 눈이 달라집니다. 후계자 따위는 램프레히트건 코르넬리우스건 상관없습니다. 다른 영지에서 시집온 데다 산달이 얼마 남지 않은 아우렐리아의 입장과 안전을 최우선으로 생각하세요."

램프레히트 부부를 내보내는 쪽이 더 편하고 친족들도 만족시킬 수 있다. 그런데도 엘비라는 아우렐리아와 앞으로 태어날 아이의 안전을 우선했다. 그 선택은 램프레히트에게 너무나 마음 든든한 것이었고, 숙청과 겨울의 주인 토벌 때문에 집에 돌아가지 못해도 처자식이 안전하리라는 믿음을 줬다.

"지금 아우렐리아가 본관 객실에서 지내고 있을 줄은 몰랐습니다."

"별채는 위험하니까요."

처벌당하게 된 구 베로니카 파벌과 게오르기네와 관계가 깊었던 이들로부터 기사단장 일가 안에 있는 아렌스바흐 출신의 아우렐리아에게 면회 요청이 들어와 있다는 것 같다. 어떤 불똥이 튀어서 아우렐리아 자신이 의심받게 될지 모르는 일이다. 안전을 고려해서 생활 터전을 본관으로 옮기고 면회 의뢰는 엘비라의 이름으로 전부 거절하고 있다는 모양이다.

"아우렐리아는 무섭지 않았고?"

"예. 저도 아들도 평온하게 지내고 있습니다. 실은 출산 직후에 기사단 쪽에서 사정 청취를 위한 호출이 있었다는 것 같습니다만, 그것도 거절했습니다. 나중에 당신 쪽에서도 감사하다는 인사를 해 주세요."

아우렐리아의 생활과 사람들과의 교류를 전부 엘비라의 관리하에 둔 덕분에 기사단의 호출도 회피할 수 있었던 듯하다. 아우렐리아의 사정을 잘 알고 있는 칼스테드가 직권 남용까지 해 가며 상당히 고생해서 힘을 써 준 것으로 보인다. 자세한 뒷사정을 안 램프레히트는 가슴을 쓸어내리고는 엘비라에게 고맙다는 말을 했다.

"인사는 됐습니다. 그보다 그 숙청 때문에 구 베로니카 파벌, 특히 아렌스바흐 출신들에 대한 시선이 상당히 안 좋아졌다는 것은 잘 알고 있겠죠?"

"예. 영주 부부를 섬기던 구 베로니카 파벌 측근 중에도 잡혀간 자가 있다고 들었습니다."

"그래요. 죄를 저지른 자가 잡혀가는 것은 당연한 일. 하지만 그 주변 사람들에게는 너무나 괴로운 시기가 되겠죠. 실은 트루델리데도 잡혀갔습니다. 그 사람은 베로니카 님의 시종이었던 것을 자랑으로 삼으며 여러 일을 저질렀으니까요."

트루델리데는 칼스테드가 베로니카의 명령으로 들인 둘째 부인이다. 그녀의 언동에 진력났던 첫째 부인 엘비라는 이번 숙청을 틈타서 트루델리데가 베로니카의 앞잡이로서 저질러 왔던 죄에 관한 여러 증거를 기사단에 제출했다는 모양이다.

"트루델리데의 아들 니콜라우스는 성의 어린이 방에서 지내고 있습니다. 배다른 동생이라는 입장을 이용해서 로제마인에게 다가가지 않도록 잘 지켜보도록 하세요. 로제마인은 연하에게 약한 구석이 있다는 코르넬리우스의 보고가 있었습니다. 니콜라우스를 돕기 위해서 트루델리데를 구해 달라느니 감형해 달라고 하거나 니콜라우스를 본관에서 거둬 주기를 바란다고 하면 곤란합니다."

로제마인은 자기 시야에 들어오는 사람은 누가 됐건 구해 주려 하는 구석이 있다. 하지만, 구 베로니카 파벌 귀족들이 그 점을 노리면 틀림없이 귀찮은 일로 발전해 버릴 것이다. 그러나 로제마인에 대한 주의는 측근인 코르넬리우스와 동료들의 일이다. 램프레히트가 로제마인에게 관여할 일은 거의 없다.

"저도 결혼 전에는 디트린데 님의 호위기사였으니까 몸 상태만 좋다면 귀족원에도 들어가지 않은 아이에게는 질 리가 없지만, 지금은…… 몸이 이래서 말이죠."

"아우렐리아가 무리할 일은 없습니다. 로제마인에게 주의하라고 해 두겠습니다. 저도 니콜라우스를 본관에 들이고 싶지는 않으니까요."

니콜라우스는 견습 기사로서 훈련을 시작했고 체격도 좋은 편이다. 갓 태어난 아기나 출산 직후라서 제대로 움직일 수도 없는 아우렐리아에게 다가가게 두고 싶지는 않다고 램프레히트도 생각했다.

"그리고 트루델리데가 지내던 별채는 폐쇄했습니다. 거기서 일하던 이들도 이미 전부 해산했고. 누구 하나 본관에는 들이지 않았습니다."

"겨울에 갑자기 해고당했으니, 하인들은 꽤 곤혹스러워하지 않았을까요?"

트루델리데에게 고용되어 별채에서 겨울을 날 생각이었던 평민 하인들은 겨울을 날 준비도 제대로 못 했을 텐데. 램프레히트는 차가운 겨울 하늘 아래로 쫓겨난 그 사람들을 불쌍하다고 여겼지만 엘비라는 살짝 한숨을 쉬고는 "어쩔 수 없는 일이죠"라고 딱 잘라 말했다.

"성에서 기사단이 체포한 이들을 돌볼 사람들을 모집하고 있었기에, 그쪽으로 가라고 권했습니다. 그 이상은 제가 관여할 일이 아닙니다. 트루델리데의 손이 닿은 자를 본관에 들일 수는 없으니까요. 제 역할은 이 집과 아들의 아내, 손자를 지키는 것입니다."

우선순위를 명확하게 하고, 조금이라도 위험한 존재는 제거한다. 조금 매몰차기는 하지만, 기사단장의 제1 부인답게 위기관리는 완벽했다.

"이런 정세니까 아우렐리아의 출산은 친족들에게도 숨기기로 했습니다. 부모가 된 당신들도 갓 태어난 아이도 불쌍하기는 하지만, 세례식 때까지는 따로 축하연을 열지도 않겠습니다."

아이가 태어나고 마력을 확인한 뒤, 관계가 좋은 친족에게는 그 소식을 알리고 축하연을 여는 법이다. 하지만 이번에는 출산을 숨기겠다고 말했다. 걱정이 과한 것은 아닌가 싶기도 하지만, 그 덕분에 램프레히트는 기사단 일 때문에 꼼짝을 못 하는 상황에서도 처자식의 안전을 걱정하지 않아도 되었다.

"램프레히트 님, 로제마인 님께 보고를 부탁드려도 될까요?"

아우렐리아가 작은 목소리로 말했다.

"로제마인 님은 그 아이가 태어나는 것을 매우 기대하셨고, 저에게도 정말 잘 해 주셨습니다. 당신이 직접 소식을 전해 주세요."

시집왔을 때 말을 걸어 주고, 새로운 천의 유행을 만드는 자리에서 같이 있어 주고, 임신 중에 고향의 생선 요리를 대접해 주는 등등 아우렐리아를 많이 배려해 줬다. 로제마인에게 알려 주고 싶어 하는 마음은 이해한다.

"내가 성에서 슬쩍 이야기하는 것보다, 로제마인을 이리로 부르는 게 좋지 않을까? 어머님이 부르시면 아기의 존재가 주위에 알려질 위험도 낮을 것 같은데……."

램프레히트는 그렇게 말하면서 어머니의 눈치를 살폈다. 생글생글 미소를 지으며 엘비라가 "안 됩니다"라고 딱 잘라서 말했다.

"구 베로니카 파벌 귀족들이 로제마인과 아우렐리아와의 친교를 알아차리지 못하게 하기 위해서라도, 그리고 그 아이를 차기 영주로 삼으려고 움직이는 라이제강계 귀족들이 쓸데없는 기대를 품지 못하도록 하기 위해서라도 지금은 로제마인을 이곳에 가까이하지 않는 쪽이 좋습니다."

앞쪽 이유는 그렇다 치고, 뒤쪽 이유는 그냥 넘어갈 수가 없다. 램프레히트는 생각도 못 했던 말을 듣고서 눈이 휘둥그레졌다.

"라이제강계 귀족이 어째서? 약혼을 통해서 차기 영주는 빌프리트 님에 제1 부인은 로제마인으로 정해졌고, 그것으로 수긍한 게 아니었습니까?"

"숙청 덕분에 오랜 원한을 풀었다고 좋아하시던 전 기베 라이제강

이 얼마 전에 멀고 높은 곳으로 이어진 계단을 오르셨습니다."

"증조부님이……?"

그건 처음 듣는 이야기였다. 램프레히트는 숙청에서 처형당한 자와 처벌받은 이에 대해서는 영주 일족의 호위기사로서 알고 있었다. 하지만, 그 외에 사망한 사람에 대해서는 전혀 모르고 있었다. 올겨울에 사교가 얼마나 부족했는지를 실감했다.

"빌프리트 님이 차기 영주가 되는 것을 가장 꺼리던 증조부님이 멀고 높은 곳에 오르셨는데, 어째서 또 로제마인이 차기 영주가 되기를 바라는 겁니까?!"

"숙청으로 숙적을 처치했다고 생각한 그분의 마지막 바람이 로제마인을 차기 영주로 삼는 것이었기 때문입니다. 노인들이 의기충천해 있고, 베로니카 님 때문에 잃은 것을 되찾겠다고 생각하는 이도 있는 것 같습니다."

엘비라는 귀찮다는 듯 한숨을 쉬었다. 부모님은 여전히 로제마인을 차기 영주로 삼을 생각이 없다. 친족들의 요구에 응하는 일도 없을 터다.

"그나저나 베로니카 님과 그 주변인들이 저지른 일과 아우브 및 빌프리트 님은 상관없지 않습니까. 갖은 방법으로 라이제강계 귀족들을 괴롭혀 온 베로니카 님과 자기 파벌을 잘라 버려서라도 자기 영지의 고름을 짜내려고 하는 영주 일족을 똑같이 취급하는 것은 참을 수 없습니다."

램프레히트로서는 당연한 주장을 엘비라는 웃음으로 넘겨 버렸다.

"어머나, 무슨 말인가요? 이번 숙청에서는 본인은 죄가 없어도 친족이 죄를 저지른 탓에 잡혀간 이들이 잔뜩 있지 않습니까?"

귀족원 학생들은 이름을 바쳐서 연좌를 면했지만, 면하지 못한 어른들이 있다. 처형까지는 가지 않았어도 벌을 받은 이들도 많다. 그렇다면 베로니카의 혈연인 영주 일족도 똑같이 보지 않겠느냐고 엘비라가 말했다.

　"하지만, 베로니카 님이 실각한 지 벌써 몇 년이나 지났는데……."

　"노인들이 느끼는 시간과 당신이 느끼는 시간이 똑같다고 생각하지 않는 게 좋습니다."

　인생의 비율로 생각해 보면 노인들에게 6년은 램프레히트에게는 2년 정도의 감각이라고 어머니가 날카로운 눈빛으로 말했다. 그리고 베로니카 때문에 30년 넘게 힘든 시간을 보내 왔다고도 말했다. 자신이 태어나기도 훨씬 전부터라는 말을 들은 램프레히트는 그 기나긴 시간과 깊은 분노를 생각하니 현기증이 날 지경이었다.

　"그리고 질베스타 님이 영주로 취임하자마자 베로니카 님을 실각시켰다면 모를까, 묵인했던 기간이 길었지 않습니까. 게다가 빌프리트 님의 세례식을 베로니카 님이 주관했습니다. 별개라고 생각하는 귀족은 많지 않겠죠."

　평소에 빌프리트를 곁에서 모시던 때는 전혀 생각해 본 적이 없는 일이었다. 램프레히트도 베로니카의 괴롭힘을 받기는 했지만, 기간이 짧았던 탓인지 낙관적인 성격 탓인지 라이제강계 귀족들이 그렇게까지 오랜 시간 동안 그만큼 깊은 분노를 계속 품고 있는 이유를 이해할 수 없었다.

　"지금까지 해 온 일은 그렇다 치더라도, 자기 파벌을 잘라 버리면서까지 이번 숙청을 행한 아우브의 행동을 저는 높이 평가하고 있습니다. 하지만 그 숙청 덕분에 최대 세력이 된 라이제강계에 저항하기 힘들게 된 것 또한 사실입니다. 영주 일족의 결속을 강화할 필요가 있 겠죠."

램프레히트 입장에서 보면 영주 일족은 이미 굳게 결속해 있다. 더 이상 어떻게 할 도리가 없을 정도로 보인다. 거만해진 라이제강계 귀 족들을 어떻게든 해야 한다고 말했던 동료 측근들의 목소리가 머릿속 에 떠올랐다.

"아무리 시간이 지나도 아우브와 빌프리트 님에게는 베로니카 님 의 그림자가 따라다닐 것입니다. 반대로, 아무리 멀리하려고 해도 로 제마인에게는 라이제강계가 따라다니게 됩니다."

"그렇다면, 차라리 로제마인에게 라이제강계 귀족들을 이끌게 하 면……."

램프레히트는 측근 동료들이 했던 말을 그대로 따라 했을 뿐이었는 데, 아무래도 너무 안이하게 생각했던 것 같다. 엘비라의 눈빛이 날카 로워졌다.

"바보 같은 소리는 하지도 마세요. 세례식 때까지 신전에서 자라고, 양자의 연을 맺은 뒤에도 라이제강계 귀족에게 흡수되는 것을 우려한 아우브와 우리의 방침에 따라 친족들과 제대로 된 교류를 갖지도 않 은 그 아이에게 대체 뭘 기대하는 겁니까?"

차갑고 매정한 말이었다. 램프레히트는 필사적으로 어머니의 진노 를 회피할 수 있을 말을 찾았다. 여기서 엘비라의 심기를 건드려서 비 협조적으로 되기라도 하면 큰일이다. 램프레히트는 그걸 아주 잘 알 고 있다. 앞으로 라이제강계 귀족들의 정보를 얻거나 빌프리트를 위 해 움직일 때 아주 곤란해진다.

"아……. 아니, 그러니까, 로제마인이 선두에 서서 널리 보급하고 있는 인쇄업은 처음에는 측근이었던 브리기테를 내세워서 했었지만, 그것 말고는 전부 친족 기베들의 토지들과 함께 일하고 있지 않습니까. 그러면서 친족들과 교류를 다지고 있을 거라고 생각해서……."

"그렇다면, 인쇄업의 대표로서 각지를 찾아가는 빌프리트 님은 로제마인과 같은 빈도로 라이제강계 귀족과 교류하고 있다고도 할 수 있겠죠. 그리고 당신도 호위기사로서 같이 다녔으니까, 친족들과 꽤나 깊은 교류 관계를 맺고 있겠군요."

이번에야말로 램프레히트는 말문이 막혔다. 인쇄업을 시작할 준비가 되어 있는지 최종 확인을 하기 위해 그는 빌프리트와 함께 기베의 토지를 찾아갔다. 하지만 호위기사로서 찾아갔을 뿐이고, 친족으로의 교류는 한 적이 없다.

……로제마인도 똑같다는 뜻인가.

"정말이지……. 어릴적부터 해 온 교류를 생각하면 로제마인보다 램프레히트 쪽이 친족들과 훨씬 친밀합니다. 행여나 빌프리트 님이 라이제강계 귀족들과 교류를 바란다고 해도 그 아이에게 의지해서는 안 됩니다. 당신이 앞으로 나서도록 하세요."

램프레히트가 빌프리트의 측근이 된 뒤로 라이제강계 귀족 친족들과는 그다지 교류를 갖지 않았다. 아렌스바흐 출신 아우렐리아와 결혼한 뒤에는 더더욱 그랬고. 앞으로 나서라고 해도 곤란하다. 하지만 아우렐리아 앞에서 그런 말을 할 수는 없다. 틀림없이 자신과 결혼한 탓이라고 생각할 테니까.

"우리가 로제마인에게 친족과 거리를 두게 한 것은 그 아이가 차기 영주가 되지 않도록 하기 위해서입니다. 그런 아이에게 친족과 가까이 지내기를 바라다니, 빌프리트 님의 측근들은 아직까지도 어리석은 데다 정보 수집도 생각도 포기해 버린 상태라는 뜻인가요?"

"아뇨, 설마……."

실체를 따져 보면 아마도 엘비라의 말이 맞겠지만, 그렇다고 여기서 고개를 끄덕일 수는 없었다. 약혼을 통해 빌프리트가 차기 영주가 되는 것이 확실하게 보장된 뒤로는, 정보 수집도 예전만큼 성실하게 하지 않는 것 같았다.

"어떻게 정보를 모으고 어떻게 섬길지는 당신이 생각할 일입니다. 하지만 구 베로니카 파벌이 궁지에 몰린 지금, 당신은 또 힘든 처지에 놓이게 되겠죠. 빌프리트 님이 고려해 주시면 좋겠지만, 아무래도 그 분은 구 베로니카 파벌 편을 들 것 같으니까."

주위 귀족들이 아무리 빌프리트를 구 베로니카 파벌처럼 취급해도 빌프리트 자신은 세례식을 치르고 얼마 지나지 않아서 베로니카와 떨어졌다. 그 뒤로 6년 동안은 영주 부부의 방침에 따라 살아왔고. 게다가 특정한 파벌을 편애할 성격도 아니다.

"제 주인은 그렇게 어리석지 않으십니다. 그리고 의견을 말하면 귀를 기울여 주시는 솔직한 성품을 지니셨습니다."

램프레히트가 딱 잘라서 말했더니, 엘비라는 "그렇구나"라고 말하고는 천천히 한숨을 쉬었다.

"그렇다면, 빌프리트 님을 설득하는 일은 당신에게 맡기겠습니다. 라이제강계 귀족들에게 틈을 보이게 될 테니, 파벌 관계 조정에 로제마인을 이용하는 것은 허락하지 않겠습니다."

확실하게 못을 박자 램프레히트는 한숨을 쉬고 싶어졌다. 엘비라 몰래 협력받기 위해서라도 코르넬리우스, 로제마인과 상담할 필요가 있을 것 같다.

"반드시 조심해야 합니다. 곤란하게도 보니파티우스 님이 포섭당할 것 같습니다. 아무래도, 무슨 수를 써서든 로제마인이 신전에 관여하지 않게 하려는 것 같더군요……."

"할아버지께서?"

"그래요. 보니파티우스 님의 협력을 얻을 수 있다고 거만해진 과격파가 빌프리트 님을 배제할 가능성도 있습니다. 하얀 탑 관련으로 오점이 생긴 그분이 차기 영주라는 입장이 된 것은 로제마인과 약혼했기 때문입니다. 빌프리트 님만 없어지면 로제마인이 차기 영주에 가장 걸맞은 사람이 되는 것은 누가 보기에도 명백하니까요."

램프레히트는 식은땀이 확 솟아 나오는 것을 느꼈다. 보니파티우스가 적대할 가능성은 단 한 번도 생각해 본 적이 없었다. 정말 큰일이 날 것 같다.

"지금은 라이제강계 귀족들을 자극하지 않는 것을 최우선으로 생각하며 행동하도록 빌프리트 님께 충고하세요. 최소한 모든 처벌을 마친 영주 부부가 자기 측근들을 재편성할 때까지만이라도. 아니면, 라이제강계 귀족이 포기할 수밖에 없는 로제마인과의 혼인 때까지……."

램프레히트는 어머니의 충고에 고개를 끄덕였다. 영주 부부가 측근들을 재편성할 때까지라면 그렇게 오래 걸리지는 않겠지.

"잠시 괜찮겠습니까? 아우렐리아 님, 도련님이 배가 고프신 것 같습니다."

저녁 식사가 끝나기 전에 아기 상태를 보고 있던 유모가 아우렐리아를 부르러 왔다. 정말로 마음 놓고 식사도 못 하는 것 같다. 아우렐리아는 무례를 용서해 달라는 말을 하고는 중간에 자리를 떴다.

"램프레히트, 어머니는 아기가 모든 생활의 중심입니다. 오랜만의 휴가라지만, 당신을 위해서 아우렐리아를 움직이게 해서는 안 됩니다. 그보단 당신이 아우렐리아를 돌보면서 움직이세요."

엘비라가 램프레히트를 빤히 노려봤다. 그리고는 끝도 없이 출산 이후의 여성이 얼마나 힘든지에 대해 자기 경험을 섞어 가며 말하기 시작했다. 최근에 이야기를 쓰고 있는 탓일까. 엘비라의 이야기가 유난히 길어졌다.

"아우렐리아는 출산 때 자기 친족을 부르지도 못했고, 숙청 때문에 별채에서 본관으로 이동하게 됐습니다. 마음 고생이 얼마나 심한지는 저도 정확히는 모릅니다. 하지만, 시어머니인 제가 마음을 쓰는 것과 남편인 당신이 마음을 쓰는 것은 다릅니다. 내 때는, 칼스테드 님이……."

"그럼, 어머님 말씀대로 저는 아우렐리아를 돕기 위해서 이만 물러나도록 하겠습니다."

끝이 없겠다고 느낀 램프레히트는 바로 도망가기로 했다. 자신이 태어났던 무렵의 일은 벌써 몇 번이나 들었다. 어머니의 불만과 잔소리를 듣는 것보다는 자식의 얼굴이 보고 싶다.

안내해 준 시종의 말에 따르면 아우렐리아는 본관 손님방에서 지내고 있다는 것 같다.

"본관에서 지낸다고 하기에 아우렐리아가 내 방을 쓰고 있는 줄 알았는데."

"램프레히트 님 방에는 마술구 무기 등이 잔뜩 있어서 여성과 갓난 아기가 지내기에는 좋지 않습니다. 그리고 출산하고 얼마 안 된 시기에 가구를 바꾸거나 움직이는 것을 아우렐리아 님이 좋아하지 않으셨습니다."

지금은 아무 생각도 하고 싶지 않으니까 자기가 여러모로 생각해서 방을 꾸미는 것보다, 생활에 필요한 물건들이 갖춰져 있는 방으로 옮기는 쪽을 바랐던 것 같다. 이해했다. 아우렐리아라면 그렇게 말했을 것 같다.

"도련님께서 젖을 드시는 중입니다. 놀라지 않으시도록 조용히 들어가 주세요."

시종의 주의를 받으며 조용히 방에 들어간 램프레히트는 그제야 아들의 얼굴을 볼 수가 있었다. 태어난 직후에 봤을 때는 얼굴이 훨씬 새빨갛고 쭈글쭈글했었다. 동물이 아닌가 할 정도였는데, 지금은 사람 아기 얼굴이 되어 있다. 램프레히트의 두 손바닥 안에 들어갈 수 있을 정도로 작았었는데, 지금은 두 팔로 안아 주지 않으면 떨어지지는 않을까 싶은 정도로 성장했다. 가느다랬던 팔다리에도 아기 특유의 토실토실한 살이 붙어 있어서, 만지면 기분이 좋을 것 같다.

열심히 젖을 빨고 있는 모습을 보고 있기만 해도 감동이 스멀스멀 치밀어 오르는 기분이 들었다.

"……많이 컸구나."

"예, 하루하루 무거워지는 것 같습니다."

아우렐리아가 조용히 웃었다.

"본관에서 지내는 건 어때? 그러니까, 어머님 관리하에 있는 것 말인데, 힘들지는 않고?"

"아니요, 전혀. 저 대신에 면회 의뢰를 거절해 주시고, 아버님께 부탁해서 출산 직후인 제가 기사단에 출두하지 않도록 잘 처리해 주셨습니다. 그리고 믿을 수 있는 유모를 찾아 주시고, 수상한 사람의 침입을 막아 주기도 하셨습니다. 제가 이 아이를 돌보는 데만 매달릴 수 있는 것은 전부 어머님 덕분입니다."

아우렐리아는 엘비라에게 정말 감사하고 있는 것 같다. 온화한 미소가 너무나 자연스러운 것이, 귀족다운 꾸민 미소가 아니었다.

"제게는 이미 어머니가 안 계시고, 동생과의 관계도 양호하다고 할 수 없습니다. 설령 아렌스바흐에서 결혼했다 해도 아버지의 제1 부인이 이렇게까지 걱정해 주시지는 않았겠죠. 저희는 어머님 덕분에 정말 쾌적하게 지내고 있습니다. 당신도 꼭 고맙다는 말을 전해 주세요."

숙청이 벌어지고 트루델리데가 잡혀갔을 때, 아우렐리아는 아렌스바흐 출신인 자신은 더 험한 꼴을 당하리라고 생각했던 것 같다. 하지만 기사단과의 대응은 전부 엘비라가 맡았고, 본관으로 피난하라고 말해 주기까지 했다고 한다.

"저와 결혼한 탓에 당신도 귀찮은 입장이 돼 버렸죠? 친족들에게 아이를 선보이지도 못하게 돼서, 정말 죄송하다고 생각해요."

"그건 당신이 고민할 일이 아니야. 오히려 나야말로 당신에게 미안하다고 생각해. 다른 영지에서 시집온 탓에 불안할 텐데, 가장 중요한 때에 곁에 있어 주지도 못했으니까."

램프레히트는 열심히 젖을 빨고 있는 아들을 빤히 쳐다봤다. 이 아이의 성장을 좀 더 가까이에서 제대로 지켜보고 싶다는 생각과, 이 작은 존재를 아버지로서 지켜 줘야만 한다는 마음이 강하게 싹텄다.

"영주 일족의 측근은 주인이 최우선이니까요. 저도 한때나마 디트린데 님을 섬긴 적이 있으니, 당신의 입장은 나름대로 이해하고 있습니다."

램프레히트는 여동생인 로제마인이 아니라 이번에 숙청 대상이 된 베로니카 파벌의 측근이 많은 빌프리트의 호위기사다. 자신이 앞으로 측근 동료들 가운데에서 어떤 처지가 될지, 왠지 예상이 된다.

"빌프리트 님은 딱히 파벌에 집착하시는 분이 아니고, 말씀드리면 이해해 주시는 분이야."

"저는 로제마인 님도 걱정됩니다. 임신 중인 저를 신경 써서 여러모로 편의를 봐주셨잖아요? 그 일 때문에 그분이 친족들에게 휘둘리는 일이 없도록 부탁드려요."

아우렐리아는 아버지의 명령으로 기사 코스에 들어갔고, 게오르기네의 마음에 들기 위해서 디트린데의 측근이 되면서 많은 고생을 해 왔다. 그래서 로제마인은 그러지 않았으면 한다고 말했다.

"어머니는 걱정이 너무 많으셔서 매사에 미리 생각하고 고민하시는데, 그만큼 대책도 잘 세우시니까 문제없어. 로제마인은 처음부터 차기 영주가 될 생각이 없고, 라이제강의 노인들이 무슨 소리를 하든지 간에 차기 영주를 바라지는 않을 거야. 그리고 영주 후보생들은 사이가 좋고, 차기 영주인 빌프리트 님을 중심으로 잘 뭉치고 있어. 어지간한 일로 균열이 생기는 일은 없겠지."

램프레히트는 웃는 얼굴로 아우렐리아에게 장담했다. 그때 아기가 푸하, 하고 작은 입을 뗐다. 아우렐리아가 아기를 안아 올리고 등을 살짝 두드려 줬다. 램프레히트가 가만히 보고 있었더니 끄윽, 하고 트림한 아들과 눈이 마주쳤다.

"많이 먹고 만족했나? 웃고 있는데."

"어머나, 아빠를 알아보는 걸까요? 그럼, 빨리 이름을 지어 달라고 부탁해야겠네요."

아기의 작은 손을 쥐고 미소를 짓는 아우렐리아에게 램프레히트도 웃어 보였다.

"만나지 못한 동안에 많이 생각해 봤어. 내가 추천하는 이름은 지크레히트야."

평온한 휴가를 보내는 램프레히트는 아직 모른다.

오르트빈이 준 정보를 있는 그대로 받아들인 빌프리트가 로제마인을 불신하는 마음을 품은 채 귀족원에서 귀환하는 것도, 측근 중에 작은 불신의 불꽃에 부채질하는 존재가 있다는 것도⋯⋯.

귀환과 주위 상황

"오오오오! 로제마인, 돌아왔느냐!"

전이진을 이용해 귀족원에서 돌아온 나를 깜짝 놀랄 만큼 큰 목소리로 맞이해 준 사람은 보니파티우스였다. 쿵쿵쿵 소리가 울릴 것 같은 기세로 팔을 활짝 벌리고 돌진해 오는 모습을 보고 깜짝 놀랐다. 그리고 바로, 안게리카와 코르넬리우스가 "좀 진정해 주십시오!"라고 말하면서 보니파티우스의 팔을 붙잡았고, 다무엘이 "로제마인 님이 무서워하십니다!"라고 말하면서 망토를 붙잡았다. 호위기사들에게 돌진을 저지당한 보니파티우스가 당황한 표정으로 내 반응을 살폈다.

"무, 무섭지 않을게다. 그렇지, 로제마인?"

"기세에 놀랐을 뿐입니다, 할아버님. 지금 돌아왔습니다."

나는 인사하면서 주위를 둘러봤다. 예년이었다면 영주 부부와 칼스테드, 엘비라가 마중 나왔을 텐데, 지금 이 자리에 있는 사람은 보니파티우스와 영주 후보생의 호위기사들, 그리고 기사단 사람이 몇 명 있을 뿐이다. 올해는 귀환 순서도 예년과 조금 달라졌는데, 질베스타가 '영주 후보생은 학년에 상관없이 한 번에 이동하도록'이라는 지시를 내렸다. 평소와 다른 살벌한 분위기가 왠지 불안하다.

"로제마인, 샤를로테가 아직 오지 않았으니까 빨리 마법진에서 나오는 게 좋을 거다."

조금 떨어진 곳에서 자기 호위기사들에게 둘러싸여 있는 빌프리트가 말했다. 나는 고개를 끄덕이고는 리카르다와 함께 이동했다. 빌프리트와 마찬가지로 내 호위기사들도 바로 나를 둘러쌌다.

"다녀오셨습니까, 로제마인 님."

"다무엘, 코르넬리우스, 안게리카. 다녀왔어요. ……어머나, 하르트무트가 안 보이네요."

"오늘 맞이하는 역할은 기사들만 하라는 지시가 내려왔습니다. 호위기사들만 간다고 원통해 하는 하르트무트를 오틸리에가 감시해 주고 있습니다."

"그 하르트무트를 간단히 억누르는 걸 보면 어머니는 정말 강하네요."

내가 호위기사들한테서 오틸리에와 하르트무트의 공방에 관한 이야기를 듣는 사이에 샤를로테와 시종이 전이해 왔다. 샤를로테가 자기 호위기사들에게 둘러싸인 걸 확인한 보니파티우스가 살짝 손을 들었다.

"음. 그럼 방으로 돌아가자. 너희가 북쪽 별채에 들어갈 때까지는 내가 확실하게 지켜 줄 테니 안심하도록."

보니파티우스가 호령하자 호위기사들에게 둘러싸인 영주 후보생이 이동하기 시작했다. 나도 마찬가지로 이동하려다가 보니파티우스가 손을 크게 벌리고서 기다리고 있다는 걸 알아차렸다.

"저기…… 영주 후보생을 확실하게 지켜 주시겠다고 말씀하신 할아버님의 손을 제가 혼자 차지해도 괜찮은 건가요?"

"걱정하실 필요 없습니다. 저희가 할아버님에게서 지켜드릴 테니 안심하고 손을 잡으십시오."

"코르넬리우스!"

보니파티우스가 노려봤지만, 코르넬리우스는 겁먹지도 않고 어깨를 으쓱거렸다.

나는 "그런 걱정은 안 하는데요"라고 중얼거리면서 작년처럼 보니파티우스의 손가락을 쥐고서 걸어가기 시작했다.

"할아버님. 제가요, 올해는 처음으로 단상에 올라가서, 최우수 표창을 받았어요. 그러면서 첸트께 칭찬의 말을 받았고요."

표창 이야기를 했더니 보니파티우스가 자기 일처럼 기뻐해 줬다. 하지만 작년처럼 나만 보는 게 아니라, 주위를 상당히 경계하고 있었다.

"……할아버님, 혹시 상당히 위험한가요?"

"최근에는 많이 진정됐지만, 영주 후보생이 한번에 돌아왔으니까 감형을 바라는 귀족들이 직소하러 오거나, 직소하는 척하면서 공격할 가능성도 있다. 귀족원에서 학생들이 연좌를 회피하도록 분투한 너희들은 아무래도 노려질 가능성이 크지. 경계는 필요하다."

"위험한 건 귀족들이 많은 성안에서만인가요? 외출하면 더 위험할까요?"

에렌페스트로 돌아오면 당장이라도 내 도서관에 가려고 생각했는데, 성 본관에서 북쪽 별채까지 가는 데만도 이렇게까지 엄중하게 지키고 있다. 외출은 힘들지도 모르겠네. 내가 질문했더니, 보니파티우스가 굳은 얼굴로 고개를 저었다.

"아쉽게도 너희가 마음대로 돌아다녀도 되는 건 북쪽 별채 안에서만이다. ……하다못해, 봄을 축하하기 위한 연회를 마치고 귀족이 적어질 때까지만이라도 참아라. 멜키오르는 겨우내 참았다. 누이인 로제마인도 할 수 있겠지?"

숙청이 시작되면 아무래도 위험이 많아지니까 멜키오르는 북쪽 별채 밖으로 나가면 안 된다고 했던 것 같다. 어린이 방에 가는 것도 금지된 유폐 상태였다나.

"멜키오르와 놀아 주도록 해라, 로제마인. 나는 오늘 저녁 식사 때를 기대하고 있다."

보니파티우스가 그렇게 말하면서 북쪽 별채 쪽을 가리켰다. 밖으로 나오면 안 된다고 한 북쪽 별채에서 멜키오르가 자기 측근들과 함께 아슬아슬한 곳까지 나와서 우리가 돌아오기를 애타게 기다리고 있었다.

"다녀오셨습니까, 형님, 누님!"

"혼자 북쪽 별채에만 있는 건 정말 힘들었습니다. 본관에 있던 때와 달리 아버님과 어머님을 뵙는 일도 거의 없었습니다. 어린이 방도 기대했었는데, 부모님이 잡혀간 아이들이 감정적으로 흥분하면 무슨 일을 저지를지 모르니 접촉해선 안 된다고, 하셔서……."

시종들이 귀족원에서 가지고 온 짐들을 정리하는 사이에 우리는 멜키오르의 초대를 받아서 차를 마시며 겨울 동안 있었던 이야기를 듣고 있었다.

원래는 겨울 중간쯤에 숙청이 벌어질 예정이었지만, 마티우스 쪽에서 가져온 정보 때문에 서둘러 겨울 초반으로 앞당겨졌다. 그래서 멜키오르는 학생들이 귀족원에 간 뒤에 바로 북쪽 별채에 갇혀 있었다는 것 같다.

세례식을 치른 첫해 겨울에 혼자서 별채에 들어가 있으라는 말을 들은 멜키오르는 정말 외로웠다는 것 같다. 플로렌치아는 바쁜 사이에도 시간을 내서 종종 만나러 와 줬다는 것 같지만, 세례식 전처럼 매일같이 얼굴을 볼 수는 없으니까. 그래서 마음이 우울했던 것 같다.

"이야기 상대도 측근뿐이었는데, 형님과 누님이 돌아와서 정말 기쁩니다."

"봄을 축하하기 위한 연회까지는 북쪽 별채에서 나갈 수 없지만, 형제자매가 함께 사이좋게 지내면 되겠지."

그 뒤에는 시종들이 저녁 준비가 됐다고 부르러 올 때까지 다 같이 카루타나 트럼프를 하면서 놀았다.

그날 저녁 식사에는 영주 일족이 다 같이 모여서 귀족원에서 있었던 일에 관해 이야기했다. 멜키오르는 오랜만에 떠들썩하게 식사하게 돼서 정말 기뻐했고. 에렌페스트의 책이 학생들 사이에서 퍼져 나가고 있다는 이야기와 기도를 해서 얻을 수 있는 가호가 늘어나게 되면서 우리 영지의 중요성이 더 커졌다는 이야기를 듣고는 눈을 반짝이고 있다.

"올해는 작년보다 우수한 성적을 거둔 사람이 많았으니 말이죠. 여러 공동 연구를 동시에 하고, 그것들이 높은 평가를 받은 것은 정말 훌륭한 일입니다."

"내 생각에는 분열되리라 예측했던 기숙사 내부를 잘 정리한 것에 크게 감탄했다. 정말 잘했다."

플로렌치아와 보니파티우스가 칭찬했고, 질베스타도 고개를 끄덕였다.

"너희는 에렌페스트의 영주 후보생으로서 우리가 기대한 것 이상의 활약을 해 줬다. 그것에 대해 아버지로서, 영주로서 자랑스럽게 생각한다. 그 수완을 이번에는 숙청 때문에 어지러운 내부를 다스리는

데 발휘해 줬으면 싶다."

기본적으로는 실컷 칭찬을 받은 저녁 식사였지만, 마지막에 질베스타가 짙은 녹색 눈에 진지한 기색을 담고서 아이들의 얼굴을 둘러봤다.

"오랜만에 다 같이 모여서 하는 저녁 식사다. 오늘은 식사를 즐기기 위해서 화제를 가렸지만, 모레 세 점 종 때에 영주 일족 회의를 하겠다. 기분이 좋지 않은 화제도 나오겠지만, 이것은 다 같이 뛰어넘어야만 하는 일이다."

……모레 세 점 종.

질베스타의 굳은 표정에서 성 내부에 감도는 찌릿찌릿한 분위기와 똑같은 것을 느낀 나는 침을 꿀꺽 삼켰다.

다음 날 아침 식사를 하고, 나는 귀족원에서 돌아온 새로운 측근들을 에렌페스트에 남아 있던 측근들에게 소개했다. 귀족원이 아니라서 테오도르는 없지만, 측근들이 다 모였다.

"마티아스, 라우렌츠, 뮤리엘라, 그레티아 네 명이 제게 이름을 바치고 측근이 됐습니다. 뮤리엘라는 언젠가 제 어머니 엘비라께 다시 이름을 바칠 예정입니다."

"기베 게를라흐의 아들 마티아스와 기베 뷜토르의 아들 라우렌츠인가."

코르넬리우스의 얼굴이 미묘하게 일그러졌다. 마티아스와 라우렌츠는 게오르기네에게 이름을 바쳤던 귀족 중에서도 중심인물의 자식들이다.

"코르넬리우스 오라버니, 이미 이름을 바쳤으니 그렇게 노려보지 말아 주세요."

내가 뚱한 얼굴로 네 사람을 감싸 주려고 일어났더니 코르넬리우스는 가볍게 한숨을 쉬고는 내 머리를 살짝 때렸다.

"영지 대항전과 졸업식을 보면 그들이 네게 직접적으로 해를 끼치지 않으리라는 건 알 수 있다. 하지만 연좌를 바라는 귀족들의 목소리도 여전히 크니까. 그들이 구원받는다면 자신들도 감형해 달라고 바라는 목소리도 높고."

"코르넬리우스는 그들에게 향해야 했던 분노와 불만을 주인인 로제마인 님이 받으시는 건 아닐까 하고 걱정하고 있을 뿐입니다. 충성심을 의심한다든지, 그들이 해를 끼칠지 모른다고 우려하는 것은 아닙니다."

다무엘의 말을 듣고 나는 "코르넬리우스 오라버니, 고마워요"라고 속삭였다. 에렌페스트로 돌아오면 귀족원에서처럼 지낼 수는 없을 거라고 생각하기는 했는데, 아무래도 상당히 힘들 것 같다.

"하르트무트는 의식을 위해 귀족원에 왔었으니 알고 있죠? 이쪽에 있는 다무엘, 코르넬리우스, 안게리카는 호위기사입니다. 오틸리에는 하르트무트의 어머니고 시종입니다. 기사의 일에 관해서는 다무엘의 지시를 따라 주세요. 다무엘, 마티아스와 라우렌츠까지 포함해서 신전에 갈 호위기사의 당번을 정해 주세요. 문관들은 작년과 마찬가지로 정보 배분을, 시종들에게는 계속 정리를 부탁드립니다."

나는 측근들에게 일을 배정하고 내 커다란 짐에서 페르디난드에게 받은 마술구를 꺼냈다. 마력이 통하지 않는 가죽 주머니에 들어 있던 극비 임무 같은 종이와 마술구가 계속 신경 쓰였다.

"저는, 비밀의 방에서 이걸 듣고 올게요."

"들으신 뒤에는 마술구를 이쪽으로 건네주세요. 스밀 인형으로 만들겠습니다."

리젤레타에게 웃는 얼굴로 고개를 끄덕여 보이고 나는 마술구가 들어 있는 주머니를 안고서 비밀의 방으로 들어갔다. 가죽 주머니는 내려놓고 먼저 졸업식 날 아침에 페르디난드한테서 받은 마술구를 재생했다.

"그때는 잔소리부터 시작했지만 마지막 하나 정도는 칭찬하는 말도 넣어 줬을 거야! 나, 페르디난드 님을 믿고 있어!"

나는 기합을 넣고서 마석을 건드려 재생했다. 하지만 믿었던 의미가 없는 것 같다. 슬프지만 처음부터 끝까지 계속 잔소리만 들어 있었다.

"너무해요, 페르디난드 님. 하나 정도는 칭찬하는 말도 넣어 줬으면 좋을 텐데. 아주 잘했다가 아니더라도, 나쁘지 않다 정도로 칭찬하는 말이라도 좋은데 말이야……."

잔소리만 계속 늘어놓는 마술구 때문에 슬퍼하면서 나는 마력이 통하지 않는 가죽 주머니를 열었다. 그리고 거기서 또 한 개의 마술구와 종이를 꺼냈다.

"……어라?"

가죽 주머니가 비어 있어야 하는데, 아직 뭔가가 들어 있는 것처럼 무게가 느껴졌다. 손을 집어넣어서 더듬어 보니, 뭔가 들어 있는 것 같은 모양이지만 꺼낼 수 없게 되어 있었다.

"이중 바닥?"

지금까지는 마술구의 무게와 모양 때문에 알아차리지 못했는데, 또 뭔가가 들어 있는 것 같다. 나는 종이를 펼쳤다. 익숙한 페르디난드의 글자가 적혀 있었다.

'이 마술구에는 네 바람대로 칭찬하는 말을 넣어 뒀다. 다른 이가 듣지 못하게 항상 가죽 주머니에 넣어 두도록. 그리고 도서관의 비밀의 방에서만 사용해라. 지키지 않은 경우, 바닥에 숨겨 둔 마술구가 작동해서 칭찬하는 말이 자동으로 소멸한다.'

"뭐요?! 자, 잠깐만요! 어느새 그런 연구를?"

녹음한 목소리가 자동으로 사라지는 마술구를 만들었다는 얘기는 못 들었는데, 나는 몇 번이나 다시 읽고 녹음 마술구를 가죽 주머니에 되돌려 놓았다. 주의 사항을 먼저 읽지 않고 마술구를 작동시켰더라면 귀중한 칭찬하는 말이 사라져 버릴 뻔했다.

"마술구부터 만지지 않아서 다행이야. 내가 목소리와 글자가 있으면 글자부터 읽는 아이라서 다행이야."

칭찬하는 말이 엄청나게 궁금하기는 하지만, 페르디난드가 다른 사람이 듣지 못하도록 일부러 마술구를 따로 만들어 줬으니까. 도서관에 갈 수 있게 될 때까지 참지 않으면 칭찬하는 말은 사라지고 나중에 내가 슬퍼지게 되겠지. 나는 다른 사람들이 함부로 마술구를 만져서 칭찬하는 말이 사라지지 않도록 가죽 주머니는 놔두고 잔소리 마술구만 들고서 비밀의 방에서 나왔다.

"리젤레타, 이건 잔소리만 들어 있는 마술구였어요. 인형으로 만들면 페르디난드 님 목소리로 잔소리만 줄줄 나올 것 같은데, 정말 이걸 스밀로 만들 건가요?"

리젤레타는 기뻐 보이는 웃는 얼굴로 "물론이죠"라고 말하면서 마술구를 집어 들었다. 스밀 인형이 페르디난드 목소리로 잔소리를 해도 리젤레타는 귀엽다고 여기는 것 같다.

……아으, 리젤레타의 스밀 사랑은 정말 대단해.

"로제마인 님, 아까 그 가죽 주머니는 어떻게 하셨나요?"

"비밀의 방에 두고 왔어요. 페르디난드 님이 다른 마술구에 칭찬하는 말을 담아 주신 것 같지만, 잘못된 곳에서 들으면 칭찬하는 말이 소멸해 버리는 위험한 함정도 같이 들어 있다는 것 같아요."

내 말을 들은 리카르다가 "그냥 칭찬하는 말을 선물하는 건 쑥스러워서 그러셨겠죠. 정말 페르디난드 님답군요"라고 말하면서 가볍게 웃었다.

……아무리 쑥스러워도 그렇지, 소멸하는 함정을 걸어 놓을 필요는 없잖아!

램프레히트와 니콜라우스

비밀의 방에서 나온 뒤에는 문관들과 함께 정보를 구분하고, 세 점 종이 울린 뒤에는 다른 형제들과 페슈필 연습도 하고 빌려온 책을 읽기도 했다. 혼자서 지내느라 외로웠다는 멜키오르를 위해서.

"로제마인 님, 정말 죄송합니다만 오후에 잠시 시간을 내주실 수 있 겠습니까? 말씀드리고 싶은 일이 몇 가지 있습니다."

웬일로 램프레히트가 말을 걸어 와서 나는 눈을 깜박거렸다. 북쪽 별채에서 나갈 수 있는 지금은 면회실을 예약할 수도 없는데. 어떻게 해야 좋을까, 나는 리카르다 쪽을 봤다.

"리카르다."

"램프레히트 님이 그렇게 말씀하신 걸 보면 급한 일이시겠죠? 오늘 오후에는 특별한 예정이 없으니 이야기를 나누셔도 괜찮습니다. 공주 님 방을 사용하세요. 단, 레오노레와 안게리카가 동석하도록 하세요."

약혼한 몸이니까 측근인 레오노레와 안게리카를 동석시키라는 말 을 듣고, 나는 램프레히트를 쳐다봤다.

"감사합니다. 그럼, 오후에 뵙겠습니다."

점심 식사를 마친 뒤에 바로 램프레히트가 찾아왔다. 차를 끓여 오 자 시종들이 방에서 나갔다.

"램프레히트 오라버니가 말을 걸어 주시다니, 정말 드문 일이라서 놀랐습니다."

"……이건 내 입으로 보고해야 할 일이니까."

볼을 살짝 긁은 뒤에, 램프레히트가 훗, 하고 웃었다. 소중한 것을 생각하는 상냥한 미소를 보고서 무슨 일인지 알아차렸다.

"아기가 태어났군요?"

"그래. 겨울 초반에 태어났다. 가을 끝 무렵에는 소식이 있을 거라고 했는데, 상당히 느긋한 성격인지 겨울이 돼서야 나왔다."

"축하드려요. 바로 축하 준비를……."

"로제마인이 그렇게 말하면서 폭주할 것 같아서 지금까지 말하지 않았다."

코르넬리우스가 질렸다는 얼굴로 너무 거창하게 축하하지 말라고 말했다.

"어째서요? 어머니가 같은 형제니까 축하해도 되잖아요?"

플로렌치아도 임신했지만, 플로렌치아의 아이는 어머니가 다른 사이니까 나는 세례식 때까지 면회도 못 한다. 그래서 나는 어머니가 같은 형제인 램프레히트의 아기를 만나는 날을 기대하고 있었다.

"축하해 주는 건 기쁘지만, 당분간 가족 외에는 태어났다는 사실을 말할 생각이 없다. 그래서 거창하게 축하하는 건 조금 곤란하다."

"어째서죠?"

아이가 태어나면 주위에 이야기해서 사람들의 기억에 남기는 것이 평민의 축하 방식이다. 귀족의 경우엔 세례식 전까지는 친한 사람들에게만 말하기는 해도, 굳이 소문을 퍼트리지 않는 것뿐이지 탄생을 축하하는 풍습 자체는 있었을 텐데.

"이번 겨울에 숙청당한 사람들은 게오르기네에게 이름을 바친 자와 베로니카 파벌의 귀족들이다. 즉, 아렌스바흐의 피를 이어받은 사람과 그들이 편애하던 자들을 중심으로 처벌했다. 그래서 아렌스바흐 출신인 아우렐리아와 그 아이는 아무래도 좋지 않은 시선으로 보이게 되겠지. 그래서 정말로 가족들에게만 아이가 태어났다는 사실을 말했다."

램프레히트의 말을 듣고 고개를 끄덕인 코르넬리우스도 임무를 수행할 때처럼 진지한 얼굴로 날 보면서 입을 열었다.

"귀족원에 동행하지 않은 우리는 숙청 때 최전선에 있었기 때문에 어디서 어떤 원한을 사게 될지 모른다. 거창하게 축하하지 않으려 하는 건 그런 이유 때문이다."

"아우렐리아도 아렌스바흐계 귀족들의 움직임에 민감해져 있고, 가능한 한 조용히 지내기를 바라고 있다. 아우렐리아와 아기의 안전을 가장 우선하기 위해 로제마인도 당분간은 비밀로 해 줬으면 싶다."

어딘가 미덥지 못한 구석이 있었던 램프레히트의 얼굴에서 '가족을 지키겠다'고 말했던 아버지의 모습이 느껴졌고, 나는 그게 조금 기뻤다.

"알겠습니다. 비밀로 할게요. 가족을 지키기 위한 거니까요. 사실은 돌아오자마자 크~게 축하하고 싶었지만, 안전을 위한 일이니까요. 참을게요. 하지만 여기서 이야기만 듣는 건 괜찮겠죠? 아기는 건강한가요?"

내가 그렇게 물었더니 램프레히트의 얼굴이 풀어졌다.

"아우렐리아는 밤중에도 수유를 해야 해서 많이 피곤한 모양이지만, 아기는 아주 건강하고 최근에는 목도 가누게 됐다. 위험을 피하고자 별채가 아니라 본관에서 지내고 있다."

램프레히트가 '수유 때 말고는 잠만 잔다'고 아우렐리아를 놀렸다가 엘비라한테 '어머니는 그만큼 힘듭니다'라고 야단맞았다는 것 같다. 아기가 있는 생활을 생각했더니 내 머릿속에는 짧은 기간이었지만 카밀과 함께했던 생활이 떠올랐다.

"그러고 보니, 코르넬리우스 오라버니는 언제 레오노레와 결혼하실 건가요?"

코르넬리우스는 에크하르트의 저택을 물려받은 것 같으니까 이번 여름에라도 성결식을 하려나. 나는 나란히 앉아 있는 코르넬리우스와 레오노레 쪽을 봤다. 코르넬리우스가 "그렇게 놀리려고 할 때 표정은 정말 어머니와 쏙 빼닮았군"이라고 말하며 레오노레와 눈짓을 주고받았다.

"보통 1년에서 2년은 준비할 기간이 필요하니까. 이미 약혼은 했으니 성결식은 굳이 서두를 필요가 없겠지?"

"그렇습니다. 저도 코르넬리우스처럼 에렌페스트의 상황이 조금 더 진정된 뒤에 하는 쪽이 좋을 것 같다고 생각합니다."

사이가 좋아서 정말 다행이네.

"코르넬리우스 형님과 레오노레의 성결식에서는 제가 열심히 축복해 드릴게요. 맡겨만 주세요."

"평범하게 해도 돼! 평범하게! 로제마인이 열심히 하면 큰일이 날 것 같으니까."

"무슨 말씀이세요, 오라버니의 의식인데요. 왕족의 성결식에도 뒤지지 않을 만큼 축복이 잔뜩 쏟아지도록 있는 힘껏······."

"제발 하지 마!"

코르넬리우스가 필사적으로 손을 흔들어서 날 말리려고 했다. 당황한 코르넬리우스를 보고 레오노레가 재미있다는 것처럼 웃었다.

"즐거운 이야기는 여기까지. 조금 진지한 이야기를 해도 될까?"

램프레히트가 나와 코르넬리우스 사이에 끼어들어 대화를 멈추게 하자, 다들 진지한 표정을 지었다.

"니콜라우스에 관한 일인데……."

니콜라우스는 칼스테드의 제2 부인 트루델리데의 아들이다. 이복동생이지만 트루델리데가 베로니카를 섬겼던 것도 있고 페르디난드에게 좋지 않은 감정을 지니고 있었으니 접촉하지 말라는 이야기를 했다.

"트루델리데가 잡혀갔다. 그건 알고 있지?"

"예. 베로니카 님께 꽤나 심취해 있었고, 이런저런 일도 저질렀던 것 같으니까요."

"그리고 지금, 니콜라우스는 어린이 방에 있다."

램프레히트의 말을 듣고 내 눈이 휘둥그레졌다.

"아직도 어린이 방에 있다고요? 아버님이 거두시면 집에 돌아올 수는 있잖아요? 거두려고 마음만 먹으면 데려올 수 있는 부모가 있는데 계절 하나가 지나도록 어린이 방에 내버려 두다니, 니콜라우스가 너무 불쌍해요."

내가 얼굴을 찌푸렸더니 코르넬리우스가 복잡한 표정을 지었다.

"아버님은 숙청을 지휘하시는 입장이셨으니까. 때를 봐서 몇 번인가 니콜라우스와 이야기하러 가셨다는 것 같지만, 데려오는 건 무리다. 그 나이의 아이를 혼자 별채에 둘 수도 없겠지?"

"……본관에는 어머님이 계시잖아요? 굳이 별채가 아니라도 되지 않나요?"

내가 중얼거렸더니, 램프레히트도 코르넬리우스도 깜짝 놀란 표정을 지었다.

"어머님은 니콜라우스의 모친이 아닌데, 어째서 거둬야 하지?"

"예? 안 하나요?"

"로제마인 님은 신전에서 자라시고 세례식을 계기로 엘비라 님의 딸이 되셨기 때문에, 어머니가 같은 형제와 이복형제의 관계에 대한 이해가 부족하실 수도 있겠네요. 어머니의 허가가 있다면⋯⋯ 니콜라우스의 경우에는 트루델리데 님이 원해서 엘비라 님께 맡긴다면 데려올 수도 있습니다. 잡혀 있는 상태라서 의사를 확인할 수가 없지만."

레오노레가 설명해 주자 코르넬리우스와 램프레히트는 "역시 로제마인한테는 이해하기 힘든 일인가"라고 말하면서 고개를 끄덕였다. 안게리카도 알겠다는 얼굴로 같이 고개를 끄덕이고 있다.

"친어머니인 트루델리데의 허가도 없이 어머님이 니콜라우스를 데려오려면 양자의 연을 맺어야 한다. 트루델리데는 벌을 다 받으면 돌아올 텐데, 아이 방에서 데려오기 위해 양자의 연을 맺는 것은 현실적인 일이 아니겠지? 어머님도 니콜라우스는 어린이 방에 있는 쪽이 좋다고 하셨다. 트루델리데가 그런 의견을 말하지도 않은 상태에서 아이를 데려올 수는 없다는 것 같더군."

아무리 같은 부지 안에 있는 별채에서 살고 있어도 이복형제라는 존재는 완전히 다른 가정의 사람처럼 취급한다는 사실을 직접 보고서 나는 큰 충격을 받았다. 어머니가 다르다고 이렇게까지 차이가 난다면 데려가지 않고 계속 어린이 방에 남겨져 있는 아이들이 생각보다 훨씬 많은 건 아닐까.

"저는, 아버지가 데려오신다면, 어머니가 다르더라도 다른 아내가 어느 정도는 돌봐 주실 거라고 생각했어요⋯⋯."

"현재 니콜라우스와 마티아스는 연좌를 면했습니다. 하지만 범죄자의 자식이라는 점은 변함이 없습니다. 직접 벌을 받지 않을 뿐이지 사람들의 의식 자체는 그리 쉽게 바꿀 수 없으니까, 기꺼이 집에 들이는 사람은 거의 없지 않을까요."

정도 차이가 있기는 해도 범죄자 친족에게 차갑게 대하는 일은 우라노 시절에도 있었던 일이니까. 나는 레오노레의 말에 "니콜라우스는 겨우 아홉 살 된 아이인데……"라고 작은 소리로 대답할 수밖에 없었다.

"로제마인, 벌써 아홉 살이다. 트루델리데가 지금까지 니콜라우스를 어떻게 키워 왔을지, 자기 아버지가 자기 어머니를 체포했다는 사실을 어떻게 생각하고 있을지를 고려한다면 나는 그 아이를 본관에 들이고 싶지 않아. 특히 니콜라우스는 견습 기사가 되기 위해서 단련하고 있으니까."

코르넬리우스가 말하자 람프레히트가 어깨를 으쓱거렸다.

"니콜라우스는 체격이 좋고, 할아버님 말씀에 의하면 소질도 있다는 것 같다. 감정에 사로잡혔을 때 어떻게 행동할지 모르는 견습 기사를 본관에 들이는 건 반대한다. 지금은 이복형제보다 아우렐리아와 아기의 안전을 우선하고 싶으니까. 아우렐리아가 제 상태라면 니콜라우스를 제압하는 정도는 간단하겠지만, 출산 직후인 지금 상황에서는 힘드니까."

……베일을 쓰고 느릿느릿 움직이던 아우렐리아가 견습 기사를 간단히 제압할 거라고 말해도, 왠지 믿기 힘든데 말이야.

아우렐리아는 기사 코스를 선택했었다고 들었는데, 그런 인상은 전혀 느껴지지 않았다.

"트루델리데는 베로니카 님을 경애했고 페르디난드 님을 매도한 적도 있는 데다가 에크하르트 형님이 이름을 바친 일과 신전에 출입하는 로제마인을 받아들인 건을 두고 어머님을 비웃은 적도 있다. 본관에는 아주 가끔 올 뿐이었지만 나는 그 사람이 싫었고, 그 사람이 키운 니콜라우스를 받아들이고 싶지도 않다. 벌을 마치고 돌아올 때까지, 니콜라우스는 어린이 방에 있는 게 제일이라고 생각한다.”

“그런, 가요…….”

니콜라우스를 둘러싼 상황은 이해할 수 있지만, 가슴 속 깊은 곳이 왠지 답답했다. 아직 아무런 죄도 저지르지 않았는데, 세상에서 너무 매정하게 대하는 것 같다.

“……봄을 축하하기 위한 연회를 마친 뒤에도 어린이 방에 남아 있는 아이들이 대체 몇 명이나 되는 걸까요? 남겨진 아이들을 고아원으로 옮길 수는 없을까요?”

조금이나마 편한 곳으로 보내 주고 싶다고 생각하다가 그런 말이 툭 튀어나왔다. 그랬더니, 코르넬리우스와 레오노레의 눈이 휘둥그레졌다.

“로제마인, 무슨 생각을 하는 거냐?!”

“로제마인 님, 즉흥적인 생각으로 끌어안으시기에는 굉장히 큰일입니다.”

즉흥적인 생각으로 끌어안기에는 굉장히 큰일일지도 모르지만, 어린이 방에 남겨지는 아이들을 그냥 두는 것도 불쌍하다. 성 본관에서 생활하는 이상, 항상 어른 귀족들의 시선에 노출되니까.

“램프레히트 오라버니, 샤를로테의 측근 중에 어린이 방에서 아이들을 돌보던 사람이 있을 거예요. 그 사람에게 겨울의 어린이 방에 관한 이야기를 듣고 싶어요. 코르넬리우스 오라버니, 하르트무트를 불러 주세요. 고아원의 현재 상황에 대해 질문할 것이 있습니다."

램프레히트와 코르넬리우스가 어쩔 수 없다는 표정으로 방에서 나갔다. 바로 옆에 대기하고 있었는지 교대하는 것 같은 타이밍으로 하르트무트가 웃는 얼굴로 들어왔다.

"로제마인 님, 부르셨습니까?"

나는 하르트무트에게 니콜라우스의 현재 상황에 대해 간단하게 말하고, 고아원의 현재 상황과 봄이 되면 부모가 데리러 오는 아이들의 숫자를 물었다.

"지금까지 요망이 있었던 사람은 다섯 명입니다. 그런데 제2 부인과 제3 부인의 아이는 솔직히 말해서 남겨져 있는 경우가 많습니다. 마술구가 없는 아이들은 누구에게서도, 어떤 연락도 없습니다."

"……그렇군요. 어린이 방에 남겨지는 아이들을 고아원에서 받아들이는 건 가능할까요?"

내 말에 하르트무트는 주황색 눈을 감고서 잠깐 생각에 잠겼다.

"받아들이기만 한다면 가능합니다. 그들의 생활에 드는 비용은 어린이 방과 마찬가지로 부모나 숙청당한 귀족으로부터 접수하면 되니까요. 하지만 세례를 치르기 전인 아이들과 달리, 어린이 방에 있는 자들은 이미 귀족으로 취급받는 아이들입니다. 회색 신관이나 회색 무녀의 말을 얌전히 들을지 아닐지도 모르는 일이고, 회색 옷을 입히고 생활하도록 하는 것도 힘들 것으로 생각됩니다."

나는 숙청 이후의 고아원이 어떤 상태인지 내 눈으로 보지 못했다. 세례 전의 아이들은 명목상으로는 아직 귀족이 아니지만, 어린이 방에 있는 아이들은 명확하게 귀족이다.

"로제마인 님, 빌프리트 님이 입실 허가를 요청하고 계십니다."

그레티아의 말에 고개를 끄덕였더니, 빌프리트가 불안해하는 투로 "램프레히트로부터 뭔가를 시작할 셈이라고 들었는데, 이번엔 또 무슨 일을 할 생각이지?"라고 말하면서 들어왔다.

나는 "실현은 어려울 것 같아요"라고 고개를 저은 뒤에, 어린이 방의 아이들을 고아원으로 옮길 수 없는지에 대해 생각하던 것들을 간단히 설명했다. 빌프리트는 일단 질렸다는 얼굴로 한숨을 쉬었다.

"……불쌍하니까 세상의 눈을 피해 숨겨 주고 싶다는 건가? 하지만 숨겨 봤자 아무것도 해결되는 건 없어. 그 아이들의 친족이 죄를 저지르고 벌을 받은 것은 사실이니까. 세상의 눈에서 숨기는 것이 아니라 자신에게는 부끄러울 것이 하나도 없다고, 가슴을 활짝 펴고 살아가도록 말해 줘야 한다."

빌프리트는 앞을 똑바로 보면서 그렇게 말했다. 자신의 경험상, 귀족들의 험담은 언제까지고 끝나지 않는다. 아주 잠깐 숨겨 주는 것은 누구에게도 도움이 되지 않는다고 말했다.

"세상의 시선으로부터 조금이라도 숨겨 주고 싶다는 이유도 있지만, 멜키오르는 겨울 동안에는 어린이 방이 아니라 혼자 북쪽 별채에서 측근들에게 둘러싸여서 공부했잖아요?"

"그랬다고 했었지."

"멜키오르한테는 선생님이 있었는데, 선생님이 없었던 어린이 방은 어떤 상태였을까요? 앞으로도 어린이 방에 남겨진 그 아이들에게 귀족으로서 만족스러운 교육을 시켜 줄 수 있을까요?"

"그건 어린이 방을 담당하시는 어머님께 상담해서 알아 볼 일이고, 관할도 아닌 네가 생각할 일이 아니다. 부탁하지도 않았는데 남의 일에 참견하지 마라."

그 말을 듣고, 나는 몸에서 아주 조금 힘을 뺐다. 분명히 내가 생각할 일이 아니라, 플로렌치아한테 어떤 상태인지 질문하고 어떻게든 해 달라고 부탁할 문제다.

"너는 어린이 방 전체가 아니라, 오히려 니콜라우스 개인에 대해서만 생각하는 게 좋겠지."

"니콜라우스 개인이요?"

무슨 의미인지 모르겠기에 고개를 갸웃거렸더니 빌프리트가 "그래, 맞다"라고 말하며 고개를 끄덕였다.

"니콜라우스는 상급 견습 기사로서 영주 후보생을 모시길 바라고 있고, 그중에서도 로제마인을 모시고 싶어 하는 것 같다. 보니파티우스 님이 귀여워하시는 코르넬리우스나 안게리카의 동료가 되기를 바라고, 코르넬리우스와 로제마인이 사이좋게 지내는 걸 부러워하는 것 같아."

생각지도 못한 말을 듣고서 나는 눈을 깜박였다. 난 그런 얘기 들어 본 적 없는데.

"하지만, 니콜라우스는 어머니가 달라서 자기를 피하고, 로제마인과는 단 한 번도 말해 본 적이 없다고 했다. 부모님께 로제마인을 모시고 싶다는 희망을 말했지만 일축당했다는 말도 했고."

"빌프리트 님, 일축한 사람은 아버님이 아니라 모친인 트루델리데였습니다. 신전 출신인 로제마인을 모시는 것은 허락할 수 없다고 말했습니다."

램프레히트가 한숨을 쉬면서 정정했지만, 니콜라우스가 내 측근이 되고 싶어 했다는 건 사실인 모양이다. 그 아이랑 한 번도 말해 본 적이 없는 나는 접촉을 금지한 코르넬리우스를 보면서 말했다.

"코르넬리우스 오라버니. 저는 니콜라우스가 측근이 되기를 희망한다는 사실을 몰랐어요. 전혀 못 들어 봤는데⋯⋯."

"니콜라우스는 빌프리트 님을 섬기는 것이 가장 좋다고 정해졌기 때문입니다. 트루델리데도 베로니카 님이 소중히 여기셨던 빌프리트 님이 주인이라면 불만은 없을 테고, 니콜라우스도 영주 후보생의 측근이 되고 싶다는 희망을 이룰 수 있고, 램프레히트 형님이 계시니까 저희 형제와 잘 지내고 싶다고 생각하면 그렇게 될 수 있습니다."

코르넬리우스가 빙긋 웃으면서 그렇게 말했더니, 빌프리트는 고개를 살짝 저으면서 "하지만, 나를 섬기는 건 니콜라스의 희망이 아니겠지"라고 말하면서 코르넬리우스를 노려봤다.

"어린이 방에서 부자유스러운 생활을 하는 데다가 자기 희망이 이루어지지도 않는 것은 불쌍하다. 연좌를 면한 아이들도 자기 주인을 정할 수 있지 않은가."

"그렇게 베로니카 님께 충실했던 트루델리데의 아들만 아니라면 저도 빌프리트 님과 같은 의견이었을지도 모릅니다. 그리고 연좌를 면한 학생이 자기 주인을 정할 수 있는 것은 이름을 바치는 것이 전제입니다. 마티아스 등과 같이 이름을 바친 뒤라면 저도 조금은 믿어 줄 수 있을 거라고 생각합니다."

코르넬리우스가 한눈에 봐도 억지로 웃고 있다는 걸 알 수 있는 표정으로 그렇게 말했더니 빌프리트의 얼굴이 조금 굳어졌다. 램프레히트가 코르넬리우스를 가볍게 노려보고 곤란하다는 것처럼 한숨을 쉬었다.

"빌프리트 님, 트루델리데는 상당히 편견이 심했던 여성입니다. 로제마인이 페르디난드 님과 손을 잡고 아우브를 속여서 양녀가 됐다느니, 상당히 악랄한 수단으로 전 신전장을 곤경에 빠트리고 베로니카 님에게까지 죄가 미치도록 획책했다는 주장을 했었습니다."

……페르디난드 님이 날 이용해서 함정을 쳤고, 아버님이 끼어들었을 때, 전 신전장과 베로니카 님이 멋대로 자폭했다는 게 정답이지만.

나는 그 무렵을 떠올리면서 살짝 한숨을 쉬었다. 나야 트루델리데와 직접 면식이 없다 보니 니콜라우스가 불쌍하다는 생각이 들지만, 엘비라와 니콜라우스 같은 사람들이 받아들이지 못 하는 건 어쩔 수 없다는 생각도 든다.

"로제마인 님은 아이에게는 죄가 없다느니, 아직 아무 짓도 안 했느니, 그런 생각으로 간단히 받아들이려 하시지만, 위험인물이 가까이 다가올 틈을 만드는 것은 호위기사로서 허용할 수 없습니다. 지금은 안 그래도 위험하니까요."

내가 하려던 말을 코르넬리우스가 먼저 말해 버렸다. 호위기사들이 하나같이 고개를 끄덕이는 걸 보면, 니콜라우스와 이야기를 한 번 나누는 일도 힘들 것 같다.

난…… 한 번쯤 제대로 마주 보고 이야기를 해 보고 싶은데 말이야.

영주 일족 회의

다음날 세 점 종이 쳤을 때, 우리 영주 후보생은 문관과 시종을 한 명씩, 호위기사를 전부 데리고 북쪽 별채에서 나왔다. 역시 여러모로 경계하고 있는 모양이다. 평소에 사용하던 회의실이 아니라 본관 중에서도 북쪽 별채와 가까운 곳에 있는 널찍한 면회실을 회의실로 준비해 뒀다. 질베스타, 플로렌치아, 보니파티우스, 빌프리트, 샤를로테, 나, 지금까지와 달리 페르디난드 대신 멜키오르와 그 측근들이 들어왔고, 회의가 시작됐다.

"이번에는 보고할 것이 많다. 먼저, 플로렌치아가 회임했다. 여름 끝 무렵에서 가을 사이에는 태어나겠지. 당분간은 몸 상태가 좋지 않을 때가 많을 것 같으니, 앞으로는 그것을 염두에 두고 일을 배분했으면 한다."

질베스타의 말에 회의실 안이 술렁거렸다. 제2 부인을 들일 예정이나 앞으로의 집무는 어떻게 되는지 등에 대해 생각하며 당혹스럽다는 것처럼 얼굴을 마주 보는 사람도 있지만, 먼저 임신했다는 사실을 들었던 나는 곤혹스럽지 않았다. 그래서 제일 먼저 축하하는 말을 했다.

"양어머님, 회임을 진심으로 축하드립니다. 가을이 기다려지네요."

"고맙습니다, 로제마인."

플로렌치아가 안심했다는 것처럼 편한 표정을 지었더니, 멜키오르도 기뻐하는 얼굴로 축하하는 말을 했다.

"축하드립니다 어머님. 제 동생이 생기는 것이죠?"

"그렇다. 하지만, 이건 당분간 비밀로 해야 한다. 알겠지?"

질베스타는 회의실에 있는 측근들을 포함한 사람들을 둘러보자, 임신 보고를 듣고서는 굳어진 표정으로 고개를 살짝 숙이고 있던 샤를로테가 결심했다는 것처럼 고개를 들고서 입을 열었다.

"어머님을 위험하게 만들 생각은 없습니다. 물론 비밀로 하고, 제가 할 수 있는 한 협력할 생각입니다."

"고맙다. ……이 뒤의 보고는 겨울에 행해진 숙청에 대한 것을 중심으로 할까 한다. 에렌페스트를 다시 일으키는 것이 급선무라는 것 정도는 알고들 있겠지?"

겨울의 숙청에 관한 보고가 시작됐다. 마티아스 등의 정보에 의해 계획을 앞당겨서 숙청을 시작했다는 것. 게오르기네에게 이름을 바쳤다는 것이 판명된 자를 우선해서 체포했다는 것. 기베 게를라흐의 겨울 저택에 돌격했던 때는 자해한 자가 많았지만, 에렌페스트 귀족으로 등록된 자가 적었다는 것.

"양아버님, 의미를 잘 모르겠습니다. 기베 게를라흐의 저택에는 에렌페스트의 귀족이 아닌 자가 많이 있었다는 말씀이십니까?"

"세례식에서 메달에 마력을 등록하지? 그 메달과 사체의 마력을 대조해서 신원을 확인한다. 그런데, 맞지 않는 자가 여러 명이나 있었다. 정확히 말하자면, 몇 사람분의 시체가 있었다."

몇 사람분의 시체라는 말에 등줄기가 오싹해졌지만, 나는 메달에 등록되지 않은 사람들이 누구인지 짐작이 갔다.

"메달에 등록되지 않은 사람은 신식 병사일지도 모르겠네요. 제가 처음 습격당했던 때, 그리고 샤를로테가 잡혀갈 뻔했던 때도, 습격한 이들은 신식 병사였잖아요?"

청색 견습 무녀 시절의 첫 기원식으로 게를라흐를 찾아간 뒤에, 그리고 평민 마을에서 투리랑 내가 잡혀갈 뻔했던 때, 유레베에서 2년 동안 잠들게 되는 원인이 된 습격, 신전에서 회색 신관들이 잡혀갔던 때 등등, 신식 병사가 동원된 경우는 몇 번이나 있었다.

　"그래, 샤를로테의 세례식 때 습격해 와서 자폭한 병사도 소재가 불명한 자였다. 틀림없이 그런 자였으리라고 생각된다."

　"저…… 기베 게를라흐도 자폭했나요? 왠지 믿을 수가 없어서……."

　나는 겨울 저택에 쳐들어갔다는 보니파티우스 쪽을 봤다. 보니파티우스는 미간에 짙은 주름을 지은 복잡한 표정으로 천천히 입을 열었다.

　"내가 자폭하는 현장을 본 건 아니다. 상황을 보고 자폭이라고 판단했을 뿐이다. ……내가 제일 먼저 쳐들어가서 슈타프로 포박하려 했는데, 너무 난폭하다고 반대하는 자도 있었고, 당연한 얘기지만 집사가 들이는 것을 꺼려서 시간이 걸렸다. 그 탓이겠지. 내가 집회가 열리던 방에 도착했을 때는 그을린 살덩이가 흩어져 있고, 방 안에는 불이 번지고 있었다."

　담담하게 말하고 있지만, 그 방의 참상이 너무 끔찍할 것 같아서 상상하기도 싫다. "참고로, 내가 뛰어든 순간에 집사도 자폭해서 현관이 아주 난리가 났었다"라는 이야기는, 귀를 막아 버리고 싶은 충동에 사로잡히면서 들었다. 피바다가 돼 버린 광경이 머릿속에 떠오르려는 걸 필사적으로 떨쳐내면서 제멋대로 소름이 돋는 위팔을 문지르며 나는 보니파티우스의 이야기를 계속 들었다.

　"방 안에 흩어진 팔다리의 마력을 이쪽에서 등록한 메달과 대조하고 판단해서 그 자리에 누가 있었는지를 조사했는데, 마력이 등록되지 않은 자가 몇 명이나 있었다. 기베 게를라흐는 왼손의 반지와 가문의 문장, 그리고 남아 있는 마력을 메달과 대조해서 본인이 틀림없다고 판단했는데, 자꾸만 속았다는 것 같은 기분이 든다. 남아 있는 것들이 너무나 적었으니까."

보니파티우스의 무인으로서의 감이 경고를 울리고 있는 것 같지만, 현장에 남아 있는 물건이나 자기 눈으로 본 것이 있어서 '기베 게를라흐의 생존'을 확신하지는 못하는 것 같다.

"기베 게를라흐가 손만 남기고 도망쳤을 가능성은 없을까요?"

빌프리트의 질문에 보니파티우스가 팔짱을 끼고 신음을 냈다.

"방안의 피 냄새와 살덩이의 온도를 생각해 봐도 내가 방에 들어가기 직전에 자폭한 것이 틀림없다. 저택 주위는 기사들이 포위했고, 도망치는 기수도 본 적이 없다. 귀족이 마력을 먹어 치우는 것이 있는 지하로 도망치는 것은 정말 어려운 일이고, 모든 출구는 평민 병사들이 감시하고 있었다. 평민에게도 피해가 발생했다거나, 수상하게 행동하는 평민이 있었다는 보고도 없다."

보니파티우스의 말에 고개를 끄덕이면서 질베스타도 추가로 설명했다.

"귀족이 도망치지 못하도록 도시 결계의 경계 수준을 최대로 올려 됐고, 북문에도 기사를 배치한 데다 평민 병사들에게도 마차는 절대로 통과시키지 말라고 지시해 뒀다. 기수건 마차건, 에렌페스트에서 도망친 귀족은 없다는 보고를 받았다."

그만큼의 조건이 모였어도 보니파티우스는 기베 게를라흐의 죽음을 도저히 받아들일 수 없는 것 같았다.

"보니파티우스가 도저히 납득하지 못해서 마티아스가 보고했던 게오르기네에게 이름을 바친 것이 확정된 자에 대해서는 메달을 사용한 처형도 이미 다 마쳤다."

"……어둠의 신의, 그것 말인가요?"

핫세에서 봤던 메달을 사용한 처형을 떠올리며 조심조심 물었다. 페르디난드한테 계속해서 주입받았던 영주 후보생 코스의 내용 중에서도 기억나는 마술이었다. 이 자리에는 영주 후보생이 아닌 사람도 있어서 애매모호하게 말했지만, 질베스타에게는 통한 것 같다. 굳은 얼굴로 고개를 끄덕였다.

"그런데, 아버님. 그 마술은 아우브의 지배하에 있어야만 통하는 게 아니었나요?"

"로제마인, 기수도 마차도 쓰지 않고, 어떻게 에렌페스트 밖으로 나갈 수 있을까?"

"……그, 그러니까…… 전이진, 이라든지?"

"사람을 전이시키는 전이진에는 아우브가 필요하지 않은가. 기베 게를라흐가 사용할 수 있을 리가 없다."

내가 필사적으로 짜낸 대답은 질베스타가 한심하다는 시선으로 각하해 버렸다. 분명히 내가 페르디난드한테 전이진에 대해 배웠던 때도 사람을 전이하는 것은 영향이 크기 때문에 아우브만이 만들거나 작동할 수 있다고 했었지.

"아무튼, 메달과 일치하는 살덩이가 발견돼서 메달을 이용한 처형을 했다. 기베 게를라흐, 그라오잠은 죽었다. 그보다, 현재 상황에 대해 이야기를 하고 싶다."

질베스타는 기베 게를라흐는 사망했다고 결론을 내리고, 다음 이야기로 넘어갔다.

"현재 곤란한 것은, 그 밖에도 이름을 바친 귀족이 있는지다. 이름을 바치는 것은 기본적으로 비밀리에 행해진다. 마티아스의 정보를 바탕으로 체포한 자들은 틀림없는 것 같지만, 그들의 기억조차도 토루크 때문에 애매하다 보니, 이름을 바친 자들의 조사는 상당히 난항 중이다."

다양한 관련성을 통해 추측하는 방법밖에 없다는 것 같고, 억울한 누명을 쓰고 처형당하는 사태를 막기 위해서라도 신중하게 진행하는 수밖에 없다는 것 같다.

"아, 그렇지. 로제마인, 빌프리트, 샤를로테. 연좌를 면하고 너희에게 이름을 바친 자들을 조사를 위해 당분간 기사단이 빌려 가게 될 것이다."

게를라흐, 뷜토르, 베셀 등, 게오르기네에게 이름을 바친 기베들이 다스리던 토지의 수사를 위해서는 아이들이 필요하다는 것 같다.

"숙청 이후, 기사단이 수사를 위해 각각의 여름 저택으로 향했는데, 기베의 저택은 등록된 귀족만이 열 수 있는 문이 많다. 그래서 들어가지 못했던 장소도 많았다. 새로운 기베로 교대하면 비밀의 방 등을 완전히 사용할 수 없게 되니까, 그 전에 저택을 수사해 두고 싶다."

고아원장실의 비밀의 방에 내 마력을 새로 등록했더니 예전에 있던 비밀의 방은 두 번 다시 열리지 않게 돼 버렸다. 마찬가지로 기베가 교대하고 새로 등록하면 다시는 들어갈 수 없는 곳들이 여러 군데 있다는 것 같다.

"서둘러 저택을 조사해야 하는 사정은 잘 알았습니다. 마티아스, 라우렌츠, 뮤리엘라는 기사단의 조사에 동행해서 협력하도록 말해 두겠습니다. 그러니까, 그들을 거칠게 대하지는 말아 주세요. 세 사람은 이미 제 측근입니다."

내가 기사단장인 칼스테드를 보면서 그렇게 못을 박았더니, 칼스테드는 믿음직한 얼굴로 웃으며 고개를 끄덕였다.

"로제마인 님의 말씀, 기사단에도 잘 말해 두도록 하겠습니다. 물론 빌프리트 님과 샤를로테 님의 측근에게도 함부로 대하지 않겠습니다."

그렇게 말한 직후, 밝은 파란색 눈동자에 엄격한 빛이 깃들었다.

"그 대신 기사단의 조사에 협력하고 부모와 친족의 죄를 절대로 은닉하려 들지 말라고 주인으로서 잘 타일러 주시기를 바랍니다."

"알겠습니다."

그들의 목숨을 구하기 위해서 필요한 협력이니까. 빌프리트와 샤를로테도 진지한 얼굴로 고개를 끄덕였다.

"그리고, 너희에게 이런 이야기를 해야만 하는 것이, 어른으로서 상당히 가슴 아프고 한심하다고 생각한다만……."

질베스타는 엄청나게 피곤해 보이는 얼굴로 그렇게 말하면서 목패다발을 손끝으로 톡톡 두드렸다.

"에렌페스트는 오랫동안 하위 영지였던 탓에 상위 영지와 어울리는 방법을 알고 있는 어른이 얼마 없다. 그건 알고 있지? 그리고 지금은 순위가 너무 올라간 탓에 상위 영지로서 행동할 것을 요구받고 있다."

귀족원에서 실컷 들었던 말이네. 우리는 일제히 고개를 끄덕였다.

"하지만, 에렌페스트 내부는 숙청의 영향으로 귀족의 숫자가 줄었고, 붙잡힌 자들이 맡고 있던 빈 지위에 누가 앉을지를 놓고 귀족들의 암약이 시작된 상태다. 다른 영지와 어울리는 방법을 어떻게 하는 것보다 내정을 정리하는 쪽을 우선해야 한다."

기베가 여러 명이나 처형당한 탓에 그 빈자리에 누가 앉을지를 두고서 귀족들이 서로 견제하는 상황이기 때문에 도저히 다른 영지를 신경 쓸 상태가 아닌 것 같다.

"아이들의 노력은 잘 알고 있다. 순위를 올리기 위해, 성적을 올리기 위해 일치단결한 덕에 숙청 때문에 흔들리는 기숙사 내부를 잘 이끌었다는 것도 나름대로 이해하고 있다. 하지만, 한심하게도 어른들이 그 기세를 따라가지 못하고 있다. 그래서 당분간 귀족원에서는 순위를 유지, 또는 10위 정도로 낮춰 줬으면 한다. 이것은 에렌페스트의 어른 모두의 뜻이다."

나는 질베스타의 말을 도저히 믿을 수 없어서 입을 떡 벌리고 말았다. 상위 영지답게 되도록 어른들이 노력할 테니 그동안 '유지해 줬으면 한다'가 아니라 '순위를 낮춰 줬으면 싶다'라고 말할 줄은 몰랐으니까.

"……에렌페스트 어른들 전체의 뜻이, 순위를 낮추는, 것인가요?"

귀족원에서는 조금이라도 성적을 올리기 위해 팀을 나눠서 열심히 노력했다. 이론에서 좋은 성적을 거두고 선생님께 칭찬받아서 기뻐하던 모두의 얼굴이 생각났다. 에렌페스트가 상위 영지가 되면 주위와 어떻게 어울려야 좋을지 여러모로 시험하면서 분투했던 측근들의 모습이 눈에 선했다. 우리가 다른 사람들에게 순위를 낮춰 줬으면 한다고, 그렇게 말해야 하는 걸까.

"로제마인, 네 지지 기반인 라이제강계 귀족 전체의 뜻이다."

질베스타 뒤에 서 있는 칼스테드가 조금 씁쓸한 얼굴로 그렇게 말했다.

"라이제강계 귀족……?"

"그렇다. 귀족원에서 들어온 정보에 따라 숙청이 앞당겨졌고, 주요 지위에 있던 아렌스바흐계 귀족들이 거의 일소됐다. 오랜 꿈이자 바람이었던 적대 세력 숙청을 이룬 데 만족하고 전 기베 라이제강은 멀고 높은 곳으로 이어진 계단을 올랐다는 것 같다."

생각도 못 한 말을 듣고 내 눈이 휘둥그레졌다.

"증조부님이, 멀고 높은 곳으로?"

"로제마인은 신께서 라이제강을 위해 보내 주신 사자라고 감사와 만족을 하면서 올라갔다는 것 같다. 가능하다면 로제마인이 아우브가 되었으면 싶다, 라고도."

아렌스바흐와 베로니카에 대한 원한과 증오로 응어리져 있던 증조부님의 모습을 떠올렸다. 빌프리트와 이야기하고 약속해서 조금이나마 안심해 준 것 같았는데, 아니었던 걸까. 숙청에 만족해서 편하게 돌아가셨다는 것도, 그게 내 덕분이라고 말했다는 것도, 유언으로 아우브가 되어 줬으면 한다고 말했다는 것도, 하나같이 답답한 기분이 들게 했다.

"저, 아버님. 전 기베 라이제강의 죽음과 영지의 순위에 무슨 관계가 있는 겁니까?"

빌프리트가 의아하다는 얼굴로 물었더니 플로렌치아가 살짝 고개를 숙이면서 말했다.

"그가 멀고 높은 곳으로 올라가면서 구 베로니카 파벌과의 대립을 해소하기가 용이해졌습니다. 더는 아렌스바흐를 이기기 위해서 순위를 올릴 필요는 없습니다. 앞으로는 영지 내부를 정비하는 데 힘을 쏟아야만 하고, 에렌페스트 전체가 부담을 느끼고 있으니 순위를 올려 봤자 기뻐할 사람은 아무도 없다고 라이제강계 귀족은 생각하는 것 같습니다."

어른들이 따라오지 못한다고 듣기는 했는데, '기뻐할 사람이 없다'고 할 정도로 순위를 올리는 걸 곤란하게 여길 줄은 몰랐다.

……순위를 조금이라도 더 올리려고 다 같이 여러모로 생각하고, 귀족원에서 열심히 했던 일들이 쓸데없는 짓이었나?

내가 에렌페스트의 순위를 올렸던 건, 딱히 라이제강을 위한 일이 아니었다. 기숙사 내부를 하나로 뭉치게 한다는 목표에 딱 좋은 방법이기도 했고, 아렌스바흐로 간 페르디난드가 멸시당하지 않도록 하기 위해서도 필요한 일이기도 했을 것이다. 하지만 '순위를 올려 줬으면 싶다'고 말했던 질베스타의 입에서 이번에는 '가능하다면 10위쯤으로 낮춰 줬으면 싶다'라는 소리가 나오면, 대체 뭐라고 반응해야 좋을지 모르겠다.

……페르디난드 님은 레티치아 님의 교육 담당으로 아렌스바흐에 있으니까 에렌페스트가 열심히 해 주지 않으면 곤란하다고 말했잖아?

"극단적인 이야기지만, 상위 영지들과 적극적으로 관여하고 왕족과 연줄을 지닌 사람은 로제마인뿐이다. 네가 언동에 주의하면 에렌페스트의 순위가 더 올라가는 건 막을 수 있으리라고 귀족들 사이에서는 말이 오가고 있다. 너는 너무 눈에 띄었다. 계속 최우수를 차지하고, 왕족과의 친교를 다지고 있다. 이 이상 눈에 띄면 에렌페스트에서는 차기 아우브를 두고 쓸데없는 내분이 벌어지게 된다. 제발 부탁이니 언동에 주의해 줬으면 싶다."

아무래도 난 열심히 하지 않는 쪽이 좋았던 것 같다. 그러고 보니까 올해는 페르디난드도 칭찬해 주지 않았다. 그건 내가 에렌페스트를 곤란하게 만들었기 때문일까. 그런 생각이 든 순간, 최우수 표창을 받아서 기쁘다고 생각했던 것과 단상에서 봤던 광경들이 순식간에 빛이 바래 버렸다.

"직접 이야기를 나눠 본 기베들은 네가 아우브를 바라지 않는다는 걸 알고 있지만, 그렇지 않은 귀족들에게는 네가 아우브를 바라는 것처럼 보이는 것 같다. 로제마인이 아우브를 노릴 생각이 없다는 것을 행동으로 보여주는 수밖에 없다."

그러니까…… 아우브 자리를 두고 이상한 혼란이 벌어지는 걸 막기 위해서라도, 나는 가능한 귀족들 앞에 모습을 드러내지 않는 쪽이 좋다는 뜻인가? 내가 없는 편이 나은 거였어?

일에 대한 책임이라든지 열심히 하려는 마음 같은, 뭔가 소중한 것들이 줄줄이 빠져나간다. 내가 더는 쓸데없는 짓을 하지 않도록 도서관에 틀어박히고 싶다.

"그건…… 마침 잘됐네요. 포상을 주거나 벌을 주면서 귀족들을 자기 파벌로 끌어들이는 자리에 제가 없다면 귀족들의 눈도 달라지겠죠. 숙청 때문에 정신없는 에렌페스트를 정리하고 귀족들을 장악하는 일은 아우브인 양아버님과 차기 아우브인 빌프리트 오라버니께 맡기겠습니다."

나는 이제 막 받은 내 도서관과 조금이라도 평민 마을에 가까운 신전에 틀어박히고 싶을 만치 뭔가를 하고 싶다는 의욕이 없으니까, 마침 잘됐네. 그렇게 생각하며 미소를 지었더니, 빌프리트가 목표를 응시하는 것 같은 눈부신 얼굴로 고개를 끄덕였다.

"음, 나는 성과 귀족의 혼란을 다스리는 데 힘을 쏟고, 차기 아우브로서 인정받고 싶다."

……빌프리트 오라버니는 귀족원에서 했던 모두의 노력에 대해 '기뻐하는 이는 아무도 없다'는 말을 듣고도 아무렇지도 않은 걸까? 열심히 노력해서 올려 놓은 순위를 내리라고 했는데?

같은 말을 들었는데, 어째서 이렇게까지 희망에 가득 차서 웃을 수 있는 걸까. 정말 신기하다. 그렇게 생각하면서, 나는 내가 안고 있던 것들을 털어놓았다.

"귀족원 도서관에서 봄의 의식에 사용하는 무대의 설계와 마법진에 대해 필사해 왔습니다. 이쪽도 아버님과 빌프리트 오라버니의 파벌을 위해 써 주세요."

성에 불려갈 것 같은 안건들은 조금이라도 빨리 처리해 버리고 싶었을 뿐인데, 빌프리트는 "그거 고맙군"이라면서 기뻐했다.

"저도 신전과 평민 마을에 힘을 쏟을 수 있게 되니까 정말 도움이 되네요."

양쪽 모두에게 이익이 된다는 생각으로 '신전에 틀어박히겠습니다'라고 선언하고 싶었지만, 질베스타가 곤란하다는 얼굴로 고개를 저었다.

"아니, 너는 플로렌치아의 빈자리를 메워 줬으면 싶다."

빌프리트를 약혼자로서 추켜세워 주면서 다과회 등의 여성 사교를 통해서 여성 귀족들을 이끌고, 플로렌치아의 집무를 보조해 줬으면 한다는 것 같다. 솔직히 말하자면 페르디난드가 없어진 지금, 신전 업무에 관해 상담할 사람이 없어서 나랑 측근들끼리만 신전을 꾸려 나갈 수 있을지 불안할 지경인데, 플로렌치아의 집무까지 해 주길 바라면 곤란하다. 그리고 귀족원에서 열심히 노력할 필요가 없어진 지금, 귀찮은 다과회를 위해서 의욕을 내고 싶지도 않고.

……순위를 낮추려면, 내가 사교에서 실패하는 게 딱 좋지 않을까?

"분명히 원래는 빌프리트 오라버니의 약혼자인 제가 맡을 역할이겠지만, 그런 사교나 집무는 샤를로테 쪽이 더 적합하지 않을까요? 저는 신전장, 고아원, 상인들을 관리하는 일에 힘을 쏟는 쪽이 좋을 것 같습니다."

다른 영지의 상인들을 받아들일 태세를 갖추는 일을 소홀히 할 수는 없다. 다른 영지의 상인들에게 에렌페스트 내부가 어지러운 모습을 보여주면 이후의 영지 관계에도 큰 영향을 미칠 테니까. 그렇게 주장했더니 질베스타는 조금 생각한 뒤에 "뭐, 그렇겠군"이라면서 이해했다는 반응을 보였다.

……나는 평민 마을 사람들을 위해서라면 아직 좀 더 노력할 수 있다.

내가 아빠와의 약속을 생각하면서 흩어져 버린 의욕을 다시 그러모으고 있는데, 빌프리트가 뚱해 보이는 얼굴로 질베스타를 노려봤다.

"아버님, 로제마인의 응석을 너무 받아 주진 마십시오. 내년 귀족원을 위해서라도 로제마인은 빨리 사교 경험을 쌓아야 하잖습니까."

귀족원 순위를 신경 쓸 필요가 없어졌는데, 왜 빨리 사교 경험을 쌓아야 하는 거죠? 라는 본심은 숨기고, 나는 귀족 아가씨답게 고개를 갸웃했다.

"빌프리트 오라버니, 그러면 신전 업무와 상업 길드와의 일은 어느 분께서 대신해 주실 건가요? 전부 끌어안는 건 무리입니다."

신전 업무는 나도 이어받은 지 얼마 안 됐고, 상업 관계는 아직 평민 마을 상인들의 의지를 받아들일 문관을 키우지 못했다. 유스톡스가 없어진 걸 진심으로 아깝다고 생각할 만큼 일을 맡길 문관을 찾아볼 생각도 못 할 지경인데, 교대할 사람이 있을 리가 없다.

"신전 업무라면 모를까, 상업 길드와의 일이라면 예전에도 문관이 하던 일이니 문관에게 맡기면 되잖아. 너는 내년의 귀족원을 위해서라도 사교 경험을 쌓는 쪽이 훨씬 중요해."

내가 중간에 들어간 덕분에 귀족의 사정과 상인의 현실을 조정하고, 한계치를 가늠하면서 다른 영지 상인들을 받아들이는 일이 간신히 어떻게든 되어 가고 있는데, 어째서 예전에 하던 문관한테 맡길 수 있다고 생각하는 걸까. 평민의 사정을 생각하지도 않고 억지를 부리다가 큰일이 날 게 불 보듯 뻔한데.

"빌프리트 오라버니가 말씀하신 문관이라는 분이 대체 어떤 분인가요? 설마 영지 순위가 올라간 데 대응하지 못하고, 하위 영지 시절의 생각 그대로 예전과 똑같이 일하고 있는 문관은 아니겠죠? 평민 마을 사람들과 이야기가 통하는 하르트무트조차도 상업 관련은 아직 지식과 경험이 부족해서 제가 동석하지 않으면 교섭을 맡기기도 힘든데, 상업 관련 교섭을 맡길 수 있는 문관을 키웠다는 말은 처음 듣는군요."

그렇게 우수한 사람이면 내 측근으로 삼고 싶다고 말했더니, 빌프리트가 "그, 그건……"이라고 말하면서 눈을 다른 곳으로 돌렸다. 내가 모르는 우수한 문관을 키우고 있던 건 아닌가 보다.

내가 빌프리트를 똑바로 보고 있었더니, 샤를로테가 질렸다는 것처럼 한숨을 쉬면서 "오라버니가 언니에게 사교 경험을 쌓기를 바라는 의견은 이해합니다만, 지금은 언니의 의견 쪽이 옳다고 생각합니다"
라고 말했다.

"귀족 여성과의 사교라면 제가 대신할 수도 있지만, 신전에서의 일과 상인과의 연계는 아무나 대신할 수 있는 일이 아닙니다. 그러니까, 어머님 일은 제가 대신하겠습니다."

……샤를로테가 너무 착하고 우수해! 나, 진지하게 도서관이랑 신전에 틀어박힐까 생각하고 있었는데.

자신이 귀족 여성과의 사교를 맡겠다고 발언한 샤를로테의 믿음직한 모습이 너무나 눈부셔서, 더 이상 열심히 하고 싶지 않다는 생각이나 하고 있던 나는 도저히 똑바로 쳐다볼 수가 없었다.

"샤를로테, 로제마인에게 귀족으로서의 사교 경험을 쌓게 하는 것은 최우선 사항입니다. 귀족원에서 들어온 보고를 봐도, 지금의 로제마인에게 가장 부족한 부분이니까……."

귀족원에서 들어온 보고를 보고 골치를 썩고 있던 것 같은 플로렌치아의 말에, 아픈 곳을 찔린 나는 살며시 시선을 피했다. 하지만 어머니께 한마디 들은 샤를로테는 눈살을 아주 약간 찌푸려서 불쾌해 보이는 표정을 짓고는, 나와 빌프리트와 질베스타와 플로렌치아를 차례로 본 뒤에, 일단 고개를 숙였다.

"숙부님이 빠진 상황에서 신전 업무, 숙청으로 사람이 늘어난 고아원의 운영, 상인들과의 교섭, 인쇄업 상담 역할과 구텐베르크의 운영……. 하나같이 언니가 아니면 할 수 없는 일이고, 이미 한 사람의 어른 이상의 일을 맡고 있지 않습니까. 대신할 인재도 준비하지 못한 와중에 언니가 귀족원에서 노력한 것을 부정하면서 사교 경험을 쌓으라고 요구하거나, 임신한 어머니의 구멍을 메우기 위한 부담을 요구

하는 것은 잘못됐다고 생각합니다."

샤를로테는 고개를 들더니, 비판적인 기색이 담긴 남색 눈동자로 자기 가족들을 봤다.

"저는 언니가 사교 경험을 쌓는 것이 최우선 사항이라고 생각하지 않습니다. 아버님도 어머님도 건강하시고, 새로운 아이가 태어날 정도로 젊으시니까요. 대를 물려서, 언니에게 제1 부인으로서의 사교를 완전히 맡기려면 10년 이상은 지나야 하지 않을까요."

······샤를로테.

날 위해서 화내 준 게 너무나 기뻐서, 바로 조금 전에 이것저것 빠져나가 공허해졌던 부분에 샤를로테의 말이 채워져 갔다. 천천히, 긍정적인 기분이 채워져 가는 걸 음미하는 것처럼 느끼고 있었다.

······응. 조금 힘낼 수 있을 것 같아.

내가 기뻐하는 것과 반대로, 회의실에 있는 사람들은 하나같이 빌프리트는 물론이고 영주 부부까지 비판하는 듯한 샤를로테의 말에 깜짝 놀라서 샤를로테 쪽만 보고 있었다. 하지만 샤를로테는 조용한 표정으로 자기 의견을 말했다.

"숙청 때문에 영지가 힘들다는 것을 알고 있으면서, 같이 에렌페스트를 지탱해 줄 제2 부인을 맞이하는 게 아니라 어머님을 임신시킨 사람은 아버님이잖아요? 어머님의 빈자리를 메우기 위한 부담은 양녀인 언니가 아니라 친자식인 저나 아버님이 져야 하는 게 아닐까요?"

내 감각으로는, 연애결혼이면서도 영지의 사정 때문에 제2 부인을 들여야만 하는 사태가 벌어진 영주 부부가 불쌍해서 왠지 모르게 '최대한 피할 수 없을까'라고 생각하게 된다. 그리고 어떤 사정이 있건 간에 아기가 생겼다는 이야기를 들으면 '잘 됐다'라는 감상부터 들고.

하지만 태어나면서부터 영주 일족으로서 자라 온 샤를로테는 제2 부인에 대한 사고방식이 나와 근본적으로 다른 것 같다. 제2 부인을 들이지 않고 제1 부인을 임신시킨 영주에 대한 분노와 경멸이 담긴 남색 눈으로, 영주를 보면서 말했다.

"아버님, 어머님이 아기를 가지셨다면 그레첼의 엔트비켈른은 어떻게 되는 건가요? 그레첼 출신 측근에 의하면 올봄에 행할 예정이었다던데 말이죠?"

엔트비켈른은 도시 전체를 다시 만드는 대규모 마술이다. 영주 일족이 총출동해서 회복약까지 써 가면서 마력을 담아야 할 정도로 많은 마력이 필요한 일이다. 그레첼의 평민 마을이 에렌페스트의 평민 마을보다 규모는 작지만, 많은 마력이 필요하다는 사실에는 변함이 없다. 페르디난드가 없어진 데다 플로렌치아가 임신해서 아기를 위해 마력을 써야만 하게 됐으니, 올봄에 엔트비켈른을 하는 건 힘들겠지.

"……봄에 하는 건 힘들지만, 가을이라면 할 수 있을 거다."

"엔트비켈른을 써서 정비하는 이상 실패는 용납되지 않습니다. 그레첼의 귀족들은 신경이 상당히 날카로워져 있는 것 같은데, 그렇게 갑자기 예정을 변경해서 내년 여름에 상인들을 맞이할 준비를 끝낼 수는 있을까요?"

그레첼 출신 측근의 상담을 받았겠지. 예정을 변경하겠다는 질베스타를 보는 샤를로테의 눈빛은 진지했다.

"저는 제 측근이 힘들어하는 모습을 보고 싶지 않습니다. 언니 측근 중에도 그레첼 출신인 분이 있죠? 정말로 엔트비켈른의 예정을 변경해도 괜찮은 건가요? 평민 마을이나 상인들에 대해 잘 아시는 언니는 어떻게 생각하시죠?"

샤를로테가 불안해하는 표정으로 날 쳐다봤고, 나는 동생의 기대에 응해 주기 위해서 필사적으로 머리를 굴렸다. 측근 중에 브륀힐데가 있어서 그레첼의 상황은 들었고, 실제로 가 본 적도 있으니까.

······상인을 맞이하기 위한 준비가 하나도 안 돼 있는 건 아니다.

그레첼이 제지업과 인쇄업을 도입할 때, 장인들을 에렌페스트에 보내서 수행하게 했다. 그때 구텐베르크 일행과 장인들 사이에 연줄이 생겼고, 인쇄 협회와 협력하면 종이와 책을 취급하는 가게는 당장이라도 준비할 수 있다. 브륀힐데의 지시로 길베르타 상회를 통해 머리 장식을 취급하는 가게를 늘리는 교섭도 했다는 것 같다. 하지만, 다른 영지의 상인을 맞이하기 위한 숙박 시설이 결정적으로 부족하고, 평민 마을은 여전히 지저분한 상태. 엔트비켈른으로 정비를 하더라도 깨끗하게 유지할 수 있을지는 모르는 일일 터다.

"가게 준비는 진행되고 있지만, 숙박 시설 건설과 거리를 깨끗하게 한 이후에 유지하는 게 문제겠죠. 특히 숙박 시설은 인테리어와 가구, 인재 확보와 교육이······. 예정이 반년이나 틀어지면 상당히 힘들어요."

엔트비켈른으로 만들 수 있는 건 하얀 건물뿐이다. 문도 창틀도 가구도, 아무것도 없다. 봄에 개조하고, 여름부터 가을 동안에 창문과 문을 설치하고 건물 내장 공사를 진행하고, 겨우내 가구 등을 만드는 순서로 가야 한다. 가을에 엔트비켈른을 하면 내장 공사도 반년이 밀리게 된다. 눈이 쌓이는 겨울에 장인들을 현장으로 보내서 일하게 하는 건 어려운 일이다. 그런 상태에서 내년 여름까지 가구를 만들어서 집어넣고, 교육을 마친 인재를 숙박 시설에 배치할 수 있을까.

내 말을 들은 샤를로테가 고개를 크게 끄덕였다.

"언니도 그렇게 생각하시죠? 제가 북쪽 별채의 방을 준비할 때는 전문 장인을 골라서 깔개와 커튼, 가구 등을 의뢰하고 갖추는 데 거의 2년이 걸렸어요. 가을에 엔트비켈른을 하면, 도저히 내년 여름에 맞출 수 없을 것 같습니다."

영주 일족이 사용하는 장소와 가구가 아니니까 아무래도 2년까지는 안 걸리겠지만, 작은 신전이나 이탈리안 레스토랑 때 경험을 생각해 봐도 목공 공방에 의뢰해서 완성될 때까지 많은 시간이 걸린다.

내가 어떻게든 시간을 단축할 수 없을지 생각하고 있었더니, 빌프리트가 기세를 탄 샤를로테와 안색이 좋지 않은 플로렌치아를 번갈아 보면서 입을 열었다.

"하지만, 샤를로테. 예정은 변경할 수밖에 없어. 마력이 대량으로 필요한 엔트비켈른에 어머님이 참석하시는건 너무 위험해. 너는 어머님이 위험해지게 하고 싶은 거야?"

"오라버니, 저는 어머님을 위험에 노출시키고 싶은 게 아니라, 영주 일족의 사정으로 예정이 변경된 것에 대해 그레첼이 저희에게 책임을 묻지 않게 하려고 그런 말을 한 거예요. 숙청 때문에 내정이 불안정한데, 여기에 그레첼이 반발하는 사태가 추가되는 건 피해야죠?"

숙청 때문에 내정이 삐걱거리는 때에, 영주의 사정으로 그레첼에 말도 안 되는 일을 강요해서 라이제강계의 반발을 초래하면 안 되니까. 샤를로테의 말이 옳다. 질베스타가 지금까지 했던 것처럼 상명하복 방식으로 집무를 처리했을 때 저지르기 쉬운 실패다.

"그레첼을 비롯한 라이제강계 귀족이 반발하는 일을 막기 위해서라도 아버님은 영주 회의에서 더 이상 다른 영지와 계약을 맺지 않도록 해 주세요."

샤를로테의 말에 질베스타와 측근들이 씁쓸한 표정을 지었다. 영주 회의에서 올해는 어느 정도 거래할 수 있을지에 대한 물음에 대답해야 하는 건 저 사람들이기 때문이겠지. 관계를 맺자고 하는데 거절해야만 하는 것은 상당히 힘든 일이다. 특히 순위가 급상승 중인 에렌페스트는 다른 영지에 반감을 사지 않도록 처신하고 싶은 상황이다.

"샤를로테, 라이제강계 귀족의 반발보다 다른 영지와의 관계를 중시해야 하지 않아? 다른 영지와 교류하는 방법을 생각하라고, 왕족으로부터도 말이 있었으니까."

빌프리트의 말에도 일리는 있다. 라이제강계 귀족은 자기 영지의 귀족이니까 영주의 권한을 사용하면 어떻게든 할 수 있지만, 다른 영지는 그렇게 할 수가 없다. 특히 빌프리트는 아나스타지우스한테서 직접 주의를 받았으니까, 그쪽에 대해서는 샤를로테보다 더 신경이 쓰이겠지.

……분명히, 라이제강계 귀족은 물론이고 다른 영지의 반감도 무섭겠네.

지금 에렌페스트는 다른 영지와 영지 내부의 귀족, 양쪽을 만족시켜야 해. 이것이 순위를 올린 폐해라면, 내가 책임을 져야 하는 일인지도 몰라.

"양아버님, 영지 내부의 귀족들을 잘 이끄는 것도 중요하지만, 다른 영지와의 관계도 중요하죠?"

"그래."

"그러니까, 내년 여름에 그레첼을 활용하는 방향으로 진행하는 건 중요하다고 생각해요. 그러기 위해서는 기베 그레첼이 아니라 아우브가 주도해서 진행해야 할 필요가 있어요."

아래쪽에 책임을 강요하려고 했기 때문에 일이 힘들어졌다. 다른 영지의 상인들을 받아들이기로 결정한 사람은 영주니까 영주가 책임지고 움직이면 된다. 실패해도 영주의 책임이 된다면 그레첼에 불만이 쌓일 일도 없을 테고. 내 말을 들은 질베스타와 플로렌치아가 눈이 휘둥그레졌다.

"갑자기 무슨 소리냐, 로제마인?"

"그레첼에 대한 책임을 아우브 에렌페스트가 져야 한다는 말인가요?"

"예. 다른 영지 상인들을 맞이하는 데 에렌페스트의 평민 마을만 가지고는 부족하니까 그레첼을 빌리는 거잖아요. 그레첼을 위한 시설을 아우브가 책임지고 준비한다면 샤를로테의 걱정거리도 사라지겠죠?"

예정 변경에 의한 그레첼의 실패와 그 책임 추궁. 샤를로테는 그것 때문에 반발이 일어나서 에렌페스트 내부가 흔들리는 것을 걱정하는 것이다. 그렇다면, 아우브가 모든 책임을 지면 대부분의 걱정거리가 사라지겠지.

내 말을 들은 샤를로테는 고개를 끄덕이면서 "저는 언니 일이 너무 많아지는 것도 걱정하고 있어요" 같은 귀여운 소리를 하고는, 질베스타가 어떤 대답을 할지 빤히 쳐다봤다. 딸의 조용하면서도 엄격한 시선을 받은 질베스타는 "로제마인……"이라고, 힘이 쪽 빠져나간 얼굴로 말했어.

"영주의 사정으로 예정을 대폭 변경하게 됐으니 아낌없는 원조가 필요하겠죠. 그레첼한테만 맡기면 제때 끝낼 수 없지만, 양아버님이 돈과 마력 대부분을 제공하고 책임자가 되는 걸 전제로 생각한다면 불가능한 일은 아니라고 봐요."

"뭐라고? 그게 무슨 소리냐?"

힘이 쪽 빠진 표정을 저쪽에다 휙 던져 버린 질베스타가 흥미롭다는 것처럼 몸을 앞으로 내밀면서 물었다. 이렇게 관심을 가져 줬으니까, 나는 그대로 설명을 시작했다.

"엔트비켈른을 위해서 문관들이 상세한 설계도를 만들 거잖아요? 그중에 숙박 시설과 관련된 부분만 이렇게 하면 돼요. 설계도를 베끼고 정확한 치수를 알 수 있게 표시하고, 엔트비켈른을 하기 전에 각 방의 문과 창틀 등 내장 공사에 필요한 것들을 각각 다른 목공 공방에 주문하는 거예요."

······빠르게 수를 맞추려니 전속 제도가 방해되네.

평민 마을 장인들에게는 일을 얻기 위해서 중요한 제도겠지만, 한 번에 큰 사업을 하려면 상당히 귀찮다.

"공방 하나당 방 하나 분량이면 반년 정도면 만들 수 있겠죠. 미리 문과 창틀을 우선하라고 말해 두면 엔트비켈른 직후에 문과 창틀을 달 수 있어요. 훌륭한 물건을 만든 공방에는 포상을 주겠다고 해서 장인들이 실력을 겨루게 하면 대충 만드는 일도 없지 않을까요."

문과 창틀이 있으면 겨우내 내부 공사를 진행하는 것도 가능하겠지만, 그게 없으면 눈이 건물 안으로 들어와서 아주 힘들어질 거야. 준비가 계속 지연되겠지.

"시간을 단축하려면 그레첼의 공방만 가지고는 목공 공방이나 건축에 관여하는 공방이 너무 부족해요. 에렌페스트의 평민 마을은 물론이고 그레첼 쪽 기베들의 공방에도 주문해야 할 거예요. 그게 아우브가 책임자가 되어야 하는 이유 중에 하나고요."

기베끼리 부탁하면 대가를 요구해서 일이 힘들어질 가능성이 있지만, 영주 명령이라면 얘기가 다르니까.

"흐음······."

질베스타의 짙은 녹색 눈동자가 반짝 빛났다. 승산을 찾아냈다는 얼굴을 보고, 나도 빙긋 웃었다.

"그리고, 문제는 가구예요. 샤를로테가 걱정한 것처럼 이쪽도 목공 공방이 필요해요. 하지만, 가구까지 전부 새것으로 갖추려면 내년 여름까지 끝내는 건 말도 안 돼요. 찾아오는 상인들은 상위 영지 중에서도 눈이 높은 호상일 테니까, 어중간한 것들을 내버려 두면 비웃음만 사겠죠. 그런데 아우브가 책임자가 되면 가구 준비도 아주 편해져요."

"어떻게 할 생각이지?"

"숙청 때 망한 귀족들의 저택 책임자는 아우브잖아요? 가구를 접수해서 숙박 시설에 사용하는 건 어떨까요? 방마다 담당하는 공방이 다르니까, 가구도 방마다 분위기가 다르더라도 문제는 없을 것 같고, 가구 구입 비용도 크게 줄일 수 있어요."

이것도 아우브가 책임자가 아니라면 전부 구입해야만 하는 물건들이다. 숙박 시설에서 사용하면 가구 관리비와 타인에게 넘기는 데 필요한 귀찮은 절차들도 전부 생략할 수 있다.

"그리고, 악기나 마술구 같은 것들과 달리 연좌를 면한 아이들에게도 필요 없는 물건이고요."

그 아이들은 고아원, 성의 어린이 방, 기숙사 같은 곳에서 살게 된다. 각 시설마다 기본적으로 비치된 가구가 있으니까 커다란 가구는 필요 없다.

"그리고 인재 교육에 시간이 소요되는 것 말인데, 이건 평민 마을 상인들과 이야기해서 숙박 시설에서 일할 사람들을 가능한 한 빨리 그레첼에서 에렌페스트로 옮겨 실습을 통해 교육하는 게 좋겠어요."

조정과 이동이 힘들겠지만 에렌페스트 평민 마을 입장에서는 바쁜 시기에 사람 손이 늘어나는 게 되고, 그레첼 입장에서는 반년 동안이나 실제로 다른 영지의 상인들을 상대하면서 실습 연수를 할 수 있으니까, 나쁜 얘기는 아닐 거다.

"상인과의 조정은 제가 할 일이니까, 맡겨 주시면 돼요. ……양아버님이 책임자가 된다는 것이 전제지만."

"……알았다. 그리 하자."

질베스타가 고개를 끄덕였고, 플로렌치아는 걱정하는 얼굴로 질베스타와 나를 번갈아 쳐다봤다. 샤를로테는 "결국, 언니가 할 일이 늘어났잖아요"라고 중얼거렸고, 빌프리트는 입을 꾹 다물고 고개를 숙였다.

"샤를로테가 걱정해 줘서 기뻐요. 하지만, 저는 앞에 나서지 말라는 말을 들었으니까 제안만 할 뿐이고, 실행은 양아버님이 하셔야 해요."

내가 후후 웃었더니 샤를로테는 눈이 살짝 휘둥그레진 뒤에 재미있다는 것처럼 쿡쿡 웃었다.

……이러면 신전에 틀어박힐 수도 있고, 평민 마을 사람들과 만나는 횟수도 늘어나겠지. 계획대로 됐어!

그때, 지금까지 아무 말도 하지 않고 가만히 듣고 있던 멜키오르가 손을 번쩍 들었다.

"누님, 제가 할 수 있는 일은 없을까요? 저도 에렌페스트에 도움이 되고 싶습니다."

"……그렇군요. 그럼, 멜키오르는 저를 도와줄래요?"

"물론이죠. 뭘 하면 될까요?"

밝게 웃는 얼굴로 대답하는 말을 듣고, 나는 빙긋 웃었다. 솔직히 말하면 멜키오르가 할 수 있는 일은 아직 거의 없다. 마력을 다루는 연습도 안 했기 때문에 마력 공급도 못 하고 제사에 데리고 다니기도 힘들다. 하지만 저 의욕을 키워 주는 게 제일 중요하니까, 멜키오르가 할 수 있는 일은 얼마 안 되더라도 항상 주위에 있는 측근들이 할 수 있는 일은 이것저것 있으니까.

　……신전 일을 떠넘…… 이 아니라 같이 해 줄 인재, 찾았다!

　"멜키오르는 신전 업무를 공부해 주세요. 제가 성인이 될 때까지 멜키오르가 신전장 역할을 할 수 있게 되지 않으면 곤란하겠죠?"

　이미 숙청의 영향으로 청색 신관의 숫자가 줄어들었는데, 성인이 되는 동시에 나랑 측근들이 신전에서 사라져 버리면 에렌페스트의 신전은 그 시점에서 끝장이 나게 된다. 그래서 후계자 육성은 필수다.

　……내가 도서관에 드나들 시간을 만들기 위해서도, 말이지.

　"측근까지 포함해서, 멜키오르의 교육을 맡도록 하겠습니다."

　"로제마인, 그건 장래에 불안 거리가 될 것 같은 기분이 든다만……."

　내가 멜키오르의 교육을 맡겠다고 하니까 질베스타가 얼굴을 찌푸렸다. 하지만 신전 업무 인수인계는 필요하고 인재도 부족하니까 잘 활용해야 한다.

　"로제마인 님, 이제 막 세례식을 치르신 멜키오르 님을 신전으로 보내실 셈이십니까?"

　멜키오르의 측근, 특히 나이가 많은 사람들은 얼굴에 드러내지는 않았지만, 마음이 내키지 않는 것 같다. 하지만 나는 기껏 찾아낸 신전에서 잘 활용할 수 있을 것 같은 귀중한 인재를 놓아줄 생각이 없어.

"저는 신전에서 자라기는 했지만, 세례식 직후부터 인수인계 기간 같은 것도 전혀 없이 신전장에 취임했습니다. 페르디난드 님이 신관장으로서 많은 업무를 맡고 계셨던 것과, 그 교육을 받은 측근이 신관장 역할을 할 수 있도록 도와주셨기 때문에 가능했었죠. 하지만, 멜키오르는 누가 도와줄까요? 제 측근은 아마도 신전에 남아 있지 않을 텐데."

나는 뒤에 서 있는 하르트무트 쪽을 슬쩍 봤다. 하르트무트가 빙긋 웃으면서 멜키오르와 그 측근들에 대한 발언을 요구했다.

"솔직히, 인수인계는 서두르는 쪽이 좋을 것입니다. 저는 주인께서 안 계신 신전에 남을 생각은 털끝만큼도 없고, 로제마인 님 외에 다른 분을 섬길 생각도 없습니다. 로제마인 님이 성인이 되시고 신전장 자리를 교대할 때까지 길어야 3년 정도인데, 여러분은 다음 신전장을 제대로 보좌할 자신이 있으십니까?"

멜키오르는 깜짝 놀란 것처럼 나와 자기 측근들을 번갈아 봤다. 그리고는 "3년……"하고, 작은 소리로 중얼거렸다.

"아버님, 저는 신전에서 로제마인 누님을 돕고 싶습니다. 이 성에는 아직 제가 할 수 있는 일이 없지만, 저도 영주 후보생이니까 제 역할을 갖고 싶습니다."

멜키오르가 솔직하게 부탁했더니, 결국 질베스타도 넘어가고 말았다.

"……알았다. 멜키오르와 측근들은 신전으로 갈 것을 명령한다."

멜키오르의 나이 많은 측근들은 떨떠름한 표정을 지었지만, 호위기사는 흥미롭다는 표정이 된 걸 알 수 있었다. 귀족원에서 돌아온 학생 측근들한테 로제마인식 마력 압축과 가호 증가에 관한 이야기를 들었겠지.

"같이 열심히 해요, 멜키오르."

"예!"

이렇게 영주 일족의 회의는 끝났다. 밝은 얼굴로 자리에서 일어난 사람은 멜키오르뿐이었다. 나머지 사람들은 하나같이 뭔가 말하기 거북한 것을 삼켜 버린 것 같은 얼굴로 자리에서 일어났고. 해야 할 일이 산더미처럼 많아서 그렇겠지. 특히 영주 부부와 그 측근들은 안색이 좋지 않았다. 빌프리트와 샤를로테도 뭔가 생각에 잠겨 있는 것 같아서 분위기가 어둡고. 그런 분위기를 전혀 신경도 쓰지 않고, 보니파티우스는 큰 걸음으로 성큼성큼 걸어서 출구 쪽으로 갔다. 그리고는 문 앞에서 일단 발을 멈추고 뒤를 돌아봤다.

"로제마인, 네게 필요한 것은 신전 업무가 아니라 성에서 영주 일족으로서 일하는 것이 아닐까? 신전에서 나오기를 바란다면 도와주겠다."

회의실에 있던 모든 사람이 술렁거렸다. 끝난 줄 알았던 회의가 아직 끝나지 않았다는 것 같은 분위기가 됐고, 질베스타, 플로렌치아, 빌프리트의 표정이 일제히 굳어졌다.

하지만 보니파티우스가 그 말을 할 때까지 내가 생각하던 것은, 내가 신전에 있을 수 있는 3년 동안 상인들과 말이 통하는 문관을 키울 수 있을지에 대한 것과, 프랑을 비롯한 시종들을 어떻게 해야 좋을지에 대한 것이었다. 계속 신전에 있을 수만 있다면 고민하지 않아도 되는데…… 라고 생각했던 탓인지, 제멋대로 입 밖으로 튀어나온 것은 전혀 꾸미지 않은 본심이었다.

"도와주시고 싶으시다면, 제가 성인이 돼서도 계속 신전에 있을 수 있게 해 주세요, 할아버님."

내 말을 들은 질베스타와 나머지 사람들은 아주 조금 안도한 것 같은 표정이 됐고, 반대로 보니파티우스가 경악한 표정으로 얼굴이 굳어져 버렸다. 그런데, 왜 저렇게 놀라는지 모르겠다. 내가 고개를 갸웃거렸더니, 보니파티우스가 아주 조금 아쉽다는 얼굴을 하고 방에서 나갔다.

멜키오르와 신전 준비

"로제마인 누님, 저는 신전에서 뭘 하면 될까요?"

회의실에서 나오자마자 멜키오르가 남색 눈동자를 반짝이면서 질문했다. 새로운 역할을 맡게 돼서 두근거리고 있다는 게 한눈에 보인다. 의욕이 넘치는 멜키오르 덕분에 푸근한 기분을 느끼면서 북쪽 별채까지 가는 동안 신전에 대해 얘기를 했다.

"기본적으로는 성에서 생활하고, 당분간은 세 점 종부터 다섯 점 종까지만 일하도록 하죠. 이동은 측근의 기수에 같이 타는 게 빠르고 편리하고요. 신전의 신관장실에서 기도문을 외우거나 마력을 봉납하면 돼요. 멜키오르는 아직 마력 다루는 연습을 안 했으니까 올해 기원식에는 참석할 수 없지만, 가을 수확제 때부터 제사에 참여할 수 있도록 연습하도록 해요."

"예!"

멜키오르는 원래 봄 영주 회의 기간에 보니파티우스와 마력 공급 연습을 하고 가을에는 수확제에 참가할 예정이었으니까, 기도문을 외우는 작업을 하는 곳이 성에서 신전으로 바뀔 뿐이다.

"마력 봉납 외에는 지금까지의 예정과 거의 같겠지만, 멜키오르가 신전에 가는 것 자체가 중요한 일이에요."

나이가 많은 측근들도 쾌히 신전에 가도록 하기 위해서 기도를 바치는 횟수와 봉납하는 마력량에 따라 귀족원에서 얻을 수 있는 신들의 가호에 차이가 있다고 가르쳐 줬다. 귀족원에서는 당연한 일처럼 여겨지지만, 영지의 나이 많은 귀족들이 얼마나 알고 있는지는 모르니까.

"기도나 봉납하는 마력량에 따라서 가호에 차이가 난다는 것은 단켈페르거와의 공동 연구에서 밝혀졌어요. 드레반헬은 가호를 효율적으로 얻기 위한 연구를 시작한 것 같고, 다음 귀족원에서는 프뢰벨타크와 공동으로 제사와 수확량에 관한 연구를 할 예정이에요. 귀족원에서 했던 봉납식에는 왕족도 참가했고, 제사에 관심을 보이셨죠. 신전과 제사가 아주 주목받는 일이 됐어요. 연구를 먼저 시작한 에렌페스트가 신전과 제사에 대해서는 제일 잘 안다고 가슴을 펴고 말할 수있게 되고 싶네요."

"……호오."

나이 많은 측근들의 표정이 살짝 달라졌다. 아무래도 숙청과 관련된 이유로 북쪽 별채에만 있던 멜키오르의 측근들한테까지는 정보가 거의 들어가지 않은 것 같다. 귀족원에 입학한 멜키오르를 섬길 수 있도록, 현재 귀족원에 있는 측근들이 저학년에 집중된 것도 이유 중에하나겠지.

멜키오르의 측근들에게 신전에 드나드는 일에 마이너스 요소만 있는 게 아니라는 걸 알게 해주기 위해서 나는 신전의 이점에 대해 열심히 어필했다. 이익이 있다는 걸 알면 신전 업무에도 협력적으로 나올테고, 신전에 있는 회색 신관들한테도 심하게 대하지 않겠지. 조금이나마 그들과 접하기 쉬워질 것이다.

"다른 영지의 영주 후보생과 달리 기원식과 수확제에 참가한 빌프리트 오라버니가 열두 신들로부터 가호를 받았다는 이야기를 멜키오르는 알고 있나요?"

"예. 저녁 식사 자리에서 귀족원에서 온 보고서를 읽은 어머님이 말씀해 주셨습니다. 저도 로제마인 누님처럼 많은 가호를 받을 수 있도록 열심히 하라고, 그렇게 말씀하셨습니다."

……어라? 나처럼?

멜키오르의 말을 들어 보면 영주 부부도 내가 가호를 잔뜩 받은 걸 기뻐하고 있다는 것 같은데. 아까 회의해서 했던 말과 정 반대라서 뭔가가 마음에 걸린다.

"저도 형님과 누님처럼 제사에 참여하면 신들의 가호를 받을 수 있을까요?"

"신전에서 일하게 될 테니까 많은 가호를 받을 수 있어요. 저는 에렌페스트의 신전에서 가호를 재취득하기 위한 의식을 할 수 있는지 연구할 생각이에요."

내 측근들은 가호를 재취득하기 위한 기도를 하고 있었지만, 그 사실을 모르는 다른 영주 후보생의 호위기사들이 일제히 홱, 하고 고개를 돌렸다.

"로제마인 님, 신들의 가호를 재취득할 수 있다는 말씀이십니까?"

"공동 연구에 참여한 졸업생만이 다시 한 번 의식을 치를 수 있다고 들었습니다만……."

레오노레와 리젤레타처럼 가호를 늘리는 데 성공한 졸업생이 있다는 이야기는 들었나 보네. 질문이 잔뜩 날아왔다.

"아직 한 번도 실험해 보지 않아서 결과는 모르겠지만, 처음에는 제 성인 측근들이 연구해 볼 예정이에요. 가호를 잔뜩 받으면 마력 소비를 줄일 수 있으니까 성장기를 마쳐서 마력 압축으로 마력을 늘리기 힘든 사람도 할 수 있는 일이 많아질 겁니다."

지금부터 마력 압축을 배우고 성장기를 맞이하게 될 멜키오르보다 이미 성인이 된 측근들 쪽이 가호의 재취득에 관한 관심이 훨씬 많았다. 그 사람들은 코르넬리우스보다 윗세대다. 로제마인식 마력 압축이 알려졌을 때는 이미 성장기가 끝난 상태였던 나이다 보니 마력 압축으로 마력을 전혀 늘릴 수 없는 건 아니지만, 연하들과 차이가 벌어지는 세대다. 이번에 가호를 얻는 방법이 발견된 탓에 차이가 더 벌어지는 건 아닌지 초조해하고 있었겠지. 재취득 의식 얘기를 듣고서 눈을 반짝거리고 있다.

"재취득 의식이 가능하다고 해도, 신들께 기도와 마력을 봉납하지 않으면 가호를 받을 수 없어요. 신전에 드나들면서 기도를 올리고 있는 제 측근들이라면 모를까, 아무것도 안 하는 분이 가호를 받는 건 힘들지도 몰라요."

"멜키오르 님, 부디 저를 신전에 데려가 주십시오."

"아닙니다, 제가……."

멜키오르의 측근들이 신전에 드나들 생각을 하게 된 건 잘된 일이다. 샤를로테와 빌프리트의 측근들도 관심이 있다는 것처럼 귀를 기울이고 있는 게 느껴지고. 나는 주위의 변화에 만족해서 고개를 끄덕이면서 멜키오르의 측근들에게는 신전에 가는 당번 로테이션을 짜 두라고 말했다. 아무리 신전에 가고 싶어도, 호위기사는 기사단 훈련에도 참여해야 하니까. 호위기사는 순서대로 동행하면 된다.

"로제마인 님의 측근은 어떻게 하고 있습니까?"

내 측근들이 어떻게 로테이션을 짜고 있는지 코르넬리우스에게 묻는 기사의 목소리가 마중물이 돼서 돌아가는 길이 떠들썩해지기 시작하자, 하르트무트가 살짝 웃었다.

"로제마인 님, 페르디난드 님의 방을 그대로 물려받았을 뿐인 저와 달리, 멜키오르 님이 신전에 들어가실 때는 준비가 필요합니다. 신전에 드나드는 것의 이점도 중요하지만, 그쪽도 이야기해드리지 않으면 멜키오르 님이 곤란해하실 겁니다."

"어떤 준비가 필요할까요?"

멜키오르의 시종이 제일 먼저 반응했다. 멜키오르도 흥미롭다는 시선을 보내왔고. 하긴, 나도 고아원장실을 그대로 물려받기도 했고, 귀족원에서 세례식을 하는 사이에 준비가 돼 있기도 해서 생각은 안 나지만, 방 하나를 꾸미는 건 정말 큰일이니까.

"중급이나 하급 귀족 출신인 청색 신관이라면, 신전에 남아 있는 가구를 물려줘서 바로 생활할 수 있는 방을 준비할 수 있어요. 하지만 영주의 양녀가 된 제가 가구를 처음부터 갖춰야 했던 것처럼, 영주 일족인 멜키오르가 누군가가 쓰던 것을 물려받을 수는 없으니까요."

"봄을 축하하기 위한 연회가 끝나면 멜키오르 님도 바로 신전으로 가시는 겁니까?"

멜키오르의 시종이 곤란하다는 표정을 지었다. 봄을 축하하기 위한 연회까지는 얼마 안 남았으니까.

"공주님, 모든 것을 하나부터 준비하지 않아도, 성에서 관리하는 지금은 사용하지 않는 가구들을 운반하는 것은 가능합니다. 바로 준비해야 하는 것들이라면 그것으로 준비하는 건 어떨까요?"

리카르다의 조언을 듣고 멜키오르의 시종이 안심했다는 것처럼 고개를 끄덕였고, 바로 필요한 것들에 관해 물었다. 나는 내 방에 있는 가구들을 생각하며 대답했다.

"신전에서 점심식사를 하게 되니까 주방을 마련해야 하고, 요리사를 고용하는 것도 필수입니다. 테이블, 의자, 식기, 의상을 넣어 두기 위한 나무 상자나 옷장도 당장 필요하죠. 게다가, 서류를 놓아둘 나무 상자와 책장. 그리고 용변을 볼 수 있도록 욕실과 세면실도 준비해 두면 좋을 거예요. 당분간 공부는 고아원과 신관장실에서 할 테니까, 집무용 책상은 천천히 준비해도 되겠죠."

시종의 표정이 아주 진지하네. 신전 업무를 돕는다고 말하는 건 간단하지만, 그러기 위한 환경을 갖추는 건 간단한 일이 아니니까. 성에 있는 가구 중에서 멜키오르가 쓸 만한 물건을 골라내야 한다.

"신전에서 점심 식사는 로제마인 누님과 함께하게 되나요?"

"혼자서 식사하면 입맛이 별로 없겠죠. 같이 해요. 단, 요리사는 각자 고용해야 해요."

측근은 내려 주는 음식을 먹어야 하니까 같이 식사할 수 없다. 멜키오르가 격이 같은 영주 일족이라서 같이 식사를 할 수 있는 건 솔직히 기쁘다. 하지만 손님이 왔을 때 대응하기 위해서라도, 예산 분배를 확실히 하기 위해서라도, 고아원에 전해지는 신의 은혜를 늘리기 위해서라도, 요리사는 직접 고용하지 않으면 곤란하다.

"양아버님과 교섭해서 성의 요리사 한 사람을 신전으로 보내 달라고 하죠. 조수는 요리를 잘하는 회색 무녀가 맡아도 되고, 제가 아는 식당에서 소개받아도 돼요. 고아원에 식사를 내려 주는 건 청색 신관의 중요한 역할이니까, 주인이 없을 때도 식사를 만들어 줄 요리사가 필요해요."

한 사람은 익숙한 요리사를 데리고 가는 쪽이 안심이 될 것 같지만, 그밖에도 신전에 상주할 수 있는 사람이 필요하다. 궁정 요리사가 아니라 신전의 요리사를 고용하는 쪽이 좋을지도 모른다.

"가을 수확제까지는 의식용 의상을 맞춰야 하고, 겨울까지는 침대도 준비하는 게 좋겠죠. 봉납식 시기에 눈보라가 심하면 성으로 돌아오기가 상당히 힘드니까요."

측근의 기수에 같이 타려고 해도 방한 대책이 너무 힘들고, 마차는 움직이지 못하게 되니까. 봉납식에 참가하려면 숙박이 필수다. 그나마 다행인 건, 전 신관장이나 청색 신관이 두고 간 가구를 사용하면 측근의 방을 준비하기가 편해진다는 정도려나.

"비용이 꽤 많이 들겠군요."

"예. 신전용 예산을 편성해 달라고 양아버님께도 연락을 드려야 해요. 아까 회의 때 이야기했으면 좋았을 텐데."

실수했다는 생각을 하고 있노라니 하르트무트가 "마침 잘 됐군요"라면서 미소를 지었다.

"숙청의 영향으로 청색 신관의 숫자가 더 줄어든 데 대해, 아우브께 따로 말씀드려야만 합니다. 집안 사정으로 청색 신관이 연행되는 것은 어쩔 수 없는 일이라고 생각합니다만, 가능하다면 돌려보내 주셨으면 싶은 청색 신관도 있습니다."

청색 신관이 줄어들었다는 건 알고 있었지만, 신전 운영에 지장이 생길 정도인 줄은 몰랐다. 청색 신관이 줄어들면 봉납하는 마력도 줄어들고, 요리사도 줄어서 고아원 식사도 줄어들게 된다. 하지만 남은 청색 신관 한 사람당 해야 하는 일의 양과 고아원으로 돌아가게 되는 회색 신관이나 회색 무녀는 늘어난다.

"솔직히 말해서, 인원이 너무 줄어서 에렌페스트를 지탱하기 위한 마력이 한참 부족합니다. 장래를 생각해 보면 로제마인 님의 마력에만 의존하는 것은 좋은 일이 아니겠죠."

하르트무트는 내 신전장 직책을 성인이 될 때까지만 임시로 맡는 자리라는 의식으로 보고 있다. 그래서 항상 내가 신전장을 그만둔 뒤의 일을 생각하는 것이다.

"영주 일족의 마력은 주추 마술을 지탱하기 위한 마력이니까요. 신전장으로서 신전에 봉납하는 것도 중요하지만, 주추 마술에 대한 마력 공급을 소홀히 하게 되면 주객전도예요. 청색 신관과 청색 무녀의 숫자를 늘리는 일은 빨리 생각하는 쪽이 좋겠네요."

"로제마인 님이 말씀하신 대로입니다. 귀족들이 가호 재취득을 목적으로 신전으로 발을 옮기고 마력을 봉납해 줄 것을 기대합니다만, 연구 결과에 따라서는 어떻게 될지 모를 일입니다."

하르트무트는 그렇게 말하면서 신전에 갈 마음이 생긴 측근들을 슬쩍 봤다. 효과가 그다지 좋지 않다고 생각하면 바로 손바닥 뒤집듯 생각을 바꿀 사람들이니까 크게 기대할 수는 없다.

"……저기, 하르트무트. 어린이 방에 있는 아이들을 청색 견습 신관으로 대우하는 건 어떨까요? 부모한테서 몰수한 돈을 사용해서 고아원이 아니라 귀족 구역에서 생활하게 된다면, 귀족 아이로 취급하는 게 되겠죠?"

내 제안에 하르트무트가 주황색 눈을 깜박이면서 턱에 손을 댔다. 전에 고아원에서 받아들이자는 얘기를 했던 때는 바로 안 된다고 했지만, 이번에는 거절하는 말이 나오지 않았다. 나는 계속해서 말했다.

"귀족원에 들어가지 않은 나이의 아이들이니까, 귀족원에서 사용하기 위한 마력을 모으는 것까지 생각해 보면 봉납할 수 있는 마력은 그렇게 많지는 않겠죠. 그래도 없는 것보다는 있는 쪽이 좋고, 귀족들의 부정적인 시선에서 조금이나마 숨겨 줄 수 있다는 점도 중요하다고 생각해요."

하르트무트가 조금 진지한 표정이 돼서 생각에 잠겼다. 성의 어린이 방도 영지의 예산과 그들의 부모에게서 몰수한 돈으로 운영되고 있으니까 들어가는 금액 자체는 크게 달라지지 않을 것이다.

"귀족이면서 청색 신관이라는 입장은 저도 마찬가지니까, 고아원에 있는 아직 세례를 치르지 않은 아이들과는 선을 긋는 처지가 됩니다. 무엇보다 지금부터 잘 교육하면 안정적으로 신전에 드나들고 마력을 봉납하게 된다는 점이 좋다고 생각됩니다."

하르트무트는 마력 부족을 메우는 일만 생각하고 있는 것 같지만, 그 아이들에게 필요한 요리사와 시종을 들일 수 있게 되면 고아원에도 크게 도움이 되고, 그 아이들을 고아원에서 교육하게 되면 고아원 아이들에게도 목표가 생겨서 열심히 노력하겠지.

"청색 견습 신관이라면 신전에 가는 멜키오르와 알고 지내게 될 수도 있을 거예요. 그렇게 아는 사이라면 멜키오르도 다음 어린이 방이나 귀족원에 입학한 뒤에 부조리한 멸시를 받는 아이들을 감싸 주기가 쉬워지겠죠?"

내가 귀족원에 있는 동안에는 가능한 부조리한 차별을 받지 않도록 손을 쓸 수 있었지만, 졸업하면 끝이라는 점이 문제다.

"고아원에 있는 아이들이 귀족으로서 세례식을 받지 못할 경우를 위한 길을 만들어 준다는 의미로서도 좋다고 생각해요. 가능하다면 청색 신관이 부모나 집안의 원조 없이도 살아갈 수 있게 만들고 싶어요."

청색 신관이 혼자서 살아갈 수 있는 방법이나 일을 생각하다 보면 디르크나 콘라트가 청색 신관으로서 살아가게 될 길이 생길지도 모르고, 콘라트 같은 아이를 신전에 맡기는 일도 늘어날지도 몰라. 내가 생각나는 대로 떠들었더니, 하르트무트는 재미있다는 것처럼 주황색 눈을 가늘게 뜨며 미소를 지었다.

"여러모로 생각을 떠올리신 것 같습니다만, 조금 전에 눈에 띄지 않도록 하라는 말을 들었던 로제마인 님은 어떻게 영주 부부를 수긍하게 하실 생각이신지요?"

"응? 신전에 틀어박힐 테니까 지금의 에렌페스트 귀족 사회에서는 눈에 띌 리가 없잖아요. 어린이 방의 아이들을 신전에서 받아들이는 것을 양어머님의 일을 하나 줄여드린다는 방향으로 제안하면, 틀림없이 받아들여 주실 것 같은데……."

말하기에 따라서는 간단히 받아들일 거라고 말하면서 주먹을 꽉 쥐었더니, 지금까지 고개를 살짝 숙인 채로 걷고 있던 샤를로테가 고개를 들었다. 그 얼굴이 왠지 당장이라도 터져 나오려는 울음을 참고 있는 것처럼 보였다.

"언니. 회의 때도 말했지만, 지금 이상으로 일을 늘릴 필요는 없다고 생각해요."

나는 "걱정해 줘서 고마워, 샤를로테"라고 말하면서 살짝 웃었다.

"하지만 숫자가 줄어든 청색 신관 보충도, 신전에서 사용할 마력을 늘리는 것도, 고아원 아이들에게 목표와 장래를 보여주는 것도, 전부 신전장인 제가 할 일이에요. 그리고 어머님의 일을 하나라도 줄여드릴 수 있다면, 보좌하는 샤를로테한테도 조금이나마 도움이 되겠죠?"

"오히려, 제가 언니를 도와드리고 싶은데……."

기특한 말을 하는 샤를로테에게 "도와주고 싶다면 신전에 들러 주세요. 틀림없이 내년 귀족원에서 가호도 늘어날 거예요"라고 조용히 조언했더니, 샤를로테가 살짝 웃었다.

"저는, 온 힘을 다해서 신전에 틀어박힐 생각이지만, 장래의 에렌페스트 귀족을 키우고 있다고 말한다면 조금이나마 미래의 제1 부인답다고 생각하지 않을까요?"

……온 힘을 다해서 신전이랑 도서관에 틀어박힐 생각이니까 말이다.

나는 그러기로 마음먹었지만, 샤를로테는 회의 내용을 전혀 납득하지 못했는지, 눈살을 찌푸린 복잡한 표정인 채로 빌프리트를 노려봤다.

"오라버니는 아버님의 의견에 영합하시던 것 같은데, 에렌페스트의 순위를 낮추는 데 대해서 아무런 생각도 없으신가요?"

귀족원에서 함께 노력했던 것을 무시하는 것 같은 말을 들었는데, 같은 말을 들었으면서도 아무것도 느끼지 못한 것 같았던 빌프리트한테서 위화감을 느낀 사람은 나 혼자만이 아니었던 것 같다. 샤를로테가 노려봤더니 빌프리트도 눈에 힘을 주고서 샤를로테를 노려보고는 나랑 멜키오르도 노려봤다.

"생각이 없을 리가 없잖아! 아버님도 나도……."

뭔가를 말하려다가 삼켜 버리더니, "하지만, 그보다 우선해야만 하는 일이 있단 말이다"라는 말을 남기고, 빌프리트는 빠른 걸음으로 자기 방을 향해 걸어갔다. 잠시 그 뒷모습을 바라보고 있던 샤를로테가 답답한 심정이 담긴 한숨을 쉬고는 고개를 저었다.

"……아버님과 오라버니가 뭘 숨기고 있는지는 도무지 모르겠지만, 저는, 라이제강 전체의 뜻이라는 말을 도저히 이해할 수 없어요. 귀족원에서 열심히 해 보자고 생각하는 사람들에게 대체 뭐라고 말해야 좋을까요."

신전과 도서관에 틀어박히겠다고 결의하면서 다소나마 냉정해진 걸까. 나는 샤를로테의 말에서 살짝 마음에 걸리는 것이 있었다.

……어라? 라이제강 전체의 뜻?

"기숙사에 와서 학생들을 격려하고, 영지 대항전에서 왕족이나 단켈페르거와 이야기하던 때 아버님이 하셨던 말씀과 너무 다르잖아요. 저는 아버님의 무엇을 믿어야 좋을지 정말 모르겠어요."

……맞아, 전혀 달라.

멜키오르와 가호 취득에 관해 이야기하던 때에도 느꼈던 위화감이 다시 돌아왔다. 질베스타의 언동이 너무 엉망진창이거든. 귀족원에서 돌아오고 회의할 때까지 그 짧은 시간 동안에 무슨 일이 있었던 건지도 몰라.

"샤를로테, 실망하기엔 아직 이를지도 몰라요."

"언니?"

"뭔가…… 중요한 정보가 부족한 것 같아요."

순위를 올리자. 순위에 어울리는 태도를 몸에 익히자. 숙청으로 위험인물을 제거해서 에렌페스트를 하나로 뭉치게 하자. 그렇게 말했었는데, 조금 전 회의 때 질베스타는 완전히 다른 사람이었다.

그리고 귀족원에서 학생들을 고무시키고 뭉치게 하는 데 가장 큰 효과를 발휘했던 사람은 빌프리트였고. 선두에 서서 노력하고, 성과를 올렸다고 기뻐하며 웃던 얼굴이 거짓말이었을 리는 없다.

"라이제강 전체의 뜻……. 거기에 열쇠가 있을 것 같아요."

내 말을 들은 샤를로테가 애원하는 듯한 눈으로 나를 봤다. 자신들의 노력을 무시하는 것 같은 무정한 말이 자기 가족의 입에서 나왔다

는 것을 믿을 수 없다고, 그 남색 눈동자는 그렇게 말하고 있었다.

"방에서 찬찬히 이야기를 들어 보죠. 라이제강으로부터."

"아쉽게도 기베 라이제강을 북쪽 별채로 초대할 수는 없어요, 언니."

"기베 라이제강을 초대할 필요는 없어요. 여기에도 라이제강 귀족이 있잖아요."

나는 영주 일족 회의에 문관으로 출석했던 하르트무트와 호위기사 코르넬리우스를 보면서 말했다. 성인식을 치렀기 때문에 귀족원에는 가지 않았다. 봉납식 때문에 신전 일에 매달려 있었지만, 그렇다고 겨울 사교를 전혀 안 하지는 않았을 테니까.

"라이제강계 측근들을 모아서 이야기를 들어 보겠습니다. 아우브께서 라이제강 전체의 뜻이라고 했던 그 말을 그들이 어떻게 생각하고 있는지를 알고 싶어요. 귀족원 학생들은 알고 있으려나요? 성인식을 치른 측근들은 사전에 알고 있었을까요?"

내 시선을 받은 하르트무트가 "그럼, 빨리 방으로 돌아가시죠"라면서 빙긋 웃었다. 기다리고 있었다고 말하는 것 같은 하르트무트의 얼굴을 보고 뭔가 숨겨진 게 있다고 확신했다.

"로제마인 님이 어떤 선택을 하실지를 라이제강이 기다리고 있습니다."

라이제강의 총의

　방으로 돌아온 나는 영지 일족 회의에는 출석하지 않고 방에서 대기했던 라이제강계 측근들도 불러서 이야기를 들을 태세를 갖췄다. 그리고 리카르다, 오틸리에, 안게리카, 하르트무트, 코르넬리우스, 레오노레, 브륀힐데를 천천히 둘러봤다. 방에서 기다리던 측근들에게도 영주 일족 회의 내용을 말한 뒤에 물었다.

　"아우브의 말씀이 라이제강 전체의 뜻이 틀림없나요?"

　회의 내용을 듣고 안색이 달라진 사람은 귀족원에 가 있던 탓에 사교에 관여하지 않았던 레오노레와 브륀힐데뿐이었다.

　"저는 그런 의사를 확인받은 적이 없으니, 라이제강 전체의 뜻이라고 말하지 않으셨으면 합니다."

　레오노레는 불쾌감을 드러내면서 확실하게 말했지만, 브륀힐데는 그늘진 표정으로 곤란하다는 것처럼 신중하게 말했다.

　"레오노레가 말한 대로 저도 동의하지 않았으니까, 전체의 뜻이라고는 할 수 없습니다. 하지만, 어른들이 순위 상승을 따라오지 못하고 세대 간의 사고방식과 의식 차이가 점점 커져 가고 있다는 이야기를 들은 적은 있습니다. 순위가 오르기 시작하기 전 세대의 전체 뜻이라고 한다면, 전부 거짓말은 아니라고 할 수 있지 않을까요."

　그리고 빌프리트보다 내가 차기 영주에 어울린다는 목소리가 라이제강계 귀족들 사이에서는 아직도 사라지지 않고 남아 있다는 것 같다. 허약한 몸과 신전에 드나든다는 부분이 불안하다고 했지만, 조금

씩 튼튼해지고 있는 데다 귀족원의 공동 연구에서 신전과 제사의 중요성이 인식되기 시작하면서 그런 목소리가 다시 커지고 있다는 것 같다.

"그렇군요. 리카르다는 이미 알고 있었나요?"

회의에 동행했던 리카르다에게 물었더니, 리카르다는 희미한 미소를 지은 채 떨리는 주먹을 꽉 쥐었다.

"제가 사전에 알고 있었다면, 그 자리에서 질베스타 님을 꾸짖고 싶은 충동에 사로잡히지도 않았겠지요. 라이제강 전체의 뜻이 어쨌다는 것입니까? 아우브가 기베의 올도난츠 같은 짓을 하시다니, 정말 한심하다는 생각이었습니다."

결코 함부로 나서지 않게 이성을 총동원해서 참았던 것 같은 리카르다의 직업의식에는 감탄했지만, 저 꽉 쥔 채 떨리고 있는 주먹이 무섭다.

……역시 귀족원에 가 있던 사람들은 몰랐구나.

나는 천천히 시선을 옮겼다. 시선이 마주치자마자 뺨에 손을 대고 미소를 지은 안게리카는 너무나 평소와 똑같은 안게리카니까 넘어가고, 코르넬리우스에서 시선을 멈췄다.

"코르넬리우스 오라버니는 알고 계셨나요?"

"자세한 것은 모르지만, 램프레히트 형님으로부터 정보가 조금 들어왔습니다. 주요 베로니카 파벌을 제거한 현시점에는 베로니카 님이 키우신 빌프리트 님과 그 측근에 베로니카 파벌이 가장 많이 남아 있습니다. 그래서 차기 아우브로 지지받고 싶다면…… 이라고, 라이제강계 귀족으로부터 뭔가 과제 같은 것이 나왔다는 것 같습니다."

나를 비롯한 다른 사람들에게 내용을 말하지 않고, 의존하지 않고,

차기 영주로서 보란 듯이 임무를 완수해라, 라는 말을 듣고 빌프리트는 비밀 지령을 완수하기 위해서 노력했다는 것 같다.

"절대로 라이제강에게 알려지지 않도록 은근슬쩍 도와줬으면 한다고 형님이 말씀하셨습니다. 하지만 회의의 분위기를 본 결과, 라이제강으로부터 인정받기를 바라는 빌프리트 님이 어떻게 대처할지 지금은 상황을 지켜보고 싶다고 생각했습니다. 도와줬으면 한다고는 했지만, 뭘 어떻게 해 줬으면 싶은지에 대한 정보도 전혀 없는 상대에게 유익한 원조란 불가능한 일이고, 로제마인 님이 기원식 무대의 정보를 흘려준 것만으로도 충분한 원호가 됐을 테니까요."

코르넬리우스는 웃는 얼굴이었지만, 눈은 웃는 눈이 아니었다. 아무래도 더 이상의 원조는 필요 없다고 생각하는 것 같다.

"계속 성에 있었던 오틸리에는 뭐가 들은 것이 있나요?"

"저는 오히려 라이제강계 귀족으로부터 이것저것 질문을 받았습니다. 로제마인 님이 좋아하시는 것, 어떤 때에 감정이 흐트러지시는지, 무엇을 소중히 여기시는지, 무엇을 지키고 무엇을 버려 오셨는지 등등, 정말 자세히 물었습니다. 가까운 사람과의 관계를 소중히 여기시는 한편으로 능력주의적인 부분이 있는 분이라고 대답했습니다."

"그런데, 어째서 라이제강 전체의 뜻이 순위를 낮추기를 바라는 걸까요?"

오틸리에의 대답을 듣고 나니 어째서 그런 걸 바라게 된 걸까 궁금해졌다. 오틸리에도 나처럼 고개를 갸웃거렸다.

"저도 이상하다고 생각합니다. 그저, 엘비라 님도 주위로부터 이런저런 이야기를 듣고 상당히 곤란해지셨고, 대응하느라 상당히 고심하셨습니다."

엘비라와 사이가 좋은 오틸리에는 플로렌치아 파벌이기도 하니까 다과회에서 귀족들에게 뭔가 들은 이야기가 있는 것 같다.

"플로렌치아 님의 회임은 아직 귀족들에게 거의 알려지지 않았습니다. 그렇기에 영지 내부가 어지러운 지금 플로렌치아 님과 로제마인 님 두 분이 사교를 해 주셨으면 하는 목소리가 여성들 사이에서 상당히 커져 있는 상황입니다. 로제마인 님께서 에렌페스트의 제1 부인이 되기를 바라신다면, 여성의 사교를 더 중시하셔야 한다고 생각하는 것 같습니다."

"그건……."

아무래도 그럴 시간은 없다고 말하기도 전에 오틸리에가 "저나 엘비라 님은 알고 있습니다"라면서 고개를 끄덕였다.

"페르디난드 님이 안 계신 탓에 신전 업무와 인쇄업에 관한 일이 예전보다 늘어난 로제마인 님께 사교를 할 여유는 없다고 엘비라 님이 말씀하셨습니다. 하지만 남성들의 일이 아니라 여성의 일에 힘을 쏟으시는 쪽이 좋다는 의견이 아주 강하다는 것 같습니다."

여성의 사교를 내팽개치고 인쇄업과 신전 업무에 힘을 쏟고 귀족원과 신전에서 공적을 올린 탓에 빌프리트보다 눈에 띄고 있는 내가 차기 영주를 노리고 있는 것처럼 보인다는 것 같다. 적어도 제1 부인으로서 빌프리트를 도와주려는 마음가짐이 하나도 안 보인다던가.

음…… 거기에 대해서는 반론할 여지가 없다.

인쇄업과 다른 영지 상인과의 거래에 대해 생각하고, 구텐베르크 일행을 이동시키고, 귀족원에서 성적 향상 위원회를 꾸려 열심히 해 보자고 힘쓰던 때는 그걸 성공시키는 걸 가장 우선해서 생각했다. 빌프리트를 도와준다든지, 제1 부인으로서 이 이상 눈에 띄면 안 된다고 생각한 적도 없고. 그저 이익과 효율만 생각했다.

　루츠도 벤노도 페르디난드도 질베스타도 '이 공적은 빌프리트에게 양보해라'든지 '지금은 남자를 돋보이게 해 줘야 할 때다. 당장 약혼자를 불러와라' 같은 걸 나한테 가르쳐 준 적이 없었다. 이제 와서 '제1 부인이 되려면 나대지 마라'든지 '어지러운 영지를 바로잡는 일은 남자에게 맡기고, 신전이나 평민 마을보다 사교를 하는 것이 제1 부인의 책무' 같은 말을 해도 언제 손을 떼야 할지를 모르겠고, 물려줄 인재도 없는 상황이다.

　……그러니까, 내가 빌프리트 오라버니의 제1 부인에 어울리지 않는다는 얘기인가? 아니, 원래 연애나 결혼에 관한 적성이 상당히 떨어졌으니까, 빌프리트 오라버니만이 아니라 그 누구의 제1 부인으로도 어울리지 않는다는 얘기일 수도 있지만.

　"페르디난드 님이 안 계시면 에렌페스트를 꾸려 나갈 수 없다고 엘비라 님이 자주 말씀하셨습니다. 그것이 현실이 됐다고 봅니다. 지금은 아우브의 의사 결정에 명확한 근거나 이유를 붙이거나 로제마인 님의 환경을 정리하고 사교에 힘을 쓸 수 있는 상황을 만들거나, 각각의 의지를 확인해서 움직이기 쉽도록 상황을 조정해 주시던 분이 계시지 않습니다."

　오틸리에한테는 각자가 멋대로 움직여도 잘 조정해 주던 페르디난드가 없어지면서 일이 제대로 맞물려서 돌아가지 않는 것처럼 보였다는 것 같다.

　"예전까지는 아우브와 로제마인 님이 서로의 뜻을 확인하는 자리를 가질 수 있었죠? 그것이 없었다는 것은……."

　"죄송합니다만, 어머님. 그 점에 있어 페르디난드 님은 관계없습니다. 이번에는 라이제강의 의향 때문입니다."

중간에 끼어든 하르트무트 쪽을 봤다. 눈이 마주치자 주황색 눈동자가 빙긋 웃었다. 수상할 정도로 상쾌한 미소를 보면서 나는 살짝 미소를 지었다.

"하르트무트는 이번 회의에서 아우브가 무슨 말을 하는 건지 알고 있었죠? 아니면, 시키는 대로 말했다는 걸 알고 있었다고 하는 쪽이 맞으려나요?"

"어째서 그렇게 생각하셨습니까?"

기뻐하는 것 같은 눈이 "정답"이라고 말하는 것처럼 빛나고 있다.

"눈이 다르니까요. ……하르트무트는 상대가 왕족이건 상위 영지건 청색 신관이건 저를 우습게 여기는 발언을 했을 때는 눈빛이 정말 무서워지거든요."

얼핏 표정만 보면 상쾌한 미소라서 더더욱 무서워. 하지만 회의실에서 나왔을 때도 지금도, 리카르다가 떨리는 주먹을 꽉 쥐고 있던 때도 보통 얼굴이었다. 내가 지적했더니 하르트무트는 한 번 웃은 뒤에 슥, 하고 진지한 표정을 짓고는 내 앞에서 한쪽 무릎을 꿇었다.

"저의 경애하는 로제마인 님. 그토록 심한 말씀을 하시는 아우브와 그를 추종하는 빌프리트 님께 업신여김을 받은 채로 계실 필요는 없습니다. 귀족원을 우수하게 이끌었던 것처럼 이 흔들리는 에렌페스트를 이끌기를 바라오니, 라이제강에게 명해 주십시오. 지금까지 소중히 지켜 왔던 학생들도 로제마인 님이 일어서시기를 기다리고 있을 것입니다."

담담한 말투인 데다 묘하게 연기하는 것 같은 동작이다. 하르트무트가 진심으로 하는 말이 아니라는 걸 알 수 있다.

"……회의가 끝나면 날 부추기라고 라이제강 귀족이 말했나요?"

"그렇습니다. 라이제강이 바라는 것은 베로니카 님의 영향력을 지워 버리고 베로니카 님의 피를 이어받지 않은 로제마인 님을 차기 아우브로 삼는 것입니다. 아우브가 자신의 지지 기반을 버린 지금이 절호의 기회라고 여기고 있습니다."

귀족원에서 들어온 정보를 바탕으로 질베스타는 숙청을 앞당겨서 강행했다. 아우브를 지지하던 자들의 절반 이상이 구 베로니카 파벌이었다. 측근이었는데도 처벌당한 사람도 여럿 있었고 아우브는 자기 발밑을 무너트릴 기세로 영지 전체에서 고름을 짜내려 했다고 하르트무트는 말했다.

게오르기네에게 이름을 바쳤던 자들은 처형당하고, 베로니카에게 편의를 봐 달라고 하고자 범죄를 저질렀던 자들이 차례로 벌을 받으면서 구 베로니카 파벌은 소탕됐다. 베로니카와 관련된 사람 중에서 남아 있는 이들은 아우브와 그 자식들뿐. 지금까지 그렇게 시달려 왔는데 앞으로도 그들을 지지할 수 있겠느냐고, 라이제강계 귀족 중에서도 과격한 이들이 그런 목소리를 내고 있다는 것 같다.

"영주 후보생 전원이 베로니카 님의 피를 물려받았다면 라이제강도 포기했겠죠. 하지만 영주 후보생 중에는 로제마인 님이 계십니다."

나는 대외적으로 보니파티우스로부터 영주의 피를 이어받았고, 라이제강을 어머니로 둔 칼스테드와 엘비라의 딸이다. 혈통을 말하자면 라이제강의 피가 진한 방계 영주 일족이다.

……평민 마을에서 태어난 평민 신식이지만.

"……핏줄만이 아니라, 로제마인 님은 3년 연속 최우수인 데다 상위 영지와도 깊은 관계를 맺으셨고, 왕족과도 교류하셨습니다. 에렌

페스트에 새로운 사업을 일으키고 새로운 유행도 만들어 내고 있으시
죠. 성녀로 널리 알려진 로제마인 님이야말로 차기 영주에 걸맞은 분
이라고…… 말하고 있습니다. 사실입니다만."

……음……. 하르트무트가 올린 미사여구가 과도한 보고 때문에
라이제강계 귀족들의 착각이나 기대가 너무 커진 건 아닐까? 기분 탓
이려나?

"하지만, 저는 라이제강이나 하르덴첼, 그레첼의 기베께 차기 영주
가 될 생각이 없다고 말씀을 드렸었는데……."

"물론 라이제강계 상층부도 파악하고 있습니다만, 이번에는 숙청
과 증조부님의 유언이 있었던데다, 보니파티우스 님이 지지해 주셨다
는 것 같습니다."

"할아버님이?"

그러고 보니까, 아까 회의에서도 마지막에 뭔가 말씀하신 게 생각
났다. 설마 영주를 지원하는 입장인 보니파티우스가 그런 말을 할 줄
은 몰랐었는데.

"보니파티우스 님은 로제마인 님이 신전에 드나드는 것이 마음에
들지 않으시는 것 같습니다."

하르트무트의 말에 따르면 보니파티우스는 '영주 후보생 중에서 제
일 우수한 사람은 로제마인이 아닌가. 그런데 왜 로제마인이 신전에
틀어박혀야 하는가. 물론 신전 업무는 누군가가 해야만 하는 일이기
는 하다. 하지만 영주 후보생의 일이라면 로제마인에 비해 오점이 있
는 빌프리트나 샤를로테가 해도 되지 않는가'라고 말하면서 날 신전
에서 구출하려는 것 같다. 영주 후보생에게 어울리는 일은 따로 있다
고. 귀족원이나 중앙에서 안 좋은 소리를 듣게 될 일을 할 필요는 없겠

지. 차기 아우브라는 이유로 빌프리트가 신전장 자리를 맡을 수 없다면 로제마인을 차기 아우브로 삼으면 된다. 지지 파벌도 가장 크고, 능력도 있으니까, 라면서.

……난 가능한 신전에 있고 싶은데 말이야.

"그런 이유로, 로제마인 님을 신전에서 구출하기 위해서 차기 아우브로 삼고 싶어 하는 보니파티우스파. 베로니카 님의 피를 완전히 제거하고 싶어 하는 과격파. 가능하다면 라이제강계에서 아우브를 배출하고 싶어 하는 라이제강의 주류파. 로제마인 님 본인이 바라신다면 협력하겠다는 소극적 찬성파. 마력이 가장 강한 자가 아우브가 되어야 한다는 경쟁 요구파. 이렇게 라이제강이라고 하나로 뭉친 것은 아닙니다만, 굳이 전체의 뜻이라고 한다면 그것은 로제마인 님을 차기 아우브로, 라는 것이 됩니다."

자기들 핏줄에서 나온 아우브를 위해서라면 순위를 올리는 노력도 하겠지만, 베로니카의 핏줄을 위해서 노력하는 건 싫다는 귀족도 있다는 것 같다.

"정말 제각각인 전체의 뜻이네요. 조금만 건드리면 완전히 무너질 것 같은데요."

"결속이 약한 것처럼 보이지만, 바깥에서는 알 수가 없겠죠. 무엇보다 숙청을 통해 자신의 지지 파벌을 잘라 버린 아우브와 빌프리트 님께는 자신을 지지해 줄 귀족이 거의 없습니다. 라이제강 전체의 뜻이라고 한다면 필요 이상으로 큰 의견처럼 느껴지겠죠."

질베스타와 빌프리트를 지지하는 귀족이 정말 많이 줄어든 것 같다. 각각의 측근들과, 내가 아우브가 돼서 이대로 기세가 이어지는 건 싫다는 사람, 지금 이대로도 아무 문제가 없으니까 변화를 싫어하는 사람, 그리고 마력 압축과 가호 획득 덕분에 저연령층이 빠르게 치고 올라오는 게 너무나 곤란한 사람, 구 베로니카 파벌이지만 처벌을 면한 사람이 빌프리트를 지지하고 있는 상태라는 것 같다.

"라이제강 귀족들은 고민하고 있습니다. 그럴 마음이 없는 로제마인 님을 추대하려면 어떻게 해야 좋을지……. 최종적으로 나온 답은 영주 일족 사이에 균열을 만들어서 대립시키고, 고립시킨다. 아우브에 대해 실망하게 만들고, 로제마인 님이 자신의 파벌을 지키기 위해서 일어선다는 각본을 썼고, 거기에 맞춰 여러모로 손을 썼습니다. 보니파티우스 님께는 신전에 갇혀 계신 로제마인 님을 구출하는 일에 협력해 주셨으면 싶다고 제안했다는 것 같더군요."

보니파티우스 입장에서는 날 신전에서 나오게만 하면 그만인 것 같다. 내가 차기 영주에 어울리는 성적이라고 생각하지만, 여성 영주는 고생할 일이 많으니까 제1 부인이라도 상관없다. 단, 거기에 어울리는 교육을 받고 플로렌치아가 제1 부인으로서의 집무를 가르쳐야 하며, 날 신전에 놔두는 것은 용납할 수 없다고 생각하는 것 같다.

……어머님이 나한테 사교를 바란 건 그런 이유 때문인가.

"보니파티우스 님은 라이제강계 귀족들로부터 로제마인 님이 소문대로 자기 뜻을 말할 수 없는 상황에 몰려 계신 것은 아니냐는 구실로 아우브가 비밀리에 강요하지 못하도록 감시해 주셨으면 싶다는 부탁을 받았고, 감시와 로제마인 님의 뜻을 확인하는 역할을 맡겠다고 하셨습니다."

보니파티우스가 눈을 번뜩이고 있었기 때문에 이번에는 비밀리에 회의를 할 수가 없었던 것 같다.

"물론 아우브에게도 여러모로 손을 쓴 것 같습니다. 로제마인 님의 측근인 제게는 자세히 가르쳐 주지 않았지만, 라이제강의 지지를 미끼로 아우브와 로제마인 님 사이에 균열을 만들기 위한 공작을 했다는 것을 알아냈습니다. 지지 기반이 없어진 데다 플로렌치아 님의 회임이라는 약점이 겹치면 아우브가 라이제강의 제안을 거절할 수 없으리라는 것은 쉽게 상상할 수 있습니다."

하르트무트도 보니파티우스처럼 감시 역할이라는 것 같다. 영주 부부와 빌프리트가 정말로 라이제강의 요구를 받아들일 생각이 있는지, 날 미리 불러내서 회의를 하거나 말도 안 되는 일을 강요하는 건 아닌지 감시하라는 말을 들은 게 아닌가 싶다.

"게다가 측근으로서 로제마인 님의 뜻을 확인하도록, 이라고도 했습니다. 물론 로제마인 님이 차기 아우브가 되기를 바라신다면 라이제강의 도움 따위가 없어도 제가 온갖 고난을 물리치고 이뤄드리겠습니다만, 그걸 바라지는 않으시죠?"

"그렇긴 한데, 어째서 하르트무트는 저한테 말을 안 했던 거죠?"

내가 살짝 노려봤더니, 하르트무트는 장난스레 눈썹을 치켜들었다.

"베로니카 파벌을 몰아낸 라이제강이 대체 어떻게 손을 쓰고 어떻게 행동할지, 라이제강을 상대로 영주 부부와 빌프리트 님이 어떻게 움직일지, 로제마인 님께 영주 일족 한 사람 한 사람이 어떤 존재인지 등등, 확인하고 싶은 일들이 잔뜩 있었기 때문입니다."

내 문관으로서 내 뒤에서 조용히 회의를 관찰했던 하르트무트가 어떻게 판단하고 뭘 생각했을까. 그런 생각을 하고 있었더니, 브륀힐데가 엄청나게 싫다는 것처럼 얼굴을 찌푸리고 입을 열었다.

"에렌페스트가 일치단결해서 다른 영지에 맞서야만 하는 때에 이 무슨 한심한 일입니까. 이런 상황에서 영주 일족분들께 그레첼의 엔트비켈른을 부탁한 건가요? 저는 라이제강계 귀족이라는 말을 듣는 것이 창피해지는 날이 오리라고는 생각도 못 해 봤습니다."

브륀힐데가 고개를 저었다. 그런 브륀힐데를 보고 하르트무트는 "브륀힐데는 너무 결벽하군요"라고 말하며 살짝 웃었다.

"지금까지 권력을 두고 다퉜을 뿐이지 베로니카 파벌도 라이제강계 귀족도 근본적으로는 같은 에렌페스트 귀족입니다. 같은 생각을 해도 이상할 게 없습니다. 그들에게 중요한 것은 자신의 지위와 생활을 지키는 것뿐이고, 영주 일족이 바라는 에렌페스트의 순위 상승과 그에 따르는 노력은 바라지 않습니다."

브륀힐데는 나처럼 너무 위쪽만 쳐다보느라 주위를 못 보고 있다고 하르트무트가 말했다. 그 얘기는 한마디로, 나도 주위를 제대로 못 보고 있다는 뜻이 아닐까.

"하르트무트는 대체 뭘 보고 무슨 생각을 하는 거죠?"

"저는 항상 로제마인 님의 바람을 이루어드리는 것만을 생각하고 있습니다. 하지만, 사적인 바람에 대해 말하는 것을 허락하신다면……."

거기서 하르트무트가 일단 말을 끊었다. 그리고 이것저것 계획하고 있는 페르디난드처럼 못된 미소를 지었다.

"성녀라기보다, 이제는 여신이라고 칭해야 마땅한 로제마인 님께서 아우브 따위가 되기를 바란다는 속된 생각밖에 못 하는 늙은이들의 헛소리 따위는 산산이 부숴 버려야 마땅하다는, 그런 생각을 하고 있습니다."

……대체 무슨 과격한 소리를 하는 거야?!

깜짝 놀라서 넋이 나간 우리 앞에서 하르트무트가 담담하게 말하기 시작했다.

"로제마인 님이 바라시는 것은 책이고, 제지업과 인쇄업입니다. 이 것은 현재 라이제강계 기베의 토지에 널리 보급되고 있는데, 친족이 라고 우선한 결과일 뿐입니다. 실제로, 제일 먼저 공방을 차린 곳은 일 크너였습니다."

정말로 라이제강계 귀족만 인쇄업을 할 수 있는 건 아니다. 주위에 서 날 지지해 주는 파벌에게 미끼를 주는 게 정말 중요하다고 했기 때 문에 우선적으로 구텐베르크를 보냈을 뿐이니까.

"숙청으로 또다시 자신의 기반을 잘라내 버린 아우브는 에렌페스 트를 하나로 모으기 위해서 최대 파벌인 라이제강의 지지와 협력을 필요로 하고 있습니다. 하지만 로제마인 님께 라이제강의 지지 따위 는 필요 없습니다."

"아무리 그래도 필요 없다고 딱 잘라 말할 수는 없을 것 같은데요. ……그렇죠?"

하르트무트가 너무 확실하게 잘라 말하니까 아무래도 자신을 가질 수가 없어서 마지막 부분은 의문형이 돼 버렸고, 다른 사람들에게 동 의를 구하고 말았다. 그런데, 라이제강계 귀족인 측근들이 하나같이 생각에 담긴 표정이 돼 있었다. 아마 아무것도 생각하지 않을 안게리 카마저도 같은 표정이다.

"지금은 라이제강계가 아니라도 인쇄업에 손을 대고 싶어 하는 귀 족들이 다른 영지에도 얼마든지 있습니다. 가능한 인쇄업을 널리 퍼 트리고 책이 한 권이라도 더 늘어나기를 바라시는 로제마인 님은 에 렌페스트에서 라이제강의 헛짓에 어울려 주는 것보다 다른 영지에 대 한 영향력을 높이는 쪽이 훨씬 중요합니다."

"하르트무트의 말이 맞습니다. 로제마인 님 한 사람만 생각한다면, 라이제강의 지지 따위는 전혀 필요 없습니다."

레오노레가 감탄했다는 것처럼 하르트무트를 봤다. 그런 얘기에는 감탄하지 않았으면 싶지만, 나도 감탄했으니까 레오노레한테 아무 말도 못 하겠다. 하르트무트는 무서울 정도로 잘 파악하고 있었다. 그 말이 맞아. 난 인쇄업을 널리 퍼트리고 한 권이라도 많은 책을 읽으면서 지내고 싶을 뿐이다.

"어리석게도 라이제강은 혈족이자 가장 큰 지지자인 자신들이라면 로제마인 님을 마음대로 움직일 수 있다고 생각하는 것 같습니다만, 그럴 리가 있겠습니까. 그 노인네들은 그 정도 생각밖에 못 하는 것들입니다."

"로제마인 님을 마음대로 움직이는 건 페르디난드 님도 힘들다고 하셨으니까요."

반론하고 싶었지만, 브륀힐데가 "다과회에서도 고생하고 있습니다"라고 말해 버렸으니 아무 말도 못 하겠어. 그래서 입을 삐죽 내밀고 고개를 돌려 버렸다.

……그런 거 아니거든. 페르디난드 님한테는 간단히 조종당했거든.

"라이제강에서 베로니카 님에게 권력이 옮겨 갔어도 그렇게 밀통하던 본질은 전혀 달라지지 않았고, 권력이 돌아왔어도 변함이 없습니다. 그런 에렌페스트의 귀족 사회에서 자란 아우브와 빌프리트 님이라면 지금까지 하던 방식대로 움직이도록 할 수 있겠죠."

라이제강의 책략에도 빠져들 테고, 마음대로 움직이게 할 수 있고 그렇게 움직이는 데 대해서 의문을 품지도 않겠지.

"하지만, 그들은 로제마인 님이 좋아서 신전에 계시다는 것도, 평생 도서관에 틀어박혀 있으면 행복하겠다고 생각하는 사고방식도 이해하지 못하고 있습니다."

……그렇다면, 어째서 같은 귀족 사회에서 자란 하르트무트는 내 소원을 이해할 수 있는 걸까? 난 그쪽이 더 무서운데.

"저는 영주 일족이 달리 예를 찾아볼 수 없을 정도로 사이가 좋고 화기애애한 것을 좋게 여겼습니다. 로제마인 님이 웃으며 지낼 수 있는 분위기를 소중히 여기고 싶다고 생각합니다. 행여라도 균열을 만들어서 고립시키고, 대립시키는 일은 바라지 않습니다."

"실제로는 그렇게 돼 버렸지만요……."

회의의 분위기나 샤를로테와 빌프리트의 이야기를 들어 보면 예전처럼 일치단결하지 못하게 됐다는 걸 알 수 있었다.

"그렇다면 다시 한 번 뭉치면 됩니다. 내부에 적이 있어도 바깥쪽에 적을 설정하면 다시 뭉칠 수 있습니다. 로제마인 님이 귀족원에서 하셨던 일이 아닙니까."

구 베로니카 파벌 아이들을 포함해서 기숙사 내부를 뭉치게 하도록 에렌페스트 내부의 파벌 싸움이 아니라 다른 영지에 이기는 것을 목표로 삼았었다. 같은 방법으로 영주 일족을 뭉치게 하면 된다고 하르트무트는 말했다.

"다른 영지와의 거래나 유르겐슈미트 내에서의 순위 따위는 식량 창고인 라이제강에게는 아무런 상관도 없으니까 순위를 낮추라는 말을 쉽게 할 수 있는 것입니다. 순위가 상승하면 입장이나 다른 영지의 대우가 어떻게 달라지고 장래에 어떤 영향을 받게 되는지 실감해 본 적이 없는 늙은이들이기 때문에, 젊은이들이 순위를 올리기 위해서 노력하는 기분을 이해하지 못하는 것이겠죠."

교우 관계, 혼인을 맺을 수 있는 영지, 주위의 대응, 정보를 모으기 쉬워지는 등등 순위가 달라지면 젊은이들은 노력에 걸맞은 변화를 손에 넣을 수 있다. 몇 년 사이에 일어난 변화들을 말하면서 "노인네들의 사정 때문에 그런 것들을 버리고 다시 밑바닥으로 돌아가라니, 저는 죽어도 싫습니다"라고 하르트무트가 말했다.

"노인들에게 둘러싸인 영지 안에서는 대놓고 말할 수 없지만, 라이제강 전체의 뜻 따위는 발로 걷어차 버리고 싶은 젊은이는 얼마든지 있습니다. 그 사람들을 끌어들여서 영지를 바꾸고 싶다고 생각하는 아우브의 지지 기반을 새롭게 만들면 되지 않겠습니까?"

적으로 상정하는 것은 파벌이 아니다. 에렌페스트의 변화를 바라지 않는 노인들이라고 하르트무트가 힘차게 말했다. 그 말을 듣고 나는 그 자리에 있는 사람들을 둘러봤다. 여기 있는 사람들은 라이제강계 귀족들이지만 내 측근으로서 순위를 올리기 위해 절치부심했던 탓인지 라이제강 전체의 뜻을 걷어차 버리고 싶은 사람들뿐인 것 같다.

"로제마인 님이 귀족원에서 접했던 베로니카 파벌은 물론이고, 멜키오르 님의 측근을 봐도 가호의 재취득처럼 자신의 능력을 높이는 데 관심을 가진 사람들이 많습니다. 젊은 세대를 모으는 것이 그리 어려울 것 같지는 않으니 하나의 파벌이 될 만큼의 숫자를 모으는 것도 가능할 것입니다."

레오노레가 진지한 얼굴로 로제마인식 마력 압축의 은혜를 입은 사람들의 숫자와 관심은 있지만 참여하지 못한 하급 귀족들의 숫자를 계산했다. 부모 세대를 몰아내는 데 아무런 망설임도 없는 것 같은 레오노레의 말에 나도 모르게 코르넬리우스 쪽을 봤다. 눈이 마주친 순간, 코르넬리우스는 큭, 하고 웃더니 재미있다는 것처럼 칠흑의 눈으로 날 부추겼다.

"저, 로제마인. 이건 오빠로서 해 주는 조언인데, 이렇게 생각하는 건 어떨까? 라이제강이 에렌페스트의 식량 창고라는 존재 방식을 자랑한다면, 철저히 식량 창고 노릇만 하면 돼. 지금까지의 전통적인 방식으로 식량을 생산할 사람도 필요하니까, 최대한의 경의를 가지고 식량 창고로서 대우하는 거야. 틀림없이 만족하겠지."

내 지지 기반이기도 하니까 괜히 공격할 게 아니라 라이제강을 중요한 식량 창고로 추켜세워주면서 정체나 후퇴를 바라는 노인들을 시골로 쫓아내 버리자는 얘기다. 코르넬리우스도 하르트무트한테 찬성하는 것 같다.

"로제마인 님, 차기 아우브가 될 생각이 없으시다면 젊은이들을 모아서 파벌을 형성하는 일은 빌프리트 님께 맡기시면 됩니다. 신전 업무 때문에 바쁘신데 이런 남자들의 일에 손을 대실 필요는 없습니다."

차기 영주가 되고 싶지 않다면 아우브와 빌프리트에게 맡기면 된다고 오틸리에가 말했다. 여성 귀족의 목소리를 무시하지 않는 쪽이 좋다는 조언이겠지.

"어머님 말씀이 맞습니다, 로제마인 님. 파벌을 이끄는 것은 파벌이 필요 없는 로제마인 님이 하실 일이 아닙니다."

"하르트무트?"

"제안만 하시고, 빌프리트 님께 던져 버리시면 됩니다. 차기 아우브니까, 라면서 열심히 해 주시겠지요. 이렇게 차려 놨는데도 못 한다면, 정말로 무능하다는 뜻이고."

마지막 말은 무시하는 게 좋겠지. 과격하기는 하지만, 일단은 빌프리트를 추켜세워 주고 에렌페스트를 이끌어 갈 방법을 생각해 줬다.

틀림없이 기대하고 있어서 그런 말도 했을 거야.

"귀찮은 일은 빨리 끝내 버리고, 한시라도 빨리 신전으로 돌아가 도록 하시죠. 가호의 재취득이 너무나 기대됩니다. 성녀이신 로제마 인 님께는 신들과 관련된 공적 쪽이 몇 배나 중요하시지 않으시겠습 니까."

……마지막에 와서 엄청난 본심이 나왔네!

하르트무트의 본심을 듣자 온몸에서 힘이 빠져나갔다. 복잡하게 생 각해 봤자 소용없을 것 같다. 금이 가 버린 것 같은 영주 일족을 다시 뭉치게 하려고 자기 파벌을 잘라 버리면서까지 숙청을 강행했던 질베 스타의 지지 기반을 다지기 위해서라도 제안해 보자.

"향상심과 의욕이 있는 젊은이들을 모아서, 에렌페스트의 세대교 체를 있는 힘껏 진행하도록 해요."

아우브와의 대화

리카르다에게 부탁해서 질베스타와의 면회를 의뢰하고, 나는 자기 방에서 측근들에게 라이제강 전체의 뜻에 관한 이야기를 들었을 샤를로테와 정보를 교환했다. 내 측근 중에 라이제강계 귀족이 많은 대신 샤를로테의 측근에는 적은 건지, 라이제강 전체의 뜻에 관한 정보는 거의 없었던 것 같다.

하지만 플로렌치아의 측근이 제공한 정보는 풍부해서, "과격한 귀족이 빌프리트의 목숨을 노리고 있다"는 정보가 들어왔다는 것 같다. 빌프리트만 없으면 나를 차기 영주로 만드는 게 상당히 쉬워진다는 모양이다.

내가 질베스타와 빌프리트가 라이제강이 내 준 비밀 과제를 수행하고 있다는 정보를 말했더니, 샤를로테가 "라이제강에게 속고 있을 가능성은 없을까요?"라고 말하면서 잔뜩 걱정하는 표정이 됐다.

……목숨을 노리고 있다는 정보도 있으니까, 아무리 봐도 수상하지?

"아마도 거절할 수 없는 조건이나 압력을 가했을 거예요. 그러니까, 회의에서 했던 말도 진심이 아니었을 것 같고."

"저희에게 알려주지 않은 상황이 너무나 답답하네요. 미덥지 않아서일까요?"

나는 따돌림 당했다는 기분을 맛보고 있는 듯한 샤를로테의 말을 부정했다.

"샤를로테는 정말 믿음직해요. 그런데 정보를 숨긴 건, 이런 불안정한 정세 속에서 필사적으로 지켜 주려고 해서가 아닐까요?"

"언니?"

"라이제강의 기치가 될 제가 없다면 양아버님께서 그 사람들이 시키는 대로 순위를 낮출 필요도 없으니까요. 저는 지금 양아버님이 저를 지켜 주고 계시다는 사실을 실감하고 있어요."

플로렌치아의 측근으로부터 샤를로테한테 정보가 들어올 정도니까 질베스타도 알고 있을 거다. 질베스타의 입장이라면 원래 평민이었던 나를 죽여 버리는 쪽이 가장 간단할 텐데, 그러지 않고 라이제강의 과제를 받아들였으니까.

"그러니까, 저는 있는 힘껏 양아버님을 도와드릴까 해요. 샤를로테도 도와주세요."

나는 샤를로테에게 의욕 있는 젊은이들을 중심으로 세대교체를 추진해서 질베스타와 빌프리트의 파벌을 새롭게 만들자는 계획을 말했다.

"세대교체는 효과적일 것 같지만…… 모여든 젊은 세대들이 아버님의 파벌로서 움직여 줄 때까지 시간이 걸릴 테니까 라이제강을 억제하기에는 부족할 것 같아요."

샤를로테는 냉정한 얼굴로 '지금의 혼란한 상황을 호전시키기에는 좋은 책략이지만, 아직 부족하다'는 판정을 내렸다.

"그리고, 급격한 변화에 당혹스러워하거나 반발하는 사람은 나이 드신 분들만이 아닙니다. 귀족원 기숙사에서도 죄를 저지른 구 베로니카 파벌의 아이들을 자신들과 똑같이 취급하지 말라든지, 상급 귀족이 스스로 돈을 벌어야 한다는 건가…… 등등, 언니의 제안에 반발한 사람들이 있지 않았나요."

　중급과 하급 귀족들은 마력 압축 방법을 알고 싶다면 스스로 돈을 버는 고생을 감당하라는 내 말을 받아들였지만, 지금까지 돈을 벌어 본 적이 없던 상급 귀족들의 반발을 불러일으켰던 것 같고, 샤를로테는 자기 측근을 통해서 그 이야기를 들었던 모양이다.

　"언니의 측근인 상급 귀족이 솔선해서 본보기를 보인 탓에 반발이 줄기는 했지만, 급격한 변화에 대응하기 위한 본보기도 필요하고, 당혹스러워하는 사람을 최대한 도와주는 것도 중요하다고 생각합니다."

　의견 조정을 잘하는 샤를로테이기에 가능한 시각에 감탄해서 나는 사람들이 이번 변화를 받아들이게 하려면 어떻게 하면 좋을지 샤를로테의 의견을 물었다.

　"아마도, 아버님이 라이제강계 귀족에서 제2 부인을 들이는 것이 제일 좋습니다."

　"어째서죠?"

　"지금까지 라이제강은 그렇게 해서 권력을 안정시켜 왔잖아요? 그러니까, 라이제강계 귀족 중에서도 변화에 유연하게 대응할 수 있는 여성을 제2 부인으로 맞이한다면 라이제강을 지금까지와 똑같다고 안심하게 하면서 시간을 벌 수 있고, 그사이에 세대교체를 진행하는 것이 가능해집니다."

　샤를로테는 그렇게 말하면서 살짝 고개를 숙였다.

　"어머님께 아기가 깃든 덕분에 가장 간단한 수단을 쓸 수 없게 돼 버렸지만요."

　앞으로 출산해서 약 일 년 동안은 아기에게 주는 마력 영향 등을 고려하면 질베스타가 제2 부인을 맞이할 수 없다. 숙청 직후라서 어지러운 지금 상황을 개선하기 위해 제2 부인이 필요한데, 2년 뒤는 너무 늦다.

"언니와 달리, 저는 지금까지 배워 온 귀족의 상식에 얽매인 탓에 유연하게 생각할 수가 없으니까 지금의 에렌페스트를 호전시킬 방법도 기존 방법 중에서 생각할 수밖에 없어요."

자조하는 것처럼 미소 지으며 그렇게 말한 샤를로테가 고개를 들었다.

"아버님과 오라버니가 새롭게 자신의 파벌을 얻을 수 있도록, 저도 협력하겠습니다."

멜키오르의 측근과도 이야기했지만 이미 알고 있는 정보밖에 없었다. 아무래도 라이제강계의 정보는 내가 제일 많이 가지고 있는 것 같다. 지금 멜키오르의 측근들에게 가장 큰 관심사는 신전인 모양이다. 이것저것 질문을 받고 아우브와 면회해서 예산과 가구의 사용 허가에 관한 이야기를 해 두라고 말했다.

빌프리트의 측근과는 거의 말이 통하지도 않았다. 정보를 교환하지도 못했고, "빌프리트 님은 지금 혼자서 열심히 하고 계시니, 약혼자로서 협력해 드리도록 하세요"라는 말만 했으니까. 일단 나는 약혼자로서 아우브에게 새로운 파벌을 만들기 위한 제안을 하겠다고 말하고, "저는 신전에 틀어박힐 테니까, 아버님과 둘이서 열심히 해 보세요"라고 해 뒀다.

이튿날은 숙청된 기베의 여름 저택을 조사하기 위해서 마티아스 등이 기사단과 같이 출발했다. 봄을 축하하기 위한 연회 때까지는 돌아와야 한다고 생각하면 정말로 시간이 얼마 없으니까.

칼스테드는 질베스타의 호위를 맡아야 하기에 같이 가지 않았지만, 나랑 약속한 대로 출발하는 사람들을 배웅하러 갔을 때 기사들에게 "그들은 영주 일족에게 이름을 바친 측근이다. 거칠게 대하지 않도록"이라고 확실하게 말해 줬다.

북쪽 별채를 벗어날 수 없는데도 정신없이 바쁜 와중에 질베스타와 면회하는 날이 찾아왔다. 내가 북쪽 별채에서 나오면 안 된다는 것과 기사단이 조사하러 나간 탓에 숫자가 줄었다는 이유로 질베스타가 결계가 있는 이쪽으로 오게 됐다.

"보니파티우스도 동석하기를 바라는 것 같은데, 괜찮을까?"

나는 질베스타와 비밀 이야기를 할 생각이었는데, 보니파티우스도 같이 오게 됐다. 혹시 라이제강의 감시가 아직도 계속되고 있는 걸까.

……할아버님도 영주 일족이니까 우리 편으로 끌어들이는 게 제일이지만.

어쨌거나 보니파티우스와 적대할 필요는 없으니까. 라이제강의 제안을 받아들인 것 같지만, 그건 어디까지나 나를 신전에서 구출하고 싶다고 걱정하는 마음 때문일 뿐이고, 날 반드시 차기 아우브로 만들겠다는 파벌이라서 그런 건 아닐 것이다.

"페르디난드가 없는 만큼, 은퇴한 나까지 정무를 봐야만 한다. 로제마인과의 대화에는 동석하도록 하겠다. 나한테 숨기는 일은 없겠지?"

나는 웃으면서 고개를 끄덕이고, 질베스타와 보니파티우스에게 자리에 앉기를 권했다.

"페르디난드 님 대신에 할아버님이 양아버님의 정무를 도우시다니, 정말 힘드시겠네요. 물론 동석하셔도 상관없습니다. 할아버님이 들으시면 곤란한 이야기는 없고, 측근들에게 알리고 싶지 않은 이야기를 할 때는 도청 방지 마술구를 쓸 테니까요."

나는 내 정면에 앉은 질베스타와 보니파티우스를 봤다. 칼스테드는 평소대로 질베스타 뒤에 서 있고. 페르디난드가 없는 대신에 보니파티우스가 있는 것이 이상한 느낌이다.

……할아버님은 페르디난드 님보다 어깨 폭이나 근육이 훨씬 커서 압박감이 있어서 왠지 의자가 너무 좁아 보인다.

내가 차와 과자에 독이 들지는 않았는지 맛을 본 뒤에 권했더니, 보니파티우스는 기뻐하면서 "로제마인과 이렇게 차를 마시는 게 일 년 만이던가"라고 말하며 과자를 먹기 시작했다. 영주 회의 때문에 아우브 부부가 자리를 비우는 사이에 정무를 돕고, 휴식 시간에 같이 차를 즐기던 기억이 떠올랐다. 나한테는 손을 잡고 걷는 것보단 다과회 쪽이 육체적으로 위험하지 않아 더 간단한 일이다.

"올해 영주 회의에서는 왕족께서 도와 달라고 부탁하셨기 때문에 제가 작년처럼 지낼 수는 없으니까요. ……할아버님이 신전에 와 주신다면 같이 차를 마실 수도 있을 텐데요."

신전에 오라고 했더니 보니파티우스는 "……신전이라"라고 중얼거리고는 복잡한 표정을 지었다. 신전이 그렇게나 싫은가 보다.

"제 측근에다가, 앞으로는 멜키오르의 측근들도 신전에 자주 드나들게 될 거예요. 할아버님이 알고 계시는 신전과는 다를 테니 억지로 오시라고 하지는 않겠지만 일단 한 번 들러 주세요. 맛있는 과자로 환영할 테고, 안게리카도 틀림없이 기뻐할 겁니다."

여전히 복잡한 표정이었지만, 보니파티우스는 "생각해 보마"라고 말해 줬다. 조금씩 의식을 개혁하고 가까이 다가오게 하면 될 거다.

"양아버님, 먼저 멜키오르가 신전에 들어가는 것에 관한 이야기입니다만……."

나는 면회를 의뢰한 이유를 제일 먼저 말하기 시작했다. 멜키오르가 신전에 들어가려면 필요한 것들의 준비에 관해 설명하고, 예산을 마련해 달라고 부탁했다.

"신전에서 급하게 필요한 가구는 성에 있는 예비 가구를 사용할 수 있게 허가해 주세요. 그리고 요리사를 한 사람, 성에서 보내 주시고. 조수는 회색 무녀를 써도 되고, 새로 고용해서 이탈리안 레스토랑의 요리사 교육을 받게 하셔도 좋습니다."

"……멜키오르의 주방에서 요리사 교육을 한다는 말인가?"

교육받은 요리사를 쓰는 게 당연하고, 처음부터 교육한다는 개념이 없는 것 같은 보니파티우스가 하늘색에 가까운 파란 눈을 크게 떴다. 하지만 질베스타는 당연하다는 얼굴로 "로제마인의 주방도 그랬으니까"라고 말하고는 가볍게 고개를 끄덕여서 허락해 줬다.

"이탈리안 레스토랑은 다른 영지에서 찾아오는 상인들이 한 번은 들르고 싶어 하는 곳이에요. 그러니까 엔트비켈른 이후에 그레첼에도 이탈리안 레스토랑을 열려면, 지금부터 요리사 교육을 시작해야 해요."

물론 내 주방에서도 요리사 교육을 맡을 생각이니까. 엘라가 슬슬 아이를 갖고 싶다고 했으니까 휴가를 주기 위해서라도 마침 잘된 일이다.

"그리고 샤를로테한테서 들었습니다만, 어린이 방의 아이들은 겨우내 거의 방치돼 있었다는 것 같던데요."

"그건 아니다. 식사는 제대로 지급했고, 어린이 방 전속 시종도 있었고, 부모가 오면 면회도 가능했을 것이다."

질베스타는 바로 반론했지만 나는 고개를 저었다.

"생활 환경이 아니라 교육 측면으로서의 이야기입니다. 선생님이 멜키오르가 있는 북쪽 별채로 가게 되면서 어린이 방 쪽은 예년과 달리 공부를 거의 못 하고 방치돼 있었다고 들었어요. 가정교사를 고용해 줄 부모도 없는 이상, 앞으로도 이런 상태가 계속되면 그 아이들의 교육이 상당히 불안해지게 됩니다."

눈이 휘둥그레진 보니파티우스 옆에서 질베스타가 "그래서?"라는 말로 계속하라고 재촉했다.

"그 아이들을 청색 견습 신관이나 청색 견습 무녀로서 신전에서 맡고 싶습니다."

"음? 뭘 위해서냐?"

"신전의 마력을 보충하기 위해, 그 아이들을 교육하기 위해, 그리고 말 많은 귀족들의 악의에서 조금이나마 지켜 주기 위해서입니다. 물론 거기에 드는 비용은 그 아이의 부모들이 내게 하고요. 공짜는 아니지만, 그 사람들에게도 완전히 나쁜 방법은 아니라고 봐요. 어떠신가요?"

턱을 쓰다듬으며 생각에 잠긴 질베스타 옆에서 보니파티우스는 이해할 수 없다는 표정을 짓고 있었다.

"로제마인, 너는 왜 그렇게까지 죄인의 아이들에게 마음을 쓰는 것이냐?"

"할아버님, 그 아이들 자신은 죄를 짓지 않았어요. 죄가 없는 사람들까지 처벌하는 건 이상하다고 생각합니다. 그리고 에렌페스트는 안 그래도 귀족이 부족하잖아요. 귀중한 인재를 굳이 망칠 필요는 없겠죠? 구제하고 키워서 영지를 위해 일하게 만들어야죠."

망치는 건 간단하지만 키우는 건 힘들다고 말했더니 보니파티우스는 "그건 타산에서 나온 말이냐?"라고 말하고는, 말로 표현할 수 없는 묘한 표정을 지었다.

"예, 영주 일족으로서의 타산으로 하는 말입니다. 주위에서 뭐라고 하건, 저는 성녀라든지 그런 게 아니니까 무상으로 무한하게 구원할 수 있다는 생각은 안 합니다."

중간 영지면서도 귀족 숫자가 적은 현재 상황과 수확량을 지탱해 주고 있는 제사와 마력을 소홀히 할 수는 없다고 설명했다. 보니파티우스는 영지 대항전에 오지 않았기 때문에 실감이 가지 않을 수도 있지만, 유르겐슈미트 전체가 제사를 재검토하는 쪽으로 방향을 바꿨다.

"아버님, 어린이 방에 남겨진 아이들을 청색 견습 신관으로 받아들이면 어머님의 일이 하나 줄어들게 됩니다. 어머님한테도 샤를로테한테도 조금이나마 도움이 되겠죠. 안 될까요?"

"난 상관없지만…… 라이제강이 뭐라고 할지 모르겠군."

지극히 귀찮다는 얼굴로 질베스타가 보니파티우스를 봤다. 아무래도 보니파티우스가 라이제강의 창구 역할을 맡은 것 같다.

"어머나, 라이제강이 아이들을 데려가서 돌봐 주겠다고 했나요? 그렇지 않으면, 아우브께서 기베의 허락을 받아야 할 이유가 있을까요……."

나는 보란 듯이 한숨을 쉬면서 질베스타를 봤다.

"라이제강의 지지와 협력을 얻기 위해서 여러모로 말도 안 되는 과제를 지시한 것 같더군요. 저 때문에 벌어진 귀찮은 일들을 전부 떠안아 주셔서 정말 감사하게 생각합니다, 양아버님."

"로제마인, 어떻게 그걸?!

질베스타보다 보니파티우스 쪽이 과도하게 반응했다. 질베스타를 본 뒤에 칼스테드 쪽으로 시선을 옮겼다. 칼스테드가 '아니다'라고 말하는 것처럼 손을 흔든 걸 보면, 아마도 나와 질베스타의 접촉을 완전히 차단하고 칼스테드와 엘비라의 동향도 감시하고 있었겠지.

"지난번 회의 이전과 회의 때의 아버님 언동이 너무 제각각이었기 때문에, 차분하게 생각해 봤더니 뭔가 이유가 있다는 것을 알았습니다. 그래서 저는 라이제강계 측근에게서 정보를 수집했습니다. 자세한 것은 모르겠지만, 아버님도 빌프리트 오라버니도 뭔가 과제를 받으셨죠?"

그렇게 말했더니 이번에는 질베스타가 "뭐라고?"라며 과도하게 반응하면서 안색이 달라지고는 험악한 표정으로 보니파티우스를 노려봤다.

"내가 조건을 받아들이면 아이들은 건드리지 않겠다고 약속했을 텐데. 어떻게 된 거지?!"

"……나도 모르는 일이다."

보니파티우스도 씁쓸한 표정이 됐다. 아무래도 이쪽이고 저쪽이고 정보가 부족한 사태가 벌어진 것 같다.

"라이제강계 귀족 중에서도 과격한 자들이 영주 일족에게 균열을 만들 계획을 세우고 있었던 것 같아요. 빌프리트 오라버니가 받은 과제도 라이제강이 저를 차기 아우브로 옹립하기 위해서 이용할 뿐일 가능성이 있는 건 아닌지 샤를로테가 걱정하고 있었습니다."

"세상에나."

질베스타의 얼굴이 새파래졌다. 보니파티우스도 안색이 좋지 않았다. 자신들이 알고 있던 라이제강의 정보와 많이 다른 것 같다.

"로제마인, 빌프리트에게 과제의 위험성에 대해 말했나?"

"빌프리트 오라버니의 측근과는 말이 통하질 않았어요. 어쩌면 과제 중에 제게 제1 부인답게 행동하게 만들라는 내용이 있는지도 모르겠네요. 약혼자로서 협력하라는 말만 들었어요. 제대로 정보를 교환하지도 못했죠. 라이제강의 후원을 받는 저는 아마도 잠재적인 적이겠죠."

나는 어쩔 수 없는 일이라고 생각했지만, 보니파티우스는 "약혼자인 로제마인을 적처럼 취급하다니!"라면서 화를 내기 시작했다. 그 모습을 보고, 나는 살짝 얼굴을 찌푸렸다.

"어머나? 그런데 말이죠, 라이제강으로부터 양아버님과 제 동향을 감시하라는 말을 들은 할아버님께도 제가 적 같은 존재겠죠? 귀족원에서 돌아온 뒤로 계속 무서운 얼굴만 하고 계셨잖아요."

"그, 그런 게 아니다! 무섭냐? 하나도 안 무섭지?"

보니파티우스가 당황해서 자기 얼굴을 손으로 눌렀다. 그 모습을 보고 긴장이 풀렸는지, 질베스타가 웃음을 터트렸다. 분위기가 단번에 풀어졌고 나도 따라서 웃었다.

"이젠 안 무서워요. 할아버님은 절 걱정해 주셨을 뿐이고, 제 편이시잖아요?"

"당연하지."

"그럼, 양아버님도 절 괴롭히지 않으시니까 너무 무서운 얼굴은 하지 말아 주세요."

"그, 그래."

얌전히 고개를 끄덕이는 보니파티우스를 보고 미소를 지은 뒤 나는 질베스타 쪽으로 시선을 옮겼다.

　"저도 하르트무트와 다른 사람들에게 이야기를 들었을 뿐이니까 사실인지 아닌지는 모릅니다. 회의 때 함부로 눈에 띄지 않는 쪽이 좋다는 말을 들었으니까 이 자리도 주제넘은 짓이 아닌지도 싶습니다만……."

　"아니, 도움이 됐다. 페르디난드가 없어진 탓에 지금은 정보가 압도적으로 부족하니까."

　얼굴에서 웃음기를 지우며 질베스타가 고개를 좌우로 저었다. 지금까지는 유스톡스가 수집한 정보를 페르디난드가 정밀하게 조사한 뒤에 전달하고, 어느 정도까지는 어떻게 행동해야 할지에 대한 지시도 해 줬다는 것 같다. 페르디난드가 없어진 탓에 정말로 힘든가 봐.

　"하르트무트는 잘도 그런 정보를 얻었군."

　"신전에서 유스톡스에게 배웠으니까요. 아직 유스톡스처럼 전부 망라하는 수준의 정보를 얻고 있는 건 아니지만, 라이제강의 정보라면 유통할 수 있어요."

　내가 질베스타에게 정보를 흘리겠다고 하자, 보니파티우스가 진지한 얼굴로 날 쳐다봤다.

　"로제마인, 넌 어째서 질베스타를 그렇게 신뢰하는 게냐? 질베스타한테 속고 있을 가능성은 생각하지 않는 것이냐?"

　"정말로 나쁜 분이라면 귀찮은 일을 피하기 위해서라도 절 죽였겠죠. 죽이지는 않더라도 양자의 연을 해소하면 저는 상급 귀족으로 돌아가고, 차기 아우브는 꿈도 꿀 수 없게 되죠. 그런데도 양아버님은 라이제강의 과제를 끌어안고서 고민하고 계시잖아요. 저를 지켜 주시는 양아버님을 제가 믿는 게 이상한 일인가요?"

페르디난드도 없는 지금 내가 영주 일족에서 빠지게 되면 마력이 압도적으로 부족해지니까, 간단히 죽이거나 양자의 연을 해소하지는 못할 것 같다. 그래도, 귀찮은 일은 귀찮은 일이다. 내던지지 않고 열심히 해 주는 모습을 높이 평가하는 건 당연한 일이겠지.

"양아버님은 갖은 핑계를 대면서 도망치시거나 귀찮다고 투덜대기도 하고, 샤를로테가 지적한 것처럼 중요한 때에 양어머님을 임신시키는 경솔한 구석도 있지만, 중요한 부분은 잘 지키고 계신다고 생각합니다. 협력 정도는 해야죠."

"……로제마인."

"오히려, 제 뒷배라고 하면서 에렌페스트에 불화를 뿌려대는 라이제강 쪽이 훨씬 곤란한 존재가 아닐까요?"

그렇게 말하면서 나는 오늘의 본론으로 들어갔다. 라이제강 전체의 뜻을 걷어차 버리기 위한 세대교체 이야기다.

"급격한 변화를 꺼리는 사람이 있는 건 당연한 일이지만, 에렌페스트가 상위 영지로서 걸맞은 언동을 익혀야 한다는 것은 첸트의 지시이기도 합니다. 왕명이나 마찬가지잖아요?"

질베스타가 씩 웃으면서 "뭐, 그렇지"라고 말하며 고개를 끄덕이고는 계속 말하라고 했다.

"그러니까, 영지 안에서 역할을 분담하는 건 어떨까요?"

"역할을 분담한다고?"

"예, 할아버님. 농촌 등을 다스리는 기베의 일은 그렇게 달라지지 않아요. 그러니까 이번 숙청으로 비어 버린 기베의 일은 보수적인 분께 맡기는 겁니다. 기베 게를라흐나 기베 빌토르는 게오르기네 님에게 이름을 바쳐서 에렌페스트를 혼란에 빠트리기는 했지만, 통치력에는 문제가 없었어요. 수확량도 좋았을 테고요."

내가 수확제 이후에 아우브에게 결과를 보고하는 입장이기도 하다 보니, 각 지역의 수확량도 알고 있다. 그 사람들의 영지 운영 수완에는 문제가 없었다.

"그러니까, 새로 파견하는 기베에게는 그 사람들의 방식을 그대로 답습하게 하는 거예요. 농민이나 하인들이 혼란에 빠지지 않고 같은 환경에서 일할 수 있도록 노력하면 되는 거죠. 급격한 변화에 대응하지 못한다는 걸 잘 알고 계신 분이 맡으시는 쪽이 제일 좋을 것 같아요."

내 제안이 재미있었는지 질베스타가 웃었다.

"맞는 말이다. 하지만, 새로운 일에는 반드시 실패가 따르는 법이다. 그리고 기베 일에 적성이 없으면 큰일이 나니까 정식 기베가 될 때까지 시험 기간으로서 3년 정도 상황을 지켜보도록 하자. 너희 영주 후보생이 기원식이나 수확제를 하러 갔을 때 농민이나 하인들에게 이야기를 들어 보고, 제대로 다스리고 있다면 3년 뒤에 정식 기베로 임명하는 거지."

상황을 지켜보는 기간을 두면 정식으로 채용되기 위해서 필사적으로 일할 테고, 그 토지에 있는 사람들을 함부로 대하지 않을 거라고 질베스타가 중얼거렸다.

"그리고 향상심을 지닌 사람, 변화를 유연하게 받아들일 수 있는 사람을 파벌에 상관없이 성에서 중책을 맡기도록 하죠."

"파벌에 상관없이?!"

내 제안에 일일이 놀라는 사람은 보니파티우스다. 그렇게 이상한 얘기를 한 것 같지도 않은데, 보통 귀족과 내 사고방식 차이가 확연하게 두드러진다는 기분이 든다. 이유를 듣고 납득이 가면 받아들여 줬던 페르디난드나 질베스타가 이상한지도 모르겠다.

"죄를 저지른 사람들은 이미 벌을 받거나 멀리 보내 버렸잖아요? 이제 구 베로니카 파벌은 없는 것이나 마찬가지인데, 유능하고 의욕 있는 사람에게 일을 시키지 않는 건 너무 아깝지 않을까요. 에렌페스트에 놀려도 되는 인재는 없어요. 하지만, 샤를로테는 약점도 지적했어요."

나는 내 방에서 측근들과 의논했던 이야기에다 샤를로테가 지적한 점도 설명했다.

"그렇군. 좋은 생각이지만 아직 약하다, 그런 말인가. 샤를로테가 제대로 보고 있군."

"예. 샤를로테는 그밖에도 라이제강에서 제2 부인을 맞이하는 게 제일 조용하고 깔끔하게 정리될 거라고도 말했어요. 제1 부인에게 다른 영지와의 사교를 맡기고, 제2 부인에게는 영지 내부의 귀족들을 규합하는 일을 맡긴다고 하셨던 단켈페르거의 이야기와도 맞는 부분이 있으니까요."

그 말을 들은 질베스타가 약간 가라앉은 표정을 지었다.

브륀힐데의 제안

"발언을 허가해 주시겠습니까, 아우브 에렌페스트?"

조용히 대기하고 있던 측근 중에서 브륀힐데가 한 발 앞으로 나섰다. 긴장한 얼굴 속에 결심이 담긴 연갈색 눈동자가 보인다. 뭔가를 각오한 것만 같은 브륀힐데를 보면서 질베스타가 "허가한다"라고 허가를 내렸다.

브륀힐데는 "감사합니다"라고 말하고는 천천히 걸어서 질베스타 정면으로 이동해 한쪽 무릎을 꿇고 두 팔을 교차했다.

"저는 기베 그레첼의 딸, 브륀힐데라고 합니다. 이번에 귀족원 5학년을 마쳤습니다."

"우수자 표창을 받은 시종이었지. 영지 대항전과 표창식 때 보고 있었다."

질베스타가 맞장구를 치자 브륀힐데는 "칭찬해 주셔서 영광입니다"라고 대답했다. 그리고 천천히 고개를 들더니, 질베스타를 똑바로 바라봤다.

"제게 아우브의 제2 부인이라는 직책을 맡겨 주시겠습니까?"

브륀힐데의 발언에 순식간에 주위가 조용해졌다. 그 자리에 있던 모든 사람이 깜짝 놀라서 휘둥그레진 눈으로 한쪽 무릎을 꿇고 있는 브륀힐데를 쳐다봤다. 아닌 밤중에 홍두깨 같은 발언이라서 내 사고 회로가 도저히 따라가질 못하겠다.

……아우브의 제2 부인? 누가, 누구의? 브륀힐데가 양아버님의?!

새하얗게 물들어 버린 사고 회로에 드문드문 나타난 말들이 이어진 순간, 이번에는 엄청난 혼란이 덮쳐 왔다. 덜컥 소리를 내면서 자리에서 일어나 브륀힐데에게 한 걸음 다가갔다.

"저기, 응?! 자, 잠깐만요! 브륀힐데, 진정하고 숨을 크게 쉬세요. 정신 차리고……."

"진정해야 하는 것도 숨을 크게 쉬어야 하는 것도 너다."

한심하다는 얼굴로 자리에서 일어난 질베스타가 테이블 옆을 돌아서 내 옆으로 오더니 "자, 심호흡하고"라면서 어깨를 가볍게 두드려 줬다.

"히히후…… 히히후……."

"뭐냐, 그건?"

"그냥 멋대로 나왔어요. 제가 뭐라고 했나요?"

"아쉽게도 하나도 모르겠다. 진정해라."

브륀힐데의 폭탄 발언에도 전혀 동요하지 않은 것처럼 보이는 질베스타와 혼란에 빠진 날 보고 당황한 것 같은 보니파티우스를 번갈아서 봤다.

"지, 지지지, 진정하는 방법을 모르겠어요, 할아버님."

"그 마음 잘 안다, 로제마인."

둘이서 허둥지둥하고 있었더니, 리젤레타가 "실례하겠습니다"라고 말하며 조용히 앞으로 걸어 나오더니, 어디선가 스밀 인형을 슥, 하고 꺼냈다.

"진정해라, 멍청한 녀석. 숨을 쉬어라."

페르디난드의 목소리에 정신이 번쩍 들었고, 반사적으로 숨을 들이쉬었다. 잔뜩 들이쉬었다. "숨을 내쉬어라"라는 말은 안 했으니까 또

들이쉬었다. 아무리 노력해도 더는 들이쉴 수 없을 만큼, 폐에 공기가 가득 찼다. 괴로워서 견딜 수 없게 돼 버린 나는 푸하, 하고 숨을 내쉬었다.

"얼마나 들이쉬게 할 셈인가요, 페르디난드 님!?"

눈물을 글썽이면서 스밀 인형을 노려봤더니, 리젤레타가 빙긋 웃었다.

"로제마인 님이 심호흡 방법을 떠올리셔서 다행입니다. 이번에는 숙녀로서 행동하는 방법을 떠올려 주세요."

스밀 인형을 안은 채 리젤레타가 마술구를 작동시켰다. 귀여운 스밀이 페르디난드 목소리로 "네가 그러고도 영주 후보생인가. 한심하군"이라고 야단을 쳤고, 나는 조용히 의자로 돌아가서 앉았다.

"괜찮아요. 진정했어요. 계속 얘기하세요."

"흐음. 놀라운 효과군. 잘했다. 물러나도록."

질베스타가 리젤레타의 임기응변을 칭찬하면서 자기 자리로 돌아갔고, 나한테서 브륀힐데 쪽으로 시선을 옮겼다.

"로제마인의 반응을 보아하니 주인에게도 상담하지 않았던 것이 명백하군."

"예. 저는 주인인 로제마인 님께도, 기베인 아버지께도 상담하지 않았습니다. 플로렌치아 님도 다른 영주 후보생분들도 모르시는 일입니다."

브륀힐데는 조용한 목소리로 그렇게 말했다. 질베스타는 눈썹을 꿈틀하기는 했지만, 계속 말하라고 했다.

"본인은 자각이 거의 없으신 것 같지만, 로제마인 님은 라이제강계 귀족을 좌우할 수 있는 처지입니다. 기베 그레첼인 아버지도 라이제강계 귀족 중에서는 영향력이 있습니다. 제가 누군가에게 상담한 결과, 저를 아우브의 제2 부인…… 이라는 이야기가 정식으로 나오게 되면 지금의 아우브께서는 거절하기 힘드시겠죠. 그러니까 이 자리에서의 헛소리일 뿐이고 아우브께서 못 들은 것으로 하기 위해서는 제 독단이어야만 했습니다."

라이제강계 귀족들의 뜻과 관계없는 형태로 이야기하기 위해서는 이런 방식으로 하는 수밖에 없다고 판단한 것 같다. 브륀힐데는 계속해서 말했다.

"그리고, 저는 주위의 강요가 아니라 아우브 본인이 영지를 다스리는 데 적합한 제2 부인을 선택해야만 한다고 생각합니다. 로제마인 님과 빌프리트 님의 약혼은 아우브께서 영지를 위해 결정하셨다고 들었습니다. 그렇다면 영지를 위해 필요한 자신의 제2 부인을 들이는 선택도 해 주시겠지요."

……아들과 양녀를 억지로 밀어붙이지 말고 자신이 제2 부인을 골라라, 도망치지 말라는 얘기겠지.

자기를 똑바로 바라보는 연갈색 눈동자에 졌다는 것처럼 질베스타가 일단 고개를 숙였다. 그리고 천천히, 진한 녹색 눈동자로 브륀힐데를 보며 말했다.

"듣겠다."

"감사합니다."

브륀힐데는 한쪽 무릎을 꿇은 채 차분하게 설명을 시작했다.

"저도 샤를로테 님의 의견을 듣고 라이제강의 정보를 적극적으로 얻기 전까지는 알지 못했습니다. 라이제강은 숙청 이후에 영지 내부의 귀족과 연을 맺는 것보다 상위 영지와 인연을 맺는 쪽을 중시하는 영주 일족의 사고방식에 대해 상당히 위기의식을 느끼고 있는 것 같습니다. 로제마인 님이 정말로 빌프리트 님과 결혼해서 제1 부인이 될지 아닐지에 또다시 의문을 갖고 있습니다."

그런 상황에서 '빌프리트 님이 아니라 로제마인 님을 차기 아우브로'라는 목소리가 다시 타오르고, '상위 영지의 아내 따위는 아우브에게도 차기 아우브에게도 필요 없다'라는 생각이 강해지고, '상위 영지에서 아내를 맞이해야만 한다면 순위를 올릴 필요 따위는 없다'라는 주장이 생겨났다는 것 같다.

"라이제강은 혼인을 통해서 아우브와의 결속을 다져 온 귀족입니다. 아우브가 제2 부인을 라이제강에서 맞이하고 그들을 존중하는 자세를 보이기만 해도 불안은 거의 사라질 것입니다."

……샤를로테와 정보를 교환한 뒤로 지금까지 그런 정보들을 모았구나. 우리 측근들은 정말 유능하다.

정보 수집 능력이 뛰어난 건 하르트무트만이 아닌 것 같다. 아니면, 라이제강계 귀족의 정보라서 쉽게 얻은 걸까.

"제2 부인은 영지의 장래에 크게 관여하는 문제고, 원래는 이렇게 아우브께 말씀을 드리는 것만으로도 상당한 사전 작업이 필요한 일로 알고 있습니다. 저도 이런 형태로 진언할 생각은 아니었습니다만, 도저히 보고 있을 수가 없었습니다. 일각을 다투는 상태라고 판단했기에 감히 말씀드렸습니다."

브륀힐데는 질베스타와 주위에 있는 측근들을 위로하는 것 같은 시선을 보냈다. 나는 그 표정의 의미를 알 수가 없어서 고개를 갸웃거렸다.

"일각을 다툰다는 말이 무슨 뜻인가요?"

"……아우브께서는 숙청으로 인해 아마도 본인의 측근 대부분을 처벌하신 것으로 알고 있습니다. 플로렌치아 님과 측근을 공유하지 않으시면 북쪽 별채까지 오시지도 못할 만큼. 이런 상태면 아우브는 물론이고 플로렌치아 님의 집무에도 영향이 미치지 않겠습니까?"

"뭐?!"

내 양부모인데도 접촉이 적은 다른 사람의 측근들 얼굴까지는 다 기억하지 못하는 나는 깜짝 놀라 눈이 휘둥그레져서 질베스타 주위를 둘러봤다.

"영주 일족 회의에서 각 영주 후보생의 업무량을 근거로 판단해 친자식인 샤를로테 님이 아니라 로제마인 님께 도움을 청하셨습니다. 그것은 회임이라는 이유보다 로제마인 님이 빈자리를 메우실 필요가 있었기 때문이 아닐까 싶습니다만, 제 생각이 맞는지요?"

내가 플로렌치아를 보좌하면 라이제강 귀족을 측근으로 끌어들이기 쉬워진다. 그런 형태로나마 라이제강의 협력이 필요했던 건 아닌지, 브륀힐데가 그렇게 지적했다. 질베스타는 입술을 살짝 끌어 올렸을 뿐 아무 말도 하지 않았다. 하지만 부정은 안 했으니까 그 말이 옳다고 봐야겠지.

"라이제강의 정보를 보니파티우스 님께 의존하고 있는 지금 상황을 생각해 봐도 아우브께 라이제강의 지지가 필요하다는 것은 중요한 사실이겠지요. 하지만 플로렌치아 님의 사정을 생각해 보면 2년가량은 제2 부인을 들이시기 힘든 상태입니다."

우와…… 완전히 사면초가 같은 상황이네.

"하지만, 저는 보시다시피 미성년이니까 귀족원을 졸업한 뒤에 1년 동안의 약혼 기간을 둔다면 성결식은 아무리 빨라도 2년 뒤입니다. 플로렌치아 님의 임신과 출산에 영향을 미치는 기간은 끝나게 되는 것이죠."

브륀힐데의 연갈색 눈동자가 강하게 빛나고 있다.

"아우브께서 라이제강에서 제2 부인을 맞이한다고 발언하시면 대부분의 라이제강은 지금까지와 마찬가지로 시간이 흐르면서 불안이 해소될 것입니다. 베로니카 님의 친정이자 동시에 가장 대립이 심했던 그레첼 사람을 받아들이는 것은 라이제강에게는 아마도 아우브께서 생각하시는 것 이상으로 큰 의미가 있을 것입니다."

그렇게 말한 뒤에 "약혼자가 있으면 영주 회의에서 다른 영지로부터의 혼인 제안을 거절하는 것도 용이해집니다"라고 말하며 미소를 지었다. 질베스타가 다른 영지와의 결혼을 달가워하는 게 아니라 그것 때문에 골머리를 썩고 있다는 걸 알고 있기에 할 수 있는 말이다.

"로제마인 님이 신전에만 계신다고 해도 시종인 저는 대체로 성에서 시간을 보내니 라이제강과의 교섭에서 전면에 나서는 것이 가능합니다. 무엇보다 원래 플로렌치아 님과 같은 파벌이니까 보좌는 해도 대립하지는 않습니다. 샤를로테 님과 함께 협력하며 플로렌치아 님의 빈자리를 채울 수 있지요."

샤를로테 님과 협력하는 사교는 귀족원에서도 해 왔다고 브륀힐데가 가슴을 펴고 당당하게 말했다.

"귀족원에서 왕족이나 상위 귀족과의 다과회, 회합 준비와 접대는 제가 중심이 되어서 진행했습니다. 에렌페스트 안에서만 본다면 상위 영지와의 사교 경험도 많은 편이라고 자부합니다. 아우브의 약혼자라는 지위라면 샤를로테 님과 협력하면서 영주 회의에 가는 시종들을 교육하는 것도 가능하지 않을까, 그리 생각하고 있습니다."

영주 양녀의 측근이면 영주 부부의 측근들을 비롯한 어른들에게 참견하기 힘들다. 하지만 제1 부인을 보좌하는 제2 부인이라는 입장이면 그것도 가능해지고, 자신의 경험을 전하면서 상위 영지와 교섭을 할 수 있는 시종을 키우기도 쉬워진다.

"이러한 형태로 플로렌치아 님의 빈자리를 메우면서 조금이라도 빨리 로제마인 님이 제안하신 세대교체를 진행한다면 구 베로니카 파벌의 젊은 세대를 등용하는 것도 어렵지 않을 것입니다. 그들을 등용하는 일이 늘어나면 멀리 보낼 수밖에 없었던 측근을 다시 불러들이는 것도 가능하지 않을까 싶습니다."

질베스타는 눈을 살짝 가늘게 떴다. 그리고 가만히 브륀힐데를 보면서 입을 열었다.

"내가 생각했던 이상으로 주위를 살피고 있고, 여러 가지를 생각하고 있다는 것은 알겠다. 하지만, 굳이 자처해서 제2 부인이……."

"맞아요! 브륀힐데는 우수하고 눈치가 빠르고 유능하니까 양아버님의 제2 부인이 되기에는 너무 아까워요! 양아버님보다 브륀힐데가 더 멋질 정도라고요."

주위에서 필사적으로 웃음을 참는 소리가 들려왔고, 질베스타가 "이봐, 로제마인"이라고 말하면서 입가를 일그러뜨렸다. 하지만, 사실이지 않은가.

"솔직히, 양아버님께는 양어머님이 계십니다. 양어머님을 제일 좋아하고, 다른 여성은 눈에 들어오지도 않고, 제2 부인은 맞이하고 싶지 않다고 계속 투덜대셨잖아요. 그런 분께 시집을 가 봤자, 브륀힐데가 행복해지는 미래는 보이지 않아요. 전 싫어요. 기왕에 결혼한다면, 좀 더 애정을 가지고 브륀힐데를 대해 줄 사람과 결혼했으면 싶어요."

내가 그렇게 말했더니, 브륀힐데는 이게 무슨 일인가 싶어서 눈이 휘둥그레졌다.

"그렇다면, 로제마인 님은 어째서 빌프리트 님과의 약혼을 승낙하셨는지요? 빌프리트 님이 애정을 가지고 대해 주시리라 생각하셨습니까?"

"아뇨. 에렌페스트의 도서실과 신전 도서실을 자유롭게 이용하고 인쇄업을 추진하는 데 가장 적합하다고 생각했기 때문인데요."

"한마디로, 결혼에 애정은 관계없다는 말씀이시군요."

……앗! 생각해 보니 내 애정은 오로지 책으로만 향하고 있는 것 같잖아?!

본심을 드러내서는 안 되고, 이미 약혼한 선배로서 좀 더 좋은 말이 필요했다. 나는 실패를 만회하기 위해서 필사적으로 할 말을 찾았다.

"아, 그게, 하지만, 브륀힐데와 아버님하고는 달리 저와 빌프리트 오라버니 사이에는 화목한 가족애라고 할까, 지금까지 해 온 것 같은 따뜻한 관계가 있거든요. 그 관계는 계속 이어 갈 수 있을 테고, 페르디난드 님이나 기베 라이제강과도 약속했으니까 정략결혼이라도 냉대받지는 않으리라 생각해요. 괜찮아요."

내가 필사적으로 쥐어짠 말을 들은 브륀힐데는 엄청나게 미묘한 표정을 지었고, 질베스타는 떨떠름한 얼굴이 됐다.

"로제마인, 너는 내가 제2 부인으로 맞이한 기베 그레첼의 딸을 냉대할 만큼 어리석은 인간으로 보이나?"

"예? 그러니까, 아우브로서 나름대로 열심히 해 주시리라 생각합니다."

"나름대로는 또 뭐냐? 이 녀석아."

심기가 불편한 얼굴의 질베스타가 내 볼을 쿡쿡 찔러댔다. 은근히 아파서 내가 "할아버님, 도와주세요"라고 말했더니 보니파티우스가 "흡!"하면서 바로 질베스타의 손을 쳐내 줬다.

"으억?! 힘 조절 좀 하라고!"

"양아버님……. 엄청난 소리가 났는데, 치유가 필요하신가요?"

"아니, 됐다. 그보다 네 측근은 모든 것을 알고 받아들인 상태에서 제2 부인이 되기를 희망하는 것 같은데, 너는 반대하는 입장이라고 생각하면 되겠나?"

시종의 결의에 반대하는 입장이냐는 질문을 받고, 나는 브륀힐데 쪽으로 시선을 옮겼다. 브륀힐데는 빙긋, 아름다운 미소를 지었다.

"로제마인 님, 저는 유행을 퍼뜨리고 싶다는 생각에 로제마인 님의 측근이 되기를 희망했습니다. 바람이 이루어진 것을 기쁘게 생각하고, 앞으로는 제2 부인으로서 플로렌치아 님과 로제마인 님을 통해 유행을 퍼뜨리고자 합니다. 그리고, 영주 일족으로서 유행을 만들어 가는 것에도 도전하고 싶습니다."

브륀힐데의 희망으로 가득 찬 얼굴은 라이제강계 귀족들을 억누르기 위해서 희생하는 사람의 얼굴이 아니었다. 오히려 기왕에 좋은 기회를 찾았으니까 자신의 희망을 최대한 이루겠다고 생각하는 야심가의 얼굴이었다.

으윽…… 브륀힐데가 너무 멋있다.

"제가 제2 부인이 되면 로제마인 님 대신 영지 내부의 사교를 맡을 수 있습니다. 로제마인 님은 기존의 사교를 배우실 필요가 없게 됩니다. 영지 내부를 정리해서 빌프리트 님과 로제마인 님이 영주 부부로서 에렌페스트를 다스리게 되는 그때에 아무 문제가 없도록 해 두고 싶습니다."

"측근의 귀감으로 삼을 만하구나. 그 정신, 마음에 들었다. 질베스타의 제2 부인으로 인정한다."

……할아버님이 마음에 들었다고 해도, 말이죠?

내가 눈을 깜박이고 있거나 말거나 보니파티우스는 기분 좋게 자리에 앉더니 여유 있게 차를 마시기 시작했다. 브륀힐데는 나를 빤히 쳐다보면서 찬성인지 반대인지, 내 발언을 기다리고 있다.

"브륀힐데의 결의가 에렌페스트를 위해서는 최선이라고 생각합니다. 하지만, 저는 브륀힐데가 측근을 그만두면 곤란해요."

내 말을 들은 브륀힐데가 살짝 웃었다.

"귀족원을 졸업할 때까지는 로제마인 님의 시종으로 있게 해 주세요. 그 뒤에, 결혼을 위해 일을 그만두는 것은 상정하고 계시던 일이시겠죠?"

"그건 그렇긴 한데……."

"저는 로제마인 님께서 난처해지시는 일이 없으시도록 베르틸데와 그레티아를 가르치겠습니다. 안심하세요."

여성은 성인이 되면 대부분은 바로 결혼해서 일을 그만둔다. 그래서 새로운 측근을 가르치거나 육아가 끝난 세대를 받아들이라고 질베스타도 말했었다. 적령기의 측근을 둘러보자 조금 쓸쓸한 기분이 들었다. 그런 우리를 지켜보고 있던 질베스타가 천천히 한숨을 쉬면서 입을 열었다.

"브륀힐데, 그레첼의 후계자는 어쩔 셈이냐? 네가 데릴사위를 맞이할 예정이 아니었던가?"

그러고 보니 브륀힐데는 차기 기베라고 했었는데. 아우브의 제2 부인이 되겠다고 해도 기베 그레첼이 허락하지 않을지도 몰라. 그런 주위의 불안을 브륀힐데는 살짝 쓸쓸한 말투로 부정했다.

"여동생이 있습니다. 지금의 제가 데릴사위를 맞이하는 것보다는 제가 제2 부인이 돼서 그레첼을 교역 도시로 만든 뒤 베르틸데에게 조금이라도 더 우수한 사위를 맞이하도록 하는 쪽이 더 좋을 것입니다. 그리고 제2 부인에게 남자아이가 생긴 것 같아서 아버님은 그쪽으로 후사를 잇게 하는 것을 고려하고 계십니다."

아들이 있으면 그쪽이 뒤를 잇는 경우가 많다. 그래서 그 아이의 세례식까지는 공적으로 발표하지 않는 경우가 많지만 아마도 브륀힐데는 차기 기베 자리에서 내려왔을 것이다. 관습이라는 걸 알고 있어도 지금까지 차기 기베가 되기 위해서 열심히 해 온 브륀힐데의 노력이 짓밟혀 버린 것만 같은 기분이 들면서 나는 왠지 슬퍼졌다.

"……지금 그레첼에는 영주 일족과 발을 맞춰서 엔트비켈른을 성공시키는 것이 무엇보다 중요한 일이라고 생각합니다."

브륀힐데는 원래 그레첼을 지지해 주는 다른 영지의 우수한 남성을 맞이할 생각이었던 것 같다. 하지만 엔트비켈른이 성공하지 않으면 남편을 맞이하는 것도 힘들어진다. 변혁이 성공할지도 확실하지 않은 곳으로 와 줄 우수한 사람은 거의 없으니까.

특히 플로렌치아의 회임으로 엔트비켈른의 예정이 변경되고 계획에 변동이 발생한 지금, 브륀힐데는 데릴사위를 들이는 것보다 제2 부인으로서 엔트비켈른의 성공에 힘을 쏟는 쪽이 중요하다고 생각하는 것 같다.

무슨 일이 있어도 그레첼의 엔트비켈른을 성공시키고 싶다는 결의가 넘쳐나고 있다. 브륀힐데만큼 차기 기베에 어울리는 사람도 없을 것 같은데 말이다.

"제게는 저의 타산과 이유가 있습니다. 저는 아우브의 총애를 받기 위해서가 아니라, 에렌페스트를 지탱하는 일원으로서 제 능력을 최대한 살리기 위해 제2 부인이라는 직책을 희망합니다."

브륀힐데의 프리젠테이션이 끝났다.

자신만만한 얼굴로 "계집애의 헛소리로 치부하셔도 좋습니다. 그러기 위해서 독단적으로 움직였으니까요"라고 브륀힐데가 딱 잘라서 말했다.

질베스타는 큭, 하고 웃으며 자리에서 일어나더니 브륀힐데 앞으로 가서 손을 내밀었다.

"그대의 그 마음, 받아들이겠다. 기베 그레첼에게 면회를 요청한다. 봄을 축하하기 위한 연회에서 단상에 오르기 위한 의상과 약혼 마석을 준비하도록."

"감사합니다."

브륀힐데는 승리를 얻은 사람 같은 미소를 지으며 그 손을 잡았다. 살랑, 짙은 빨간색 머리카락이 등에서 흔들렸다.

……으으, 브륀힐데가 양아버님의 제2 부인이라니.

브륀힐데가 바란 일이고 에렌페스트에도 가장 좋은 일이라는 건 나도 안다. 하지만, 아주 조금, 두 손 들고 축복하기는 힘들다. '잘됐네'와 '말리는 쪽이……'라는 기분이 빙글빙글 맴돌고 있다. 역시 제2 부인이라는 것 자체가 내 감각에는 뭔가 안 맞는 것 같다. 이야기만 들어보면 '그런 문화니까'라는 생각이 들고 크게 저항이 느껴지지 않는 것도 같지만, 가까운 사람이 제2 부인이 된다고 하니까 조금 미묘한 기분도 든다.

……게다가, 엄청나게 사랑받는 제1 부인이 있으니까.

양아버지가 결혼 상대를 정하는 게 당연한 세상에서 자기가 원하는 결혼을 쟁취했으니까, 그 점만 보면 브륀힐데의 엄청난 승리다. 하지만, 제1 부인이 임신 중에 상담도 하지 않고 제2 부인을 정하는 건 좀 그렇지 않은가. 플로렌치아의 심정도 걱정이 된다.

"……음? 올도난츠?"

과자를 먹고 있던 보니파티우스가 창밖을 노려보면서 중얼거렸다. 사람들이 일제히 창문 쪽을 봤지만, 올도난츠의 그림자도 보이지 않았다.

"할아버지, 어디 있죠?"

"……이제 곧 보일 거다."

그 말대로, 10초 정도 지나자 올도난츠의 모습이 보이기 시작했다. 경이적인 시력에 놀라는 사이에 올도난츠가 이 방에 들어와 칼스테드의 팔에 앉았다.

"기사단장님, 게를라흐 관련 보고입니다."

사람들이 일제히 안색이 바뀌면서 올도난츠를 봤다. 마티아스와 사람들을 데려간 기사단이 조사를 위해 게를라흐로 갔을 텐데. 무슨 일이 있는 걸까.

"비밀의 방들을 확인한 결과, 게를라흐의 아들이 기베의 생존 가능성을 언급했습니다. 시급히 현지로 와 주십시오."

제일 먼저 일어난 사람은 보니파티우스였다. 보니파티우스는 질베스타와 서로 마주 보고 고개를 끄덕였다.

"칼스테드는 여기 남아 주게. 나는 라이제강을 설득하는 데 힘을 쏟겠다."

"음. 나도 이번에야말로 실수하지 않겠다. 뭔가를 가지고 돌아오도록 하지."

보니파티우스는 그렇게 말하고, 자기 측근들을 데리고 방에서 뛰쳐나갔다.

"양아버님, 마티아스와 사람들은……."

"보니파티우스가 도와줄 것이다. 칼스테드, 돌아가자."

당장이라도 뛰쳐나가고 싶은 얼굴인 칼스테드가 주먹을 꽉 쥐고서 질베스타의 말에 고개를 끄덕였다. 질베스타는 나를 보면서 떼찌, 하고 이마를 때렸다.

"로제마인, 네 측근이 가 있다. 마음이 급해지는 건 알겠다만 항상 널 챙겨 주던 페르디난드는 이제 없다. 네게 무슨 일이 있으면 바로 감싸 줄 존재가 없다는 사실을 염두에 두고 행동해라."

"……예."

서로가 지금까지처럼 행동하면 뼈아픈 일을 당하게 될 거라는 말을 남기고 질베스타는 빠른 걸음으로 방에서 나갔다.

"브륀힐데, 의상과 약혼 마석 준비는 괜찮겠어요? 시간이 얼마 없잖아요? 지금부터 준비해도 늦지 않으려나요?"

질베스타와 보니파티우스가 나간 문을 쳐다보며 브륀힐데에게 물었다. 귀족원에서 돌아오는 학생 중에서는 제일 먼저 돌아온 덕분에 예년보다는 봄을 축하하기 위한 연회까지 날짜가 많이 남아 있지만, 그래도 시간 여유가 많은 건 아닐 테니까.

"갑작스러운 제안이었으니까 새로운 의상을 맞추는 건 힘들 테고, 언제부터 준비했느냐고 의심받을 여지도 있습니다. 그러니까 의상은 겨울 사교계가 시작될 때 입었던 것을 조금 더 화려하게 고치는 정도가 좋을 것 같습니다. 마석은 로제마인 님 덕분에 질 좋은 소재가 손에 들어왔으니 어떻게든 되겠죠."

사실은 당장이라도 약혼 마석을 만들기 시작하는 쪽이 좋겠지만, 질베스타는 기베 그레첼과 이야기해 보겠다고 했다. 브륀힐데의 제안이 아니라 질베스타가 라이제강계 귀족의 지지를 얻기 위해서 자주적으로 움직인 것처럼 보이는 것이 중요하니까. 기베 그레첼에게 말할 때까지 우리는 모른 척해야만 한다.

"아버님으로부터 호출이 오면 본가로 돌아가서 준비하게 될 것 같습니다."

"알았어요. 북쪽 별채에서 나갈 수 없는 데다, 귀족이 상당히 처벌받은 것 같은 살벌한 성에 플랑탱 상회를 부를 수도 없어요. 판매회는 중지해야 하니까 저는 봄을 축하하기 위한 연회 때까지 느긋하게 지내게 되겠죠. 브륀힐데는 안심하고 준비해 주세요."

내 말에 고개를 끄덕여 보이며 오틸리에와 리젤레타가 브륀힐데를 안심시키려는 것처럼 미소를 지었고, 그레티아가 "저도 열심히 하겠습니다"라고 결의를 표명하고 있는데 리카르다가 뭔가 큰 결심을 한 것 같은 굳은 표정으로 한 걸음 앞으로 나섰다.

"공주님, 이런 말씀을 드리기는 정말 죄송합니다만, 긴히 부탁드릴 것이 있습니다. 제가, 가능하다면 다시 질베스타 님을 모시고 싶습니다. 허가해 주시겠습니까?"

리카르다는 영주의 양녀가 된 날 돕기 위해서 질베스타가 붙여 준

수석 시종이다. 귀족으로서의 생활에 익숙하지 않은 날 도와주고, 처음에는 몇 명 없었던 측근들의 교육도 맡아 줬다.

"지금 공주님의 측근은 라이제강계에다 구 베로니카 파벌에서 이름을 바친 자도 있고, 숫자도 충분합니다. 그리고 다들 잘 섬기고, 아주 잘 단결하고 있습니다. 그렇다면 저는 부부가 측근을 공유해야 할 정도로 곤란한 상황인 질베스타 님 곁으로 돌아갈까 합니다."

"리카르다가 양부모님을 걱정하는 마음은 저도 이해해요. 믿을 수 있는 측근이 없으면 정말 곤란하니까."

생활도 집무도 호위도 전부 측근에게 맡겨야 하는 것이 영주 일족의 생활이다. 자기가 하고 싶은 대로 생활하면 안 되는 건, 멋대로 움직이는 내가 측근들을 곤란하게 만들고 화나게 만드는 걸 보면 잘 알 수 있겠지. 한마디로, 믿을 수 있는 측근이 없으면 생활이 성립되질 않는다. 나도 측근의 절반 이상이 없어지면 상당히 곤란해질 것 같다.

"그리고 브륀힐데가 제2 부인이 된다면 플로렌치아 님과의 사이에서 중재할 사람이 있는 쪽이 좋을 것 같습니다. 브륀힐데도 마음을 터놓을 수 있는 사람이 영주 부부 곁에 있는 쪽이 안심할 수 있겠지요."

"리카르다의 배려는 정말 고맙고 저한테 큰 도움이 됩니다만, 시종이 한 번에 두 명이나 빠져 버리면 로제마인 님이 곤란하시지 않을까요?"

브륀힐데가 나와 리카르다를 번갈아 보면서 말했다. 나는 시종들을 둘러보면서 잠시 생각했다.

"공주님은 봄을 축하하기 위한 연회가 끝나면 신전으로 돌아가십니다. 그렇다면 성의 시종은 오틸리에와 리젤레타면 충분하겠죠. 귀족원에서는 브륀힐데가 곁에 있을 테고, 베르틸데도 측근이 될 예정입니다. 영주 부부만큼 곤란하지는 않으리라고 여겨집니다."

빌프리트는 시종을 전부 바꿔 버린 게 아니다 보니 구 베로니카 파벌이 남아 있을 텐데, 그 사람들이 어떻게 됐는지는 나도 자세히 모른다. 멜키오르는 원래 이번 겨울에 어린이 방에서 귀족원에서 같이 지낼 측근을 선택해야 했는데 별채에 격리되고 말았다. 부모님이 골라 준 성인 측근과 귀족원에 들어갔을 때 고학년으로서 지도해 줄 수 있는 측근이 세 명 있을 뿐이다.

"리카르다 말이 맞아요. 지금 영주 일족 중에서 제일 안정된 측근들을 데리고 있는 사람은 저와 샤를로테겠죠. 어머님을 보좌하는 샤를로테의 측근을 이동시키는 것보다 신전에 틀어박힐 제 측근 중에서 리카르다를 돌려주는 쪽이 어느 방향에서 봐도 부담이 적을 것 같아요."

리카르다는 원래 양아버님의 측근이었다. 그러니까 딱히 교육이나 업무 조율을 하지 않아도 바로 측근으로서 일할 수 있을 것이다.

"그럼, 엘비라 님과도 잘 이야기를 해서 겨울까지 베르틸데의 교육을 끝내도록 하겠습니다."

브륀힐데는 납득했다는 얼굴로 고개를 끄덕이면서, 앞으로의 예정을 짜려는 것처럼 생각에 잠기기 시작했다. 나는 브륀힐데한테서 리카르다 쪽으로 시선을 옮겼다.

"성에서도 귀족원에서도 계속 곁에 있어 줬는데, 리카르다가 없어진다고 하니까 정말 쓸쓸해요. 하지만, 지금은 양아버님 쪽이 더 힘드니까요. 꼭 힘이 돼 주세요."

"감사합니다, 공주님."

나는 측근들에게 수석 시종을 오틸리에로 변경한다고 말하고, 질베스타에게 '리카르다를 돌려드릴 테니까 측근으로 써 주세요'라고 올도난츠를 날렸다. '내가 네 측근을 더 빼앗을 것 같으냐!'라는 답장이 돌아왔지만, 나는 리카르다의 등을 떠밀어 보내 줬다.

"제가 리카르다의 주인으로서 내리는 마지막 명령입니다. 아버님의 엉덩이를 때려서라도 열심히 정무를 보시도록 리카르다가 감시해 주세요. 그리고 브륀힐데가 제2 부인이 되는 것 때문에 임신 중인 어머님이 불안정해지지 않도록, 브륀힐데를 협력자로서 쾌히 받아들일 수 있도록, 본관 쪽 조정도 부탁할게요."

"분부대로 하겠습니다, 공주님. ……여러분, 공주님을 잘 부탁드립니다."

"맡겨만 주세요."

억지로라도 보내면 질베스타도 받아 주겠지. 믿을 수 있는 측근이 정말 간절하게 필요할 테니까. 리카르다가 나가고 조금 지난 뒤에, 리카르다가 잘 구슬렸는지 질베스타한테서 고맙다는 올도난츠가 날아왔다.

주위의 변화와 봄을 축하하기 위한 연회

리카르다가 닦달이라도 했는지, 아니면 보니파티우스가 게를라흐로 출발하면서 감시하는 사람이 없어져서 움직이기 편해졌는지, 리카르다가 이동한 덕분에 라이제강과 이야기하기가 수월해진 것인지는 모르겠지만, 질베스타는 바로 기베 그레첼과 라이제강계 귀족들에게 손을 쓰기 시작했다.

다음 날 저녁에는 브륀힐데가 본가로 불려갔고, 코르넬리우스와 램프레히트가 사정 청취를 위해서 엘비라에게 불려가고 하면서 내 주위는 살짝 부산스러워졌다.

주위가 정신없기는 하지만, 어쨌거나 북쪽 별채에서 나가지 못하는 나는 시간에 약간 여유가 생겼다. 그래서 단켈페르거의 한넬로레한테 빌려온 책을 읽기 시작했다. 성전에는 실려 있지 않은 신화의 뒷이야기가 담긴 책인데, 꽤 재미있다. 성전에 실린 것들은 대부분이 신들이 활약한 이야기인데, 이 책에 실린 내용은 인간관계가 아니라 신들의 관계에 관한 이야기가 많다.

물의 여신 플류트레네가 생명의 여신 에이비리베를 쓰러트리기 위해 목욕을 하고, 그것을 통해 권속들에게 힘을 나눠 주는 이야기는 그림 계획 중에 모은 이야기 중에도 있었기에 상당히 흥미로웠다. 그 치유의 힘은 랴이덴샤프트와 슈첼리아한테도 주어진 것 같다.

플류트레네의 목욕을 엿본 라이덴샤프트의 권속이 있었기 때문에 남성은 절대로 들어올 수 없는 결계를 쳤다든지, 여신의 목욕터에 있는 지로레라는 마목이 플류트레네의 목욕 덕분에 가지를 뻗었고, 하얀 꽃잎이 녹색 물방울이 돼서 떨어진다는 이야기였다. 그 물방울에는 강한 치유의 힘이 있다고 하는데, 플류트레네의 밤에 채집한 라이레이느의 꿀이 생각났다.

……그러고 보니까, 페르디난드 님 쪽 사람들은 못 들어갔다고 했었지? 샘의 상황은 보였다는 것 같으니까, 결계가 별로 효과가 없는 게 아닐까?

그런 감상은 둘째치고, 그 얘기는 단켈페르거에도 여신의 목욕 터가 있다는 얘기겠지.

내가 지금까지 수집한 각지의 이야기 속에서 유사점을 찾으면서 책을 읽고 있는데, 마티아스 쪽에서 '보니파티우스 님의 날카로운 감 덕분에 조사가 진척되고 있습니다. 안심하세요'라는 올도난츠가 날아왔다. '할아버님 대단하세요. 빨리 끝낼 수 있게 여러분도 협력해 주세요'라고, 가벼운 기분으로 답장을 보냈다.

그랬더니 어째선지 보니파티우스의 활약에 대한 보고를 담은 올도난츠가 계속 날아오기 시작했다. '칭찬하는 말을 보내 주길 바란다'라는 분위기가 절절하게 전해져 오는 느낌의 올도난츠다. 마티아스와 다른 사람들의 일이 올도난츠를 통한 보고라면, 주인으로서 협력해야겠다고 생각해서 열심히 답장을 보냈다.

……그런데, 하루에 몇 번이나 보내 오면 독서에 방해되거든요, 할아버님.

그런 보니파티우스의 활약 정보는 하르트무트를 통해서 아우브에게도 전해지고 있다. 비슷한 정보가 기사단 쪽에서 직접 날아오고 있겠지만, 세세한 부분이 다를 수도 있다…… 는 명목으로, 라이제강의 정보와 북쪽 별채의 상황도 같이 보고하고 있다.

그런 다양한 정보를 보내 주는 조건으로, 기억을 들여다봐도 문제가 없었던 청색 신관은 신전으로 돌려보내 달라고 부탁해 뒀다. 특히 신전 일에 꽤 통달하기 시작한 프리닥은 꼭 돌려보내 줬으면 싶다.

브륀힐데가 본가로 돌아가고 이틀 뒤, '중요한 소식이 있으니 오늘 저녁 식사는 본관에서 하도록'이라는 연락이 들어왔다. 틀림없이 브륀힐데와의 약혼에 관한 이야기겠지. 나는 준비를 하고 식당으로 갔다. 리카르다가 질베스타 뒤쪽에서 바쁘게 일하고 급사를 보는 모습이 왠지 신기하다는 생각이 들었다.

"나는 기베 그레첼의 딸 브륀힐데를 제2 부인으로 맞이하기로 했다. 이미 기베로부터 좋은 대답을 받았고, 라이제강계 귀족에게도 찬동을 받는 중이다."

식사를 마친 뒤, 질베스타가 라이제강으로부터 제2 부인을 맞이하기로 결심했다고 말했고 봄을 축하하기 위한 연회에서 공표하겠다고 선언했다. 이것은 아우브로서의 판단이며, 질베스타가 라이제강과 그레첼에게 메시지를 전하는 것이 얼마나 중요한지에 대해 말했고, 라이제강 쪽으로 다가가는 일이라고 주장했다.

"브륀힐데라면 로제마인의 견습 시종이 아니었나?"

빌프리트가 눈살을 찌푸리면서 나를 봤다. 나는 고개를 끄덕여서 긍정했다.

"급히 돌아오라는 기베 그레첼의 기별을 받고 서둘러 돌아갔는데, 그런 이야기가 있었군요. 먼저 상담해 주셨다면 저도 한마디 거들었을 텐데……."

저는 아무것도 안 했어요, 라고 주장하면서 시선을 돌렸다. 질베스타는 어쩔 수 없다는 것처럼 어깨를 으쓱거렸고.

"네 도움을 받으면 간단했을지도 모르지만, 이쪽에서 라이제강에게 다가가는 자세를 보이는 것이 중요했다. 적절한 연령의 라이제강계 아가씨의 숫자가 얼마 없어서 로제마인의 시종을 빼앗는 형태가 된 것에 대해서는 미안하다고 생각한다."

이미 성인이 된 아가씨는 플로렌치아의 임신에 영향을 줄 수 있다는 이유도 있지만, 그런 연령의 여성은 대부분 레오노레처럼 이미 약혼한 상태다. 아우브의 제2 부인으로 삼기 위해 약혼을 해소하게 할 수도 없고. 여러 의미에서 봤을 때 브륀힐데는 최적의 상대다.

"브륀힐데가 아우브의 제안을 받아들인 것을 기쁘게 생각합니다. 숙청 때문에 어지러운 지금, 영향력이 강한 영지 사람을 제2 부인으로 맞이하는 것도 어려운 일이니까요. 그리고 제가 출산할 때까지 브륀힐데는 로제마인을 대신해서 에렌페스트의 여성 귀족과의 사교를 도와주신다는 것 같습니다. 샤를로테와는 귀족원에서 서로 협력했다고 하니까, 마찬가지로 협력하고 싶다고 말했습니다."

플로렌치아의 반응이 제일 궁금했는데, 기쁜 마음으로 브륀힐데를 환영해 줘서 안심했다. 그 온화한 미소를 보며 가슴을 쓸어내리고 있었더니 샤를로테도 안심한 것처럼 미소를 지었다.

"브륀힐데라면 미성년이니까 실제 성결식은 조금 더 있어야겠죠. 기베 그레첼의 딸이니 아우브 에렌페스트에게는 아주 좋은 상대라고 생각합니다. 축하드립니다, 아버님."

멜키오르는 그냥 샤를로테를 따라 하는 것처럼 잘 모르겠다는 얼굴로 축하했다. 빌프리트 혼자만 복잡해 보이는 얼굴로 다른 사람들을 보고 있었지만, 특별한 발언은 없이 저녁 식사를 마쳤다.

봄을 축하하기 위한 연회 당일. 질베스타한테 '최대한 아슬아슬한 시간에 들어오도록'이라는 말을 들은 우리는 큰 홀과 가장 가까운 방에서 대기하고 있었다. 측근들도 같이.

"겨우 닷새 정도인데, 꽤 오랜만에 보는 것 같네요. 잘 다녀오셨어요 마티아스, 라우렌츠, 뮤리엘라. 많이 힘들었죠? 내일은 쉬도록 할 테니까, 오늘 연회에서는 열심히 해 주세요."

"감사합니다."

이 연회는 기본적으로 모든 귀족이 모이는 자리이기 때문에 조사하러 갔던 기사단이 돌아오기를 기다려서 열었다. 게오르기네에게 이름을 바쳤던 기베들의 저택을 짧은 기간에 조사해야 했으니까 정말 힘들었을 것이다. 나는 보니파티우스의 활약 외에는 거의 자세한 보고를 받지 못했지만, 그래도 수확은 있었다는 것 같다.

일곱 점 종이 울린 뒤에 기수를 타고 강행군으로 돌아와서 거의 쉬지도 못한 채로 봄을 축하하기 위한 연회에 출석해야만 했던 뮤리엘라는 피로를 완전히 숨기지 못한 얼굴이지만, 마티아스와 라우렌츠는 괜찮아 보인다. 하지만, 마티아스의 표정은 여전히 굳어 있었다.

"아우브께 자세한 이야기를 전했다면 제게 보고하는 건 나중에 해도 되니까 일단 어깨에서 힘을 빼세요, 마티아스. 얼굴이 너무 무서워졌어요."

마티아스의 표정을 보면 기베 게를라흐가 살아 있다는 건 확실한 것 같다. 그것만 알고 있으면 나머지 보고는 천천히 들어도 되고. 최소한, 이런 연회 직전에 들을 필요는 없다.

상황을 지켜보던 오틸리에가 앞장섰고, 우리는 큰 홀로 이동했다. 구 베로니카 파벌 숙청을 마치고 브륀힐데가 제2 부인이 된다는 정보가 퍼졌는지 라이제강계 귀족들이 상당히 기뻐하는 표정을 짓고 있다는 걸 알 수 있었다.

그 중심에 있는 사람은 빨간 머리카락이 잘 두드러지는 봄 의상을 입은 브륀힐데였다. 허리를 곧게 펴고 늠름한 표정으로 할아버지 세대 귀족들과 기쁘게 이야기를 나누고 있다. 옆에는 브륀힐데를 보좌하는 엘비라와 진지하게 언니의 모습을 지켜보고 있는 베르틸데의 모습이 보였다.

……라이제강계 귀족은 브륀힐데한테 맡겨 두면 괜찮겠네. 그런데, 저쪽을 어떻게든 하지 않으면 곤란하겠지.

얼굴에 기뻐하는 기색이 가득한 라이제강과 반대로, 침통한 표정을 지은 사람과 대화에 가능한 참가하지 않으려는 것처럼 구석 쪽에 붙어 있는 귀족들도 많았다. 그 사람들은 아마도 가벼운 처분을 받은 구 베로니카 파벌이겠지.

"처형당한 숫자가 적은 탓일까요, 아니면 벌을 다 받고 복귀한 귀족이 많은 탓일까요. 제가 상상했던 것보다는 귀족의 숫자가 줄어들지 않은 것 같은 느낌이네요."

"너는 자기 주위에 큰 변화가 없었기 때문에 그렇게 생각하는 것이다. 연좌 처형은 면했지만 아무런 처분도 받지 않은 건 아니다. 내 측근 몇 명도 연좌 때문에 멀리 보냈다. 본인에게는 죄가 없는데도 계속 함께 걸어왔던 사람이 멀리 가 버리는 것은 꽤 힘든 일이다."

빌프리트가 슬쩍 시선을 옮긴 곳에는 그의 수석 시종이었던 오즈발트가 있었다. 귀족원에서 돌아온 지 이틀 뒤에 '라이제강계 귀족이 파고들 틈을 만들어서 빌프리트 님께 폐를 끼칠 수는 없습니다'라면서 사임했다는 것 같다.

……양아버님은 물론이고 빌프리트 오라버니 측근도 사람이 줄었구나.

"라이제강게 귀족과 발을 맞추는 동시에 구 베로니카 파벌의 우수한 이들을 거둬들여서 최대한 빨리 저 사람들이 측근으로 돌아오면 좋겠네요."

미성년자는 연좌 대상에서 제외하도록 했고, 세대교체를 최대한 서둘러서 본인에게 죄가 없었던 사람은 거둬들일 수 있도록 제안도 했다. 성에서 어떤 인사를 할지, 귀족들을 어떤 방향으로 향하게 할지를 생각하고 실행하는 사람은 질베스타와 빌프리트다. 자기 측근을 되찾기 위해서라도 열심히 해 줬으면 싶다.

"……마치 남의 일이라는 것 같은 말투군."

"저는 제 일이라고 생각하면 안 돼요. 너무 나서지 말고, 차기 영주인 빌프리트 오라버니께 맡기라고 했으니까요. 그리고 여성의 사교는 샤를로테와 브륀힐데에게 맡겼어요. 저는 신전에 틀어박히고 최대한 관여하지 않을 생각입니다."

굳은 표정의 빌프리트한테 에스코트를 받으며 제일 앞줄로 이동하고 있는데, 바로 뒤에서 영주 부부가 들어온 것 같다.

귀족들에게 둘러싸여 인사를 나눌 틈도 없이 질베스타의 선언과 함께 봄의 연회가 시작됐다.

"물의 여신 플류트레네의 맑디맑은 흐름에 생명의 신 에이비리베는 떠밀리고, 땅의 여신 게두르리히는 구출되었다. 해빙에 축복을!"

처음에는 귀족원의 성적 발표다. 최우수는 나 하나뿐이지만 우수자는 잔뜩 있었기에 영주 후보생은 전부, 각각의 측근들이 여러 명 단상에 올라가서 예년처럼 칭찬의 말을 듣고 기념품을 받았다.

"에렌페스트의 장래를 짊어질 이들에게 우수한 자가 많은 것은 참으로 기쁜 일이다. 모두 절차탁마해서 이 성적을 유지하도록."

질베스타는 큰 홀에 모인 귀족들을 향해 올해 귀족원에서 있었던 일들을 말했다. 우리가 놀랄 정도로 많은 신으로부터 가호를 받았다는 이야기, 거기서부터 시작된 단켈페르거와의 공동 연구, 귀족원 봉납식에 왕족이 참가했다는 이야기, 학생들이 진지하게 신들께 기도를 바친 결과, 가호 의식을 다시 행했던 졸업생 몇 명이 새롭게 가호를 받았다는 것 등을 말했다. 이 이야기들은 영지 대항전에 왔던 학부모들은 어느 정도 알고 있지만, 나머지 귀족들은 거의 모르는 내용이다.

"조금이라도 많은 신의 가호를 받기 위해 제사에 대해 다시 생각하는 분위기가 중앙에서부터 시작됐다. 영주 후보생이 제사에 참여하고 있는 에렌페스트는 그 선봉에 있다. 따라서, 성인식과 동시에 신전장 직책에서 물러나게 되는 로제마인의 후임으로 멜키오르를 차기 신관장이 되기 위한 청색 견습 신관으로 임명하고, 3년 동안의 인수인계 기간을 갖도록 하겠다."

제사에 왕족이 참여했다는 부분과 제사에 대해 재검토하게 됐다는 부분에서 라이제강계 귀족들이 모여 있는 쪽에서 탄성이 터져 나왔다. 그리고 나 하나만이 아니라 다른 영지 후보생도 견습 신관으로 신전에 들어가는 것을 문제없이 받아들여 준 것 같다. 귀족들의 얼굴이 밝은 걸 보면.

"로제마인 누님, 언제 신전에 가실 겁니까?"

"어린이 방의 아이들과 이야기를 한 뒤에 같이 갈 생각입니다. 일단 신전의 방을 보고, 넓이와 필요한 물건도 확인해야 하고, 신전에서 일해 줄 시종들도 뽑아야 하니까요."

내가 멜키오르와 이야기하는 사이에 인사(人事) 이야기가 시작됐다. 숙청 때문에 자리가 빈 기베의 토지에 라이제강계 귀족을 파견하겠다는 것과, 3년 동안의 활약을 지켜본 뒤에 정식 기베로 임명하겠다고 선언했다. 이것도 기뻐하는 목소리와 함께 받아들였다.

"이번 겨울에는 죄를 저지른 자의 적발도 단숨에 행했다. 그중에서 당사자는 죄가 없으면서도 관례에 따라 스스로 사임한 자와 연좌로 해임당한 자, 또한 경미한 죄로 이미 처벌을 다 받은 자는 그 능력에 따라 가능한 이른 시기에 거둬들일 예정이다. 처분을 받았다고 포기하지 말고 열심히 노력하기를 바란다."

아주 조금 안심한 것 같은 분위기가 큰 홀 안에 퍼져 나가는 게 느껴진다. 그 분위기를 다잡으려는 것처럼 숙청 이야기가 나왔다. 다른 영지의 제1 부인에게 이름을 바친 위험한 귀족을 제거했지만, 다른 영지로 도망간 자도 있는 것 같고 위험이 아직 완전히 사라진 것은 아니라고 말했다.

"위협에 대항하기 위해 라이제강계 귀족을 비어 있는 기베 자리에 취임시키겠다. 수상한 일이나 이변을 발견한 경우에는 즉시 기사단에 연락해 주기를 바란다."

간접적으로 책임 문제가 될 수 있다고 말했더니 라이제강계 귀족들의 표정도 진지해졌다. 구 베로니카 파벌을 물리쳤다고 들떠 있을 상황이 아니라는 의미가 조금이나마 전해진 것 같다.

"그리고, 그레첼의 엔트비켈른을 내가 주도해서 가을에 행하기로 결정했다. 구체적인 이야기는 그레첼 주변의 기베를 모아서 하겠다.

에렌페스트를 찾아오는 다른 영지의 상인들에게 얕보이지 않도록 개혁하기 위해서라도 주위의 기베들은 협력해 주기를 바란다."

여기서 '상위 영지 귀족들에게 얕보이지 않도록'이라고 말하면 여전히 하위 영지의 사고방식인 어른들은 '얕보이는 게 당연하지'라고 생각하겠지만, '다른 영지의 상인'이라고 하면 '평민에게 얕보일 수는 없지'라면서 분발한다는 것 같다. 사소한 표현 하나로 의미가 전혀 달라진다고 브륀힐데가 말해 줬다.

"……이처럼, 나는 라이제강계 귀족들과 손을 잡고 서로 협력하면서 에렌페스트를 다스릴 생각이다. 동시에, 다른 영지와의 교섭에 익숙한 젊은이들을 성에서 적극적으로 등용하고자 한다. 그 증거로 로제마인의 견습 시종으로서 왕족과 상위 영지와의 교류에 가장 크게 공헌한 기베 그레첼의 딸을 제2 부인으로 맞이하겠다."

그 말에 라이제강계 귀족들한테서 환영하는 목소리와 박수가 터져 나왔다. 깜짝 놀라서 눈이 휘둥그레진 귀족들도 있지만, 제2 부인을 맞이해야 한다는 의견이 꾸준했기 때문에 질베스타의 판단을 비난하는 사람은 없었다.

"브륀힐데, 단상으로."

질베스타가 부르자 브륀힐데가 일단 나를 한 번 본 뒤에 자기 시종과 함께 단상으로 향했다. 평소보다 턱을 약간 높이 들고, 의연한 표정을 짓고 있다. 시종 여성이 작은 상자를 들고 있는 걸 보면 약혼 마석은 잘 준비한 것 같다.

브륀힐데가 그 자리에서 천천히 한쪽 무릎을 꿇자 시종도 마찬가지로 무릎을 꿇고 고개를 숙였다. 질베스타의 마석을 들고 대기하는 사람은 리카르다였다. 리카르다는 브륀힐데의 준비가 끝난 것을 확인하고는 살며시, 조심스레 상자를 열어서 질베스타에게 내밀었다. 그 작은 상자에서 마석을 꺼낸 질베스타는, 그것을 브륀힐데를 향해 내밀었다.

"인도의 신 에아바클레렌께서 선택한 기베 그레첼의 딸 브륀힐데여. 이 황량해진 에렌페스트를 치유하고 지탱하는 역할을 맡는 물의 여신 플류트레네가 되어 주겠는가?"

질베스타의 입에서 나온 말은 브륀힐데에게 빛의 여신을 돕고 땅의 여신을 치유하는 물의 여신이 되어 주기를 바란다는 말이었다. 제1 부인과 달리 제2 부인이 공적인 자리에서 빛의 여신으로 비유되는 일은 없다는 것 같다. 오틸리에의 말에 의하면 보다 마이너한 권속으로 비유하는 경우가 많다던가. 브륀힐데를 플류트레네에 비유했다는 것을 보면 질베스타가 상당히 높이 평가한다고 판단할 수 있다는 것 같다.

"인도의 신 에아바클레렌에 의해 저는 지금 이곳에 있습니다. 아우브 에렌페스트가 제게 물의 여신 플류트레네이기를 바라신다면, 에렌페스트의 플류트레네가 되도록 하겠습니다. 모든 것은 에아바클레렌의 이끄심입니다."

빙긋 미소 지은 브륀힐데의 마석을 받아들고 질베스타는 손을 내밀었다. 브륀힐데가 그 손을 잡고 일어섰다.

"이것으로 약혼은 성립됐다."

단상에 나란히 서 있는 두 사람을 향한 축복의 박수가 터져 나왔고, 슈타프가 빛났다. 나도 다른 사람들처럼 슈타프를 꺼내서 빛나게 했다.

……부디 브륀힐데에게 행복이 찾아오기를.

"아!"

조금 많은 축복의 빛이 날아갔다. 너무 진지하게 기도했나 보다.

"로제마인!"

"괜찮아요, 빌프리트 오라버니. 그렇게 눈에 띄는 양은 아니에요."

"눈에 띄지 않을 리가 있나."

서둘러서 슈타프를 치우고 시치미를 뗐지만, 주위에 있는 귀족들의 시선이 이쪽으로 향한 걸 보면 빌프리트의 의견 쪽이 맞는 것 같다.

내가 어깨를 늘어트리고서 마음속으로 '슈타프 제어가 너무 어려워진 탓인데……'라고 변명하고 있었더니, 필린느가 위로해 주려는 것처럼 "괜찮습니다"라고 말하면서 빙긋 웃어 줬다.

"본인의 측근인 브륀힐데의 경사니까요. 로제마인 님이 축복을 보내는 것은 예상했던 일입니다. 이 정도라면 허용 범위 안입니다."

"맞습니다. 귀족원에서처럼 빛의 기둥이 세워진 것도 아니고, 강의 중에 갑자기 축복의 빛이 쏟아졌던 것과 비교하면 별일도 아닙니다. 다들 금세 잊어버릴 겁니다."

유디트도 같이 위로해 줬지만, 그다지 위로가 안 된 것 같은 기분이 드네. 두 사람의 허용 범위와 상식의 범위가 조금 이상해.

"기왕 이렇게 됐으니 홀 전체를 감싸는 축복이라도 좋았을 것 같습니다. 제 성결식 때는 마음껏 성대하게 축복해 주시면 클라리사와 함께 기뻐하도록 하겠습니다."

……하르트무트랑 클라리사의 성결식은 너무 무섭다!

신전 견학회

오늘은 신전 견학회 날. 기수 여러 마리가 줄지어서 성에서 신전을 향해 날아간다. 내 레서 버스에서는 아이들의 환호성 소리가 떠들썩하게 들려오고 있다. 멜키오르에게 신전의 시종을 선정하는 김에 어린이 방의 아이들도 동행해서 신전의 생활을 보여주기로 했다. 견학한 뒤에 성과 신전 어느 쪽에서 생활할지 직접 고르게 할 예정이다.

지금도 어린이 방에서 생활하고 있는 아이들은 남자아이 둘과 여자아이 둘, 총 네 명이다. 부모가 이미 처형당한 여자아이가 한 명, 나머지는 부모가 상당히 무거운 죄를 지어서 몇 년 동안은 돌아오지 못한다. 니콜라우스도 여기에 포함되고. 죄가 가벼웠던 부모들은 이미 아이들을 데려간 것 같다. 고아원에 있는 아이들을 데려가는 비율과 비교해 보면 차이가 많이 난다.

……역시, 이쪽에서는 세례 이전의 아이들은 가볍게 취급하는구나.

"오느라 고생하셨어요. 여기가 신전입니다. 다들 내리세요."

나는 레서 버스를 신전 정문 현관 앞에 세우고 뒷좌석 쪽을 돌아봤다. 유디트와 레오노레가 나란히 앉았고, 그 뒤에 레오노레와 호위기사들이 앉았고, 더 뒤에는 코르넬리우스와 다무엘이 지켜보는 모양새로 어린이 방의 아이들이 타고 있다. 출발하기 전에 슈첼리아의 방패를 사용해서 아이들에게 적개심이 없다는 걸 확인했지만, 그래도 호위기사들은 "감시해야 합니다"라고 고집을 피우며 물러나질 않았다.

경계가 호위기사들 일이니까, 마음대로 하게 됐다.

"로제마인 누님의 기수는 정말 대단하군요. 이렇게까지 커지는 기수는 처음 봤습니다. 너무 멋져서 저도 이런 기수로 하고 싶습니다."

나랑 멜키오르가 '둘이서 같은 기수를 타면 참 좋겠네요' 같은 이야기를 하고 있었더니, 멜키오르의 측근이 엄청나게 곤란하다는 얼굴로 정말 말하기 힘들다는 것처럼 입을 열었다.

"멜키오르 님, 저기, 그륀은······."

"아우브의 아들이니까, 멜키오르 님은 사자 기수로 하시죠."

주위에서는 레서 버스에 안 탔던 문관과 시종들이 자기 기수를 정리하고 있다. 그러는 사이에도 레서 버스에서는 사람들이 줄줄이 내렸다. 신전을 올려다보고 있는 아이들을 슬쩍 보며, 나는 아이들을 맞이해 줄 청색 신관 옷을 입은 하르트무트와 신전의 시종들이 있는 곳으로 갔다.

"하르트무트, 준비하느라 힘들었죠? 정말 고마워요."

먼저 신전으로 돌아가서 견학 준비를 해 준 데 대해 고맙다고 말했더니, 하르트무트는 기쁘다는 것처럼 웃었다.

"로제마인 님께 도움이 돼서 기쁠 따름입니다. 호위기사들 및 신전 시종들과 이야기를 나누고 안전 측면에 대해 생각한 결과, 신전장실이 아닌 신관장실로 안내하기로 했습니다. 여러분의 안내는 제가 맡겠으니, 로제마인 님은 기수를 정리하신 뒤에 옷을 갈아입으시면 감사하겠습니다."

사람들의 안내를 맡아 줄 하르트무트에게 감사하면서 나는 전부 내린 걸 확인한 뒤에 기수를 정리했다. 그리고는 프랑, 잠, 모니카와 함께 신전장실로 향했다. 다무엘과 레오노레가 호위로서 동행했고, 나머지 측근들은 멜키오르를 비롯한 사람들의 안내와 아이들을 돌보는 역할을 해 주고 있다. 유디트와 필린느는 동생이 있어서 그런지 아이들을 잘 다루고 있다.

"다녀왔습니다. 정말 오랜만인데, 신전에 별일은 없나요?"

프랑 일행에게 말을 걸었더니, 평소처럼 온화한 미소로 대답해 줬다. 낯익은 얼굴을 보자 마음이 놓였고, 내 몸에서 힘이 푹 빠져나갔다. 성에서는 억지로 웃는 경우가 많았던 탓에 굳어 있던 얼굴 근육이 자연스레 풀어지는 게 느껴진다.

"신전장실에는 아무 일도 없었습니다. 고아원은 아이들이 많이 늘어난 덕분에 제법 달라진 것 같습니다."

고개를 끄덕이며 프랑의 보고를 듣고 있었더니 모니카가 생긋 웃으며 고아원의 상황을 말해 줬다.

"빌마는 지금 고아원에서 사람들을 맞이할 준비를 하고 있습니다. 니콜라는 하르트무트 님의 지시로 환영을 위한 과자를 만들고 있었습니다."

"푸고와 엘라가 아직 신전에 돌아오지 않아서 많이 힘들었겠네요."

오늘은 견학만 하고 성으로 돌아갈 예정이니까 내 전속 요리사들은 성에 있다.

"혼자서도 간단히 할 수 있는 파루 케이크를 만든다는 것 같습니다. 고아원 아이들과 귄터가 진상한 파루입니다. 빨리 먹지 않으면 상할 텐데, 마침 잘됐다고 했습니다."

내가 기대하고 있으니까, 라는 이유로 일부러 챙겨 뒀다는 것 같다. 정말 기대되네. 파루 케이크는 다무엘도 겨울의 즐거움이라고 기대하고 있었으니까 좋아하겠지.

"길과 프리츠는 오전 중에 일을 마치고 고아원 사람들에게 몸을 깨끗이 하라는 지시를 내렸습니다. 여러분이 고아원에 도착할 무렵에는 회색 신관들도 고아원에 모여 있을 것입니다."

"고마워요, 잠."

나는 신전장실에서 모니카의 도움을 받아서 옷을 갈아입었다. 신전장 의상을 입는 것도 오랜만이다.

"모니카, 사흘 뒤에 상업 길드와 플랑탱 상회, 길베르타 상회를 소집해 주시겠어요? 급하게 의논해야 할 일이 있습니다."

"알겠습니다. 길베르타 상회에는 의상 수선도 의뢰하는 쪽이 좋겠군요. 옷자락이 제 예상보다 많이 짧아졌습니다."

모니카가 옷을 입혀 주면서 말했다. 자세히 봤더니 정말로 옷자락이 조금 짧아져 있었다. 정강이 높이에 맞췄는데, 무릎 바로 밑까지 올라와 있다.

……오오, 대단해! 나, 많이 컸어!

지금까지는 눈에 보일 만큼의 변화가 거의 없었는데, 감동했다. 이건 유레베에서 마력 덩어리를 완전히 녹여 버린 탓일까. 아니면 마력 압축을 줄인 효과일까. 어쨌거나 기쁘다.

옷을 갈아입은 나는 프랑을 데리고 신관장실로 이동했다. 문 앞에는 어째선지 멜키오르의 호위기사가 서 있었고, 우리를 방에 들여보내 줬다.

"어째서 멜키오르의 호위기사가 문밖을 지키고 있는 건가요?"

"제가 안쪽을 지키겠다고 했기 때문입니다."

제대로 일하고 있습니다, 라고 주장하는 것처럼 안게리카가 문 안쪽에 서 있었다. 아마도 안게리카가 평소대로 문 안쪽을 지키겠다고 해서 멜키오르의 호위기사는 문밖에 서 있을 수밖에 없었겠지. 가능하다면 안게리카가 밖에 서고, 익숙하지 않은 곳이라 당혹스러워하는 멜키오르의 호위기사는 주인의 모습이 보이는 안쪽에 있는 게 좋을 텐데. 하지만 서로가 이해한 것 같으니까 그냥 넘어가자.

"다녀오셨습니까, 로제마인 님. 오늘의 과자는 파루 케이크입니다."

안에 들어가자마자 달콤한 냄새가 코를 간지럽혔다. 신관장실에서는 차를 준비하는 중이었고, 니콜라와 로타르가 파루 케이크를 가지고 왔다. 반가운 냄새에 취하고 기쁘게 생글생글 웃는 니콜라의 미소에 치유를 받으면서 나는 이미르가 준비해 준 의자에 앉았다. 이미 프랑이나 모니카도 하르트무트의 시종들과 함께 차를 우리기 시작했다.

눈앞에 있는 달콤한 냄새가 나는 파루 케이크를 기대하는 눈빛으로 보고 있는 아이들과 달리, 멜키오르의 측근들은 가만히 신전 시종들이 일하는 모습을 보고 있었다. 처음에는 브륀힐데도 이렇게 여기저기를 평가하는 것처럼 보고 있었던 일이 생각나서 살짝 웃음이 나왔다.

"교육이 잘 됐죠? 여기 있는 제 시종도 하르트무트의 시종도 페르디난드 님이 교육하셨습니다. 제 측근도 처음에는 회색 신관들이 얼마나 잘 할 수 있을지 회의적인 눈으로 봤었습니다."

멜키오르의 측근들이 깜짝 놀란 것처럼 고개를 들더니, "정말 놀랐습니다"라고 말하면서 표정이 살짝 풀어졌다. 보아하니 프랑을 비롯한 시종들의 일솜씨는 합격점을 받은 것 같다. 하르트무트도 훗, 하고 웃고는 "처음에는 저도 놀랐습니다"라고 말하면서 자기 시종들을 둘러봤다.

"페르디난드 님이 잘 가르쳐 주신 덕분에 저도 크게 힘들어하지 않고 신전 업무를 도울 수 있었습니다. 멜키오르 님의 문관도 집무를 배우실 수 있도록, 신관장실 시종을 한 사람 멜키오르 님께 배정해 드릴 예정입니다. 로타르, 부탁한다."

"알겠습니다. 로타르라고 합니다."

하르트무트가 지명한 로타르가 한 발 앞으로 나왔다. 페르디난드를 모시던 시종 중에서 가장 온화한 사람이다. 멜키오르한테 딱 맞을 것 같다.

"로타르 이외의 시종은 고아원에서 찾도록 하겠습니다. 청색 신관을 모시던 전 시종을 선택하시면 좋을 겁니다. 귀족을 모시는 방법을 알고, 어느 정도 교육도 마쳤습니다. 그리고 신전 생활의 흐름과 일 년 동안에 치르는 제사, 귀족 구역에 있는 설비에 대해서도 알고 있으니까요."

나는 하르트무트의 말을 남의 일처럼 흘려듣고 과자에만 눈이 못 박혀 있는 아이들에게 "여러분도 신전에서 살게 되면 자기 시종을 선택해야 합니다"라고 말했다.

"시종은 신전에서 감시하는 사람이 아닌 겁니까? 저희가 직접 골라도 되나요?"

깜짝 놀란 것처럼 눈을 깜박이는 니콜라우스에게 고개를 끄덕여서 대답했다.

"여러분이 어떤 생활을 하고 있는지, 어디 아프지는 않은지 따위의 보고는 받겠지만, 항상 곁에 있는 사람을 남이 골라 주면 숨이 막히겠죠?"

오랫동안 같이 있는 시종은 파장이 맞지 않으면 힘들 테니까 말이다. 가족밖에 없는 평민의 생활에서 갑자기 시종들에게 둘러싸인 생활을 하게 됐던 나는 그게 얼마나 힘든지 잘 알고 있다. 자기 시종을 직접 고를 수 있다는 말에 아이들이 아주 조금 흥미가 생겼다는 것처럼 고개를 들었다.

어린이 방에서 처음 봤을 때는 전부 고개를 푹 숙이고 있었고, 기력이 너무 없는 건 아닌지 걱정이 될 정도였다. 부모를 잃고 귀족으로서의 미래도 잃었으니까. 다른 아이들은 부모가 데리러 왔는데 자기 부모는 안 왔다는 버림받은 아이들의 눈을 하고 있었는데, 조금이나마 고개를 들게 됐다는 사실에 안심했다.

"로제마인 님, 드시죠."

"고마워요 프랑. 냄새가 좋네요. ······이건 파루 케이크라고 하는데, 신전 말고 다른 곳에서는 맛볼 수 없는 겨울 과자입니다. 저를 위해서 고아원 아이들과 친하게 지내는 평민 마을 분들이 따다 주신 파루로 만들어요."

프랑이 우려 준 차를 마시고 나는 파루 케이크를 한 입 먹은 뒤에 다른 사람들에게도 권했다. 다른 사람들이라고 해도 자리에 앉아 있는 사람은 나, 하르트무트, 멜키오르, 어린이 방의 아이들뿐이다. 나와 멜키오르의 측근들은 내려주기를 기다리는 중이고.

······으음~ 오랜만에 맛보는 파루 케이크.

이번에는 봉납식 때 돌아오지 못했기 때문에 이번 한 번밖에 못 먹을 것이다. 다음에 먹으려면 내년까지 기다려야 하고. 나한테는 무엇보다 그리운 평민 마을의 맛이다.

······아빠도 엄마도 잘 계시려나?

"로제마인 누님, 이거 정말 맛있네요."

"그렇죠? 겨울에만 맛볼 수 있는 단 음식이에요. 따뜻해지면 금방 상하기 때문에 제가 돌아왔을 때 먹을 수 있도록 시종들이 빙실(氷室)에 보관해 뒀어요."

손님 중에서 제일 신분이 높은 멜키오르가 웃는 얼굴로 먹는 모습을 보고 다른 아이들도 천천히 손을 뻗기 시작했다. 한 입 먹고는 그 다음에는 우아한 쟁탈전이 벌어졌다. 귀족답게 먹는 모습은 우아하지만, 먹는 속도가 상당히 빠르다.

"니콜라, 오늘은 시간이 없으니까 측근 여러분께도 이 틈에 교대로 먹으라고 말해 줘요. 다무엘은 파루 케이크를 좋아하니까 조금 많이 드리고요."

내가 니콜라한테 그렇게 말했더니, 하르트무트가 눈썹을 살짝 들어 올렸다.

"로제마인 님, 다무엘과 코르넬리우스는 봉납식 때 먹었습니다. 특별하게 취급해 주실 필요는 없습니다."

"어머나, 저보다 먼저 즐겼다는 얘기군요. 그럼, 다른 분들과 똑같이 해도 돼요."

겨우 한 번밖에 못 먹는다면 불쌍하다고 생각하겠지만, 나보다 먼저 파루 케이크를 즐겼다면 특별히 배려해 줄 필요는 없겠지. 내가 니콜라에게 내린 지시를 취소했더니 다무엘이 충격받은 얼굴로 하르트무트를 노려봤다.

"하르트무트, 그건 봉납식에 협력한 상이라고 하지 않았나."

"내가 이미 상을 줬는데 로제마인 님께도 특별 대우를 받으려고 하는 건 너무 뻔뻔하다고 생각하지 않나?"

두 사람은 내버려 두고 측근들에게 교대로 먹으라고 말한 뒤에, 나는 천천히 차를 마셨다. 프랑이 가져다준 것은 페르디난드가 가장 좋아했던 차인데, 향이 정말 좋다.

……페르디난드 님이 신관장이었던 때는, 이 방이 이렇게까지 떠들썩했던 경우가 거의 없었던 것 같아.

"로제마인 님은……."

"뭔가요, 니콜라우스?"

마치 혼날 것을 각오하고 있는 것처럼, 니콜라우스는 무릎 위에 올려놓은 손을 꼭 쥐고서 입을 열었다.

"……로제마인 님은 제 누님이기도 하시죠?"

"니콜라우스는 이복형제니까, 그렇게 되겠죠."

내가 그렇게 대답한 순간, 코르넬리우스가 낮은 목소리로 "로제마인 님"이라고, 나를 불렀다. 하지만 내가 니콜라우스의 이복 누나인 건 사실이니까.

"저는 아우브의 양녀입니다. 어머니가 같은 형제인 코르넬리우스 오라버니와 램프레히트 오라버니와도 공적인 자리에서는 남매로서 접하는 것을 금하고 있습니다. 그러니까, 니콜라우스가 이복동생이라고 해도 편애할 수는 없습니다. 코르넬리우스 오라버니께 야단맞을 거예요."

그렇게 말했더니 코르넬리우스도 니콜라우스도 안도한 표정을 지었다.

"조금이나마 이해해 주신 것 같아서 감사할 따름입니다."

"이복동생이라고 생각하시는 겁니까."

모친인 트루델리데와 엘비라가 그다지 사이가 좋지 않았던 일도 있고, 처음 만났을 때 인사도 제대로 못 했던 것 때문에 자신을 완전히 거절한다고 생각했던 게 아닌가 싶다.

"말을 거는 일도 싫어하시는 건 아닌지 싶었는데, 싫어하시지는 않는 것 같아서 안심했습니다."

니콜라우스가 쑥스럽다는 듯이 웃었다. 나보다 키가 큰 동생이지만, 이렇게 잘 따라 주니까 조금 기쁘다. 후훗, 하고 웃다가 코르넬리우스의 날카로운 시선과 눈이 마주쳤다.

……으아아아! 눈이 '연하라고 해도 너무 풀어진 얼굴은 보이지 않도록'이라고 말하고 있다.

출발하기 전에 슈첼리아의 방패로 적개심이 없다는 걸 확인했는데도, 코르넬리우스한테는 아직도 경계 대상인 것 같다.

"로제마인 님. 앞으로의 예정 말입니다만, 고아원으로 향하시기 전에 방을 확인하시는 쪽이 좋을 것 같습니다. 아마도 멜키오르 님의 시종이 가장 신경 쓰시는 부분일 테니까요."

하르트무트의 목소리를 듣고, 나는 코르넬리우스한테서 시선을 돌렸다. 가구를 넣으려면 실제로 방을 봐야만 알 수 있는 것들이 잔뜩 있으니까. 서둘러 가구를 준비해야 하는 시종들은 방을 확인하는 것이 가장 중요하겠지.

"그럼 방을 보고 고아원으로 가도록 하죠."

"그리고 프리닥은 돌아올 전망이 보입니다. 그의 시종이 다른 분을 모시게 되지 않도록 확보해 주십시오."

"잘 했어요 하르트무트. 정말 훌륭해요."

질베스타와 교섭해서 프리닥을 돌려받는 데 성공한 것 같다. 이제 조금이나마 편하게 집무를 볼 수 있겠지. 기원식에서 일할 청색 신관이 적어서 너무 힘들다.

다 먹은 뒤에 바로 방을 안내하기 시작했다. 복도로 나가서 신관장실 주변에 있는 방을 가리켰다.

"이 주변에는 상급 귀족 출신 청색 신관이 사용하는 방들이 있습니다."

그렇게 말하면서, 나는 멜키오르의 방이 될 예정인 곳으로 향했다.

"이쪽을 멜키오르의 방으로 삼을 예정입니다. 원래는 신관장실을 비우는 쪽이 좋겠지만, 여러 명이 집무를 보기 위해서는 넓은 방이 아니면 곤란하니까요. 집무 인수인계가 끝나면 멜키오르는 신전장실로, 신관장 자리를 맡을 수 있을 것 같은 측근에게 신관장실을 쓰도록 하겠습니다. 그동안에는 이쪽 방을 사용해 주세요."

"예."

이 방은 신전장실과 신관장실 다음으로 넓기도 하고, 주위에 빈방이 여러 개 있어서 측근들이 묵을 때 편리하다는 이유로 선택했다. 방을 선택한 이유에 수긍한 멜키오르의 시종들이 바로 방의 크기를 자세히 재기 시작했다. 침대와 집무 책상 배치 등에 대해 논의하는 어른들 옆에서 아이들은 가구가 없는 텅 빈 방을 신기하다는 것처럼 둘러보고 있었다.

"그럼, 다음 방도 보도록 할까요."

가구 배치를 생각하고 싶다는 시종 두 명은 잠에게 맡기고, 우리는 다른 방으로 이동했다.

"여자아이 방은 이쪽, 정면 현관 앞에 있는 계단을 올라가면 있는 위층입니다. 남성과 여성이 사용하는 층이 다른 건, 성이나 귀족원 기숙사도 마찬가지입니다."

사실 신전도 성별에 따라 사용하는 층이 구분돼 있다. 나는 고아원 장실에서 신전장실로 이동했기 때문에 청색 무녀 방에 들어가는 건 처음이다. 하지만 그런 말은 하고 싶지 않다. 특별한 볼일도 없이 계단을 올라가는 게 무서워서 위로 올라가 본 적도 없다는 말은 죽어도 하지 않고서 계속 안내했다.

"니콜라우스는 이쪽에 있는 방을 쓰게 되겠죠."

상급 귀족인 니콜라우스는 원래대로라면 신전 제일 북쪽에 있는 방을 사용해야 한다. 하지만 신전장실 주변과 신관장실, 멜키오르의 방 주변에는 경계하는 호위기사들이 출입하니까. 그래서 중급과 상급의 중간 정도 방을 소개하게 됐다.

"다른 분들은 여기서부터 남쪽에 있는 방을 쓰게 될 겁니다. 집에서 낸 기부금에 따라 방 크기에 차이가 납니다. 이쪽은 중급 귀족 출신 청색 신관이 사용했어요. 여러분은 아직 귀족원에 들어가지도 않았으니까, 이쪽 방이면 충분하다고 봅니다."

프랑이 열어 준 곳은 청색 신관이 두고 간 가구가 그대로 남아 있는 방이었다. 이 방이라면 고아원에서 시종을 두세 명 정도 데려오고 요리사만 고용하면 바로 쓸 수 있다.

방안을 둘러보던 여자아이가 "집에서 쓰던 가구를 가져와도 될까요?"라고 물었다. 청색 신관이 나가고 꽤 시간이 지난 방이라서 거의 손질하지 않았던 가구가 조금 상해 있었다. 나는 크게 신경 쓰지 않지만, 태어나서부터 계속 귀족으로 살아온 아이들은 신경이 쓰이는 것 같다.

"운반해 줄 사람이 있다면 자택에서 사용하던 가구를 가져와도 상관없습니다. 그러니까, 숙청 때문에 아우브가 접수한 경우에는 아우브의 허가가 필요한데, 제가 여쭤볼 수는 있습니다."

아이들이 시선을 떨군 것은 자기를 위해 가구를 운반해 줄 수 있을지 아닐지를 모르기 때문이겠지. 가구를 위해 대응해 줄 어른이 있다면 이미 집으로 돌아갔을 거다.

"신전에서 청색 신관으로 생활하게 되면 이 방에서 잠을 자고 식사도 하고, 그 뒤에는 고아원에서 공부하게 됩니다. 귀족원 저학년의 이론이라면 참고서도 있으니까 회색 신관들이 가르쳐 줄 수도 있고, 페슈필 연습은 제 악사가 도와드릴 겁니다."

고아원에 모인 세례식 전의 아이들도 귀족으로서 세례식을 받기 위해서 열심히 연습하고 있다고 말했더니 아이들의 고개가 조금 위로 올라왔다.

"아직 귀족으로서 세례식을 마치지 않은 아이들은 솔직하게 말해서 귀족으로 취급받는 여러분들보다 불안정한 입장입니다. 그래도 고아원에서 귀족이 되기 위해 노력하고 있어요. 어쩌면 여러분들의 형제자매가 있을지도 모릅니다."

깜짝 놀란 것처럼 고개를 든 아이가 있다. 그런 상황의 형제자매가 있는지도 모르겠다.

"그럼 고아원으로 가 볼까요. 세례식 전인 아이들의 모습을 보면 신전에서 어떻게 생활하는지 알 수 있을 겁니다. 그리고 멜키오르는 신전의 시종을 선택해야 하고요."

내가 고아원을 향해 걸어가기 시작하자 여자아이 하나가 쭈뼛쭈뼛하며 말을 꺼냈다.

"로제마인 님, 저도 시종을 선택해도 될까요? 공부를 할 수 있다면 성보다 이쪽에서 생활하고 싶습니다. 오라버니한테서 귀족원에서는

다 같이 공부하고 우수한 성적을 거둬서 선생님께 칭찬도 받고 새로운 과자 만드는 방법을 가르쳐 주시는 일도 있다고 들었습니다. 저는 귀족원에 가기를 기대하고 있었습니다."

그 아이를 시작으로 다른 아이들도 신전에서 생활하고 싶다고 했다. 니콜라우스도 신전에서 생활하기를 바라는 것 같고.

"가능하다면 기사가 되기 위한 단련 시간이 있으면 좋겠습니다……."

"제가 머무는 동안이라면 호위기사와 단련할 수도 있기는 합니다만……."

회색 신관들은 견습 기사가 되기 위한 단련은 하지 않으니까 아무래도 매일매일 단련시켜 주는 건 힘들 것 같다. 내가 기본적으로 몸을 움직이지 않기 때문에 단련 메뉴를 어떻게 넣어야 좋을지 생각하고 있었더니 코르넬리우스가 어깨를 으쓱거렸다.

"니콜라우스, 너는 성에서 생활하는 쪽이 좋지 않을까? 신전에서 생활하게 되면 트루델리데가 싫어할 텐데. 그리고, 또 어머님께 항의하러 올 것이다."

정말로 싫다는 얼굴로 하는 말을 들은 니콜라우스는, 난처하다는 얼굴로 "저 또한 어머님 때문에 힘든 상황입니다"라고 말하면서 도와달라는 눈빛으로 날 쳐다봤다.

"코르넬리우스 오라버니, 아버님이 바쁘셔서 니콜라우스를 거두지 못하는 이상, 성에서 생활할지 신전에서 생활할지는 니콜라우스가 선택합니다. 일단 슈첼리아의 방패로 의심은 풀었잖아요?"

'그건 그렇다만'이라고 말하고, 코르넬리우스는 재미없다는 얼굴로 고개를 돌렸다. 니콜라우스 자신에게는 적개심이 없어도 주위 사람들이 위험하다고 말했다. 하지만 주위 사람들과 접할 수 없는 지금만이라도 니콜라우스의 뜻을 존중해 줬으면 싶다.

"그렇다고 제가 니콜라우스를 측근으로 삼겠다는 말이 아닙니다. 살 곳 정도는 직접 선택할 수 있게 해 주세요. 귀족이 부모와 상관없이 사는 것은 어려울 수도 있지만, 신전에 있는 기간만이라도 부모가 아니라 본인만을 보고 대하는 건 어떨까도 싶어요."

신전에서 생활하는 것 때문에 트루델리데가 항의한다면 '니콜라우스가 그렇게 생활하게 만든 건 죄를 저지른 당신이잖아요'라고 말해서 입 다물게 만들면 된다. 내가 그렇게 주장했더니 니콜라우스는 안도했다는 것처럼 얼굴이 풀어졌다. 하지만, 코르넬리우스는 관자놀이를 손가락으로 꾹 눌렀다.

"생각은 훌륭하지만, 로제마인 님의 경우 신전 안에서만이라는 범위에서 접촉을 허락하면 테오도르한테 했던 것처럼 귀족원에 있는 기간만이니까, 라면서 측근으로 삼을 것 같아서 싫은 것입니다."

……그런 방법이 있었다니.

"코르넬리우스 오라버니는 정말 머리가 좋네요. 그런 건 생각도 못했어요."

코르넬리우스가 아차, 하면서 손으로 입을 막았고, 레오노레가 위로하는 것처럼 코르넬리우스의 어깨를 두드려 줬다.

귀족 구역에서 나오자 고아원이 보이기 시작했다. 프랑과 사람들이 고아원 문을 열었더니, 거기는 식당이었다. 내 시종인 빌마, 길, 프리츠 세 명이 나란히 한쪽 무릎을 꿇었고, 그 뒤에는 모든 회색 신관과 회색 무녀들이 모여 있었다. 뒤쪽에는 견습 장인들과 세례 전인 아이들도 보인다.

"다녀오셨습니까, 로제마인 님. 기다리고 있었습니다, 멜키오르 님."

디르크와 콘라트와 같은 또래의 아이들이 잔뜩 있다. 이 아이들이 숙청 때문에 고아원에 오게 된 아이들이겠지. 그리고 숙청 관련으로 청색 신관이 본관으로 돌아가면서 다시 고아원으로 돌아온 회색 신관과 회색 무녀가 늘어난 것 같다. 사람이 상당히 많아진 것 같은 기분이 드네. 이렇게 보니까 숙청의 규모가 얼마나 컸는지 새삼 실감하게 된다.

"……신전 고아원에 사람이 이렇게나 많군요."

"예전에는 더 적었어요. 그만큼 청색 신관의 숫자가 줄었다는 거죠. 그리고 올겨울에 아이들이 늘어났으니까……."

멜키오르가 작게 중얼거린 소리를 듣고서 작은 소리로 대답해 준 뒤에, 앞으로 나아가서 내 시종들에게 말을 걸었다.

"빌마, 길, 프리츠. 고아원을 잘 이끌어 줘서 고마워요."

그리고 신관의 이동을 관할하는 하르트무트가 모여 있는 사람들에게 오늘은 멜키오르와 새롭게 청색 신관이 될 아이들의 시종을 뽑겠다고 말했다. 그리고는 멜키오르 쪽을 보면서 상쾌하게 웃었다.

"한 명은 반드시 청색 신관을 모신 시종 경험이 있는 사람을 고르십시오. 나머지는 세례식을 치렀다면 누구를 선택하셔도 좋습니다. 고아원에서 교육을 잘 받았으니, 새로운 일도 금세 배울 겁니다."

같은 또래의 사람을 견습 시종으로 선택해도 좋다는 말을 듣고 멜키오르는 흥미진진하다는 얼굴로 회색 신관들을 둘러봤다.

"멜키오르 님은 다섯 명 정도, 나머지는 세 명까지, 요리 조수가 가능한 사람도 포함하면 좋습니다. 먼저 경험이 있는 사람부터 한 사람을 선택하세요. 길, 프리츠. 시종 경험이 있는 사람들을 모아 주세요."

길과 프리츠가 부르자, 지금까지 청색 신관이나 청색 무녀를 모셔 본 경험이 있는 사람들이 일어났다. 앞에 모인 회색 신관과 회색 무녀를 보면서 하르트무트가 귀족의 관점에서 부리기 편한 사람을 더 선별하기 시작했다. 경험자들을 오른쪽과 왼쪽으로 나눈 뒤 왼쪽 사람들은 물러나라고 했다.

"이 사람들은 일하는 곳이 청색 신관의 시종에서 고아원으로 바뀌었어도, 불만을 드러내지 않고 성실하게 일했습니다. 게다가 눈치가 있고 배려심도 있습니다. 어린 주인이라도 진지하게 모실 것입니다."

아무래도 고아원으로 돌아와서 불만이라는 표정을 짓거나, 난 원래 이런 일을 할 사람이 아니라고 하거나 고아원으로 돌아왔다고 화풀이를 했던 사람들은 제외한 것 같다. 나는 하르트무트가 그런 정보를 가지고 있다는 사실에 놀랐다.

"하르트무트는 신관장으로서의 집무는 물론이고 고아원 일까지 잘 파악하고 있었군요."

내가 중얼거리는 말을 들은 필린느가 살짝 웃었다.

"하르트무트는 가장 빈번하게 고아원에 드나들었고, 로제마인 님의 시종과도 긴밀하게 연락을 주고받았습니다. 아직 어린 디르크와 콘라트가 정말 잘 따랐고, 그들을 통해서 아이들 시선의 정보를 모으고 있습니다. 기탄없는 의견을 들을 수 있다고 하더군요."

"회색 신관과 회색 무녀를 상대할 때도 상냥한 모습을 보이기 때문에 속아 넘어가기 쉽지만, 하르트무트는 만약에 로제마인 님이 새로운 시종을 들이겠다고 하신다면, 이라는 관점에서 아이들을 보고 있습니다. 그래서 채점 기준은 꽤 까다롭습니다."

다무엘이 조용히 그런 사실을 가르쳐 줬다. 로데리히도 "채점 기준이 까다로운 것은 측근들에게도 마찬가지입니다"라고 중얼거렸다. 본인이 우수한 만큼, 주위 사람들이 전전긍긍하는 부분도 있는 것 같다.

니콜라우스와 아이들도 진지한 얼굴로 하르트무트의 말을 들으며 멜키오르가 먼저 시종들을 고르기를 기다리고 있다. 경험이 없는 사람은 하르트무트의 선별에 놀라고 두려워하는 표정을 보면서 자기를 불러 주기를 가만히 기다렸다.

"빌마, 세례를 치르기 전인 아이들을 불러 주세요."

세례를 치르지 않아서 시종으로 선발될 일이 없는 아이들이 줄지어 섰다. 디르크와 콘라트와 함께, 이번 겨울에 새로 들어온 아이들이다. 오랜만에 만난 콘라트와 필린느가 눈짓을 주고받는 모습을 곁눈으로 보고 있었더니, 아이 하나가 놀란 것처럼 작은 목소리로 "형님"이라고 말했다. 나는 그 아이 쪽을 봤다.

"라우렌츠의 동생인가요?"

"예. 베르트람은 이복동생입니다만, 모친이 돌아가셨기 때문에 제 어머니가 거두시고 세례식을 치를 예정이었습니다."

라우렌츠가 기뻐하는 것처럼 베르트람을 봤다. 그러고 보니 세례 전인 아이들을 어떻게 할지 설명했을 때 라우렌츠가 동생도 구제를 받겠다고 좋아했던 것 같다.

"나중에 천천히 이야기를 나누세요."

나는 아이들에게 겨울 동안 생활에 불편한 것은 없었는지, 어떤 공부를 했는지 물었다. 아이들은 약간 긴장한 표정으로 겨울 동안 있었던 일을 가르쳐 줬다. 카루타와 트럼프는 디르크와 콘라트가 잘하는지, 최근에는 이기는 횟수가 늘어났다는 것 같다.

"페슈필 연습도 열심히 하고 있습니다. 지금은 교사가 저밖에 없지만, 로제마인 님이 신전에 돌아오신다면 로지나도 지도할 수 있겠죠."

빌마는 페슈필 실력이 좋은 아이와 어떻게 연습했는지를 가르쳐 줬다. 처음에는 생활 습관이 전혀 달라서 힘들어하던 아이들도 신전 생활에 익숙해진 것 같다.

"디르크와 콘라트가 시범을 보이거나, 힘들어하는 사람을 도와주기도 했습니다."

"그렇군요. 두 사람, 고마워요."

디르크와 콘라트에게 잘했다고 말하고, "나중에 파루 케이크를 내려줄게요"라고 약속했다. 다과 시간에 남은 것을 디르크와 콘라트에게 주고 싶다.

"델리아와 릴리에게도 부탁드리겠습니다, 로제마인 님. 많이 늘어난 아이들을 가장 잘 돌봐 준 사람이 그 둘입니다."

빌마의 말을 듣고 나는 뒤에 서 있는 델리아와 릴리 쪽을 봤다. 고아원에서 나갈 수 없는 델리아와 아이가 세례식을 치르지 않은 릴리는 시종 선별에 나올 수 없다.

"두 사람 모두 정말 잘해 주셨어요. 디르크, 콘라트와 같이 파루 케이크를 드셔 주세요."

"감사합니다."

겨울 동안의 상황을 들은 나는 줄지어 있는 아이들을 천천히 둘러봤다.

"실은 이 중에 다섯 명은 데려가겠다는 요청이 있었고, 가까운 시일

내에 부모님이 맞이하러 오시기로 했습니다."

내가 다섯 아이의 이름을 불렀더니 우와, 하고 얼굴에 기쁜 기색이 가득 드리웠다. 기뻐하는 다섯 명과 반대로, 남게 되는 아이들의 안색은 어두워졌다.

"그리고, 고아원에 남는 아이들에게 아우브께서 전하신 말씀입니다. 가을에 한 번 면회해서 귀족으로서 대우할지 아닐지를 결정하겠다고 하셨습니다. 거기서 귀족으로서 대우하기로 결정된 사람은 겨울에 세례식을 치르게 됩니다. 여러모로 걱정도 많겠지만, 귀족이 되기 위해서 열심히 해 주세요."

"예!"

힘찬 목소리로 대답한 사람은 라우렌츠의 동생 베르트람이었다. 신장이나 언동만 봐도 세례식이 얼마 안 남았겠지. 귀족으로서 살아가고 싶다는 야망으로 가득 찬 눈빛이야. 베르트람에게 이끌린 것처럼 다른 아이들이 고개를 들었다.

"제가 할 말은 여기까지입니다. 멜키오르와 다른 사람들이 시종을 선택하는 동안, 공부한 성과를 보여주시겠어요? 필린느와 라우렌츠는 자기 동생과 이야기를 나눠도 좋습니다."

아이들에게 말하고, 나는 내 측근들을 데리고 책과 장난감이 있는 쪽으로 이동했다. 라우렌츠와 필린느는 자기 동생한테 간 것 같다. 처음 신전과 고아원에 들어온 마티아스 등은 다 같이 사용할 수 있도록 줄지어 놓여 있는 페슈필을 보고서 눈이 휘둥그레졌다.

"고아원에 페슈필이 이렇게 많이 있었나?"

"페슈필은 아이들이 발표회를 위해서 연습할 수 있도록 각자의 본가에서 접수한 것들입니다. 저도 이렇게 줄지어 있는 건 처음 봤어요."

작은 페슈필이 약간 높은 선반 위에 열 개 정도 줄지어 있는 모습이 마치 초등학교 음악실 같다. 아마도 작은 아이들이 장난치지 못하게 위에 올려 뒀겠지.

"페슈필만이 아닙니다. 참고서가 없을 뿐이지, 귀족원 책장과 다를 것 없는 수준이 아닙니까?"

"그 참고서가 중요한 문제기는 하지만, 고아원 책장도 대단하죠? 인쇄기 시범 가동 때 만든 평민의 이야기도 있답니다."

구텐베르크 일행이 모아 주고 루츠와 길이 인쇄해 준 그레첼 주변의 이야기가 담긴 책은 귀족들 사이에서 팔리는 책과는 또 달리 재미있는 내용이다. 파는 것이 아니라서 귀족은 읽을 수 없는 책이고.

"궁금하시다면 읽어 보시겠어요? 귀족과 또 다른 평민의 생활을 엿볼 수 있으니까, 재미있을지도 몰라요"

"앞으로 인쇄업에 관여하게 될 테니까 꼭 읽어 보고 싶습니다."

마티아스 뒤에서 빼꼼 고개를 내민 뮤리엘라가 녹색 눈동자를 반짝이고는 비틀거리면서 책장 쪽으로 갔다. 연애 이야기를 아주 좋아하는 뮤리엘라가 평민 마을 이야기도 좋아하려나.

……귀족이 평민의 이야기를 받아들인다면, 인쇄할 수 있는 책의 종류도 많이 늘어날 텐데 말이야.

그렇게 생각하면서 나는 아이들이 연주하는 페슈필 소리를 듣고 책을 낭독하는 모습을 봤다. 페슈필 연주를 마친 여자아이 하나가 쓸쓸하다는 것처럼 "어째서 오라버니는 고아원에 들어오지 않는 건가요?" 라고, 시종을 고르고 있는 아이들을 보면서 말했다. 니콜라우스가 아닌, 또 한 사람의 남자아이가 오빠겠지.

"이미 귀족으로서 세례식을 치른 사람들은 고아원에 들어올 수가 없어요. 하지만 청색 견습 신관이나 청색 견습 무녀로서 생활하기로 했답니다. 나중에 오라버니에게 신전에서 어떤 것을 공부했는지, 어떤 생활을 했는지 가르쳐 주도록 하세요."

"그런가요……."

오누이가 같이 지내고 싶은지도 모르겠지만, 세례 전의 아이와 이미 귀족으로서 세례를 치른 아이에게는 분명한 차이가 있으니까. 고아원에서 같이 공부하는 시간은 있어도 생활 자체는 따로따로 해야 한다. 고아원 아이는 귀족 구역 출입이 금지되고.

오누이라면 같이 있어도 된다고 말하는 정도는 간단하지만, 상인들과의 회의나 가호 의식 때문에 앞으로는 귀족들 출입도 늘어나게 될 테니까. 그런 상황에서 아이들을 마음대로 돌아다니게 하는 건 위험하다. 귀족들이 어떤 트집을 잡아서 벌을 받게 할지 모르니까. 죄를 저지른 부모를 둔 세례식 전의 아이는 평민 출신인 청색 견습 무녀라는 소리를 들었던 나처럼 상당히 약한 입장이다. 신전에서 가족과 같이 산다. 겨우 그것뿐인데 너무나 어려운 일이다.

"오빠하고는 귀족원에서 공부할 때 만날 수 있어요. 당신이 노력해서 귀족으로서 세례를 받게 되면, 그 뒤에는 귀족 구역에서 같이 생활할 수도 있겠죠. 열심히 하세요."

"예."

목표가 생긴 여자아이에게 미소지어 보이면서도 기분이 조금 가라앉은 것 같았다.

……나도 노력해서 가족과 같이 살 수 있다면 정말 열심히 노력할 텐데.

오랜만에 모습을 보는 정도라면 되려나, 같은 생각을 하고 있는데 "저는 신전에서 노력해 봤자 귀족 생활에서 도움이 되는 건 없다고 생각합니다"라는 소리가 들려왔다. 고개를 들어 보니 라우렌츠가 자기 동생을 말리고 있었다.

"그만, 베르트람!"

"솔직히 그렇지 않습니까. 바닥을 기어 다니면서 신전을 깨끗이 하고, 우물에서 물을 긷고, 자기 의상과 침구를 직접 정돈하고, 숲에서 눈이 남아 있는 흙을 파서 먹을 수 있는 것을 찾고……. 귀족이 할 일이 아닙니다."

그런 생활을 하고 있었나, 라고 중얼거린 라우렌츠의 눈에는 고아원에서 지내야 하는 동생들에 대한 연민이 엿보였다. 시종의 섬김을 받는 것이 당연한 귀족으로선 불쌍하게 들릴 수도 있겠지만, 관점을 바꿔 보면 고아원 생활을 경험하면서 얻는 것 또한 적지 않다.

"확실히 시종이 있고 생활 전체를 도와주는 귀족의 생활에서 갑자기 자기 신변의 일을 직접 해야 하는 고아원 생활을 하게 되면 힘들기도 하겠죠. 솔직히 말해서 저는 고아원에서 살아가지 못할 거예요."

내가 얼마나 허약한지 알고 있는 측근들은 가볍게 고개를 끄덕여서 동의해 줬다. 하나도 자랑거리가 아니지만, 나야말로 누가 도와주지 않으면 살아갈 수 없다. 그런 나도 평민 마을 생활에서 경험한 일들이 귀족 생활에 도움이 되고 있다.

"하지만, 고아원 생활이나 평민 마을과 교류한 경험이 귀족으로서 도움이 될지 어떨지는 그 사람에게 달렸습니다."

"예?"

설마 반론하리라는 생각을 못 했는지 깜짝 놀라서 눈을 깜박이는 베르트람에게 나는 싱긋 웃어 보였다.

"여기 공방에는 제가 친하게 지내는 상인들이 드나들잖아요? 어떤 상품을 만들고 있는지, 상품이 어떻게 세상에 나가게 되는지, 상인과 얼굴을 익히고, 서로에게 이익이 가는 형태로 상인에게 의견을 전달하려면 이야기를 어떻게 이끌어 가야 좋은지. 주의 깊게 보다 보면 알게 될 거예요. 상인들에게 물어보면 가르쳐 주기도 할 테고요."

상인과 거래할 수 있는 귀족은 조금이라도 많은 게 좋다는 것을 벤노를 비롯한 상인들은 잘 알고 있다. 내가 중간에 서 있을 뿐인 불안정한 상태를 개선하려고 마음먹으면 싫은 표정 한 번 짓지 않고 가르쳐 줄 것이다.

……어쩌면 나한테 가르쳐 줬던 때처럼 아주 조금은 싫은 표정을 지을 수도 있지만, 주먹을 머리에 대고 굴려대지는 않을 거야. 응.

"상인과 어울리는 방법을 알고 있으면 앞으로의 에렌페스트에서는 문관으로서 아주 중요하게 여겨질 겁니다. 상인과 거래를 할 수 있는 문관이 가장 부족하니까요."

청색 견습 무녀로서 신전에 들어갈 결의를 한 여자가 홱, 하고 나를 봤다. 저 아이는 문관 지망자려나.

"그리고 따뜻해졌으니까 지금부터는 숲에 가는 횟수도 늘어나겠죠? 여름에는 다른 영지의 상인들이 에렌페스트에 찾아오는 계절입니다. 다른 영지의 상인들이 무엇을 바라는지, 어떤 불만이 있는지, 숲에 가는 도중에 들을 수도 있겠죠. 같이 가는 평민 마을 사람이 가르쳐 주는 일도 있을 테고요. 귀족이 된 뒤에 자신의 장래에 활용하겠다고 마음만 먹으면, 지금의 생활을 얼마든지 활용할 수 있습니다."

생각도 못 했다는 표정을 지은 사람은 오히려 귀족 측근들 쪽이었다. 지금의 입장을 잘 이용할 수만 있다면 고아원에서 자란 아이들은 상당히 우수한 문관이 될 수 있다.

"그다음엔…… 그렇군요. 보통 귀족은 못 하지만 신전에서 자란 사람들만이 할 수 있는 비밀 특기를 보여드릴까요? 이걸 보면 더 다양한 체험을 하고 싶어질지도 몰라요."

내가 일어났더니 어째선지 하르트무트가 "뭘 보여주시려는 것입니까?"라면서 신이 난 얼굴로 주황색 눈동자를 반짝거리며 내 옆에 와서 섰다.

……어라? 멜키오르 쪽이 시종을 고르는 걸 도와주고 있었는데, 어느새?

머릿속에 그런 의문이 떠올랐지만, 이미 시종을 다 골랐는지 멜키오르도 "뭘 하시려는 건가요?"라면서 이쪽으로 오고 있다.

……뭐, 됐고.

하르트무트에 관해서는 깊이 생각해도 소용없다. 나는 "위험하니까 조금 물러나세요"라는 말로 아이들을 뒤로 가게 하고, 잘 닦아 놓은 하얀 바닥을 보면서 기수용 마석을 꺼냈다.

"이건 제 기수용 마석입니다. 귀족 아이는 가족의 기수를 봤을 테니까, 이 마석이 자유롭게 모양을 바꿀 수 있다는 걸 알고 있겠죠?"

내 질문에 베르트람이 뭘 하려는 거냐고 경계하는 것 같은 표정으로 고개를 끄덕였다.

"이걸, 이렇게……."

나는 예전에 페르디난드 앞에서 했던 것처럼 마석을 풍선처럼 부풀렸다. 마력을 다루는 데 익숙해진 지금이라면 너무 멀리 튀지 않게 터트릴 수도 있다. 마치 퍼즐 조각이 쏟아지는 것처럼 산산이 조각난 마석이 무너져 내렸다.

"기수용 마석이?!"

"어떻게 성에 돌아가실 생각이십니까?!"

그런 소리가 들리는 가운데 나는 산산이 부서진 마석 조각들을 손으로 그러모았다. 그리고는 마력을 흘려 넣으면서 "뭉쳐라, 뭉쳐라"라고 주문을 외우면서 마석들을 뭉쳤다. 그리고는 가슴을 활짝 펴고 원래대로 동그란 모양이 된 마석을 높이 들어 올려서 보여줬다.

"어? 원래대로 됐네?"

"말도 안 돼……."

귀족들이 나한테 비상식적이라고 말했던 페르디난드처럼 놀란 목소리를 내는 가운데 입을 떡 벌리고 있는 베르트람을 보며 빙긋 웃었다.

"물기가 없어서 손가락 사이로 떨어지는 탓에 뭉치기 힘든 흙이라도 다시 물을 머금게 하면 간단히 뭉칠 수 있죠? 흩어진 마석도 마력을 머금게 해서 부드럽게 만들어 주면 다시 뭉칠 수 있어요."

"깨진 마석이 부드러워지다니, 그건 말도 안 돼……."

귀족들은 믿을 수 없는 일을 봤다는 것처럼 다시 뭉쳐진 내 마석을 쳐다봤다. 아무리 비상식적이라고 해도 알고 있는 상식의 범위가 다르니까 어쩔 수 없겠지.

"마력을 다루는 것은 어떻게 움직일지에 대해 자기 스스로 잘 생각하는 것이 중요합니다. 남들이 비상식적이라고 해도 되는 건 되는 거니까요. 흙을 만지는 것, 옷을 정돈하는 것, 바닥을 깨끗하게 하는 것, 어떤 것이 자신에게 도움이 될지 모릅니다. 활용할지 아닐지는 본인에게 달린 일이죠."

마력 압축 방법을 실제로 보고 이미지를 떠올리기 쉬워졌다고 말한 측근들은 뭔가 짚이는 게 있겠지. 뭔가 힌트는 없는지 찾아보는 것 같은 눈으로 고아원을 둘러보기 시작했다.

"평범하게 자란 귀족보다 재미있는 경험을 할 수 있겠구나. 베르트람, 힘내라."

라우렌츠가 살짝 어깨를 두드리면서 말했고, 베르트람은 고개를 끄덕였다. 아직 완전히 수긍하진 못했지만, 모든 경험을 자기 자신을 위해 활용하겠다고 다짐했다는 것은 의지가 강한 눈을 통해서 어느 정도 전해져 왔다.

"로제마인 누님, 저도 여러 경험을 하고 싶습니다. 그리고 로제마인 누님처럼 다양한 일을 할 수 있게 되고도 싶고요. 다른 사람은 못 하는 일이라니, 대단합니다."

남색 눈을 반짝이면서 말하는 멜키오르를 보고 나는 살짝 웃었다. 신전에 출입하다 보면 각종 제사 때문에 농촌을 돌아다닐 수도 있다. 얼마든지 다양한 경험을 할 수 있을 것이다.

"신전에서의 경험은 다른 귀족이 할 수 있는 일이 아니니까, 그걸 충분히 활용하면 돼요."

"예!"

영주 일족인 멜키오르가 의욕을 보인 덕분에 다른 아이들도 새로운 생활과 귀족이 할 수 없는 경험에 대해 긍정적으로 생각해 준 것 같다. 아이들의 분위기가 밝아진 걸 보고 만족하고 있었더니 다무엘이 "뭔가 괜찮게 마무리하기는 하셨지만, 애당초 마력이 많지 않으면 마석을 뭉치는 건 어려울 것 같습니다, 로제마인 님"이라고 중얼거렸다.

"……다무엘, 쉿!"

시종이 전부 정해졌다. 기원식 이후부터 아이들이 견습 청색으로 들어간다는 것, 그때까지 각자의 시종들이 방을 정리해두는 것에 관해 이야기했다. 요리사를 고용하고 식사를 만들 수 있게 되는 건 벤노랑 프리다와 이야기한 뒤의 일이다.

신관장인 하르트무트가 새롭게 뽑힌 시종들을 둘러봤다.

"여러분께는 새로운 주인을 맞이할 준비를 부탁드리겠습니다. 청색이 된 분들의 공부에 대해서는 나중에 지시하도록 하겠습니다. 기원식 이후에는 멜키오르 님을 필두로 고아원에도 드나들게 되겠습니다만, 지금까지 저도 출입했으니 특별한 문제는 없겠죠."

……뭔가 하르트무트가 자신 있게 말하고 있는데, 고아원은 원래 청색 신관이 자주 드나들어도 되는 곳이 아니다.

고아원과 청색 신관의 존재 방식을 조금씩 바꿔 가는 게 좋겠다고 생각하기는 했지만, 너무 급격하게 바꾸고 있는 건 아닐까? 내가 청색 견습 무녀로서 드나들기 시작했던 무렵의 신전과 고아원은, 영주 후보생이 이렇게 두근두근하는 얼굴로 드나드는 곳이 아니었던 것 같은데. 이번 견학 덕분에 멜키오르의 측근들이 신전을 보는 눈이 많이 달라진 것 같다. 좋은 변화가 계속되면 좋겠다고 생각하는 중에, 하르트무트가 마지막 인사를 시작했다.

"그럼, 멀고 높은 하늘을 관장하시는 최고신, 한없이 넓은 대지를 관장하시는 다섯 주신인 물의 여신 플류트레네, 불의 신 라이덴샤프트, 바람의 여신 슈첼리아, 땅의 여신 게두르리히, 생명의 신 에이비리베, 그리고 에렌페스트의 성녀 로제마인 님께 감사 기도를 바칩시다."

그 자리에 있던 회색 신관과 회색 무녀들은 팟, 하는 움직임으로 기도를 바쳤다. 올겨울에 새로 들어온 아이들도 기도에 익숙해진 것 같다. 주저하지도 않고 기도를 바쳤다. 신전에 드나들면서 기도하는 데 익숙해진 내 측근들과 달리 새로 측근이 된 마티아스 일행, 멜키오르의 측근들, 어린이 방의 아이들은 살짝 질린 분위기가 됐다.

……어라? 지금 뭔가 이상한 말이 섞여 있지 않았나?

너무나 자연스럽게 섞여 있어서 순간적으로 그냥 넘어가 버렸는데, 기도를 바치는 신들 중에 내 이름이 있었던 것 같은 기분이 든다. 하르트무트한테 따지고 싶은 기분도 들었지만, 이 자리에서 하르트무트를 붙잡고 흔들며 "그게 무슨 말인가요?!"라고 따질 수도 없으니, 나는 어색한 미소를 지으며 고아원을 뒤로했다.

의식 준비

　성에 돌아와서는 저녁 식사 자리에서 질베스타에게 견학회의 흐름을 보고했고, 가구 반입과 예산에 대해 상담했다. 기본적으로는 전부 허가를 받았고, 특별한 문제 없이 끝났다.

　"멜키오르와 아이들을 받아들이는 것은 끝났지만, 아직 다른 문제가 산더미처럼 많습니다."

　"문제?"

　"기원식에 보낼 인재가 부족합니다. 페르디난드 님이 안계시고, 멜키오르가 기원식에 가지 못하는 게 크겠죠."

　페르디난드의 빈 자리를 채울 인재가 없는 상태에서, 숙청 때문에 청색 신관이 줄어들었다. 봉납식에서는 내 호위기사들에게도 도와 달라고 했을 정도니까. 이번 기원식에서는 한 사람 한 사람의 부담이 너무 크다. 기원식 인원 배정을 어떻게 해야 좋을지, 빨리 생각해야만 한다.

　"멜키오르는 마력을 주입하는 연습이 부족하니 어쩔 수가 없지만……."

　원래는 작년 영주 회의 이후로 일 년 동안 연습하고 올해는 참가할 예정이었다. 하지만 영주 회의에서 페르디난드의 결혼이 결정되고 말았다. 그 뒤에는 인수인계와 내 교육을 최우선으로 해서 신전에만 틀어박혀 있었고, 주추 마술에 마력 공급은 거의 할 수 없었다.

　그렇게 되니 주추 마술에 공급하는 마력이 상당히 적어지면서 나와 페르디난드를 제외한 영주 일족이 필사적으로 공급해야만 했고, 플로렌치아와 보니파티우스도 멜키오르를 도울 여유가 없게 돼버렸다. 게다가 겨울에는 숙청을 앞당기면서 다들 바빴고, 플로렌치아가 회임해서 멜키오르는 안전을 위해 북쪽 별채로 옮겨 가고 말았다.

"한 계절 동안 열심히 연습했던 샤를로테도 첫 기원식에서는 부담이 상당히 컸었죠? 연습을 거의 안 한 멜키오르는 위험해요."

"내년에는 저도 꼭 참가하고 싶습니다."

멜키오르가 분하다는 것처럼 말했지만, 올해야말로 너무 바빠서 멜키오르의 연습에 어울려 줄 여유가 없는 질베스타와 플로렌치아는 곤란하다는 표정으로 서로 얼굴을 마주 봤다.

"성에서 주추 마술에 공급하는 연습을 하는 건 힘들 수도 있겠지만, 신전에서 봉납하면서 연습하는 것은 가능합니다. 진지하게 연습하면 내년에는 참가할 수 있겠죠."

내년에는 어떻게 될 수도 있겠지만, 올해는 어쩔 도리가 없다.

"기베가 다스리는 토지의 기원식은 기베에게 작은 성배를 전해주기만 하면 되고, 직할지 농촌과 다르게 제사를 치르지는 않잖아요? 그러니까 보좌하는 회색 신관이 없더라도 문제없습니다. 제 측근들을 분산시켜서 보내면 인원 문제는 해결할 수 있어요. 하지만 도시 밖으로 나갈 수 있는 성인 측근은 대부분이 호위기사니까……."

"아무래도 호위기사를 줄이는 위험한 짓은 할 수 없지."

질베스타의 말을 들은 나는 "알고 있으니까 곤란한 거죠"라고 말하며 고개를 끄덕였다. 측근들에게 상담했던 때도 코르넬리우스가 똑같은 말로 안 된다고 했거든.

"마차, 식량, 요리사, 시종, 의식용 의상 등은 돈으로 어떻게든 해결할 수 있지만, 인재는 어쩔 수가 없잖아요."

한참 동안 아무 말이 없던 빌프리트가 고개를 들었다.

"나, 샤를로테, 남은 청색 신관들이 기베의 지역을 돌고, 너와 하르트무트가 직할지에서 제사를 지내는 건 어떤가?"

"예? 하지만…… 빌프리트 오라버니도 샤를로테도 바쁘잖아요? 기베의 지역에 가는 것은 작은 성배만 건네주면 되는 일이지만, 날짜가 오래 걸려서 체력적인 부담이 큽니다. 신전 일은 제게 맡기셨으니까, 바쁜 분들께 도움을 받으려면 가까운 직할지 쪽이 좋지 않을까 싶습니다만……."

내가 그렇게 말했더니 빌프리트가 어깨를 으쓱거렸다.

"라이제강의 지지를 얻기 위해서라도, 한 번이라도 더 그들과 만날 기회를 늘려야 한다. 그리고 나와 샤를로테가 기베의 토지에 가는 것을 통해 우리도 제사에 관여하고 있다는 사실을 귀족들에게 보여주는 쪽이 좋다."

지금까지는 이동의 부담을 줄이기 위해, 그리고 기베와의 수확 차이를 메우기 위해서 마력이 풍부한 영주 후보생이 직할지를 다니면서 제사를 지냈다. 하지만 그런 탓에, 빌프리트와 샤를로테의 모습이 귀족들의 눈에 들어오지 않았다는 것 같다.

"구텐베르크 일행을 데리고 갔던 로제마인의 이야기나 하르덴첼의 기적 이야기는 귀족 사이에서 들려오지만, 우리가 제사를 지내는 모습을 본 귀족은 우리 측근뿐이다. 그래서, 라이제강이 너 혼자만 제사를 치른다고 느끼고 있는 건 아닐까. 라이제강계의 정보를 모아온 램프레히트가 그렇게 말했었다."

……그런 건 전혀 몰랐네.

많은 인원을 데리고 멀리 떨어진 곳으로 가려면 레서 버스를 사용할 수 있는 내가 움직이는 게 제일 편리하고 빠르다. 효율과 편리성을 중시했을 뿐이지, 귀족들 눈에 나만 혹사당하는 것처럼 보일 줄은 생각도 못 했다.

"오라버니 말씀대로 저희가 기베들의 토지를 돌아다니는 것이 좋은 생각일지도 모릅니다. 기수를 사용해서 이동한다면, 멀리 가도 그렇게 큰 부담이 되지는 않으니까요."

샤를로테는 안에 타는 기수를 사용할 수 있어서 작은 성배를 싣고 이동할 수 있다. 여정을 꽤나 줄일 수 있겠지. 샤를로테의 말을 듣고 빌프리트가 고개를 끄덕였다.

"청색 신관을 직할지로 보내는 쪽이 좋을지도 모르겠군. 나는 가능한 많은 기베와 면회할 기회를 원하니까."

"새롭게 임시 기베로 임명된 이에게는 차기 영주로서 인사할 필요도 있을 테니, 오라버니는 남쪽을 중점적으로 돌아보는 쪽이 좋을지도 모르겠군요."

샤를로테의 말을 들은 빌프리트는 잠시 생각한 뒤에 고개를 끄덕이고 "하긴, 새로 부임한 자가 많은 남쪽과 그레첼은 돌아보고 싶군"이라고 말했다. 아무래도 라이제강계 귀족과 적극적으로 관계를 맺을 생각 같다.

"그럼, 저는 구텐베르크 일행을 퀼른베르거로 데려갈 예정이 있으니까, 퀼른베르거와 직할지를 담당하겠습니다."

"농촌을 돌아다니면서 직접 마력을 주입하는 기원식은 힘들긴 하겠지만, 수확과 직결되는 제사다. 프뢰벨타크와의 공동 연구 문제도 있고. 부탁한다, 로제마인."

질베스타도 부탁했고, 나는 고개를 끄덕였다. 골치 아프게 하던 문제가 해결돼서 안도하고 있었더니, 빌프리트가 날 슬쩍 쳐다봤다.

"로제마인, 너는 지금부터 신전에 틀어박히겠다고 했었지? 가능한 한 빨리 가호의 재취득을 시도해 줄 수 있을까? 제사에 참여하면 성인도 가호를 얻을 수 있다는 것이 실제로 증명되면, 동행하는 내 측근들도 설득하기 쉬워지니까."

빌프리트의 측근들은 위험하다는 이유로 가능한 밖으로 나가지 않으려고 한다는 것 같다. 기원식에 참가하는 것 가지고도 난색을 보일 만큼. 영주 후보생의 의무라고 하지만, 밖에 나가면 위험이 늘어나는 건 사실이니까. 처음 참가한 기원식에서 습격당했던 나는 호위기사들의 걱정을 이해할 수 있었다.

"빌프리트 오라버니의 몸이 위험할 것 같다면 부적이라도 만들어 드릴까요? 하는 김에 샤를로테 것도."

물리 공격에 대응할 수 있는 것과 마력 공격에 대응할 수 있는 것까지 두 종류를 만들어서 주면 조금이나마 안심할 수 있겠지. 기습 공격에 부적이 대응해 주기만 하면 뒷일은 호위기사들이 대응할 수 있을 테니까. 내가 지니고 다니는 수많은 부적 중에서 어떤 타입을 만들면 좋을지 생각하고 있었더니 샤를로테가 살짝 웃었다.

"기원식에 가는 건 저희 둘이지만, 혼자만 부적이 없으면 멜키오르가 삐치지 않을까요, 언니."

샤를로테의 말을 듣고 멜키오르 쪽을 봤더니, 살짝 부은 얼굴로 "안 삐쳤습니다"라고 중얼거리는 목소리가 들려왔다. 성에 남게 되는 멜키오르에게도 부적을 만들어 주기로 결심했을 때, 질베스타가 가볍게 손뼉을 쳤다.

"로제마인, 오늘 오후에 아렌스바흐의 페르디난드로부터 서간이 왔다. 결혼 축하 선물과 같이 보내 줬으면 하는 사적인 짐도 있는 것 같더군. 저택 열쇠를 가지고 있는 네게 서간을 전해 줬으면 싶다고 적혀 있었다. 저택에 남아 있는 시종에게 서간을 보여주면 준비해 준다는 것 같더군. 나중에 문관을 보내 다오."

"알겠습니다. 페르디난드 님은 잘 계신다고 하시나요?"

영지 대항전과 졸업식 때 만나고 얼마 안 됐으니까 특별한 변화는 없겠지, 라고 생각하면서 물었더니 질베스타가 조금 복잡한 표정을 지었다.

"……잘 지내기는 하는 것 같은데, 뭔가 상당히 귀찮은 일이 생긴 게 아닌가 싶다. 아렌스바흐에서 페르디난드가 기원식에 가게 됐다는 것 같다."

"예?"

아직 성결식을 치르지 않았으니 정식으로는 에렌페스트 사람인 페르디난드가 어째서 아렌스바흐의 기원식을 한다는 건지 이해할 수가 없다. 그리고 다른 영지에서는 아직 신전과 제사에 대해 기피하는 감정이 있고, 일부 영지를 제외하면 영주 일족은 드나들지 않는 곳일 텐데.

"아렌스바흐가 마력이 부족하지만, 아직 페르디난드에게는 주춧의 마력 공급은 맡기지 않는다는 것 같다. 이건 내 예상이지만, 아우브 아렌스바흐가 사망하고, 차기 아우브가 주춧 마술을 다시 물들이기 시작한 것이 아닌가 싶다."

주춧에 마력을 공급하지는 못하니까 페르디난드에게 제사를 맡으라고 한 것 같다. 이미 서간을 읽은 것 같은 플로렌치아도 볼에 손을 대고 곤란하다는 한숨을 쉬었다.

"그 기원식에 레티치아 님이 동행하게 됐다는 것 같습니다. 아무래도 에렌페스트에서는 세례식을 마친 영주 후보생이 마력을 공급한다는 이야기를 듣고, 디트린데 님이 레티치아 님께 연습도 없이 처음부터 마력 공급을 맡기려는 것 같더군요……."

"……왠지, 에렌페스트의 제사가 이상한 느낌으로 뒤틀려서 전해졌군요."

샤를로테도 걱정하는 얼굴이 됐다. 사람들이 다들 바빠서 멜키오르가 연습을 못 했던 것처럼, 마력을 다루는 데 익숙하지 않은 아이가 마력을 다루는 건 힘들어서 어른의 보좌가 필수다. 귀족원에서 마력을 다루는 방법을 배웠다면 또 모를까, 자기 한도를 모르거나 어른이랑 같이 하다가 마력이 대량으로 빨려 나가는 일도 있으니까. 에렌페스트에서는 그런 일을 막기 위해서 마석의 마력을 내보내는 것부터 연습하고 있다. 그렇게 하면 마석에 담겨 있는 마력의 양을 조절해서 마력이 너무 많이 빠져나가 기절하는 사태는 막을 수 있으니까. 물론 마력을 다루는 것 자체에 익숙하지 않으면 그것만 해도 힘든 작업이다.

……연습도 하지 않고 마력 공급을 시키면 큰일이 날 텐데.

페르디난드가 없으면 디트린데가 레티치아에게 무슨 짓을 강요할지 모른다. 그래서 레티치아를 동행시키기로 한 것 같고. 기원식을 통해서 페르디난드가 마력 다루는 방법을 가르치기로 했겠지.

"……페르디난드 님의 상냥함이 담긴 회복약을 빌프리트 오라버니와 샤를로테가 괴롭힘이라고 생각했던 일을 가르쳐 주는 쪽이 좋을지도 모르겠네요."

"로제마인, 걱정할 부분은 그게 아니잖아! 에렌페스트의 제사가 다른 영지에 어떻게 전해졌는지에 대해 걱정해라."

나름대로 친절한 마음에 레티치아가 싫어하기라도 하면 불쌍할 것 같다고 생각했는데, 빌프리트가 날카롭게 따지고 들었다.

……그것도 그렇기는 하지만, 보통은 마력 공급이 얼마나 부담이 되는지 직접 경험해서 잘 알고 있으니까 귀족원에 입학하기도 전인 아이한테 그런 말도 안 되는 짓을 시키지 않으리라 생각할 것이다.

게다가 내가 첫 봉납식과 기원식에서 마력을 엄청나게 쓰면서 혹사 당했던 일이 생각났다. 페르디난드한테 맡기는 것도 위험한 일이 아닐까. 특수한 출생 배경 때문인지, 베로니카한테 괴롭힘을 당한 탓인지 페르디난드의 감각은 보편적인 것에서 약간 벗어나 있다.

……주위 사람들이 잘 막아 주면 좋을 텐데.

"착각하고 있는 디트린데 님은 둘째치고, 게오르기네 님이 말리려 하지 않았다면 그쪽이 더 걱정이군요. 아버님, 숙청 결과에 대해 페르디난드 님께 편지를 보내셨나요?"

영지 내부의 정보는 질베스타가 허가한 내용만 다른 영지로 보낼 수 있다. 기베 게를라흐가 살아 있을 가능성이 있다는 얘기는 했으려나. 마티아스의 정보에 의하면 마술구를 관리하는 비밀의 방 중의 하나가 엄청나게 어지럽혀 있었다고 하던데. 마술구는 사용하기 쉽도록 철저하게 잘 관리하던 기베 게를라흐의 성격을 고려하면 말도 안 되는 상태였는지 수사의 손길이 저택까지 미치기 전에 필요한 마술구를 급하게 챙겨간 것은 아닐까, 라고 말했다.

……뭐, 자기 비밀의 방은 발 디딜 틈도 없다는 것 같은 라우렌츠는 그 정도면 생존의 증거라고 할 정도는 아니라고 말했다는 것 같지만.

기베 게를라흐만 들어갈 수 있는 개인의 비밀의 방에는 마티아스도 들어가지 못해서 그쪽은 내부를 못 봤다는 것 같다. 단지, 보니파티우스가 문에 끼어 있는 이상한 천 조각을 찾아냈다나 보다. 억지로 찢은 천이고 은색 광택이 나는데, 뭐가 이상한지 설명할 수는 없지만 아무튼 이상하다는 것 같다.

"몇 가지 정보는 보냈다. 누님 쪽에 의탁하고 있는 것은 아닌지 알아보겠다고 서간에 적혀 있었다."

"그렇군요. 그건 잘됐네요. 그런데, 잘도 검열을 통과했네요."

"비밀 정보를 주고받을 방법이 몇 가지 있으니까. 너는 그 서간을 봐도 모를 거다."

질베스타는 의미심장한 눈으로 날 보면서 말했다. 아무래도 페르디난드는 나뿐만이 아니라 질베스타하고도 비밀리에 연락을 주고받을 수단이 있는 것 같다.

저녁 식사를 마치고 하르트무트가 서간 사본을 가지러 간 사이에 나는 예전에 페르디난드에게서 받은 편지를 가지고 비밀의 방으로 들어갔다. 페르디난드가 신전에서 검증한 가호 의식에 대해서는 빛나는 잉크로 적혀 있어서 다른 사람들도 읽을 수 있도록 필요한 부분을 옮겨 써야 하니까.

편지에는 신전의 공방에서 저택으로 운반한 마술구 중에 자작 마법진이 있다는 것 같고, 자세한 검증 결과를 보내 주겠다면 써도 좋다는 내용이 적혀 있었다.

"으음, 어차피 짐을 보내야 하니까 검증 결과를 편지에 써서 같이 보내는 건 문제가 없거든. 하지만, 저택에 있는 물건은 전부 준다고 했으면서 조건부 허가는 또 뭐야? 좀 너무하지 않아?"

넘겨줄 생각이 전혀 없어 보이는 내용이 엄청나게 페르디난드다워서 나도 모르게 웃고 말았다.

"그나저나, 그렇게 큰 물건을 직접 만들었다니 신전에 갓 들어갔던 때는 정말 한가했나 보네."

귀족원에서 사용했던 마법진의 크기를 생각해 보면 연구용으로 만든 것치고는 너무 큰 것 같다. 매드 사이언티스트 같은 짓이 좋았던 걸까. 그런 생각을 하면서 비밀의 방에서 나왔더니 하르트무트가 서간 사본을 가지고 돌아와 있었다.

"고마워요 하르트무트. 내일은 도서관에 가서 뭘 좀 찾아볼 거예요. 가호의 의식을 치르려면 이게 필요할 것 같아요. 페르디난드 님은 시험해 본 적이 있으시다네요."

"역시 페르디난드 님이시군요."

하르트무트한테서 서간 사본을 받고, 대신에 내가 베껴 적은 편지를 하르트무트에게 줬다.

"필린느, 미안하지만 브륀힐데에게 올도난츠를 보내 주세요. 상인들과의 회합 날짜를 전하고 동석해 달라고 말해 줬으면 해요. 그레첼에 관한 이야기를 할 테니까, 있는 쪽이 좋겠죠? 문관도 몇 명 동행해 달라고 전해 주세요."

"알겠습니다."

"오틸리에, 리젤레타, 그레티아. 저는 내일 도서관에 들른 뒤에 신전으로 가겠습니다. 당분간은 신전에 있을 테니까 준비를 부탁드릴게요."

이렇게 말해 두면 옷과 액세서리 준비는 물론이고 요리사들과 로지나한테도 연락해서 그 사람들이 이동하기 위한 마차까지 알아봐 줄 거야. 내 시종들은 우수하니까.

"그리고 신전장의 의식용 의상을 수선하기 위해서 길베르타 상회를 신전으로 부르기로 했습니다. 여름 의상도 주문할 테니, 그날은 신전으로 와 주세요."

"알겠습니다."

측근들에게 몇 가지 지시를 하고, 나는 질베스타의 문관이 베껴 적은 서간을 읽어 봤다. 대부분은 아렌스바흐로 보내 줬으면 하는 물건들 목록이고, 아주 조금 근황이 적혀 있었다. 그것도 전부 질베스타한테 들은 이야기들뿐이고. 문관이 옮겨 적은 편지다 보니 반가운 필적도 아니어서, 그냥 금세 다 읽어 버렸다. 귀족다운 말로 돌려서 표현하는 내용으로 적혀 있기는 했지만, 디트린데가 귀족원에서 돌아온 뒤에 정말 힘들어졌다는 건 잘 알 수 있었다. 레티치아의 교육도 제대로 못 하고 있다는 것 같다.

……페르디난드 님의 엄격한 교육에 마음이 꺾일 뻔했던 레티치아 님은 안심하고 있을지도 모르지만. ……아, 그런데, 기원식 때문에 계속 같이 있어야 하네.

추가 과자도 필요하겠지만, 상냥함이 들어간 회복약을 아이들이 싫어한다는 것만은 꼭 가르쳐 주지 않았다가는 정말 불쌍해지는 일이 벌어질 것 같다는 생각이 들었다.

다음날, 나는 페르디난드에게 보낼 짐과 가호 의식 준비를 위해서 측근들과 같이 내 도서관으로 갔다.

……내 도서관. 정말 멋진 말이다.

신나서 기수를 타고 도착한 My 도서관을 보면서 우흐흥, 하고 웃었다. 칭찬하는 말을 담았다고 하는 마술구가 들어 있는 가죽 주머니도 잊지 않고 챙겨 왔고. 오늘이야말로 꼭 칭찬하는 말을 들어야겠다.

나는 현관 앞에 서서 사슬에 끼워 목에 걸고 있던 도서관 열쇠를 꺼냈다. 찰칵, 하고 열쇠 구멍에 끼워 넣었더니 문제 빨간색 마력 선이 그어졌다. 그리고는 기기긱 소리를 내면서 자동으로 열렸다.

"다녀오셨습니까, 로제마인 님."

문 너머에는 짐 운반할 때와 디트린데가 왔을 때 몇 번이나 본 적이 있는 저택의 시종이 기다리고 있었다. 페르디난드와 같은 또래의 하급 귀족이고, 이름은 라자팜이라고 한다. 상냥한 태도, 온화한 목소리, 조심스럽지만 심지는 강한 눈빛 등이 프랑이랑 잠 닮았다. 한 번만 봐도 '아, 페르디난드 님 마음에 들 것 같은 시종이다'라는 걸 알 수 있고, 나도 익숙한 분위기라서 말을 걸기가 편했다.

"오랜만이네요, 라자팜. 올도난츠로 연락한 대로, 페르디난드 님의 짐 준비를 부탁드려도 될까요? 성으로 보내면 결혼식 축하 선물과 같이 보내 준다는 것 같아요. 저는 측근들과 같이 공방에서 물건을 찾고, 비밀의 방을 사용하고, 도서관에서 독서를 하고, 독서를 하고, 독서를 한다든지 할 테니까요."

라자팜은 이미 독서실에서 책에 매달려서 떨어지지 않는 나를 페르디난드가 끌어내는 모습을 본 적이 있으니까. 인제 와서 아닌 척할 필요도 없다.

……솔직히, 인제 와서 아닌 척해 봤자 금세 다 들통날 테니까.

라자팜은 내가 건넨 서간 사본을 쓱 훑어보고, "로제마인 님, 도서실에 들어가기 전에 문을 열어 주십시오"라고 말했다. 저택의 주인인 나만 열 수 있는 문이 몇 개인가 있고, 거기에 페르디난드의 짐을 넣어

됐다는 것 같다.

　나는 라자팜이 말한 대로 문을 연 뒤 하르트무트를 비롯한 측근들과 같이 공방으로 갔다. 공방 문도 나만 여닫을 수 있으니까. '도서실에 있을 테니까 알아서 찾아 보세요'라고 할 수가 없다. 보안 측면에서는 대단하지만 조금 불편하다.

　"이 근처 신전에서 가져온 마술구 중에 가호의 의식에서 사용하는 마법진이 있다는 것 같아요. 상세한 내용을 적은 종이는 하르트무트에게 건넸으니까, 다 같이 찾아봐 주세요. 저는 비밀의 방을 만든 뒤에 도서실로 갈 테니까."

　"로제마인 님, 저택 안이지만 일단은 호위와 동행해 주십시오. 저는 마법진을 찾는 데는 그다지 도움이 안 되기도 하고……."

　안게리카가 그렇게 말하면서 호위에 입후보했다. 다른 사람들은 수많은 마술구에 관심이 가는 것 같으니 나는 안게리카만 데리고 계단을 올라가서 방으로 향했다.

　"그나저나, 어째서 여성 방은 항상 위층에 있는 걸까요?"

　"어디서나 똑같이 해 두지 않으면 잘못 찾아갈 수도 있기 때문이지 않을까요?"

　안게리카와 왠지 맞는 듯 안 맞는 대화를 하면서 나는 이 저택의 내 방으로 들어갔다. 그리고 좋은 물건이지만 조금 낡은 가구들이 그대로 놓여 있는 방안을 둘러봤다.

　여기는 페르디난드가 세례 전에 어른들을 따라서 왔을 때, 같이 에렌페스트로 온 여성이 사용했던 방이라던가. 페르디난드는 그 사람을 어머니처럼 따랐지만, 세례식 준비를 위해 성에 갔다가 돌아와 보니 사라진 상태였다는 것 같다. 베로니카가 제거한 건 아닐까, 라고 했었다.

나는 가구에는 딱히 관심이 없어서 페르디난드에게 소중한 가구들을 치워 가면서까지 새로 살 예정은 없고, 그냥 이대로 사용하려고 했다.

……페르디난드 님이 어머니처럼 따른 사람은 어떤 사람일까?

"안게리카, 거기 의자를 들어 주세요."

나는 침대 안쪽에 있는 비밀의 방의 문 앞에 서서 마력을 등록한 뒤 문을 열고 아직 아무것도 없는 방에 의자를 집어넣었다. 그리고는 안게리카를 방에 남겨 두고 비밀의 방의 문을 닫았다.

의자에 앉은 나는 허리에 차고 있던 가죽 주머니를 풀었고, 안에서 녹음 마술구를 꺼냈다. 마력을 흘려 넣었더니 페르디난드 님의 목소리가 흘러나왔다.

"너에게 준 도서관의 비밀의 방에서 듣고 있나?"

"물론이죠."

나는 마술구를 향해서 당당하게 대답했다. 조금 지나자 페르디난드는 우려 사항에 대해 말하기 시작했다. 게오르기네가 별궁으로 옮겨 갔다는 것, 겨울이 막 시작됐던 때에 한동안 모습이 보이지 않았다는 것, 측근이 늘어났다는 소문이 있다는 것, 유스톡스도 숨어 들어가지 못할 만큼 하인들의 움직임까지 경계하고 있다는 것.

"겨울 동안 뭔가 일이 있었던 것은 틀림없다. 어쩌면 숙청당한 잔당이 게오르기네를 찾아왔을 가능성도 있다. 질베스타에게 경계를 게을리하지 말라고 전해 줬으면 한다. 그리고 라이제강을 막는 데 필요할 것 같은 정보 몇 가지가 내 짐을 둔 방의 서류 상자에 들어 있다. 지금부터는 도와줄 수 없으니까 질베스타가 자기 힘으로 막는 것이 중요한데, 무리라고 판단되면 정보를 전해 줬으면 싶다."

……양아버님에 대한 주의사항들뿐인데, 칭찬의 말은 대체 언제 나오는 걸까?

상당히 중요한 정보라는 건 알겠는데, 기대했던 만큼 크게 실망했다. 어깨를 슬쩍 늘어트리고, 나는 그다음을 들었다.

"그리고, 네가 주의할 것인데……."

……주의가 아니라, 칭찬의 말, 플리즈!

"질베스타로부터 올해는 교역을 확대할 수 없다고 들었다. 그에 불만을 가지는 영지가 폭거를 일으킬 가능성도 있고, 에렌페스트가 어떤 곳인지 몰라서 상황을 살피고 있던 상인들이 익숙해져서 묘한 움직임을 시작할 때가 되기도 했다."

클라센부르크에서 카린이 시집오려고 하다가 문제를 일으켰던 사례를 말하면서 앞으로도 그런 일이 일어날 가능성이 크다고 했다.

"혼인은 쌍방이 수긍하기만 하면 그렇게까지 큰 문제가 되지는 않겠지만, 거친 행동을 하지 않는다는 보장은 없다. 인쇄업도 머리 장식도 네가 키워 온 여러 장인이 이익 대부분을 만들어 내고 있는 것이 현실이다. 눈독을 들일 가능성이 크다."

구텐베르크는 퀼른베르거로 이동했지만, 머리 장식품 장인 중에 가장 솜씨가 좋은 투리는 평민 마을에 있고, 벤노와 마르크도 마찬가지다.

……거친 행동이라니, 어떻게 하지…….

사람들을 어떻게 지켜 줘야 좋을지 모르겠다. 계속 같이 있을 수도 없고, 내가 잔뜩 가지고 있는 부적은 마력이 많이 필요하니까 평민 마을 사람들한테는 줄 수도 없고. 위험하다는 걸 알려주는 것 외에는 할 수 있는 게 없지만, 거래에 어떤 위험이 따르는가에 대해서는 아마도 벤노 쪽이 더 잘 알고 있을 것이다.

"그래서, 마력이 없는 평민에게도 줄 수 있는 부적을 만드는 방법을 가르쳐 줄 테니, 네가 지켜 주고 싶은 사람에게 전해 주도록."

그렇게 말하고, 페르디난드의 목소리는 부적 만드는 방법을 설명하기 시작했다. 나는 급하게 서자판을 꺼내서 메모를 시작했다. 내 마력으로 보충할 수 있는 귀족용 부적과는 만드는 방법이 조금 다르고 새로운 소재가 필요할 것 같다.

"소재는 도서관 공방에 있을 것이다. ……부적의 사용 방법을 가르쳐 주기 위해, 마력을 보충하기 위해서라는 이유를 대면 그들을 신전으로 부르기가 수월하지 않을까? 그리고 내가 네게 췄던 머리 장식처럼 만들면 축하 선물이라고 하기도 쉽겠지."

투리의 성인식은 여름 끝 무렵이다. 어쩌면 내가 거창하게 성인식 선물을 보내줄 수 있게 이렇게 에둘러서 말하고 있는 건 아닐까.

"……정말 이해하기 힘들다니까요, 여전히."

침묵해 버린 마술구에 대고 작은 소리로 투덜대면서 나는 입술을 삐죽 내밀었다.

"여기에 칭찬하는 말만 들어 있으면 정말 완벽했을 텐데 말이야."

페르디난드에게 칭찬하는 말을 기대한 내가 바보였던 것 같다. 주의사항을 다 말한 마술구를 쥐고서 불만과 한숨을 토해낸 직후,

"……너는 열심히 하고 있다고 생각한다."

긴, 기나긴 침묵이 지나고 또 목소리가 나왔다. 잘못 들은 게 아닌가 싶어서 나는 마술구를 귓가에 댔다.

"아주 잘했다."

짧은 한마디지만, 그 한마디로 전부 보답받은 것 같은 기분이 들었다.

기쁘고, 자랑스러운 기분이 들었다.

쉽게 들을 수 없는 칭찬하는 말이라서 이렇게 기쁜지도 모른다.

나도 모르게 풀어지는 볼을 손으로 누르며 의자에서 내려와서는 녹음 마술구를 가죽 주머니에 넣어서 의자 위에 올려놨다. 또 칭찬하는 말이 듣고 싶어지면 들으러 오면 되니까.

……칭찬하는 말을 넣어 달라는 부탁을 들어줬으니까, 나도 열심히 해야지.

또 들으러 올 수 있도록, 칭찬하는 말에 걸맞은 노력을 해야만 한다.

"좋았어~! 힘이 났다. 모두에게 줄 부적, 열심히 만들 거야!"

힘이 난 나는 비밀의 방의 문을 활짝 열고, 웃는 얼굴로 공방을 향해 갔다.

가호 재취득

공방에서 다른 사람들이 물건을 찾는 동안 나는 그 옆에서 열심히 부적을 만들었다. 평민용 부적은 도서관 공방에 있는 소재를 써야만 해서다. 평민 마을의 가족이나 구텐베르크 등에게 나눠줄 것까지 생각하면 꽤 많이 필요하다. 길드장, 길베르타 상회, 플랑탱 상회를 불렀을 때 줘야 하니까 길드장 것만 빼놓을 수도 없다.

"부적은 충분히 만들었으니까 이걸로 됐어."

그렇게 해서 웬일로 독서보다 평민용 부적 만드는 일에 더 열심히 매달린 뒤에는 의식에 필요한 물건을 신전으로 운반했다. 내일은 가호를 재취득한다.

"로제마인 님, 저는 졸업식 이후에 재취득했으니까 내일 의식에는 참여하지 않고 훈련하러 가겠습니다."

"저도 재취득했으니까 성에서 일을 할까 싶습니다."

레오노레와 리젤레타의 말에 고개를 끄덕이고 나는 유디트 쪽을 봤다.

"유디트는 어떻게 할 건가요?"

"기도가 부족한 것 같으니 이번에는 미루도록 하겠습니다. 훈련하러 가도 좋고, 호위기사가 있는 편이 좋다면 같이 신전에 가겠습니다."

"호위기사는 많이 있으니까 훈련하러 가도록 하세요. ……오틸리에와 브륀힐데에게도 말해 봐야겠네요."

두 사람에게 올도난츠를 보냈는데, 오틸리에는 지금까지 딱히 기도를 하지도 않았고 브륀힐데는 그레첼과의 협의와 시종 교육을 알아보는 것 등등 상당히 바쁘다는 것 같다. 그리고 브륀힐데 자신은 졸업한 뒤에 의식을 다시 할 생각이라서 이번에는 보류하기로 했다.

"그런데, 제게 이름을 바친 그레티아는 강제로 참가해야 하니까 꼭 신전에 오도록 하세요."

"알겠습니다."

로데리히가 전속성을 얻은 것이 이름을 바친 탓이 아닌가 추측하고 있지만, 아직 확증을 얻은 건 아니니 이번에는 성인들이 재취득한 다음에 이름을 바친 사람들에게도 가호를 재취득하게 해 볼 생각이다.

……어머님도 와 주시려나?

엘비라가 신전에 올 수 있다면 이름을 바친 주인을 변경한 경우에 얻을 수 있는 가호에 차이가 있는지에 대해 조사할 수 있다. 뮈리엘라가 몇 번이나 의식을 치러야 하겠지만, 가능하다면 조사하고 싶다. 내가 올도난츠로 엘비라에게 예정을 물었더니 '오후에는 갈 수 있습니다'라는 대답이 돌아왔다.

"새로운 과자 제조법을 부탁드리겠습니다. 코르넬리우스가 졸업하면서 새로운 제조법이 들어오지 않게 돼 버렸으니까요."

챙길 건 확실하게 챙기는 엘비라를 위해서 나는 올해의 상이었던 무스의 제조법을 준비하기로 했다.

다음날, 세 점 종이 울리기 전에 이미 의식을 치를 측근들이 모여 있었다. 나는 신전장실 공방 문을 열고 출입을 위한 마석 브로치를 건넨 뒤 마법진 등을 운반할 수 있도록 준비했다.

"로제마인 님. 이쪽은 예배당으로 운반하면 되겠습니까?"

"그래요, 프랑. 하르트무트에게는 집무 지시를 내린 뒤에 예배당으로 와 달라고 말해 뒀으니까 그쪽으로 가져가 주세요. 가능한 귀족원과 똑같이 하고 싶어요."

힘을 쓰는 일이다 보니 프랑은 물론이고 공방에 있던 길과 프리츠도 불러서 짐 운반을 도와 달라고 했다. 바로 하르트무트의 시종들도 합류해서 순식간에 짐을 다 가지고 나갔다.

"모니카, 고아원에는 연락이 됐나요?"

"예. 오늘은 예배당에 들어오지 않도록 전했습니다."

나는 공방에 드나드는 사람을 지켜봐야 하니까 준비는 하르트무트와 다무엘에게 맡겨 뒀다. 문관인 뮤리엘라와 로데리히, 필린느가 조수고.

짐을 다 가지고 나간 뒤에 마석 브로치를 회수하고 공방 문을 닫고서 예배당으로 갔다. 예배당에서는 미리 지시한 대로 하르트무트와 사람들이 준비하고 있었다.

제단에 천과 과실을 올리고 향로에 불을 붙여서 희미하게 향냄새가 나고 있었다. 제단을 향해서 붉은 천이 깔렸고 마법진이 그려진 천이 크게 펼쳐져 있다. 그 마법진은 귀족원에서 봤던 마법진과 달리 자수가 아니라 잉크로 그려져 있었다. 페르디난드도 자수까지 할 생각은 없었나 보다.

"이 마법진이 정말로 작동하는지, 속성 하나씩 의식을 치르더라도 가호를 받을 수 있는지 확인하기 위해서 먼저 안게리카가 도전해 주세요."

잉크로 그렸으니까 시간이 흐르는 사이에 쓸려서 지워진 부분이 있을지도 모르고, 설치를 잘못해서 발동하지 않을 가능성도 있으니까.

"시험해 보는 거니까 안게리카의 의식에는 제가 동석하겠지만, 그 뒤에는 한 사람씩 순서대로 부탁드리겠습니다. 귀족원에서 가호 의식은 한 사람씩 했었잖아요? 그렇게 거창한 가호를 받지는 못해서일 수도 있고, 의식에 집중하기 위해서일 수도 있으니까요."

안게리카는 정말로 기도문을 외울 수 있는지를 확인하기 위해서라도 지켜보는 사람이 필요하지만, 다른 사람들은 문제없을 것이다. 의식 순서를 확인했더니 사람들이 걱정하는 얼굴로 안게리카를 쳐다봤다. 정말이지, 이럴 때 안게리카는 신뢰도가 너무 낮다니까. 본인은 다부진 얼굴로 "열심히 하겠습니다"라면서 힘차게 고개를 끄덕였는데, 역시 걱정된다.

"안게리카를 시험한 뒤에는, 하르트무트에게 부탁할게요."

"제가 아니고요?"

코르넬리우스가 이상하다는 것처럼 말했다. 시험해 볼 때는 신분이 낮은 사람을 쓰는 게 당연하고, 제대로 된다는 걸 확인한 뒤에는 보통 신분 순서대로 한다.

"예, 하르트무트는 빨리 의식을 마치고 집무를 보러 가야 하니까요."

호위기사인 코르넬리우스를 대신할 사람은 여럿 있지만, 신관장으로서 지휘를 맡을 하르트무트는 대신할 사람이 없으니까. 빌프리트에게 부탁받고 하르트무트도 기대하고 있으니 앞당겨서 의식을 치르기로 했는데, 사실은 며칠 뒤에 있을 세례식과 기원식을 준비하느라 바쁜 시기다.

"그렇군요. 분명히 효율을 생각하면 하르트무트가 먼저 하는 쪽이 좋을 것 같습니다. 하지만, 귀족 사회에서는 순서를 어지럽히는 것을 싫어하니까, 그 점은 기억해 주십시오."

내 방식이 통하는 건 신전에서뿐이라고 확실하게 말하면서, 코르넬리우스는 순서를 바꿔도 좋다고 받아들여 줬다.

"저는 안게리카의 의식에 함께한 뒤에 신전장실 공방에 가 있겠습니다. 하르트무트, 코르넬리우스, 마티아스, 라우렌츠, 뮤리엘라, 그레티아, 다무엘 순서로 의식을 치르고 결과를 보고하러 와 주세요. 뮤리엘라는 어머님이 오신 뒤에 한 번 더 부탁드리고."

"알겠습니다."

사람들이 고개를 끄덕이는 걸 둘러보고 나는 내 발치에 있는 나무 상자를 가리켰다.

"이 상자에는 마력 회복약이 들어 있습니다. 반드시 자신의 마력으로 마법진에 마력을 가득 채워야 한다는 걸 명심해 주세요."

주의도 끝나자 다른 사람들은 일단 예배실에서 나갔다. 문밖에서 호위기사들이 경계하고 있겠지. 나는 나무 상자에서 마력 회복약을 꺼내서는 안게리카에 내밀었다.

"그럼 안게리카. 시작해 봐요. 자신이 원하는 가호를 받을 수 있게 특정한 신들의 이름을 불러도 의식이 가능한지 시험해 보죠."

"예."

안게리카는 내가 내민 마력 회복약을 들고 마법진 중심에 섰다. 그리고 제단을 향해 무릎을 꿇고 마법진에 손을 대서 마력을 흘려 넣기 시작했다.

"나는 이 세상을 창조하신 신들께 기도와 감사를 바치는 자."

안게리카가 틀리지 않게 천천히 최고신과 다섯 대신의 이름을 외웠더니 안게리카의 적성인 불과 바람 속성의 표식이 빛났고, 그렇게 높지는 않은 빛의 기둥이 세워졌다. 이렇게 다른 사람의 의식을 보니까 처음부터 모든 속성이 빛나고, 기둥의 높이가 안게리카의 두 배 정도는 됐던 내가 규격을 벗어났다는 이유를 잘 알겠다. 다른 사람하고 비교하는 건 중요한 일이다.

······권속의 가호를 받았더니, 빛의 기둥이 쭉쭉 뻗어 올라갔었지. 다른 사람하고는 차이가 크게 나는 것 같아.

내가 그런 생각을 하는 사이에 안게리카가 권속의 이름을 외우기 시작했다.

"질풍의 여신 슈타이페리제, 무용의 신 앙리프. 제 기도가 마음에 드신다면 그 가호를 내려 주소서."

······진심으로 핀포인트로 딱 집어서, 특정한 신한테만 기도를 바치고 있잖아?!

이 가호만은 꼭 받고 싶다고 열망한다는 뜻이리라. 딱 두 신의 이름을 부른 시점에서 안게리카는 바로 포기하는 말을 입에 담았다. 권속의 이름을 외웠지만 뭔가 반응이 오기는커녕, 마법진 위의 빛의 기둥이 슉, 하고 사라져 버렸으니까.

"이건 틀림없이 실패했군요."

"역시 모든 신의 이름을 기억해야만 하는 걸까요. 아쉽네요."

아무리 마법진에 마력을 채우더라도 의식의 순서를 멋대로 어기거나 생략하면 안 되는 것 같다. 그래서 귀족원 3학년에서는 모든 신의 이름을 외우는 게 공통 과제로 정해져 있겠지. 그렇지 않았으면 이미 폐지됐을 거다.

"슈팅루크의 말을 복창해도 의식이 성공하는지 도전해 보죠."

그렇게 말했더니 절망한 표정이었던 안게리카의 얼굴에 생기가 돌아왔다.

"저, 슈팅루크라면 해 줄 거라고 믿습니다."

"주인, 이것은 실험이니 어울려 주겠지만, 원래는 스스로 해야만 하는 일이다."

페르디난드 목소리의 슈팅루크에게 야단을 맞으며 안게리카가 회복약을 마셨다. 실험이라면 어울려 주겠다는 슈팅루크는, 원래 인격의 영향을 꽤 많이 받은 게 아닐까.

……실험 결과는 꼭 페르디난드 님께 보내야겠다.

"시작하겠습니다."

마력이 회복된 안게리카가 다시 마법진 중심으로 가서 마법진에 마력을 채우기 시작했다.

"나는 이 세상을 창조하신 신들께 기도와 감사를 바치는 자."

최고신과 다섯 대신의 이름은 안게리카도 틀리지 않고 말할 수 있게 됐다. 문제는 그다음에 말하는 권속신인데.

"어둠의 권속이신 액막이의 신 카오스프리에, 은폐의 신 페아베르켄……."

안게리카가 슈팅루크의 목소리를 따라서 복창했다. 안게리카가 전혀 기도를 바치지 않았던 신들인지 마법진에 아무 반응도 없다. 참고로 나는 둘 다 가호를 받았다. 카오스프리에의 가호가 있는데, 계속해서 액이 덮쳐 오는 건 대체 어째서일까.

"불의 권속이신 무용의 신 앙리프."

거기서 처음으로 반응이 나왔다. 불의 신의 귀색인 붉은 기둥이 조금 올라왔다. 인도의 신 에아바클레렌의 이름에서도 반응해서 파란색 기둥이 조금 뻗어 올라왔다. 그 모습을 본 안게리카가 기쁘다는 듯이 웃었다. 의욕이 생겼는지, 복창하는 목소리에도 힘이 들어간 것 같다.

"바람의 권속이신 시간의 여신 드레팡아. 질풍의 여신 슈타이페리제."

이번에는 노란색 기둥이 조금 올라왔다. 슈타이페리제의 가호를 받은 것 같다. 우편의 여신 올도슈넬리의 가호도 받을 수 있을까 싶었는데, 아쉽게도 못 받았다.

그 뒤에는 딱히 별다른 반응이 없었고, 이제 마지막 말을 입에 담았다.

"제 기도가 마음에 드신다면, 그 가호를 내려 주소서."

파란색과 노란색 두 개의 기둥에서 빛이 위로 뻗어 올라갔고, 빙글빙글 돌면서 안게리카에게 축복의 빛으로 쏟아졌다. 마법진을 채우고 있던 마력은 빛의 흐름이 되어 빨간 천을 타고서 제단으로 올라갔고, 신상에 빨려 들어갔다.

"성공했네요."

내가 의식을 했던 때를 떠올려 봐도 이걸로 문제없이 가호를 받았을 거야. 그런데, 나는 바람의 여신의 가호를 받았는지 아닌지를 모르겠다.

"바람의 여신 슈첼리아의 가호는 받았나요?"

"받았습니다. 귀족원에서 했던 때는 노란색 기둥이 사라졌었으니까, 이번에는 괜찮으리라 생각합니다."

……대신(大神)의 가호를 받지 못할 때는 빛의 기둥이 사라지는구나. 이건 처음 알았네.

안게리카는 귀족원에서 꽤 드문 경험을 한 것 같다. 딱히 가호를 받지 못하고 빛의 기둥이 사라져 버리는 경험을 해 보고 싶은 건 아니지만, 꽤 드문 일인 건 틀림없으니까.

"안게리카가 가호를 받은 건 슈팅루크 덕분이니까, 마력을 주거나 칭찬해 주도록 하세요."

"예. 그리고, 전부 슈팅루크를 제게 내려 주신 로제마인 님 덕분입니다. 조금이나마 강해졌는지 확인하기 위해서 바로 훈련장으로 가고 싶습니다. 그리고, 스승께 한 번이라도 이겨 보고 싶습니다."

안게리카가 엄청나게 두근두근하는 것처럼 보이지만, 신들의 가호는 마력 소비가 줄어서 편해질 뿐이지, 당장 강해지는 건 아니라고 생각하는데 말이다.

……아니면, 앙리프의 축복을 받았던 때처럼 되려나?

앙리프의 가호를 받은 기사들한테서 특별한 보고는 없으니까, 전투력이 그렇게까지 크게 상승하지는 않는 것 같다. 하지만 안게리카한테는 슈팅루크를 사용할 때의 소비 마력이 적어지는 것만으로도 상당히 효과가 좋다는 것 같다.

"오늘은 신전에 호위기사들이 많이 있으니까 훈련하러 가도 좋습니다. 가호를 받았다고 할아버님께 자랑하세요. 할아버님도 신전에 오고 싶어 하실지도 모르니까요."

안게리카의 이야기를 들으면 신전을 기피하는 보니파티우스도 와 줄지도 모른다. 그런 생각을 하며 예배당에서 나왔다. 문밖에서는 내 측근들이 순서 대기 겸 호위를 하고 있었다.

"안게리카가 성공했으니까, 의식은 문제없이 가능합니다. 하르트무트, 다녀오세요. 끝나면 신전장실에 들러서 결과를 말해 주세요."

"알겠습니다. 그럼, 먼저 실례하겠습니다."

하르트무트는 코르넬리우스에게 살짝 손을 들어 보이고는 예배실로 들어갔다.

"여기에는 다음에 의식을 치를 코르넬리우스만 남도록 하세요. 다른 사람들은 각자 할 일을 하고. 안게리카는 훈련하러 가도 좋습니다."

로데리히, 필린느, 뮤리엘라, 다무엘에게는 신관장실에서 집무를 보라고 하고, 마티아스와 라우렌츠에게는 내 호위를 부탁했다. 그레티아는 신전장실에서 대기. 안게리카는 바람 같은 기세로 뛰쳐나갔다.

신전장실에 돌아온 뒤 나는 바로 공방으로 갔다. 그레티아에게 공방 출입을 위한 마석 브로치를 주고, 의식을 마치고 돌아온 사람을 공방으로 안내해 달라고 말해 뒀다. 공방에 남녀 단둘이 있게 되는 상황을 피하기 위해서라도 그레티아가 있어 줘야 하니까.

"다른 사람이 어떤 가호를 받았는지, 그레티아에게 안 들리게 하고자 도청 방지 마술구도 준비하도록 하죠. 아, 그리고, 프랑은 통상 업무로 돌아가세요. 공방 안내는 그레티아에게 맡길 테니까요."

의식이 끝나고 돌아온 나를 맞이하기 위해서 프랑이 신전장실에서 대기하고 있었다. 평소 같으면 신관장실에서 집무를 봐야 할 텐데. 하지만 프랑은 "아무래도 신전장실에 신전 시종이 한 사람도 없는 상태로 만들 수는 없습니다"라고 말하면서 미소를 지으며 거부했다.

나는 그레티아에게 공방에 출입하기 위한 마석 브로치를 줬다.

"로제마인 님은 공방에서 뭘 만드시려는 것입니까?"

"부적입니다."

"……어제, 도서관 공방에서도 만드신 것 같습니다만."

그레티아가 이상하다는 얼굴로 날 쳐다봤다. 분명히 어제도 잔뜩 만들었지만, 그것만 가지고는 부족해.

"어제 만든 건 구텐베르크 쪽에 나눠줄 분량이에요. 평민용은 물론이고 귀족용도 필요하니까."

사실은 페르디난드가 신전 공방을 정리할 때 소재 중 일부를 받았는데, 속성 숫자나 마력 용량이 많은 것을 우선해서 신전장실 공방에 넣어 줬다. 그래서 귀족용 부적은 신전 공방에서 만드는 쪽이 좋은 걸 만들 수 있다.

"그럼, 하르트무트가 돌아오면 데리고 와 주세요."

"알겠습니다."

공방에 들어가서 내가 지닌 부적 중에 마력 소비가 적은 부적을 고르고 같은 부적을 만들기 시작했다. 마력 공격을 튕겨 내는 것과 물리 공격을 튕겨 내는 것 두 종류로.

……기습 공격만 막아 준다면, 다음은 호위기사가 대응해 줄 테니까.

영주 일족을 담당하는 호위기사는 보니파티우스가 무지막지하게 단련시켜주고 있으니까. 기습 공격에 부적이 반응해 주기만 하면, 그 뒤에는 어떻게든 해 줄 거야.

나는 빌프리트와 샤를로테에게 줄 부적을 만들고는 후우, 하고 한숨을 쉬었다. 두 사람은 마력 압축도 하고 있어서 마력이 많지만, 멜키오르는 아직 마력을 다루는 것도 서투르니 마력 소비가 좀 더 적은 부적을 만들어야 한다. '날 기준으로 생각하지 마라'라고 페르디난드가 입에서 쉰내가 날 정도로 말했었지.

……제대로 기억하고 있는 나, 너무 완벽하지?

"로제마인 님, 이쪽 부적은 기원식에 가실 빌프리트 님과 샤를로테 님께 드리겠다고 말씀하셨던 것인가요?"

"어머나, 하르트무트. 끝났나 보네요?"

그레티아와 하르트무트가 공방에 들어오는 모습을 보고, 나는 멜키오르의 부적을 만들기 위한 소재를 고르던 손을 멈추고는 발판에서 내려와 책상으로 갔다. 두 사람을 위해서 만든 부적을 본 뒤에, 하르트무트는 빙긋 웃었다.

"로제마인 님, 저도 기원식에 갑니다만……."

하르트무트가 웃는 얼굴로 부적을 요구했다. 만들어 주는 건 문제 없지만, 지금이 내 부탁을 밀어붙일 기회다. 나는 하르트무트를 보면서 빙긋 웃었다.

"하르트무트가 그 이상한 기도를 그만두겠다면 만들어 줄게요. 아이들에게 그런 기도를 가르치는 건 신에 대한 불경이니까요."

신들에게 바치는 기도에 은근슬쩍 내 이름을 집어넣은 것에 대해 한마디 했지만, "누구에게 감사해야 하는지 구 베로니카 파벌의 아이들에게 가르치는 것은 중요한 일입니다"라고 대답한 걸 보면, 들어줄 생각이 없는 것 같다. 하르트무트의 말에 의하면 귀족 사회에서 불만을 제기하는 와중에 목숨을 구해 줬다는 것도 이해하지 못하고 어설프게 나쁜 감정을 품은 채로 살게 되면 아무리 노력해도 귀족이 되기 위한 싹을 꺾이게 된다나. 그리고 그걸 가르쳐 주는 건 친절한 행위라고 했고.

"그래도, 가르치는 방법이라도 바꾸도록 하세요."

기도 속에 넣을 게 아니니까. 그렇게 말했더니 하르트무트는 아주 잠깐 뭔가를 생각하는 것처럼 고개를 숙였다가 고개를 들고는 "알겠습니다. 로제마인 님의 분부대로 하겠습니다"라고, 수상할 정도로 상쾌한 미소를 지었다.

"감사해 마땅한 대상을 이해하지 못했던 아이들이 자기 친형제의 적인 영주 일족에게 어떠한 태도를 보일지, 그것을 귀족들이 어떻게 받아들일지 모를 일입니다. 하지만, 제가 로제마인 님으로부터 부적을 받는 것과 비교하면 아이들의 장래 따위는 사소한 일입니다. 그만두도록 하겠습니다."

……어, 어라? 그 기도를 그만두는 게 엄청 나쁜 일이라는 뜻인가? 아이들이 나중에 곤란해지는 건가? 어? 잠깐만.

하르트무트의 말이 마음에 걸려서 왠지 헛갈리는 기분이 들었다. '아이들을 위해서는 계속하는 쪽이 좋으려나?'라는 생각이 들었을 때, 그레티아가 내 어깨를 살짝 두드렸다.

"로제마인 님, 정신 바짝 차리세요. 아이들의 장래를 위해서는 바꿔 버린 기도를 배우는 쪽이 더 좋지 않을 겁니다. 영주 일족에게 감사하는 마음을 가르치는 것과 기도문을 바꿔 버리는 것은 별개입니다."

"그, 그렇죠? 그레티아, 고마워요. 정신이 들었어요. 하르트무트는 당장 그만두세요. 알겠죠?"

내가 명령했더니 하르트무트는 약간 아쉽다는 얼굴로 어깨를 으쓱 거리고는 알았다고 대답했다.

"그래서, 권속의 가호는 받으셨나요?"

나는 책상에 준비해 뒀던 종이를 내 앞으로 끌어오고 하르트무트에게 도청 방지 마술구를 건네고는 펜을 집었다.

"예. 제 적성 중에서는 빛의 권속이신 질서의 여신 게보르트눈, 불의 권속인 육성의 신 안박스, 바람의 권속인 우편의 여신 올도슈넬리의 가호를 받았습니다."

"적성 중에서라는 말은, 적성 이외의 권속에게서도 가호를 받았다는 뜻이겠네요?"

나는 메모하면서 물었다. 하르트무트는 기쁘게 웃으며 고개를 끄덕였다.

"장수의 신 다우어레벤과 꿈의 신 슈라트라움의 가호를 받았고, 생명 속성을 얻었습니다."

"생명 속성을 지닌 분은 적다는 것 같던데, 별일이네요."

수확제와 봉납식에 참가했던 하르트무트는 예상외의 권속에게서 가호를 받았다.

"제가 제사를 치르게 된 지 일 년도 안 지났는데, 이렇게 많은 권속으로부터 가호를 받았습니다. 제사에 적극적으로 참여할 필요가 있겠군요. ……앞으로 몇 년인가 신전에서 기도를 올리면, 빌프리트 님을 앞지를지도 모르겠습니다."

마력을 봉납하는 신전의 제사는 그렇게 많지 않다. 그래서 주추 마술에 몇 년이나 마력을 공급하고 있는 빌프리트 쪽이 더 많은 가호를 받는 결과가 됐는데, 그게 조금 분하다는 것 같다.

"빌프리트 오라버니는 일상적으로 마력을 공급하고 있으니까 그리 쉽게 따라잡지는 못할 것 같은데 말이죠. 내년의 샤를로테가 가호를 얼마나 받게 될지 기대돼요."

하르트무트의 결과를 다 듣고 공방에서 나가라고 말했다. 멜키오르의 부적을 만들기 시작하기도 전에 코르넬리우스와 그레티아가 들어왔다. 도청 방지 마술구를 사용해서 하르트무트와 마찬가지로 어떤 가호를 받았는지 물었다.

"레오노레와 마찬가지로 무용의 신 앙리프와 질풍의 여신 슈타이페리제의 가호를 받았어. 로제마인의 호위기사로서 체면을 세울 수 있게 돼서 안심했다."

코르넬리우스는 약혼자인 레오노레가 먼저 앙리프의 가호를 받은 것 때문에 조금 초조했던 것 같다. 남자의 자존심인가 하는 그거겠지.

……레오노레 앞에서는 멋있게 보이고 싶은 거구나, 코르넬리우스 오라버니.

내가 미소를 지으면서 쳐다봤더니, 시선의 의미를 눈치챘는지 코르넬리우스가 슬쩍 눈을 돌렸다.

"그리고, 어둠의 권속인 페아드레이오스의 가호도 받았다."

"그렇다면, 어둠 속성이 늘어난 거네요. 축하드려요."

페아드레이오스는 퇴마의 신이다. 정확히는 혼돈의 여신을 쫓아낸 신이지. 어떻게 보면 기사답다고 할 수 있겠네.

"속성이 늘어날 줄은 몰랐던지라 정말 기쁘네."

"낮에는 어머님이 오실 테니까, 보고하시면 좋지 않을까요? 아니면 레오노레에게 올도난츠를 보내시겠어요?"

우흐흥, 하고 웃으면서 코르넬리우스를 봤더니, "쓸데없는 일은 신경 쓰지 않아도 돼"라고 말하고 코르넬리우스는 내 볼을 한 번 꼭~ 꼬집고는 공방에서 나갔다.

"왜 다들 내 볼을 꼬집는 걸까?"

나는 조금 얼얼한 볼을 문지르면서 멜키오르의 부적 조합을 시작했다.

……다음은 이름을 바친 사람들인가. 어떻게 되려나?

"의식을 시작하면서 최고신과 다섯 대신의 이름을 불렀더니, 처음부터 모든 속성이 빛났습니다."

가호 재취득을 마친 마티아스는 도청 방지 마술구를 쥐고 말하기 시작했다. 의식을 시작했더니 권속의 이름을 부르기도 전에 모든 속성의 빛의 기둥이 나타났다나 보다. 로데리히한테 들은 것과 같은 느낌으로 의식이 진행된 것 같다.

"원래 바람과 불과 땅의 적성이었기 때문에, 처음부터 모든 속성이 빛날 줄은 몰랐습니다."

중급 귀족은 대부분 두 가지 적성을 지녔는데, 마티아스는 세 가지 적성을 지녔다. 이름을 받았을 때는 마티아스의 돌이 세 가지 색이라는 데 놀랐었다. 마티아스의 할머니가 아렌스바흐에서 가브리엘레와 함께 에렌페스트로 온 상급 시종이라고 했는데, 그 영향이 강한 것 같다. 상급 수준의 힘을 지녔으면서도 라이제강에게 휘둘렸던 탓에 기베 게를라흐는 여러모로 감정이 있었던 것 같다.

"……저 개인적으로는 졸업 때 귀족원에서 다시 취득하면 된다고 생각했습니다만, 이름을 바친 사람들 모두에게 재취득을 지시하신 것을 보면 로제마인 님께 이름을 바친 것이 전속성의 원인일까요?"

"예, 아마도. 로데리히가 그랬으니까 확실한 증거를 얻고 싶었어요. 이 뒤에 뮤리엘라에게 이름을 바치는 대상을 변경하게 하고 다시 의식을 치르면 확실한 증거를 얻을 수 있을 것 같아요."

마티아스가 "변경하려면 힘들겠군요"라고 중얼거렸다. 솔직히 부담이 클 것 같지만, 예외적인 변경을 인정할 수 있는 사람이 뮤리엘라밖에 없으니까. 주인에 따라 속성이 바뀌는지 아닌지는 고아원이나 어린이 방의 아이들과 크게 관련되는 일이다.

"로데리히는 제게 이름을 바친 뒤에 조합 등의 성공률이 올라가는 등의 작은 추가 효과 같은 것을 느꼈다는 것 같은데, 마티아스는 어땠나요?"

"지금 생각해 보면 적성이 없었던 속성의 조합에서는 그런 것 같다, 정도일까요……."

이름을 바치고 받는 속성의 영향은 그렇게 크지 않은 것 같다. 로데리히처럼 하급에 가까운 중급 귀족이라면 그 효과를 크게 느낄 수 있는 것 같지만, 마티아스처럼 상급 귀족에 가까운 중급 귀족은 자기 적성이 많고 마력이 많으니까 작은 변화는 거의 알아차리지 못하는 듯하다.

"그런데, 마티아스는 권속들의 가호를 받으셨나요?"

로데리히가 이름을 바친 영향으로 전속성을 얻었다는 것까지만 확인됐고, 새로운 권속을 얻지는 못했다. 마티아스는 어떠려나. 내 질문에 마티아스가 살짝 기쁘다는 것처럼 미소를 지었다.

"무용의 신 앙리프와 퇴마의 신 페아드레이오스의 가호를 받았습니다."

마티아스와 이야기하는 도중에 그레티아가 프랑이 문 앞에 와 있다는 걸 알아차렸다. 프랑의 이야기를 들은 그레티아가 돌아와서 네 점 종이 울렸다고 말해 줬다.

"점심시간이니까 이야기가 끝나면 공방에서 나와 주세요, 라고 프랑이 말하고 있습니다."

마티아스와 이야기를 끝내고 공방에서 나왔더니 마침 라우렌츠와 뮤리엘라가 예배당에서 돌아왔다

"의식을 마치고 회복약을 마실 때 네 점 종이 울려서 뮤리엘라는 오후에 하기로 했습니다."

"알겠습니다. 라우렌츠의 결과는 오후에 공방에서 듣겠어요. 의식은 뮤리엘라부터 시작하고, 그다음에는 그레티아가 의식을 치를 테니까 공방으로 안내하는 담당은 필린느에게 부탁할게요."

프랑과 모니카가 식사 준비를 하는 사이에 오후 예정에 대해 말하고 있었더니 올도난츠가 날아왔다. 하얀 새는 내 앞에 내려서서 입을 열었다.

"레오노레입니다. 보니파티우스 님이 엘비라 님과 함께 신전으로 가시겠다고 하십니다."

……하, 할아버님이?

레오노레는 살짝 난처한 목소리로 "죄송합니다. 보니파티우스 님이 신전에 가 보실 좋은 기회라고 생각했습니다"라고 갑작스러운 예정 변경에 대해 사죄했다. 재취득 의식을 하는 지금은 귀족에 대한 이익이 알기 쉬운 형태로 눈에 보이니까 신전에 대한 편견을 없앨 좋은 기회라고 생각한 모양이다. 안게리카한테 자랑해 달라고 말하기는 했지만, 이렇게 빨리 반응이 올 줄은 몰랐다. 엘비라가 오기로 해서 과자와 차는 문제 없이 준비해 놨지만 마음의 준비까지는 못 했는데 말이다.

……열심히 신전의 좋은 점을 어필해야겠다.

신전에 안 좋은 감정이 있는 보니파티우스에게 지금의 신전이 그렇게 나쁜 곳이 아니라는 점을 알게 해야 한다. 영주 일족인 보니파티우스의 생각이 달라지면 같은 세대 귀족들에게도 영향을 줄 테니까.

으음…… 조금 부담되네.

점심 식사를 빨리 마치고 나는 필린느와 라우렌츠를 데리고 공방으로 들어갔다.

"라우렌츠가 받은 가호에 대해 얘기해 주세요. 할아버님과 어머님이 오시면 저는 그쪽에 붙어 있어야 하니까 천천히 얘기할 틈이 없거든요."

라우렌츠가 도청 방지 마술구를 쥐고 놀리는 것처럼 웃었다.

"그 말씀은 저와의 시간은 여유 있게 보내고 싶다는 뜻인가요, 로제마인 님."

"……하아, 라우렌츠와 얘기하는 게 그레티아가 없는 오후라서 다행이네요."

공방으로 안내하는 역할을 필린느로 변경한 공방을 둘러보고 나는 그렇게 말했다. 의미를 모르겠다는 것처럼 눈썹을 들어 올린 라우렌츠를 보면서 말을 이었다.

"그레티아는 남자가 놀리는 걸 거북해하거든요. 그레티아한테는 그렇게 가벼운 말투로 접근하지 마세요."

그레티아는 남성을 불편하게 여기는 것 같다. 남성 측근들과 거리를 두려 한다고 리젤레타가 보고했었다. 가벼운 말투로 놀리는 라우렌츠한테는 엄청나게 싫은 표정을 보인다는 것 같다고도 했다.

내가 주의를 줬더니 라우렌츠는 일단 말문이 막혔고, 한숨을 쉰 뒤에 진지한 표정을 지었다.

"조심하겠습니다."

라우렌츠가 얻은 것은 마티아스와 완전히 똑같았다. 이름을 바친 데 따른 전속성에 무용의 신 앙리프와 퇴마의 신 페아드레이오스의 가호다. 페아드레이오스의 가호는 코르넬리우스, 마티아스, 라우렌츠까지 세 사람째다.

……레오노레는 못 받았는데, 어쩌면 어둠 속성 중에서도 기사가 받기 쉬운 가호려나? 아니, 하지만, 나도 받았다. 공통점을 모르겠다.

적어 놓은 가호를 보면서 앓는 소리를 냈더니, 라우렌츠가 작은 소리로 중얼거렸다.

"신전의 기도를 통해서 가호가 늘어난다는 이야기가 알려지면 부모가 없어서 신전에서 자라고 아우브가 후견인이 돼서 세례식을 맞이하는 동생들도 조금이나마 살기 쉬워지게 될지도 모르겠습니다."

"당장은 힘들겠지만요. ……베르트람에게 기도를 통해서 권속의 가호를 받은 이야기를 해 주세요. 형님이 말하면 있는 그대로 받아들이겠죠."

라우렌츠를 고아원으로 보내자 필린느의 안내를 받은 뮤리엘라가 들어왔다. 살짝 불안해하는 분위기로 도청 방지 마술구를 쥐자마자 "로제마인 님, 저기, 저는……"하고 말을 시작했다.

"전속성을 받았죠? 이름을 바친 영향이에요."

"그렇습니까. ……그리고, 발아의 여신 블루앙파의 가호도 받았습니다. 뤼라디 님과 같이 기도했었는데, 정말 기쁩니다."

귀족원 봉납식에 참여한 뒤에 기도를 시작한 다른 영지의 3학년 중에서 유일하게 가호를 얻은 사람이 요스브레너의 뤼라디다. 뮤리엘라하고는 사이가 정말 좋다는 것 같다. 사랑 이야기에 자주 등장하는 신의 가호를 받고 싶다고 생각했는지 손목에 여러 개나 차고 있는 부적을 보여줬다.

"많은 가호를 받을 수 있도록 열심히 노력하세요. 그리고 뮤리엘라는 어머님이 오시면 이름을 바치는 대상을 변경하고 한 번 더 의식을 치러 주세요. 힘들겠지만 잘 부탁드릴게요."

"……예."

약간 긴장한 얼굴로 뮤리엘라가 고개를 끄덕였다.

그레티아가 예배실에서 돌아오기도 전에 엘비라와 보니파티우스와 레오노레가 도착했다. 보니파티우스의 측근들이 같이 와서 예상보다 인원이 많다. 거기에 조금 당혹스러워하면서도 "할아버님, 어머님. 기다리고 있었습니다"라고 인사하며 나는 두 사람을 맞이했다.

나는 프랑에게 차를 부탁했고 니콜라에게는 과자를 가져다 달라고 했다. 보니파티우스가 굳은 표정으로 그 모습을 보고 있는 옆에서 엘비라가 살짝 웃었다.

"레오노레한테서 연락이 왔을 때는 정말 놀랐습니다, 보니파티우스 님."

"마침 좋은 기회니까 엘비라의 호위를 겸해서 동행하겠다고 생각했다. 신전은 여성이 혼자서 갈 곳이 아니니까."

"어머나, 저는 괜찮답니다. 로제마인과 코르넬리우스가 항상 드나드는 곳이고, 이 방을 정리해 주신 분도 칼스테드 님이시니까요."

먼저 신전에 드나들던 칼스테드와 에크하르트한테서 정보를 들었기 때문에 엘비라는 처음부터 딱히 망설이지도 않은 것 같다.

"깨끗하게 정리해 주셨고, 제 시종들이 우수하기도 하니까 딱히 불쾌하지는 않으시죠?"

내가 물었더니 프랑이 우려 준 차를 마시고 니콜라가 가져온 쿠키를 먹은 보니파티우스가 한 번, 고개를 끄덕였다. 성과 크게 다를 것 없이 생활하고 있다는 걸 알아준 것 같다.

"앞으로 신전에는 멜키오르를 비롯해 어린이 방의 아이들이 늘어날 예정입니다. 신전에서 이론 공부는 가능하지만, 몸을 단련할 수는 없어요. 혹시 괜찮으시다면 아이들을 단련시켜 주세요."

"구 베로니카 파벌의 아이들을, 말이냐?"

"예. 그 아이들 대부분은 영주 일족에게 이름을 바치지 않으면 살아갈 수 없어요. 이름을 바치고 목숨을 걸고서 영주 일족의 측근이 되는 자들이잖아요. 교육은 필요하겠죠?"

신전에서 생활하면 나나 멜키오르의 측근이 될 확률이 높을 것이다. 내가 유레베에서 잠들어 있을 때 내 측근을 확보하기 힘들었던 건 아이들과 접하지 못했기 때문이다. 최종적으로는 본인의 뜻이 크게 좌우하니까 접하는 빈도는 중요한 문제다.

"그리고 할아버님에게 손자가 되는 니콜라우스도 청색 견습 신관으로서 신전에 들어오게 됩니다. 기사가 되고 싶다는 바람을 이루게 해 주세요."

"……고려해 보마."

"고맙습니다, 할아버님."

가끔이나마 보니파티우스에게 단련받을 수 있다면 기사를 지망하는 아이들도 자기 진로를 포기하지 않을 수 있다. 그리고 보니파티우스가 단련하는 모습을 보게 되면 나나 멜키오르의 호위기사에게 교대로 훈련을 도와 달라고 부탁할 수 있을 수도 있고.

"그런데요, 할아버님. 가호를 받은 안게리카는 강해졌나요?"

"그렇구나. 조금이지만 속도나 슈팅루크의 칼날에 차이가 있었다. 아주 조금이었지만, 안게리카 정도의 기량이면 그 조금이 아주 크게 작용하니까. 이번에도 내가 이기기는 했지만 조금 고전했다."

알고 있던 것보다 조금 빠르게 움직이고, 공격 거리도 달라져서 상대하기 힘들었다는 것 같다. 아직은 질 수 없다고 했지만, 내 도움을 통해 신전에서 새로운 가호를 받았다고 자랑하는 모습을 보고 내 측근들이 계속해서 강화되는 것이 마음에 걸린 것 같다.

"기왕 검증하는 때에 오셨으니까 할아버님과 어머님도 가호를 다시 취득해 보시겠어요? 특히 할아버님은 영주 일족으로서 주추 마술에 마력을 공급하고 계시니까 틀림없이 많은 가호를 받으실 거예요."

내가 권유했더니 보니파티우스는 벌레라도 씹은 것 같은 흉악한 얼굴로 "아니다⋯⋯"라고 말했다. 신전에 오는 것 자체를 주저했을 정도니까. 의식이 그렇게까지 싫은 걸까, 라고 생각하면서 나도 모르게 깜짝 놀랐더니 엘비라가 씁쓸하게 웃으면서 설명해 줬다.

"로제마인, 시험해 보고 싶은 기분은 굴뚝같지만, 벌써 수십 년 전에 강의에서 배운 게 전부인 기도문은 이야기 속에서 신들의 이름을 쓰고 있는 나도 전부 기억하지는 못해요. 그래서 의식을 치르기 전에 복습할 시간이 필요하답니다. 그렇죠, 보니파티우스 님?"

"그래. 로제마인이 마력을 공급해서 가호를 얻을 수 있다고 하니, 관심은 있다. 다시 외운 뒤에 도전하겠다."

엘비라는 사랑 이야기를 쓰는 데 필요한 신들의 이름은 잊어버리지 않았지만, 마이너한 신들의 이름까지 전부 기억하는 건 아니고 기도문과 순서도 애매하다는 모양이다.

⋯⋯그것도 그렇겠네.

다무엘도 재취득 때문에 다시 외웠다고 했었으니까. 수십 년 전에 외웠고 그 뒤로는 써 본 적도 없었던 신들의 이름 같은 걸 전부 기억하고 있을 리가 없겠지.

"로제마인, 이쪽은 아우브가 보내신 서장입니다. 재취득 의식에 협력하겠다는 허가도 받았고, 뮤리엘라의 취급을 맡긴다는 말씀도 해 주셨습니다."

엘비라가 그렇게 말하고 서장을 필린느한테 건넸다. 나는 필린느한테서 받은 서장을 읽어 봤다. 요약하자면 '뮤리엘라에 관해서는 융통성을 발휘할 테니, 그 대신에 의식 결과를 시급히 보고하고 나도 재취득할 수 있게 해 다오'라고 적혀 있었다.

……소비 마력이 줄어들면 도움이 될 테니까 빨리 하는 쪽이 좋을 것이다.

영주 일족이 쓸 수 있는 마력량을 늘리는 게 급선무니까. 가능하다면 질베스타는 물론이고 보니파티우스도 의식을 치르게 해서 가호를 받게 했으면 좋겠다.

"양아버님이 재취득 의식을 치를 때에 할아버님도 같이 오시겠어요? 급하게 기도문이나 신들의 이름을 외워야 하기는 하지만……."

"그래, 그렇게 하겠다. 그나저나 질베스타는 신전에 오는 걸 아무렇지도 않게 여기는 모양이구나. 이것도 나이 탓이려나……."

결과가 나오면 바로 달려가겠다는 심정인 것 같은 질베스타의 서장을 보고 보니파티우스가 떨떠름한 표정을 지었다. 아니에요! 라고 큰 소리로 말하고 싶다. 말하고 싶지만.

……솔직히, 양아버님은 청색 신관 옷을 입고 기원식에 동행하는 사람이니까. 게다가 하는 김에 평민 마을 숲에서 신이 나서 사냥을 했었으니까. 나이라든지 그런 문제가 아닐 거예요.

나랑 질베스타의 첫 만남이 신전 기원식이었다는 얘기는 입이 찢어져도 말할 수 없는 일이지만, 들으면 다들 엄청나게 놀라겠지. 영주가 기원식에 몰래 참가하는 건 말도 안 되니까. 귀족의 상식을 알게 되면 더더욱 그렇고.

"그럼 조금이라도 일찍 양아버님께 보고할 수 있도록, 뮤리엘라의 주인을 변경하도록 하죠. 어머님. ……할아버님은 잠깐 이쪽에서 기다려 주실 수 있을까요?"

이름을 바치는 것은 공공연하게 하는 일이 아니니까 공방에서 할 생각이다. 내 말을 들은 보니파티우스가 "가호 의식을 보고 싶다고 생각한다면, 견학해도 되겠느냐?"라고 엄한 얼굴로 물었다. 아직 신전이나 의식에는 다소나마 경계심이 남아 있는 것 같은데, 그래도 관심은 가져 주고 있다.

"지금부터 다무엘이 의식을 치를 예정이니까, 다무엘이 좋다고 하면 괜찮아요."

다무엘이 거절할 리가 없다는 걸 알면서도 나는 그렇게 대답했다. 남성을 거북하게 생각하는 그레티아의 의식에 난입하는 것보다는 낫지. 먼저 한마디 해 주면 다무엘도 마음의 준비를 할 수 있을 것이다.

"의식은 웬만해서는 다른 사람에게 보여주는 것이 아니고, 아무리 할아버님이라고 해도 여성과 둘이서만 예배실에 들어가실 수는 없잖아요? 아직 재취득을 하지 않은 남성 측근이 다무엘밖에 없으니까, 다무엘에게 부탁해 보세요."

신전에서 남녀가 단둘이 있는 것이 그다지 환영받지 않는다는 걸 알고 있다. 내 말에 보니파티우스는 "알았다"라면서 고개를 끄덕였다.

"코르넬리우스 오라버니, 할아버님을 예배당으로 안내해 주세요. 다무엘의 의식에는 할아버님 한 분만 동석하게 해 주세요. 사람이 너무 많으면 다무엘이 집중하지 못하니까."

"알았다. 측근은 예배실 밖에서 기다리도록 하겠다. 가자, 코르넬리우스."

코르넬리우스를 잡아끄는 모양으로 보니파티우스와 측근들이 퇴실하는 모습을 지켜봤다. 그 뒤에, 나는 엘비라와 뮤리엘라와 호위 겸 확인 담당인 레오노레를 데리고 공방으로 들어갔다. 나는 공방 선반에 놓여 있는 상자의 자물쇠를 열고, 줄지어 있는 이름을 바친 마석 중에서 뮤리엘라의 돌을 꺼냈다.

"뮤리엘라, 당신의 이름을 돌려드리겠습니다."

이름을 바칠 때 돌을 마력으로 감싼 것과 반대로, 나는 내 마력을 찾아오는 것처럼 흡수했다. 하얀 고치처럼 변한 이름을 바치는 마석은 하얀 상자에 둘러싸인 상태로 돌아갔다. 상자를 들어 올렸더니 거기에는 뮤리엘라의 이름이 새겨져 있었다.

"감사합니다."

뮤리엘라는 자기 손으로 돌아온 이름을 가만히 바라보고 천천히 심호흡한 뒤 엘비라 앞에 가서 무릎을 꿇었다.

"엘비라 님, 부디 제 이름을 받아 주시옵소서. 저는 당신의 이야기에 블루앙파의 내방을 느끼는 나날을 지내고 있습니다. 함께 아름다운 이야기를 자아내고, 널리 알리고, 많은 이들과 공유하기를 진심으로 바라고 있습니다."

"뮤리엘라, 나의 동지. 당신의 이름을 받겠습니다."

엘비라가 뮤리엘라가 내민 하얀 상자를 받고, 사전에 설명한 것처럼 단숨에 마력을 흘려 넣었다. 내가 이름을 받았던 때처럼 힘들어하는 모습도 보이지 않았고, 고통이 찾아올까 경계하고 있던 뮤리엘라는 약간 얼이 빠진 것 같은 얼굴로 엘비라를 봤다.

"이것으로 이름 바치기는 끝났습니다. 뮤리엘라, 다시 의식을 치러 줄 수 있을까요?"

"예."

공방에서 나왔더니 의식을 마친 그레티아가 기다리고 있었다. 예배실에서 나왔더니 보니파티우스 일행이 줄지어 있어서 깜짝 놀랐다는 것 같다.

"로제마인 님이 허가하셨다고 들은 다무엘은 정말 곤란한 표정이 되었습니다."

"그레티아의 의식에 난입하는 것보다는 좋다고 판단했거든요. 다무엘은 거룩한 희생을 했습니다."

자신이 의식을 치르는 도중에 보니파티우스가 난입하는 모습을 상상한 그레티아는 안심했다는 것처럼 풍만한 가슴팍에 손을 얹었다.

"나중에 다무엘에게 고맙다는 말을 해야겠군요."

"다무엘의 신부 후보가 돼 준다면 울면서 기뻐할 거예요."

내가 피식 웃으면서 그렇게 말했더니, 그레티아는 진지한 얼굴로 고개를 저었다.

"저는, 남성분이 거북해서, 어떤 분과도 결혼하고 싶지 않습니다. 로제마인 님의 명령이라면 모를까, 그렇지 않으면 거절하겠습니다."

……아쉽네, 다무엘. 진지한 얼굴로 거절했어.

"뮤리엘라가 협력해 준 덕분에 이름을 바친 주인의 영향도 확신을 가질 수 있었고, 각각 가호를 받았습니다. 속성이 늘어난 사람도 많아요. 이번 검증은 좋은 결과로 끝났다고 봐야겠죠."

나는 이름만 숨긴 의식 결과와 소감을 정리한 보고서를 로데리히에게 건네고, 성으로 돌아가면 질베스타에게 전해 달라고 말했다.

여러 권속에게서 가호를 받고 생명의 속성이 늘어난 하르트무트. 싸움 계열 신들을 중심으로 가호를 얻고 어둠의 속성이 늘어난 코르넬리우스. 이름을 바치면서 희미한 전속성을 지니게 된 마티아스 외 몇몇 사람들. 그레티아는 전속성에다가 은폐의 신 페아베르켄의 가호까지 얻었다.

뮤리엘라는 이름을 다시 바치면서 전속성이 아니게 되었고, 엘비라의 속성에 영향을 받게 됐다. 그리고 발아의 여신 블루앙파의 가호를 받았다.

"음. 꽤 흥미로운 의식이었다. 나도 기도문과 신들의 이름을 외워 봐야겠군."

"예, 저도 열심히 기도해야겠다는 생각이 들었습니다. 발아의 여신 블루앙파와 언어를 관장하는 언어의 여신 그라마라투아의 가호를 받고 싶으니까요."

다무엘의 의식을 견학한 보니파티우스도, 뮤리엘라라는 신하를 얻고 코르넬리우스에게 어둠 속성이 생겼다는 보고를 들은 엘비라도 만족한 표정이다. 신전을 기피하는 연배의 두 사람이 의식에 대해 긍정적인 생각을 가지게 돼서 기쁘다. 이걸로 귀족의 의식 개혁이 조금이나마 진행되겠지.

"속성이 늘어나다니, 내 눈으로 봤는데도 믿을 수가 없군."

그렇게 말한 보니파티우스의 시선 너머에는 어깨를 축 늘어뜨린 다무엘이 있다. 의식에 동석했기 때문에 보니파티우스는 다무엘이 어떤 가호를 얻었는지 알고 있다. 나도 결과를 묻고 정리해서 알고 있고.

……정말 다무엘답다. 응, 그래.

다무엘은 결연의 여신 리베스크힐페의 가호를 받았고, 새롭게 빛의 속성도 얻었다. 그리고 지금까지 자기가 가지고 있던 바람 속성에서 시간의 여신 드레팡아와 이별의 여신 유게라이제의 가호를 받았다. 리베스크힐페에게는 브리기테와 결혼할 수 있게 해 달라고 필사적으로 기도했던 것 같다. 딱히 기도를 바치지도 않았던 유게라이자의 가호를 받았다는 건 상당히 신경 쓰고 있었다는 뜻이겠지.

"……결혼은 절망적이군요."

먼 곳을 보며 중얼거린 다무엘의 목소리가 너무나 무겁게 느껴졌다.

클라리사의 습격

"우흐흥, 흐흥. ……아주 완벽하잖아?"

오늘은 평민 마을 상인들과 회합하는 날. 예비까지 포함해서 준비한 부적의 숫자와 의논해야 하는 내용을 나열한 메모에다가 푸고의 레시피도 준비했다. 오토마르 상회의 제안으로 일제와 푸고의 조리법을 교환하기로 했으니까. 일제의 레시피는 올여름에 이탈리안 레스토랑에서 내놓기 위한 메뉴 아이디어인데, 출자자인 내 확인을 받겠다고 했다.

……새로운 레시피, 이얏호!

세 점 종이 울리면 로데리히와 필린느가 멜키오르와 측근들, 브륀힐데와 그레첼의 문관, 그리고 젊은 문관들을 데리고 올 것이다. 귀족들을 기다리게 하면 안 되니까, 상인들은 그쪽보다 먼저 올 예정이다. 나는 안내를 맡은 잠이 도착했다고 알려주면 회의실로 이동하기로 돼 있다.

"로제마인 님, 신관장이 입실 허가를 요청하고 있습니다."

프랑에게 허가하자 문이 열렸다. 항상 여유 있는 미소를 짓고 있던 하르트무트가 웬일로 곤혹스러운 얼굴로 들어왔다.

"무슨 일이 있으신가요?"

"오늘은 평민 마을과 중요한 회의가 있어서 나중에 보고할까도 했습니다만, 안 좋은 느낌 때문에 가슴이 술렁거려서 미리 보고하도록 하겠습니다. ……클라리사가 단켈페르거에서 출발했다는 것 같습니다."

"예?"

클라리사는 내 측근이 되기 위해서 하르트무트를 결혼 상대로 정했다. 하지만 하르트무트는 페르디난드가 빠진 구멍을 메우기 위해서 신전에 들어왔고, 신전장에 취임했다. 신관이나 무녀는 결혼이 금지되어 있다. 하르트무트가 결혼하는 건 내가 성인이 돼서 신전을 나간 뒤에야 가능하다.

그런 사정을 듣고 결혼이 늦어지는 것에 대한 의견을 구하던 클라리사가 '결혼을 연기하는 것은 상관없습니다만, 약혼자로서 에렌페스트로 이동하는 것은 인정해 주십시오. 제가 측근으로 들어가는 것이 연기되는 일만은 용납할 수 없습니다'라면서 화를 냈다는 것 같다.

안 그래도 여성은 임신, 출산, 육아 때문에 일을 쉬어야만 하는 시기가 있다. 그래서 약혼자라는 입장으로 일할 수만 있다면, 클라리사는 결혼이 연기되는 기간에도 계속 나를 모실 수 있다. 하르트무트의 약혼자로서 시급히 에렌페스트에 가겠다고 주장했다는 것 같다.

원래는 하르트무트가 신관장이 된 시점에서 약혼이 취소됐어도 이상할 게 없는데, 취소되지 않았다. 그것은 '무용(武勇)을 통해 과제를 얻고, 쟁취한 약혼을 취소할 수 있는 사람은 본인뿐'이라는 단켈페르거 특유의 영문 모를 주장이 아우브 단켈페르거에게 통했기 때문이다.

영지 대항전에서 친족에 아우브 단켈페르거까지 끼워서 의논한 결과, '아우브 에렌페스트의 허가를 받으면 영주 회의 때 클라리사가 이동하도록 한다'라는 결론을 내렸다고 하르트무트한테 들었다.

"양아버님이 허가하셨다는 뜻이죠?"

"예. 페르디난드 님이 안 계신 탓에 로제마인 님이 상당히 힘드시니까, '단켈페르거 같은 상위 영지의 측근이 늘어나면 좋아하겠지. 클라리사를 환영한다'라고, 아우브 에렌페스트가 말씀하셨다는 것 같습니다."

그것 자체는 딱히 이상할 게 없다. 페르디난드가 없어서 힘든 것도, 상위 영지 문관인 클라리사가 와 주면 도움이 되는 것도 사실이니까.

"그런데, 왜 지금 출발한 걸까요? 영주 회의는 아직 멀었잖아요? 귀족원을 통해서 오는 건가요?"

사람이 없는 귀족원은 전이진을 지키는 기사들이 교대로 지키고 있을 뿐, 기본적으로는 봉쇄된 상태다. 클라리사를 맞이하려면 귀족원 전체를 열고서 사람을 배치해야 하니까 거창한 예정 변경이 필요해질 텐데.

"단켈페르거 쪽에서는 아무런 연락도 없는 거죠?"

"저도 어젯밤에 아우브께 이야기를 들었습니다. 아무래도 아우브 단켈페르거는 페르디난드 님의 현재 상황에 자신들의 행동이 크게 관여했다는 것 때문에 상당히 마음 아파하고 계신 것 같습니다. 클라리사가 조금이라도 빨리 가서 에렌페스트가 편해진다면 그 또한 좋지 않겠는가, 라고 말씀하셨다는 것 같습니다."

……아우브 단켈페르거!

그 말을 제대로 들어 버린 클라리사는 에렌페스트에 부담이 가지 않도록 귀족원을 경유하는 경로가 아니라 육로로, 자기 호위를 맡아줄 여성 기사들만 데리고 의기양양하게 출발한 것 같다. 봄을 축하하기 위한 연회 다음날, 그것도 아침 일찍 출발했다나.

겨울 사교를 마치고 딸의 졸업과 성인 축하도 마친 클라리사의 부모님은 쉬는 날 느지막이 눈을 뜬 상쾌한 아침에 딸이 이미 출발해 버렸다는 소식을 들었다는 것 같다. 그리고 당황해서 아우브에게 달려 갔다는 것 같고. 영주 부부가 '단켈페르거의 폭주가 또 에렌페스트에 민폐를……'이라고 하면서 새파랗게 질려 버렸고, 영주들 사이의 긴 급용 연락 수단을 사용해서 사과와 보고가 들어왔다는 것 같다.

"상당히 미안해하는 아우브 단켈페르거가 아우브 에렌페스트에게, 프뢰벨타크 경계문까지 마중을 나와 줬으면 한다고 부탁했다는 것 같습니다. 클라리사의 양친이 그녀의 일행을 쫓고 있는 것 같고, 어머님은 서둘러 방을 정리하고 마중 나갈 사람을 보낼 준비를 해야 한다면서 어젯밤에 집으로 돌아갔습니다."

클라리사의 예정 변경은 어떤 의미에서는 민폐지만, 사람이 없는 것도 사실이니까 다른 의미에서 보면 도움이 되는 일이다. 상당히 미묘하네. 어쨌거나 저쪽에서 이미 본인에 부모님까지 출발해 버렸다면 어쩔 수 없다. 경계문까지 마중을 나가는 건 신랑측의 예의이기도 하고.

클라리사가 멋대로 폭주하기는 했지만, 일단은 신경을 써 주고 있는 것 같다. 단켈페르거에서 가장 가까운 아렌스바흐와의 경계문이 아니라 여기서 제일 가까운 프뢰벨타크와의 경계문까지 와 준다는 것 같다. 단켈페르거에서 구 베르케슈토크령을 지나 프뢰벨타크를 경유해서 에렌페스트에 오려면 며칠이 걸릴 테니까. 마중 나갈 준비는 할 수 있겠지.

"하르트무트가 출발하고 돌아오는 건 언제쯤이 될까요? 기원식도 조정해야겠죠?"

단켈페르거의 신부 일행이 출발했다면 프뢰벨타크 경계문에 도착하는 건 기원식을 위해 출발할 무렵이 될 거다.

"일단 부모님과 의논하고 준비된 뒤에 출발할 예정입니다."

"단켈페르거의 친절은 상대에게 폐가 된다는 규칙이라도 있는 걸까요? 클라리사에게 이쪽 상황도 확인하라고 한마디 정도 해 줘야겠네요."

예정을 변경하는 건 귀찮단 말이야. 기원식처럼 관여하는 사람이 많으면 많을수록 변경의 영향도 커진다고. 하아, 하고 한숨을 쉬었을 때 잠이 방으로 들어왔다. 상인들이 도착했나 보다.

"어쨌거나 클라리사가 지금 당장 오는 것은 아닙니다. 조금 더 정해지면 다시 말씀드리도록 하겠습니다. 회의실로 가시지요. 평민을 위한 부적을 나눠 주시려면, 문관들이 오기 전에 하시는 쪽이 좋을 테니까요."

하르트무트의 말에 고개를 끄덕이며 나는 부적이 든 상자를 안은 모니카와 호위기사 코르넬리우스를 데리고 회의실로 향했다.

잠이 보고한 대로 오토마르 상회에서 길드장, 프리다, 코지모. 길베르타 상회에서 오토, 투리, 테오. 플랑탱 상회에서 벤노, 루츠, 마르크가 와 있었다.

……반가운 얼굴들이 모여 있으니까 마음이 놓이네.

전에 만났던 건 페르디난드가 아렌스바흐로 떠난다는 이야기를 했던 때였으니까. 성인식을 앞둔 투리는 더 어른스러워진 것 같다. 나도 성장했는데, 알아봤을까.

"로제마인 님."

대표인 길드장이 가슴 앞에서 왼손 손바닥으로 오른쪽 주먹을 감쌌다. 상인의 봄 인사라는 걸 알아차리고, 나도 똑같이 가슴 앞에서 왼손 손바닥으로 오른쪽 주먹을 감쌌다.

"해빙에 축복을. 봄의 여신이 크나큰 은혜를 가져다주시기를."

인사하는 사이에도 프랑과 잠은 차를 우리고 과자를 가져오고 있었다. 나는 모니카에게 지시해서 부적 상자를 테이블 위에 올려놓게 했고, 페르디난드가 말한 우려하는 일에 대해 사람들에게 설명했다.

"같은 상인들에 대해서는 저보다 여러분이 더 잘 알고 계시겠죠. 하지만 무슨 일이 일어나기라도 하면 안 되니까 평민을 위한 부적을 만들었습니다. 에렌페스트의 상인들을 이끄는 여러분께 드릴까 합니다. 받아 주세요."

"감사히 받도록 하겠습니다. 분명히, 슬슬 익숙해지면서 문제가 생길 때가 됐습니다. 저희도 정신을 바짝 차리고 여름을 맞이할까 합니다."

벤노가 귀중한 충고를 곱씹는 것처럼 말했다. 모니카가 사람들에게 부적을 나눠줬다. 투리 손에도, 루츠 손에도. 다른 사람들이 부적을 소중하게 받는 와중에 두 사람만 "정말 괜찮은 거야?"라고 묻는 것 같은 시선으로 아주 잠깐 나를 쳐다봤다. 두 사람한테 나는 아직도 아무것도 못 하는 마인의 모습이 크게 남아 있겠지. 그 시선이 반갑기도 하고 분하기도 했다.

……둘 다 너무해. 나도 조금은 성장했거든! 이래 봬도 귀족원에서는 최우수란 말이야! 제대로 생각해서 만들었거든!

아무래도 그런 말을 대놓고 할 수는 없어서, 나는 남은 부적을 손에 들고서 꼼꼼하게 사용 방법을 설명했다. 하는 김에 페르디난드가 시키는 대로만 말하는 게 아니라, 내가 '잘 생각한' 부분에 관한 주장도

잊지 않았다.

"영주 일족인 저희가 지니는 부적은 어깨가 조금 세게 부딪친 정도의 충격에도 작동합니다. 그렇게 되면 일상생활에 지장이 있을 테니, 크게 다칠 것 같은 충격일 때만 작동하게 해 뒀습니다."

페르디난드는 귀족이 기준이니까, 나는 평민 마을의 생활 기준을 잘 생각했다. 아마 다른 귀족은 이렇게 못 할 것이다. 투리가 아주 조금 감탄한 표정을 지은 걸 보고 나는 가슴을 활짝 폈다.

……대단하지? 우흐흥.

"배려해 주셔서 참으로 감사합니다."

"구텐베르크 일행 것도 만들었으니까 퀼른베르거로 출발하기 전에 전해 주세요. 귀족들 눈에 띄기 전에 숨겨 두도록 하시고요. 평민에게는 과분하다고 생각하는 사람도 있을 테니까."

귀족이 도착하기 전에 부적을 치우게 하고, 나는 귀족 문관이 없어도 문제없는 이야기부터 의논하기 시작했다.

"겨울 초에 고아원에 아이들이 늘어났어요. 앞으로 공방에 드나들게 될 예정입니다. 그때 공방 일을 도우면서 상인과 일하는 방법을 가르쳐 주실 수 있을까요? 제가 신관장 자리에서 물러나더라도 평민 마을 분들과 의사소통을 할 수 있는 문관으로 키우고 싶습니다."

"호오, 그것참 중대한 임무로군요."

벤노가 재미있다는 것처럼 눈썹을 아주 살짝 들어 올리고는 "맡겨만 주십시오"라면서 받아들였다. 고아원에 새로 들어온 아이들은 귀족의 피를 물려받았고, 나중에 귀족이 될 사람이라고 이해했을 거다.

"저 대신 상인분들과 의논을 할 수 있는 문관을 키우기 위해, 오늘은 문관 여러 명이 동석합니다. 어떠한 대화를 하는지 보여주는 것이 목적이니까, 기본적으로는 견학입니다."

하지만, 그레첼 이야기를 할 때만은 브륀힐데와 그 측근 문관들도 발언할 것이다, 라고 설명해 뒀다.

"그리고 저는 다음 겨울까지는 대부분의 기간을 신전에서 보낼 겁니다. 그러니까 길베르타 상회도 신전에 와 주실 수 있을까요? 의상과 장식이 필요하거든요."

"알겠습니다. 로제마인 님은 계절 하나 사이에 성장하신 것 같습니다. 새로운 의상도 필요하시겠지요."

오토가 성장했다는 걸 인정해 줘서 기뻤다. 세례식 이후에, 기원식에 가기 전쯤에 한 번 신전에 와 달라고 부탁하고 있는데 잠이 들어왔다. 아무래도 성에서 온 문관들이 도착한 것 같다. 길드장, 벤노, 오토는 자리에서 일어났고, 그 뒤에 있던 상인들과 함께 전부 한쪽 무릎을 꿇고서 귀족을 맞이할 태세에 들어갔다.

전부 준비가 된 걸 확인하고, 나는 자리에서 일어나 입실을 허가했다. 멜키오르를 선두로 귀족들이 줄줄이 들어왔다. 얼굴을 모르는 문관도 몇 명인가 보인다.

"먼저 소개해드리겠습니다. 이쪽은 아우브 에렌페스트의 아들 멜키오르입니다. 제가 성인이 된 뒤에 신전장으로 취임하는 것이 결정되었습니다. 앞으로 신전 업무와 이러한 대화의 자리에 대해서도 인수인계를 해 나갈 예정입니다."

상인들이 일제히 멜키오르를 향해 인사했다.

"물의 여신 플류트레네의 맑은 흐름의 인도에 의한 이 만남에 축복이 있기를."

평민에게 인사를 받고 축복하는 일은 처음이겠지. 멜키오르가 조금 긴장한 얼굴로 반지를 녹색으로 빛나게 했다.

"그리고, 이쪽은 제 측근입니다만 봄을 축하하기 위한 연회에서 아우브의 제2 부인으로서 약혼했습니다. 기베 그레첼의 딸인 브륀힐데입니다."

"그레첼의 개혁 건으로 상인 여러분께는 여러모로 협력을 부탁드려야 할 것 같습니다만, 잘 부탁드리겠습니다."

브륀힐데가 인사를 마친 후에 나는 자리를 권했다. 귀족측에서 자리에 앉는 사람은 나와 브륀힐데와 멜키오르뿐이고, 나머지 측근과 문관들은 뒤에 가서 섰다. 상인들도 일어나서는 아까와 마찬가지로 길드장, 벤노, 오토가 자리에 앉고, 투리와 나머지 사람들은 뒤에 섰다.

"먼저 상인 여러분께도 가장 중요한 그레첼의 개혁에 대해 이야기를 해 볼까요."

나는 평민 마을을 아름답게 바꿔 만들었던 때와 마찬가지로, 그레첼도 깨끗하게 바꿔서 다른 영지의 상인들을 받아들일 수 있는 도시로 만들겠다는 계획에 대해 말하고, 질베스타가 제안한 것들에 대해 말했다.

"내년, 그레첼에서 상인들을 받아들일 수 있게 되는 것 때문에 올해는 교역의 폭을 넓히지 않는 쪽으로 갈까 합니다."

"이미 거리가 포화 상태인 만큼, 정말 감사할 따름입니다."

길드장이 조금 안심했다는 것처럼 말했다.

"그러니까, 길드장은 그레첼에 2호점을 낼 상인을 모집해 주세요. 오토마르 상회에서는 이탈리안 레스토랑 2호점을 개점해 줬으면 싶습니다. 다른 영지의 상인들한테도 퍽 인기가 좋죠? 그레첼에도 같은 가게가 필요할 것 같아요. 물론 저도 출자하겠습니다."

길드장이 슬쩍 프리다 쪽을 봤다. 프리다가 발언 허가를 요청하고 요리사와 급사의 교육을 어떻게 할 생각인지에 관해 물었다.

"기원식 이후가 되겠지만, 신전에 청색 견습 신관과 청색 견습 무녀가 늘어날 예정입니다. 그들의 요리사를 평민 마을을 통해 고용하고 연습하도록 하는 건 어떨까요? 저도 요리사를 보충하고 싶으니까, 푸고에게 그들의 교육을 맡길 생각입니다."

프리다가 살짝 고개를 숙였다. 틀림없이, 머릿속에서는 다양한 일들을 계산하고 있을 거야.

"이탈리안 레스토랑이 다른 영지에서도 상당히 좋은 평가를 받고 있으니까, 음식점 협회에 소속된 견습 요리사 중에서 취직을 희망하는 자들이 늘어나고 있습니다. 푸고의 교육을 받을 수 있다면 신전으로 가겠다는 자도 있겠지요. 견습 요리사를 찾아보도록 하겠습니다."

몇 명까지 교육할 수 있는지, 급여는 어느 정도가 되는지, 일하는 시간과 환경에 대한 질문을 받았다. 나는 청색 견습 무녀 시절의 푸고와 엘라의 근무 형태를 떠올리면서 하나하나 대답했다.

"2호점은 상당히 매력적인 이야기입니다만, 당장 내년 여름에 쓰는 것은 조금 어려울지도 모르겠습니다. 가을에 개혁을 한다면 내장이나 가구 주문을 제때 맞추지 못할 테니까요."

고급 음식점이나 작은 신전을 꾸미는 데 고생했던 벤노는 자신의 체험담과 어느 정도 시간이 걸리는지에 대해 말했다. 거기에 대해 브륀힐데가 접수한 가구들을 사용한다는 설명을 시작했다.

"그레첼에 새로운 숙박 시설을 만들 텐데, 그쪽에도 마찬가지로 가구를 넣을 예정입니다. 숙박소에서 일할 자와 급사의 교육은 사람을 모집하고 있습니다. 그렇죠, 브륀힐데?"

내가 물었더니 브륀힐데가 고개를 끄덕였다.

"이쪽은 로제마인 님의 제안입니다. 그레첼 주변에서 모은 이들을 기베 그레첼이 수배한 마차로 에렌페스트까지 데려옵니다. 그들에게 이번 봄부터 일할 내용에 대해 가르치고, 바쁜 여름 시기가 어떤 상태가 되는지 교육해 줬으면 합니다."

"이쪽의 상인들이 힘들 것 같다고 생각합니다만, 자신들의 2호점을 움직이게 할 인재를 교육할 수 있는 데다 올해는 숙박 시설과 급사의 숫자가 늘어나게 됩니다. 잘 맞아떨어지죠?"

내 말을 들은 벤노가 "정말로 로제마인 님다운 제안입니다"라면서 입꼬리를 끌어올렸다. 후훗, 하고 같이 웃었더니 브륀힐데가 "저, 여러분. 잠시 괜찮겠습니까?"라면서 상인들에게 말을 걸었다.

"저와 아우브가 이야기한 결과, 이번 여름 끝 무렵까지라면 2호점 설계를 여러분이 스스로 할 수 있게 됐습니다. 그러니까 내장 발주도 용이해질 겁니다."

"그러면 2호점을 내려는 사람이 많아지겠군요."

길드장이 몸을 살짝 앞으로 내밀었다. 도시를 일신하는 것 같은 수준의 엔트비켈른은 흔히 있는 일이 아니다. 상인들은 먼 옛날에 만든 가게를 개장해 가면서 그대로 쓰고 있다. 자기가 설계해서 만들 수 있다면 개장 비용도 들지 않는다.

브륀힐데가 신호하자 뒤에 서 있던 문관이 종이 한 장을 내밀었다. 가능하다면 2호점을 내 주기를 바라는 상회의 목록인 것 같다.

"이쪽 상회에는 상업 길드에서도 2호점을 내도록 손써 주셨으면 합니다. 다른 영지의 상인이 주목하는 유명한 가게가 없다면 그레첼은 숙박 시설만 잘 정비된 도시가 돼 버립니다. 그렇게 되면 상인의 분산이라는 당초 목적을 이룰 수가 없습니다."

……평민 마을에도 가 본 적 없는 상급 귀족 아가씨였는데, 정말 열심히 하고 있네.

브륀힐데가 문관들을 통한 게 아니라 직접 평민 상인과 이야기하는 모습을 보고 감동했다. 겨우 2년 만인데 정말 놀라운 변화가 아닐까.

브륀힐데는 기베 그레첸과 질베스타하고 많은 이야기를 했는지 그레첸의 계획에서도 내가 모르는 부분으로 화제가 넘어가 있었다. 나는 대화의 주도권을 브륀힐데에게 맡기고 회의실 안을 둘러봤다. 브륀힐데 뒤에 줄지어 서서 이야기를 듣고 있는 문관들은 깜짝 놀라서 눈이 휘둥그레진 사람, 지금부터 저렇게 일을 해야 한다고 생각하면서 열심히 지켜보는 사람, 살짝 씁쓸한 표정인 사람 등등 다양한 모습이었다. 멜키오르가 흥미롭게 보고 있는 모습에 안도했고.

그레첸에 관한 이야기가 잠깐 끊어졌을 때, 나는 루츠에게 말을 걸었다.

"그럼, 인쇄업 이야기로 넘어가겠습니다. 플랑탱 상회의 루츠, 올해는 퀼른베르거로 이동하는데, 작년과 똑같다고 생각해도 문제없을까요?"

"변경을 허가해 주셨으면 하는 점이 몇 가지 있습니다."

루츠가 자기 서자판을 꺼냈다.

"출발 시기와 돌아오는 시기는 똑같이 해도 문제없습니다. 하지만, 올해는 잉크 공방의 하이디가 임신 중이기 때문에 본인은 못 가고, 제자에게 맡기고 싶다는 부탁이 있었습니다."

……뭐라고! 하이디가 임신?!

금세 폭주하는 하이디를 막으려면 요제프도 남아야 한다. "새로운 소재가, 연구가……"라고 말하는 하이디는 정말 분하다고 생각하는 것 같은데, 임신한 상태에서 오랫동안 멀리 가는 건 좋지 않으니까. 퀼른베르거에서 출산하게 될 것이다.

"허가합니다. 기베 퀼른베르거에게 부탁해서 새로운 소재를 선물로 받도록 하죠."

"감사합니다."

나랑 똑같이 엄청나게 기뻐하는 하이디의 모습을 생각했겠지. 루츠가 씁쓸하게 웃었다.

"대장장이 자크에게서도 올해는 제자를 보내고 싶다는 요청이 있었습니다. 그는 올해의 별 축제에 신랑으로서 출석한다는 것 같습니다."

……아, 그런 나이였지.

평민 마을 여성은 귀족처럼 20세 전에 결혼하는 경우가 많지만, 남성은 20대 초반에 결혼하는 사람이 많다. 귀족보다 조금 늦게. 가족을 먹여 살릴 만큼 돈을 벌게 되는 것이 그 무렵이기 때문이다. 처음 만난 게 성인식 전후였던 요한이나 자크는 지금이 딱 적령기라고 할 수 있다.

"요한은 어떻게 됐나요?"

퀼른베르거에 가는 건지, 결혼할 사람은 있는지 두 가지 의미로 물었다. 후원자를 찾는 데 고생했던 성격이니까. 자꾸만 걱정이 된다. 루츠가 고개를 살짝 끄덕이고서 가르쳐 줬다.

"요한의 별 축제는 빨라야 2년 뒤입니다. 공방 주인의 손녀가 성인이 될 때까지 기다렸다가 결혼할 예정이라고 들었습니다."

……결혼할 상대가 있구나. 뭐, 그 정도 기술이 있으니까 공방 주인이 붙잡고 싶을 만도 하겠지.

"요한에게서는 올해 이동에 제자 다닐로를 데려가고 싶다는 부탁이 있었습니다. 자신이 다른 공방에서 일하느라 고생한 적이 있어서 인수인계 기간을 확보하고 싶다는 것 같습니다."

"자크도 요한도 허가합니다. 그리고, 인고에게는 그레첼의 숙박 시설 내장과 제 도서관의 책장을 주문할 예정입니다."

아우브가 주도하는 개혁이다 보니 양녀인 내 전속들도 뛰어들어야만 하거든.

"직할지의 기원식이 끝나면 퀼른베르거로 출발할 테니, 새로 가게 되는 제자들에게도 준비를 게을리하지 말라고 전해 주세요. 그리고 올해도 기원식에서 핫세의 고아원과 인원 교환을 할 테니, 예년대로 마차와 호위 병사를 준비 부탁드리겠습니다."

"알겠습니다."

루츠가 고개를 끄덕인 뒤에 서자판에 메모했다. 멜키오르가 이상하다는 것처럼 "다른 곳에도 고아원이 있습니까?"라고 물었다.

"예, 이웃 마을인 핫세에도 고아원이 있습니다. 그쪽은 핫세 주민과의 교류가 많아서 이곳 고아원과는 분위기가 조금 다릅니다. 서로가 좋은 영향을 줄 수 있도록 매년 회색 신관들을 너덧 명 정도 교환하고 있습니다."

교육 측면에서 보면 새로운 책이 바로 들어오고 시종 출신 신관과 무녀가 많은 에렌페스트 쪽이 좋다. 하지만 귀족이 거의 찾아오지 않는 환경에서 밭을 갈고 주민들과 교류도 할 수 있으니, 정서적 측면에서는 핫세 쪽이 더 좋을지도 모른다.

"한번 가 보고 싶군요."

"양아버님이 허가하신다면, 기원식 때 같이 가도 돼요."

"예? 그래도 되나요?"

"핫세에서 기원식을 견학하고, 작은 신전에서 고아원을 견학한 뒤에 하룻밤 묵고, 측근의 기수를 타고 돌아오겠다고 하면 허가를 받을 수 있겠죠. 기원식이 어떤 것인지, 어떤 제사를 하는지 알아 두는 것도 나쁜 일이 아닙니다. 상인과 장인들도 부모와 친척을 통해서 어떤 직장에서 어떤 일을 하는지 견학하잖아요?"

내가 루츠와 투리를 보면서 말했더니, 두 사람이 나란히 고개를 끄덕였다.

"실제로 일하기 전에 업무 내용을 알아 두면 일에 대한 의욕도 생기고, 준비도 할 수 있어요. 정말 중요한 일이라고 생각합니다."

투리가 빙긋 웃자, 루츠는 마침 잘 됐다는 것처럼 목패를 꺼냈다.

"플랑탱 상회의 견습이 되기를 지망하는 아이에게 공방을 견학시켜 줄까 합니다. 허가해 주실 수 있을까요?"

"신전 내부는 일단 세례를 치르지 않은 아이가 들어올 수 없는 곳입니다만······."

나는 그렇게 대답하면서 목패를 봤다. 지망자의 이름에 카밀이라고 적혀 있었다.

······으에?! 카밀?! 잘못 봤나?! 잘못 본 건 아니네! 동명이인인가?!

동요를 드러내지 않도록 필사적으로 자제하며 루츠를 봤다. 루츠의 비취색 눈이 의기양양한 빛이다. 틀림없어. 진짜 카밀이다.

······우와! 벌써 견습으로 들어갈 곳을 찾을 나이라니! 알면서도 모르겠네!

내 기억 속에 남아 있는 것은 기저귀를 차서 엉덩이가 볼록한 카밀이 아장아장 걸어 다니는 모습인데. 플랑탱 상회 견습이 되려고 한다는 것도 몰랐다.

……허가해 주고 싶다. 엄청나게 하고 싶다. 지금 당장 허가하고 싶다.

하지만, 이건 쉽게 정할 수 없다. 카밀 하나로 끝나는 일이 아니라 앞으로도 카밀처럼 견학하고 싶다는 사람이 있으면 그때도 받아들일 수 있는지 확인해야만 하기 때문이다.

"검토해 보겠습니다."

"잘 부탁드리겠습니다."

……카밀이 플랑탱 상회 견습이 되면 조금쯤은 만날 기회가 생길지도 모르겠네?! 야호~! 신께 기도를!

마음속에서 축복의 폭풍이 휘몰아치고 있는데 올도난츠가 날아왔다. 올도난츠에 익숙하지 않은 상인들이 깜짝 놀랐지만, 익숙한 우리는 팔을 내밀어서 누구에게 앉는지 지켜봤다. 올도난츠는 하르트무트의 팔에 앉았고, 입을 열었다.

"클라리사입니다."

……뭐?!

올도난츠는 영지의 경계를 넘을 수 없다. 클라리사가 올도난츠를 보낼 수 있다는 건, 지금 에렌페스트에 들어와 있다는 뜻이다. 오늘 아침에 단켈페르거에서 출발했다는 소식을 들었는데, 어떻게 에렌페스트에 있는 걸까.

"지금 에렌페스트 서문에 도착했습니다. 문지기가 아우브의 허가증이 없는 다른 영지의 귀족은 들여보낼 수 없다면서 막고 있습니다.

어떻게 해야 좋을까요?"

……서문?! 영지 정도가 아니라 이 도시까지 온 거야?! 뭐야?! 어떻게?! 무서워!

나는 하르트무트와 얼굴을 마주 봤다. 경악스러운 사태에 문관들도 상인들도 얼빠진 얼굴이다. 카밀과 만날 수 있을지도 모른다는 기쁨도 순식간에 날아가 버렸다.

……아아, 진짜!

페르디난드와 내 주위 사람들이 내가 폭주하는 것 때문에 골머리를 앓는 심정이 정말 이해가 되네. 이건 고삐가 필요하고, 확실하게 말해 둬야만 할 일이다.

……그래, 페르디난드 님처럼!

고개를 번쩍 들었더니 하르트무트가 바로 올도난츠용 마석을 내밀었다. 나는 슈타프로 가볍게 두드려서 새 모양으로 만들었다.

"로제마인입니다. 클라리사, 병사의 말에 따라 서문에서 대기하세요. 그러지 못하겠다면 즉시 단켈페르거로 돌려보내겠습니다."

슈타프를 휘둘러서 올도난츠를 날리고 고개를 돌려 내 뒤에서 호위를 서고 있는 코넬리우스에게 다무엘과 안게리카를 불러 달라고 했다. 빠른 걸음으로 들어온 다무엘과 안게리카에게 명령했다.

"클라리사는 병사들한테 너무 버거운 상대입니다. 바로 서문으로 가 주세요. 그리고 제가 도착할 때까지 클라리사를 대기하게 하고요. 회의가 다 끝나면 가겠습니다."

"예!"

클라리사의 처우

올도난츠도 날렸고, 다무엘과 안게리카를 서문으로 보냈다. 이러면 클라리사가 병사나 평민에게 말도 안 되는 소리를 하거나 날뛰는 일은 없겠지. 긴급 사태가 벌어진 문에 대한 대응이 끝났으니, 이번에는 귀족 측에 대한 대응이다. 바로 질베스타에게 연락해야만 해.

"하르트무트는 아우브 에렌페스트께 연락해 주세요."

"알겠습니다."

하르트무트가 살짝 고개를 끄덕이고 방에서 나갔다. 하르트무트는 클라리사의 약혼자고, 최근에는 질베스타에게 정보를 전하러 갔었기 때문에 직접 알현하기도 쉬울 테니까. 올도난츠로 해결이 안 되면 직접 성으로 가든지 할 것이다.

할 일을 마친 나는 마음을 바로잡고, 상인들과의 논의를 계속했다. 이쪽 예정을 마쳐야만 하니까. 내가 자세를 바로잡았더니, 주위 문관들의 눈치를 살피면서 곤란하다는 얼굴로 할 말을 찾고 있는 길드장과 눈이 마주쳤다.

"로제마인 님, 긴급 사태인 것 같으니, 저희는 이만 실례하도록 할까요?"

그 말을 듣고 고개를 끄덕이려던 문관도 있었지만, 나는 확실하게 고개를 가로저었다.

"아닙니다. 오늘 논의할 예정이었던 일들은 전부 끝내도록 하죠. 여름에 올 상인들에 대한 대응, 그리고 내년에는 그레첼에 2호점을 내는 걸 생각하면, 여러분도 상당히 바쁘시겠죠?"

"배려해 주셔서 감사합니다. 헌데, 단켈페르거의 귀족이라고 들었습니다만……."

길드장이 조심스레 묻자, 문관 한 사람이 동의했다.

"이자가 말한 대로가 아니겠습니까, 로제마인 님. 단켈페르거의 귀족이 왔다면 상인보다 그쪽이 우선이겠지요. 상인은 다시 부르면 됩니다."

"아닙니다. 그레첼 개혁을 위한 준비 기간이 부족합니다. 성공시키려면 실제로 준비해야 하는 사람들의 귀중한 시간을 뺏어선 안 됩니다. 그레첼의 개혁이 실패하면 곤란해지는 사람은 평민 마을에 가게를 둔 상인들이 아니라 아우브와 기베 그레첼입니다."

브륀힐데가 깜짝 놀랐다는 것처럼 고개를 들었다. 그래도 수긍하지 못한 얼굴인 문관이 몇 명인가 있다. 평민보다 귀족을 우선해야 한다고 강경하게 생각하고 있기 때문이겠지. 나는 한숨을 한 번 쉬고, 브륀힐데 쪽을 봤다. 브륀힐데는 고개를 끄덕이고서 입을 열었다.

"여러분, 로제마인 님은 상인들에게 융통성을 발휘해 주고 계시는 것이 아닙니다. 그레첼의 개혁은 아우브가 주도하는 사업이고, 그 논의에는 저와 로제마인 님이 동석해야만 합니다. 에렌페스트의 현재 상황을 고려했을 때 두 사람이 예정을 맞추는 것은 불가능하다고 말씀하신 것입니다."

브륀힐데는 그레첼의 개혁에서 기베와 아우브의 중간에 서는 형태로 움직이고, 샤를로테와 함께 플로렌치아의 집무를 도우면서 제2 부인이 되기 위한 준비 등도 해야만 한다.

"제가 알고 있는 것만 해도 로제마인 님은 제사를 연속으로 치르셔야 하고, 영주 회의에서도 왕명으로 성결식을 치를 예정입니다. 그게 끝날 무렵에는 다른 영지의 상인들이 찾아오는 시기가 됩니다. 사전 연락도 없이 찾아왔으니, 기다리게 하면 됩니다. 영주 후보생인 로제마인 님이 다른 영지의 상급 귀족을 위해 예정을 변경할 필요는 없습니다. 제 말이 틀렸나요?"

빙긋 웃으면서 브륀힐데가 문관들에게서 동의를 받아 냈다. 훌륭해. 내가 말했으면 귀족들을 수긍하게 만들기 힘든데. 나도 귀족을 수긍케 하는 말하기 방법을 배워야겠다. 하지만 상인들이 움직여 주지 않으면 아우브와 그레첼이 실패하게 된다는 것을 문관들도 이해해 줬으면 싶다.

"단켈페르거의 귀족을 상대하는 데는 제 측근을 보냈으니 괜찮겠죠. 그리고 아우브 에렌페스트께도 연락했습니다. 뭔가 지시가 있을 겁니다."

클라리사의 대응을 맡은 문의 병사들이 불쌍하기는 하지만, 거만한 태도를 보이지 않고 평민과 의사소통을 할 수 있는 두 사람을 문으로 보냈으니까 일단 도착하면 대응하기는 편해지겠지.

"예정을 변경할 생각은 없지만, 빨리 끝내고 싶기는 합니다. 구스타프, 가을에 이야기했던 반성할 점에 대한 구체적인 개선점을 말해 주세요."

가을에는 우리가 반성해야 할 부분을, 봄에는 상인들이 생각한 반성할 점을 이야기한다. 매년 개선되는 걸 알 수 있다는 점이 대단하다. 나는 상인 측의 바람과 작년의 매출, 올해의 목표 등을 물었다. 프리다는 매년 목표를 달성하고 있는 것이 기쁜 듯했고, 여름에 거는 의욕은 흐뭇할 정도였다.

"아. 그리고, 플랑탱 상회에 사소한 연락 사항이 있습니다."

"뭔가요?"

말은 정중하게 했지만, 벤노가 '이번엔 또 뭐야?'라는 것처럼 살짝 경계했다. 사소한 연락 사항이니까 그렇게까지 경계할 필요는 없을 것 같은데.

"며칠 전, 에렌페스트 귀족 전체의 뜻이라는 아우브의 말씀이 있었습니다. 그 말씀을 바탕으로 지금까지는 에렌페스트 영지 내부로 한정했던 아이들을 위한 성전 그림책, 카루타, 트럼프 등의 지적 완구를 다른 영지의 상인들에게도 판매하는 것을 허가합니다."

나는 더는 순위를 올리고 싶지 않다는 어른들의 뜻과 학생들의 의욕을 양립시키기 위해서는 어떻게 해야 좋을지에 대해 생각했다. 성적과 순위에서 다른 영지에게 뒤처지고 싶다면 다른 영지를 끌어올리면 되지 않을까, 라고. 다른 곳의 평균점이 70인 상황에서 90~100점을 연발하면 눈에 띄겠지만, 다들 비슷한 점수가 나오면 눈에 띄지 않으니까. 그렇게 하면 에렌페스트 아이들의 노력이 헛된 일이 되지도 않을 테고.

……이쪽을 내리는 게 아니라 다른 데를 올리면 되는 거야. 우흐흥.

"판매 방법에 따라서는 막대한 이익도 예상할 수 있을 겁니다."

"그것은 로제마인 님으로부터 권리를 사들였을 때부터 익히 알고 있는 일입니다."

벌고 벌고 또 벌겠다는, 이익을 눈앞에 둔 육식 짐승처럼 웃고 있는 벤노와 같이 나도 씩 웃었다.

여러 가지 일들을 정하고 상인들과의 회의를 마친 뒤 브륀힐데 일행은 성으로 돌아가고 나는 신전장실로 돌아갔다.

"로제마인 님, 신관장으로부터 전언입니다."

방에서 대기하고 있던 모니카의 말에 의하면, 하르트무트는 성으로 갔다는 것 같다. 아우브에게 보고도 해야 하고, 신부가 경계문에서 기다리지 않고 바로 서문까지 온 이유도 알고 싶고, 부모님과도 클라리사를 어떻게 대해야 좋을지 의논해야 하고, 아우브의 허가증을 받지 않으면 문으로 간다고 해도 클라리사를 안으로 들일 수는 없으니까.

"그렇다면 하르트무트가 돌아올 때까지 기다릴까요. 클라리사를 받아들이기 위한 허가증이 없는 제가 문으로 가 봤자 병사들을 혼란스럽게만 할 테니까요."

나는 하르트무트에게 올도난츠를 보내서 회의가 끝났다고 말했고, 클라리사를 맞이하러 문으로 가기 전에 신전에 들러 줬으면 한다는 말도 전했다. 바로 올도난츠가 돌아왔다.

"지금부터 부모님과 함께 가겠습니다."

"폐를 끼쳐서 죄송합니다, 로제마인 님."

하르트무트의 약혼자로서 찾아온 클라리사의 행동에 대해 하르트무트의 부모님이 사과했다. 솔직히, 내 측근이 되고 싶어서 온 거니까 내가 이 사람들을 귀찮게 만든 것 같은데 말이야.

"하르트무트, 양아버님은 뭐라고 하셨죠?"

"제가 올도난츠를 날렸을 때, 아우브는 아직 클라리사가 도착했다는 사실을 알지 못하셨습니다. 서문 병사로부터 마술구 로트로 신호를 받은 기사단이 상황을 확인하러 갔다가 보고하기 위해 돌아온 직후였는지, 올도난츠가 연속으로 날아 들어왔다는 것 같습니다."

클라리사가 경계문을 통과한 건에 대해서는 허가를 낸 문관을 찾는 것부터 시작해서 단켈페르거와 프뢰벨타크에 확인하는 등등 아주 난리가 났었다는 것 같다.

"프뢰벨타크 기사의 말에 의하면 클라리사는 호위기사와 단둘이서 프뢰벨타크와 구 베르케슈토크 경계문에 나타났다고 합니다."

아우브 단켈페르거가 발행한 결혼 허가증을 가지고 있기는 했지만, 시집오는 상급 귀족이 호위기사와 단둘이서만 경계문에 나타나는 건 말도 안 되는 일이다. 보통은 신부측이 혼수품을 잔뜩 가지고 부모와 함께 마차를 타고서 오는 법이다. 수상하게 여긴 프뢰벨타크의 기사가 단켈페르거에 확인해 봤다는 것 같다. 클라리사라는 상급 귀족이 정말로 단켈페르거에 존재하는가, 정말로 에렌페스트의 귀족과 결혼해도 좋다는 허가를 받았는지에 대해.

가짜가 분명하다고 생각한 프뢰벨타크 기사들의 질문 자체가 잘못된 것일 수도 있고, 클라리사가 출발했다는 사실을 알리지 않았던 단켈페르거 문관이 잘못한 것일 수도 있다. 대답은 '클라리사라는 상급 귀족은 틀림없이 존재하고, 에렌페스트의 상급 귀족 하르트무트와의 결혼 허가도 받았다'라는 내용이었다.

단켈페르거에서 확인했고 결혼할 때 지참하는 메달로 본인이라는 사실을 확인했으니 다른 영지로 결혼하러 가기 위해서 지나갈 뿐인 신부를 잡아 둘 이유는 없다. 프뢰벨타크는 경계문을 통과하도록 허가한 것 같다. 단지, 너무나 수상하게 여긴 프뢰벨타크에서 호위라는 명목으로 감시하는 사람을 붙인 것 같다. 하지만 클라리사와 호위기사는 기수를 타고 프뢰벨타크와 에렌페스트의 경계문을 향해 한눈 한 번 팔지 않고 곧장 날아갔다. 혹시나 놓칠까 봐 있는 힘껏 따라간 기사는 단켈페르거 쪽에서 확인받았다는 말을 전하고는 그 자리에서 쓰러져 버렸다는 모양이다.

확인을 받았다고는 해도 수상한 건 변함이 없다. 원래는 경계문에서 기다려야 하는 신랑 일행이 없으니까. 프뢰벨타크는 물론이고 에렌페스트의 기사들에게도 마력 회복약을 마시고 있는 클라리사와 호위기사 두 사람이 너무나 수상하게 보였다는 것 같다.

"성에도 확인했다고 합니다. 단켈페르거의 클라리사가 정말로 에렌페스트의 귀족과 결혼해도 좋다는 허가를 받았는지, 마중 나오지 않은 것이 잘못된 일은 아닌가, 라고."

어지간히 긴급한 일이 아닌 한에는 연락 사항은 한 번에 모아서 보고한다. 단켈페르거의 클라리사가 결혼 허가를 받았는지, 마중 나오지 않는지 정도의 확인은 그 문관에게 긴급한 일이 아니었다. 전날 밤에 하르트무트와 그 부모님께 클라리사가 출발했다는 소식이 전해진 것을 알고 있는 문관에게는 마중 나오는 사람이 도착하지 않은 것이 당연한 일이었으니까.

"아우브 사이에 연락만 되어 있다면, 이라는 생각으로 경계문의 기사들이 클라리사가 통과하도록 허가했다고 합니다. 하지만 신랑 측에서 아우브가 발행한 허가증을 가지고 마중 나가지 않는 한에는 다른 영지의 귀족을 도시 안에 들일 수 없습니다. 그래서 서문에서 멈춘 것입니다."

빈데발트 자작의 일 이후로 에렌페스트에서는 다른 영지 귀족의 출입을 경계하고 있다. 그리고 겨울 숙청 이후로 엄중 경계 태세에 들어갔기 때문에 허가가 없으면 상위 영지 귀족이라고 해도 들어올 수 없다. 그런 상황이 아니었다면 어쩌면 클라리사가 바로 신전으로 날아들었을지도 모른다.

……다들 수상하게 생각했는데도 클라리사는 그걸 통과해서 서문까지 왔구나. 어떻게 보면 정말 대단하네.

이상한 부분에 감탄하고 있는데, 하르트무트의 아버지인 레베레히트가 곤란하다는 얼굴로 한숨을 쉬었다.

"양쪽 아우브의 허가를 받고 왔으니 어쩔 도리가 없습니다. 쫓아내는 것은 약혼 취소나 마찬가지가 되니 양쪽 모두에게 불명예가 되겠지요. 로제마인 님과 하르트무트를 걱정하고 너무나 사모한 나머지 이렇게 달려왔고, 그것을 에렌페스트가 받아들였다는 형태로 마무리하는 쪽이 무난할 것입니다."

여기서 쫓아내면 결혼 허가를 내린 양쪽 아우브도, 수상하게 여기면서도 통과시킨 경계문 기사들도, 연락을 받은 문관들도, 딸의 출발을 허락해 버린 클라리사의 부모님도, 마중 나가지 못한 하르트무트의 부모님도 모두 불명예가 된다는 것 같다.

"물론 그녀의 행동에 대해 한껏 꾸중할 것이고, 단켈페르거에도 한마디 할 생각입니다. 하지만 쫓아내서 프뢰벨타크에서 클라리사의 기행과 약혼 취소에 관한 것이 재미있는 이야기처럼 소문이 나거나, 약혼자에게 조금이나마 힘이 되어 주기 위해서 영주의 허가를 받고서 뒤도 돌아보지 않고 날아왔는데도 거부당했다는 소리를 듣는 것보다는 미담으로 만드는 쪽이 훗날을 위해서도 좋겠지요."

레베레히트의 의견은 질베스타나 플로렌치아까지 포함해서 여러모로 생각한 결과 같으니 나는 고개를 끄덕여서 승낙했다. 클라리사를 받아들일지 아닐지를 결정하는 것은 가문의 주인인 레베레히트니까.

"받아들이기로 정한 이상은 각오하는 수밖에 없습니다. 앞으로 클라리사를 어찌 대우하는지가 중요합니다. 오기 전에 성에서 의논한 결과, 클라리사는 약혼자로서 취급하고 사는 곳은 저희의 집, 오틸리에가 매일 책임지고 데리고 돌아오도록 하기로 했습니다."

약혼자인 하르트무트는 신전에 가는 일이 많으니 확실하게 성에 출입하는 오틸리에가 동행하기로 했나 보다.

"다른 영지에서 오신 아가씨를 신전으로 보낼 수는 없습니다. 그 점은 로제마인 님도 양해해 주십시오."

"알고 있습니다. 저도 클라리사를 신전에 들일 생각은 없고, 성에서 문관으로서 일하게 할 생각입니다. 영주 부부에게 사람이 부족하잖아요? 레베레히트, 필린느와 클라리사의 교육을 부탁드려도 될까요?"

레베레히트는 플로렌치아의 문관이다. 측근이 줄어서 힘든 상황에서 클라리사에다 필린느의 교육까지 부탁했더니 살짝 눈살을 찌푸렸다.

"제 문관이 전부 신전에 있으면 클라리사 혼자만 성에서 일하는 걸 수긍하지 않을 겁니다. 그리고 클라리사도 한 사람 정도는 아는 사람이 있어야 마음이 편하겠죠? 필린느와 클라리사는 귀족원 공동 연구 때도 사이가 좋았습니다. 동시에 사무 업무에서는 호적수였고요. 필린느가 하급 귀족에 마력도 적은 편이지만, 페르디난드 님이 가르치셔서 사무 업무를 아주 잘한답니다."

필린느는 기본적으로 신전 업무만 하고 있으니까 조금이나마 성의 업무에 관여해 보는 것도 좋은 경험이 될 것이다. 성에서 여러 가지 일을 하는 김에 의욕이 있어 보이는 젊은 사람을 발굴해 줬으면 싶다.

"신전에 계신 로제마인 님을 만나지 못하면 클라리사가 난리를 칠 것 같습니다만······."

하르트무트의 말을 듣고 잠깐 생각했다. 클라리사의 상황을 보기 위해서 자주 성에 가게 되면 신전에 틀어박혀서 차기 영주가 될 생각이 없다고 어필할 수 없게 되는데.

"그럼, 사흘에 한 번 정도 제 도서관에서 보고를 듣는 시간을 갖도록 하죠."

……내 독서 시간도 확보할 수 있을 테니까 말이다.

하르트무트, 그리고 부모님과 앞으로 어떻게 할지에 대한 의논을 마친 뒤 나는 올도난츠로 미리 연락한 뒤에 기수를 타고 서문으로 향했다. 서문 위에 있는 파수대라고 할까 옥상이라고 할까, 넓은 부분에 안게리카, 다무엘, 클라리사와 그 호위를 시작으로 병사들이 몇 명 모여 있었다.

……아빠?!

그 속에서 아빠 모습을 발견한 나는 기뻐서 웃음이 나오려고 하는 얼굴을 간신히 다잡으면서 기수를 내리게 했다. 한 손을 들어서 달려오려고 하는 클라리사를 말리고는 가슴을 두 번 두드리고서 경례 자세로 정렬해 있는 병사들을 차례로 봤다.

"허가증이 없는 다른 영지의 귀족을 잘 막으셨습니다. 참으로 훌륭한 직업의식입니다. 영주 일족으로서 저는 여러분이 정말 자랑스럽습니다."

"중앙에서 이번 봄의 배치 이동에 대한 병사장 회의를 하던 중에 긴급 연락이 왔기에 모든 문의 병사장이 모이는 결과가 벌어졌을 뿐입니다. 저분의 도착이 조금만 늦었다면 제 책임 문제가 되었을 것입니다."

아빠가 그렇게 말하면서 다른 문의 병사장 쪽을 봤다. 귀족이 벌을 주거나 불만을 품지 않았다는 걸 보여 달라는 뜻이 틀림없다. 얼핏 보면 경례하는 자세처럼 보이지만, 가슴이 아니라 위 언저리에 손을 얹고 있는 사람이 서문 병사장이겠지.

나는 하르트무트로부터 클라리사의 허가증을 받아서는 서문 병사장에게 내밀었다.

"이쪽이 아우브의 허가증입니다."

"틀림없는 클라리사 님의 허가증입니다"

클라리사가 시내에 들어오는 것을 허락받았다. 나는 내 가죽 주머니에서 대은화를 두 닢 꺼내서 서문 병사장의 손에 쥐여 줬다.

"도시를 지키기 위해 열심히 노력해 주신 병사들에게 책임을 물을 리가 있겠습니까. 오히려 상이 필요하겠지요. 많지는 않지만, 이걸로 열심히 해 주신 병사들의 노고를 위로해 주세요. 여러분의 노력은 아우브께도 전해지고 있습니다."

병사장을 안심시켰고 병사들도 격려했으니까 존재하기만 해도 긴장하게 만드는 귀족은 오래 있을 필요가 없다. 나는 굳은 표정을 짓고 있는 클라리사를 봤다. 등에서 힘차게 흔들리던 땋은 머리카락은 보이지 않고, 대신에 그 머리카락을 뒷머리 쪽에 둥글게 감아올렸다. 모습은 성인이지만, 하는 행동은 전혀 성인이 아니다.

"가죠, 클라리사. 앞으로의 일에 대해 의논이 필요합니다."

나는 클라리사를 신전에 들일 생각이 없으므로 도서관으로 데려갔다. 라자팜이 맞이해 줬고 차도 가져왔다. 여기는 페르디난드의 저택이었기 때문에 내가 페르디난드처럼 클라리사를 야단치기에 딱 좋다고 생각했다.

"그럼, 해명을 들어 보도록 하죠. 어째서 온 겁니까?"

"제가 로제마인 님께 도움이 되리라고 생각했기 때문입니다."

아무리 봐도 환영하는 분위기가 아니라서인지, 클라리사의 표정이 굳어졌다. 뒤에 있는 호위기사가 '그러게 제가 뭐라고 했습니까'라는 표정인 걸 보면 아무리 말려도 클라리사가 말을 안 들었지만, 그래도 호위로서 따라올 수밖에 없었던 거겠지.

"영주 회의 때에 이동할 예정이 아니었던가요?"

"그렇게 오래 기다릴 수가 없었습니다. 그리고, 아우브 단켈페르거도 빨리 가는 쪽이 도움이 될 거라고……."

"그래서, 이쪽에는 연락도 없이, 마차도 시종도 내버려 두고, 부모님과 합류하지도 않고, 최소한의 짐만 가지고서 기수를 타고 날아왔다는 말인가요?"

이렇게 정리해 보니 정말 말도 안 되는 일이다. 기세만 가지고 폭주했던 클라리사 본인도 자신이 무슨 짓을 저질렀는지를 듣고는 얼마나 잘못했는지를 알았는지, 어깨를 축 늘어트리고 고개를 숙였다.

"정말 죄송합니다. 한 가지에 빠지면 주위를 보지 못한다고, 항상 그런 말을 들었는데 이번에도 정말 하나도 안 보였습니다."

……어윽. 나도 찔리는 일이 너무 많네.

주위 사람들에게 비슷한 말을 듣고 있는 나는 클라리사를 야단칠 수가 없어서 말문이 막혔다. 그런 심정을 눈치챈 오틸리에가 입을 열었다.

"예정을 멋대로 변경하면 곤란합니다. 연락은 반드시 해 주세요."

오틸리에는 클라리사가 단켈페르거에서 뛰쳐나온 탓에 신랑측이 경계문까지 마중하러 나가야만 하게 됐다는 점. 마차가 도착한다고 해도 마침 기원식 때문에 직할지를 돌아야 하는 시기라는 점 등등에 대해 말했다.

"하르트무트는 어떻게 조정해야 좋을지 고민하고 있었습니다. 신관장인 하르트무트가 기원식에 가지 못하게 되면 신전장인 로제마인 님께 부담이 가게 됩니다. 당신은 돕는 것이 아니라 폐를 끼친 것입니다."

오틸리에의 말에 클라리사의 안색이 확 달라졌다. 보통 귀족은 봄을 축하하기 위한 연회에서 봄의 세례를 마치고 나면 성결식 때까지는 별다른 일이 없다. 하지만 신전에서는 계속해서 제사를 치러야 하는데, 거기까지는 생각을 못 했겠지.

"오늘, 서문에 도착했다는 연락을 받았을 때는 영주 일족이 상인들을 불러서 회의를 하던 중이었습니다. 클라리사를 문에서 기다리게 하고 회의를 계속하기는 했지만, 저는 아우브에게 문의를 하고 상황을 확인하기 위해서 중간에 자리를 뜨고 말았습니다. 로제마인 님의 문관으로서 해야 할 일을 못 했다는 말입니다. 그 괴로움을 모르시는 겁니까?"

하르트무트가 그렇게 말하자, 클라리사는 핏기가 싹 가신 얼굴로 "뼈저릴 정도로 잘 알고 있습니다"라고 대답하며 몇 번이나 고개를 끄덕였다. 레베레히트가 "두 사람이 뭘 알고 있다는 것인지는 모르겠지만"이라고 운을 띄우고는, 클라리사와 마주 봤다.

"당신이 많은 분께 폐를 끼쳤다는 것은 자각하고 있습니까? 오는 중에 프뢰벨타크 경계문에서 기사들을 놀라게 하고, 몇 번이나 연락을 취해서 진위를 물어야만 하는 신부라니, 보통 그런 일은 없습니다. 그리고, 거기에다가 아우브까지 번거롭게 해 드렸습니다."

"아우브께……?"

"클라리사가 단켈페르거에서 출발했다는 사실을 아우브 단켈페르거께서 아우브 간의 긴급 연락을 사용해서 저희에게 알려 주셨습니다. 당분간은 많은 분께 사죄해야 할 필요가 있습니다."

"정말 죄송합니다."

여러 사람에게 야단맞고 위축된 클라리사에게 레베레히트가 단켈페르거로 쫓아내지 않고 에렌페스트에서 받아들이기로 했다고 말했다. 그리고 사전에 말을 맞춘 대로 약혼자로서 하르트무트의 본가에서 살고, 오틸리에와 같이 성에 다니고, 필린느와 같이 레베레히트 밑에서 문관으로서 일하게 됐다고 말했다.

"저는 신전에 들어가기를 희망합니다. 로제마인 님께 도움이 되고 싶습니다."

"각하합니다. 제가 필요한 것은 에렌페스트 문관들의 실력을 끌어올릴 수 있는 상위 영지 출신의 우수한 문관이지, 청색 무녀가 아닙니다."

내가 바로 각하했더니 클라리사가 경악한 눈으로 하르트무트를 보면서 "신전에 사람 손이 부족하다고 하지 않았습니까?"라고 말했다.

"아무리 사람 손이 부족해도 다른 영지에서 신전을 어떻게 생각하는지를 고려하면 클라리사를 청색 무녀로 삼을 수는 없습니다."

약혼자로서 내보낸 딸이 결혼이 허락되지 않는 청색 무녀가 되다니, 클라리사네 부모님 심정을 생각해 보면 결코 안 된다. 그리고 다른 영지에서 약혼자로서 찾아온 젊은 아가씨를 신전에 들이게 되면 아우브 에렌페스트에 대한 나쁜 소문이 추가되겠지.

"당신을 청색 무녀로 삼으면 세상 사람들이 하르트무트의 부모님

에 대해 뭐라고 할지 생각해 보셨습니까? 클라리사가 신전에 들어가는 것은 당신을 제외한 그 누구에게도 좋은 측면이 없는 일입니다. 그리고…….”

나는 거기서 일단 한 번 말을 잘랐다. 그리고 클라리사와 호위기사 양쪽을 번갈아 바라봤다.

“약혼자로서 아렌스바흐에 머물고 계신 페르디난드 님은 디트린데 님의 명령으로 아렌스바흐의 기원식에 나가게 됐습니다. 약혼자로서가 있는 다른 영지의 사람에게 시킬 일은 아닐 텐데 말이죠?”

그 말을 듣고 호위기사의 안색이 확 변했다. 아렌스바흐에서 페르디난드가 약혼자답지 못한 취급을 받고 있다는 사실을 알고는 ‘설마’ 하고 놀란 표정이 됐다.

“페르디난드 님은 제사에 차출된 데 대해 화가 나셨고, 아우브 에렌페스트는 영주 회의에서 항의할 준비를 하고 계십니다. 그런 상황에 다른 영지의 아가씨를 신전에 들일 수는 없습니다.”

“저는 명령이 아니라 스스로 지원한 것입니다만…….”

클라리사는 아직도 미련을 버리지 못한 것처럼 파란 눈동자로 나를 쳐다봤지만, 차갑게 거절했다.

“다른 곳 분들에게 그런 자세한 사정 따위는 통하지 않습니다. 명령이건 지원이건 신전에 드나드는 것 자체는 마찬가지니까요. 아무리 부정해 봤자 소용없어요. 에렌페스트가 그런 말로 클라리사를 속인다고 생각할 뿐입니다. 제가 귀족원 다과회에서 직접 경험했으니까요.”

질베스타의 나쁜 소문을 부정하려고 했지만 헛수고로 끝났던 일이 아직도 기억에 생생하다. 클라리사도 귀족들의 다과회 등에서 돌고 있는 소문에 대해서는 잘 알고 있으니 입술을 깨물고 고개를 숙였다.

"저는, 로제마인 님께 도움이 되고 싶었습니다."

"그 마음은 정말 기쁘게 생각합니다. 클라리사의 연구 내용은 페르디난드 님도 인정하셨으니까요. 우수한 문관이라는 점은 틀림없겠죠. 성에서, 제 문관이 돼서 필린느와 함께 활약해 주세요."

클라리사는 잠시 나를 빤히 쳐다본 뒤에 일어나서 이동하더니 내 앞에 와서 무릎을 꿇었다.

"분부대로 하겠습니다. 저는 로제마인 님께 도움이 되고자 에렌페스트로 왔습니다."

"신전 출입은 금지합니다만, 클라리사와 만날 기회는 만들도록 하겠습니다. 제사 등의 사유로 오랫동안 자리를 비우는 때가 아닌 한은 사흘에 한 번, 여기서 보고를 듣도록 하죠. 맛있는 과자도 준비하겠습니다."

"예!"

이렇게 해서 에렌페스트로 뛰어든 클라리사는 일단 하르트무트와 그 가족이 돌봐 주기로 했다.

"……그런데, 클라리사의 짐은 언제쯤 도착할까요?"

오틸리에가 중얼거린 말에 대답할 수 있는 사람은 없었다.

멜키오르와 기원식

클라리사와 필린느가 성에서 일하게 됐다. 마티아스와 라우렌츠는 또다시 기사단에서 협력해 달라는 요청이 들어왔고, 브륀힐데는 베르틸데를 데리고 그레첼의 귀족가를 오가고 있다는 것 같다. 측근들도 아주 바쁜 것 같고.

물론 나도 바쁘고. 지금까지 신전장 집무의 절반 정도는 페르디난드가 맡아 줬다. 그걸 하르트무트한테 그대로 떠넘길 수는 없다. 원래 신전장의 집무는 내가 하려고 했었는데, 시간이 너무 많이 걸린다. 엘비라와 인쇄 관련 이야기를 하거나 퀼른베르거로 갈 준비를 하는 중에, 귀족 측의 조정이라는 부분에서 페르디난드가 얼마나 날 감싸 줬는지 매일매일 징그러울 정도로 실감하고 있다.

……무리라는 건 알지만, 페르디난드 님, 컴백!

봄의 세례식을 마친 다음 날에는 퀼른베르거 상회가 오기로 되어 있다. 의상과 머리 장식을 주문하는 자리에 엄마가 동석했으면 한다는 요청이 들어왔다. 성장에 맞춰서 천을 물들이는 색이나 무늬에도 조금 변화를 주는 쪽이 좋을지도 모르겠다는 이유로.

귀족들 앞에 나서기 위한 교육을 받지 않은 장인을 성에 데려갈 수는 없지만, 신전이라면 평민이 출입할 수 있는 부분도 있으니까 받아들여 줬으면 한다는 부탁에 나는 바로 고개를 끄덕였다.

"평민 장인이 들어오기 쉽도록 고아원장실을 쓰는 쪽이 좋지 않을까요? 성의 출입이 허락되지 않은 평민이 귀족 구역에 출입하는 것은 힘들겠죠."

하르트무트의 제안대로 길베르타 상회에 대한 주문은 고아원장실에서 하기로 했다. 세세한 일을 잘 신경 쓰는 하르트무트가 너무나 믿음직해서 나는 프랑과 잠에게 "세례를 치르기 전인 아이를 신전에 들이는 것은 금지합니다"라고 했던 카밀에게 견학을 허가할 수는 없을지 부탁해 봤다.

"플랑탱 상회의 요청을 받아들이고 싶은데 말이죠……."

내가 말했더니 하르트무트는 잠깐 눈을 감고 생각에 잠겼다. 그 뒤에, 말하기 힘들다는 얼굴로 "받아들이기 힘들겠군요"라고 말했다. 프랑과 잠이 안심한 표정을 지었다.

"세례식을 치르지 않은 아이를 신전에 들일 수 없기 때문인가요?"

내가 매달렸더니, 하르트무트는 고개를 저었다.

"아닙니다. 그건 아무 상관없는 일입니다. 앞으로 청색 견습 신관이 늘어나고 멜키오르 님의 측근이 드나들게 됩니다. 견학하러 온 사람이 부조리한 일을 당한 경우, 로제마인 님은 무작정 평민을 감싸는 것이 아니라 영주 일족이라는 입장을 잊지 않고 행동하실 수 있겠습니까? 플랑탱 상회가 소중하시다면, 쓸데없는 위험을 초래할 수 있는 일은 피하는 쪽이 좋겠죠."

……그건 무리야!

카밀이 부조리한 일을 당하면 가만히 있을 자신이 없다. 세례식을 치르지 않은 아이는 숫자에 들어가지 않는다든지, 평민은 무조건 따르라든지, 그런 귀족의 논리에 휘둘리는 가운데 카밀을 너무 감싸지 않고 귀족으로서 조정하는 건 절대로 못 해.

"잘 알겠습니다. 제 능력 부족을 플랑탱 상회에 사과하도록 하겠습니다."

……으으, 카밀, 분명 실망하겠지. 나도 이렇게 힘이 쪽 빠졌으니까.

고개를 숙이며 집무를 계속하려고 하는데, 하르트무트가 약간 조심스레 "로제마인 님"이라고 부르는 소리가 들렸다.

"귀족이 늘어나는 기원식 전까지…… 라면, 그나마 비교적 안전하다고 할 수 있을지도 모르겠습니다."

"신관장님!"

프랑과 잠의 눈이 휘둥그레졌지만, 하르트무트는 신경 쓰지 않고 묘하게 상쾌한 표정을 지었다.

"어쩔 수 없습니다. 로제마인 님의 바람을 이뤄 드리는 것이 제 역할이니까요."

……하르트무트가, 멋있다고?! ……하지만, 뭘까. 조금 기분 나쁘다.

하르트무트의 한 마디에 프랑과 잠이 어쩔 수 없이 인정해 주면서, 카밀의 견학 허가를 받아 냈다. 그건 기쁜 일이야. 하지만, 예전이었다면 페르디난드가 넘는 걸 금지했을 선인데, 그 선을 넘으라고 등을 떠밀어 주는 기분이 들어서 조금 무서워. 내 힘으로 멈춰야만 할 것 같다는 감각과 함께, 등줄기가 오싹하는 기분이 들었다.

"……여, 역시 그만두겠어요. 플랑탱 상회가 위험해지지 않는 쪽이 좋으니까."

"그거 아쉽군요."

"어째서 하르트무트가 아쉬워하는 건가요?"

친동생인 카밀을 만나고 싶은 내가 아쉬운 건 그렇다치고, 하르트무트가 아쉬워하는 이유를 모르겠다. 내가 고개를 갸웃거렸더니 주황색 눈을 반짝이면서 아주 수상한 미소를 지으며 말했다.

"딱히 깊은 이유는 없습니다."

……하르트무트의 눈이 무서워! 깊은 의미가 있을 것 같아! 카밀, 도망쳐!

그런 대화를 나눈 결과, 카밀의 공방 견학은 세례식이 끝나고 플랑탱 상회가 견습으로 데려왔을 때 하기로 했다. 카밀을 만날 수 있다고 기대했기 때문에 살짝 풀이 죽었다. 하지만 하르트무트를 비롯한 귀족들한테서 소중한 동생을 지켜냈다고 생각하니 조금이나마 안심할 수 있었다.

"해빙에 축복을. 봄의 여신이 크나큰 은혜를 가져다주시기를."

길베르타 상회에 의상을 주문하는 날, 호위기사도 시종도 전부 여성들만으로 꾸려서 고아원장실로 이동했다. 들어오자마자 제일 먼저 상인의 인사를 한 사람은 코린나였고, 그 뒤에는 재봉사 여러 명과 투리, 엄마가 있었다. 엄마를 가까이에서 보는 건 정말 오랜만이다.

……여기요~, 엄마. 오랜만이네요. 여기 좀 봐 줘요. 아, 눈이 마주쳤다.

엄마는 살짝 미소만 지어 보이고 사람들 뒤로 물러났지만, 그래도 오랜만에 얼굴을 봤더니 가슴속이 뜨거워졌다. 재봉사들이 여기저기 내 치수를 재는 도중에도 나는 엄마를 보고 있었다. 그러는 동안에 길베르타 상회와의 교섭에 익숙한 리젤레타가 코린나와 필요한 의상에 관한 이야기를 시작했고, 그레티아는 일하는 모습을 계속 관찰했다.

"봄 의상도 조금 수선이 필요하지 않으신가요? 치맛자락에 레이스를 달거나 이 부분을 바꿔 주지 않으면 기장이 조금 부족해 보일 것 같습니다."

치수를 다 재자 나는 투리와 머리 장식 이야기를 시작했다. 뒤에 서 있는 레오노레와 유디트도 관심이 있는지 내 등에 느껴지는 시선을 통해서 우리의 대화에 주목하고 있다는 걸 알 수 있었다. 안게리카는 평소처럼 문밖에서 대기하고 있으니까 이 자리에는 없다.

"로제마인 님의 얼굴도 조금 달라지신 것 같습니다. 여름 장식은 어떤 모양이 좋을까요? 어떤 꽃을 쓸까요?"

"취향은 딱히 달라지지 않았으니까, 지금의 제게 어울리는 꽃을 골라 주세요. 가능하다면 천의 색과 맞춰 주셨으면 싶어요."

여름 천은 지금부터 염색해야 할 테니까 조금 떨어진 곳에 계신 엄마도 대화에 참여해 주셨으면 싶어서 그런 이야기를 꺼냈다. 하지만 투리를 통해서 말을 전할 뿐이고, 엄마는 이쪽으로 다가오지 않았다. 귀족을 대하기 위한 말이나 태도를 배우지 않은 엄마와 내가 귀족 측근들 앞에서 직접 이야기할 수는 없는 것 같다. 엄마가 무례나 실례를 저질렀다는 이유로 나한테서 멀어지는 사태를 피하기 위해서는 어쩔 수 없는 일이지만, 투리를 통해서 말하는 게 너무 답답하다.

……그래도 카밀이랑 달리 이렇게 모습을 본 것만으로도 다행이지만.

머리 장식과 여름 의상에 관한 이야기가 끝나자 모니카가 앞으로 나서서 코린나에게 신전장 의상 수선을 부탁했다.

"의식용 의상은 기원식 때까지 부탁드립니다. 평소에 사용하시는 의상은 기원식 동안에 수선해 주셨으면 합니다."

코린나가 서자판에 예정을 적어 나갔다. 봄이 끝날 무렵까지는 여름 의상이 완성되어 있어야 하니까 꽤 바쁠 것 같다.

……의식용 의상은 기장 수선만 하면 되니까 그렇게 힘들진 않을 것 같지만 말이야.

"이것은 제 전속에게 드리는 부적입니다. 제 전속 재봉사인 코린나와 르네상스에게 드리겠습니다. 가능한 몸에 지나고 있어 주세요."

"감사합니다."

나는 엄마와 코린나에게 부적을 건네고 의상 주문을 마쳤다.

기원식이 다가오자 신전에 가구를 잔뜩 실은 짐마차가 드나드는 일이 많아졌다. 기원식 이후에 신전에서 살게 되는 청색 견습 신관과 청색 견습 무녀들의 가구다. 물론 멜키오르의 가구도 들어왔고, 시종들이 바쁘게 방을 정리하는 모습을 볼 수 있었다.

"로제마인 누님."

"어서 오세요, 멜키오르."

이틀 전에 방 준비에 문제가 없는지 확인하기 위해 신전으로 가겠습니다, 라는 연락을 받았다. 귀족 쪽 시종과 신전 시종이 방에 관한 이야기를 나누는 동안, 나는 멜키오르에게 작은 마석 두 개 분량의 마력을 신구에 봉납하게 했다. 처음에는 몸에 부담이 없는 범위에서 시작해야겠다.

봉납을 마치고는 "배가 고프면 쓰러질 가능성도 있으니까요"라는 이유로 같이 차를 마셨다. 뭐든지 방심하면 안 된다.

"오토마르 상회에서 파견한 요리사가 왔습니다. 지금은 제 주방에서 연수를 받고 있는데, 기본적인 것을 배우면 멜키오르의 주방에서도 식사를 만들게 하겠어요."

"예. 그리고, 로제마인 누님의 기원식에 동행해도 되는지 아버님께
여쭤 봤지만, 숙박은 안 된다고 하셨습니다."

신전의 시종을 이동시키기 위해 마차를 준비하고 식재료와 요리사
도 운반해야 하니까. 신전의 방을 꾸미는데도 돈과 시간이 들었는데
기원식 준비까지 해야 하면 시종의 부담이 너무 커진다는 것 같다.

……멜키오르에게는 미성년 측근이 거의 없으니까.

손위 형제가 세 명이나 있다 보니, 멜키오르에게 배정할 학생 측근
이 거의 없다. 나보다 학년이 낮은 사람이 두 명밖에 없을 정도로.

"당일에 돌아오려면 측근들의 기수에 함께 타는 방법으로 허가를
받을 수도 있겠습니다만, 의식용 의상도 없는데 어쩔 생각이냐고도
말씀하셨습니다. 빌프리트 형님은 로제마인 누님이 청색 의식용 옷을
가지고 계시니 빌리면 되지 않겠느냐고 하셨는데……."

멜키오르가 "빌릴 수 있을까요?"라고 물었다.

"빌려줄 수는 있지만, 그 의상은 꽃무늬가 들어간 것입니다. 빌프리
트 오라버니도 그게 싫어서 자기 의상을 따로 만드셨다고 하더군요."

"꽃…… 말입니까."

멜키오르가 미묘한 표정을 지은 뒤에, 결심했다는 것처럼 고개를
들었다.

"빌려주세요. 의식에 참여하게 되면 여럿이 분담해서 다녀야 하니
까 다른 분들이 어떤 의식을 치르는지 볼 기회가 없다고 샤를로테 누
님께서 말씀하셨습니다. 로제마인 누님의 의식은 정말 배울 게 많으
니까 잘 봐 두라는 말도 하셨고요."

……뭐? 나, 샤를로테한테 칭찬받은 거야?! 멜키오르의 모범?!

이렇게 되면 조금 열심히 해야만 하겠는데. 나는 모니카에게 부탁해서 잘 보관해뒀던 청색 의식용 의상을 꺼내달라고 했고, 멜키오르에게 빌려줬다.

"이걸로 제사를 견학할 수 있게 됐군요."

"예. 차기 신전장으로서 잘 봐 두도록 하세요."

멜키오르가 왔다 간 며칠 뒤에는 프리닥을 인도받는 날이다. 내가 기사단이 있는 곳으로 데리러 갔고, 기수에 태워서 신전으로 돌아왔다. 처벌을 면한 프리닥보다 프리닥이 빠진 구멍을 메우면서 일하고 있던 캄펠이 귀환을 기뻐했다고 한다.

프리닥은 본가의 원조 없이 자기 힘으로 벌어야만 하는 청색 신관 1호가 됐다. 하지만 아우브로부터 받은 보조금, 수확제 수입, 업무 보조, 내가 귀족원에서 빌려온 책의 사본 제작 등을 하면서 크게 사치만 하지 않으면 어떻게든 생활을 꾸려 나갈 수 있다는 사실을 알게 됐고, 덕분에 열심히 일하겠다는 결의를 다졌다.

기원식에 관한 온갖 준비가 부족한 탓에 프리닥은 이번 기원식에는 참가하지 않고 신전에서 대기하며 업무를 보기로 했다.

"제가 출발한 뒤에 빌프리트 오라버니와 샤를로테가 작은 성배를 가지러 올 테니까, 잘 전해주세요."

구텐베르크 일행을 데리고 찾아갈 퀼른베르거를 제외하고, 나머지 기베가 있는 곳에는 빌프리트와 샤를로테 두 사람이 다닐 예정이다. 각자에게 작은 성배를 건네는 역할도 프리닥이 맡는다. 백작에게는 세 개, 자작에게는 두 개, 남작에게는 한 개로 계산해서 건네면 되니까 어려울 건 없지만, 영주 일족과 접해야 한다는 것 자체가 상당히 긴장

된다는 것 같다.

하르트무트가 있으면 일이 간단할 테지만, 마침 그 무렵에 자리를 비워야 하니까. 클라리사와 자기 가족들과 함께 경계문으로 가서, 클라리사의 짐을 받고 프뢰벨타크에 사과도 해야만 한다.

클라리사도 레베레히트도 가야 했기에, '기원식 기간에는 신전 업무가 힘드니까'라는 이유로 필린느는 신전 근무로 돌려보내 달라고 플로렌치아에게 연락해 뒀다. 필린느는 '오랜만에 필사 일이군요'라면서 기뻐했다는 것 같다.

……나도 알아. 보통 일보다 책 베끼는 일이 훨씬 재미있지?

클라리사와 필린느한테서는 도서관에서 보고를 받고 있는데, 둘 다 열심히 일하고 있는 것 같다. 클라리사는 성인이니까 영주 회의에도 동행한다는 것 같고, 단켈페르거와 교섭할 수 있게 자료를 머릿속에 집어넣고 있다고 했다. '로제마인 님을 위해서라도 유리한 전개로 이끌어 갈 수 있도록 열심히 노력하겠습니다'라고 말했다.

그리고는 귀기 서린 기세로 자료를 뒤지면서 이게 어떤 내용인지 질문하는 클라리사한테 영향을 받아서 주위에 다른 사람들도 필사적으로 영주 회의를 준비하고 있다는 것 같다. '클라리사는 세세한 곳까지 잘 조사하면서 준비하는 버릇이 있어서 젊은 문관들이 상당히 영향을 받는 것 같습니다'라고 필린느가 가르쳐 줬다.

영주 회의에 동행할 수 없는 필린느는 주로 일상 업무를 돕고 있다는 것 같다. 신전에서 하던 것과 비슷한 사무 업무다 보니 크게 힘들지는 않은 것 같고 리카르다와 이야기할 기회도 많아서 얼마 전에는 질베스타와 빌프리트가 꽤 심하게 말다툼을 했다는 것도 가르쳐 줬다. 리카르다가 '그 또래에서는 흔히 있는 일이지만'이라고 하면서도 상당히 걱정했다는 것 같다.

……빌프리트 오라버니도 반항기라는 뜻이려나?

그 또래 남자아이가 귀찮은 존재가 되는 건 우라노 시절의 소꿉친구를 생각해보면 대충 알 수 있을 것 같다. 개인차가 있기는 하겠지만, 갑자기 날카로운 칼처럼 변해 버리니까 웬만하면 가까이 가고 싶지 않은 기분이다.

기원식의 아침은 항상 마차 배웅으로 시작된다. 내 시종, 회색 신관들, 요리사들, 식량과 의상 등의 짐을 실은 마차와 그들을 호위해 줄 아빠를 비롯한 병사들이 작아져 가는 모습을 지켜본다. 플랑탱 상회를 통해서 핫세의 작은 신전에 멜키오르가 갈 거라고 전했다. 여러모로 맞이할 준비를 해 줄 거야. 그 뒤에는, 직할지의 기원식을 위해 출발하는 캄펠이 신전장실에 인사하러 왔고, 나는 내 마력이 담긴 마석과 성배를 맡기고 출발하는 캄펠을 배웅했다.

점심 식사 이후에는 멜키오르와 측근들이 왔고, 기수를 타고 핫세로 향했다. 나는 멜키오르와 그 호위기사 한 명, 그리고 약 상자를 안고 있는 프랑과 호위기사 안게리카를 레서 버스에 태우고 신전을 출발했다.

기원식의 호위기사는 지금까지와 마찬가지로 다무엘과 안게리카. 동행하고 싶어 했던 코르넬리우스에게는 레오노레와 신혼집을 준비하라고 명령했다. 숙청 이후라서 호위기사를 조금이라도 많이 데려갔으면 좋겠다고는 했지만, 기원식 중에는 귀족의 호위기사가 머물 수 있는 방이 거의 없다. 평민과의 거리감 문제로 참견이라도 하면 곤란하고. '주인의 경계를 강화해야만 하는데, 신혼집을 준비할 상황이 아니지 않은가'라면서 억지로라도 따라오려고 해서 코르넬리우스는 일단 본가로 돌아가서 아우렐리아와 아기의 상태를 보고, 하는 김에 램프레히트를 통해서 빌프리트의 상황도 살펴보라고 부탁했다.

레서 버스를 타고 하늘을 달려가면 시간은 그다지 오래 걸리지 않는다. 바로 핫세가 보이기 시작했다.

"저기가 핫세인가요? 의외로 가깝군요."

"기수로 가면 상당히 가깝게 느껴지지만, 마차로 가면 숲 때문에 길이 돌아가는 모양이라서 그렇게 가깝게 느껴지지 않는다는 것 같아요. 도보로 가면 한나절 정도는 걸린다나요."

나는 시종들에게서 들은 이야기를 해주면서 고도를 낮췄다. 오늘은 날씨가 좋다 보니 광장에 기원식 준비가 돼 있었고, 벌써 사람들이 모여 있는 게 보였다. 광장 쪽에 직접 기수를 내리면서 환영해 주는 사람들에게 가볍게 손을 흔들었다. 약간 흥분해서 소리를 지르고 손을 흔드는 환영객들의 숫자와 시끄러운 소리에 놀라고 있는 멜키오르를 기수에서 내리게 하고, 나는 무대 위로 올라갔다.

"로제마인 님, 기다리고 있었습니다."

"리히트, 오늘은 견학만 하지만 앞으로 제사에 참여하게 될 제 동생, 멜키오르입니다."

핫세의 촌장인 리히트와 인사를 나누고 멜키오르를 소개했다. 멜키오르에게 서 있을 위치를 가르쳐 주고, 프랑에게 시선을 보내며 고개를 한 번 끄덕였다.

"지금부터 기원식을 시작하겠습니다. 각 촌장은 무대 위로 올라가 주십시오."

프랑이 말하자마자 뚜껑이 달린 10리터들이 양동이 정도 크기의 통을 든 사람 다섯 명이 무대 위로 올라왔다. 지금까지는 신구인 커다란 금색 성배가 놓여 있어야 할 커다란 받침대 위에는 아무것도 없다. 그 사람들은 곤혹스럽다는 것처럼 무대 위에 설치된 받침대와 나를 번갈아 보기 시작했다.

　나는 받침대 위에 섰고, 슈타프를 꺼내서는 "에르데그랄"하고 주문을 외워서 성배를 나타나게 했다. 아무것도 없는 공간에서 갑자기 성배가 나타난 걸 보고 놀란 사람들의 목소리가 터져 나왔다. 그것은 핫세 사람들만이 아니라, 귀족원에서의 봉납식에 참가한 적 없던 귀족 측근들도 마찬가지였다. 경악한 목소리가 터져 나오는 가운데, 나는 물의 여신 플류트레네에게 기도를 바쳤다.

　"치유와 변화를 불러오는 물의 여신 플류트레네여, 그 곁에서 섬기는 권속, 열두 여신이여."

　성배에 내 마력이 흘러 들어가더니 번쩍, 하고 금색 빛을 내뿜었다. 그 모습을 보면서, 나는 계속 마력을 흘려 넣었다.

　"생명의 신 에이비리베로부터 해방된 그 여동생, 땅의 여신 게두르리히에게 새로운 생명을 키우는 힘을 내려 주소서, 그대에게 바치는 것은 생명이 기뻐하는 환희의 노래, 기도와 감사를 바쳐서 그 맑은 가호를 받도록 하겠사옵니다. 넓디넓은 대지에 있는 만물을 그대의 귀색으로 가득 채워 주소서."

　프랑이 성배를 살며시 기울이자 여느 해처럼 녹색으로 빛나는 액체가 흘러나왔고, 순서대로 줄을 서 있는 촌장의 통에 부었다.

　"땅의 여신 게두르리히와 물의 여신 플류트레네에게 기도와 감사를!"

……응. 내가 만든 성배라도 아무 문제 없구나.

마음속으로 의식의 완성도에 만족하고 있었더니, 멜키오르가 불안해하는 눈으로 날 보고 있었다.

"로제마인 누님. 제가 내년까지 성배를 만들 수 있게 될까요?"

"무리예요. 귀족원에서 슈타프를 얻어야만 할 수 있으니까요. 빌프리트 오라버니도 샤를로테도 신전에 있는 신구를 써서 의식을 치르고 있어요. 꼭 직접 신구를 만들 필요는 없어요."

나는 살짝 씁쓸하게 웃으며 설명하고는 레서 버스를 꺼내서 탑승했다. 멜키오르도 자신의 호위기사와 함께 탔다. 기원식 장소에서 작은 신전까지는 금방이다.

"지난번에 같이 신구에 마력을 봉납했었죠? 몇 번이고 몇 번이고 마력을 봉납하고 신들께 기도를 바치다 보면, 어느날 신구를 써야겠다고 생각했을 때 머릿속에 마법진이 스윽, 하고 나타나요. 제 측근 중에는 신구를 만들 수 있게 된 사람도 있어요."

그 말을 들은 안게리카가 약간 의기양양하게 "저는 라이덴샤프트의 창을 만들 수 있게 됐습니다"라고 말했다. 아직 그렇게 오래 버티지는 못하지만, 언젠가 라이덴샤프트의 창으로 축복을 받는 의식을 치르고 싶다고 생각하는 것 같다. 그리고 보니파티우스에게 이기고 싶은 것 같고. 큰 목표가 있는 것 같으니까, 정말 다행이야.

"마력 압축도 열심히 노력해야 제사에서 다룰 수 있는 수준까지 갈 수 있어요. 하지만 일단은 봉납과 기도부터 열심히 해야죠."

"열심히 하겠습니다!"

멜키오르가 의욕이 넘치는 얼굴로 그렇게 말했다. 솔직하고 좋은 대답이다.

작은 신전에 도착했더니 사람들이 맞이해 줬다. 그 자리에서 멜키오르를 소개하고 안으로 들어갔다. 방을 정리하는 일은 시종들이 해 주니 나는 작은 신전 내부를 안내했다.

"여기는 아이들이 없나요?"

"제일 나이가 적은 견습도 성인이 거의 다 됐으니까요."

에렌페스트 신전과 핫세 사이의 이동은 성인들이 많고, 원래 핫세의 고아였던 마르테도 성인이 얼마 안 남았다. 멜키오르과 같은 또래의 아이들은 거의 없다.

"저희 영주 후보생이 직할지를 돌게 되면서 수확량이 늘었고, 그러면서 아이들을 버려야만 하는 사람들이 없어졌겠죠. 에렌페스트의 고아원도 지난겨울의 숙청만 아니었어도 어린아이들이 그렇게 많지 않았어요."

"그렇군요……."

병사들이 숙소 준비를 하고 있는 남자동 건물을 보고, 공방의 상황을 견학하고, 맛있는 채소가 나는 자랑스러운 밭을 둘러봤다.

"멜키오르는 밭을 처음 보죠? 멜키오르가 먹는 채소는 이렇게 만드는 거랍니다. 핫세의 밭에서 나온 채소는 정말 맛있어요. 그리고 저쪽에 있는 숲에서는 여러 가지를 채집해요. 멜키오르도 귀족의 숲에서 채집을 해 보면 좋은 경험이 될 거예요."

한 바퀴 견학한 뒤에는 안에서 차를 마셨다. 귀족 자리와 병사들 자리가 구분되기는 했지만, 그래도 같은 식당에서 식사한다는 점에 멜키오르의 측근들이 깜짝 놀란 것 같다. 아빠와 병사들이 앉아 있는 테이블과 우리 테이블을 번갈아 보고 있었다.

"농민이 모이는 겨울 저택이나 기베의 여름 저택에서는 신관들 자리를 따로 두지만, 핫세는 이렇게 같은 곳에서 식사하고 있어요."

"하다못해, 시간이라도 구분하는 것은……."

나는 멜키오르의 호위기사들을 보며 빙긋 웃었다.

"여기서 평민 마을의 목소리를 듣는 것도 중요하거든요. 평민 마을의 엔트비켈른이 성공할 수 있도록 저희가 병사들에게 협력을 부탁한 곳도 바로 여기였어요."

나는 멜키오르 쪽으로 시선을 옮겼다. 모든 것을 듣고, 제 양식으로 삼으려 하는 탐욕스러운 빛이 남색 눈동자에서 빛나고 있다.

"이 작은 신전을 만든 분은 양아버님입니다. 제가 이 작은 신전과 직할지 등에서 들은 사람들의 의견을 고작해야 평민의 의견이라고 무시하지 않고 자신의 치세에 활용하는 관대한 마음이 양아버님의 좋은 점이랍니다. 멜키오르는 양아버님의 좋은 점을 배워서 제가 신전장에서 물러난 뒤에도 평민들의 의견을 청취할 수 있는 신전장이 되어 줬으면 싶어요."

내 말을 들은 멜키오르는 진지한 표정으로 고개를 끄덕였다.

구텐베르크의 제자들

나는 멜키오르를 아빠 일행이 앉아 있는 테이블로 데려가서 영주의 아들이자 다음 신전장이라는 것과, 내 후계자로서 병사들과 의견을 나누게 될 거라고 이야기했다.

"로제마인 님이 성인이 된 뒤에는 멜키오르 님이 그 뒤를 이으신다는 말씀이십니까. 정말 마음 든든하군요. 저희는 여기서 이렇게 로제마인 님과 이야기를 나눈 덕분에 영주님이나 기사단 분들과 연계를 취하기 쉬워졌습니다. 지난겨울에도 그랬고, 며칠 전 서문에 다른 영지의 귀족이 찾아왔던 때도 정말 큰 도움이 됐습니다."

그렇게 말하고, 아빠는 나한테서 내 뒤에 있는 다무엘 쪽으로 시선을 옮겼다.

"직접 감사의 말씀을 드릴 기회가 적으니 이 자리에서 다무엘 님께 감사를 드려도 되겠습니까?"

내가 고개를 돌려서 반응을 확인했더니 다무엘은 조금 곤란하다는 표정만 지었을 뿐이고 거부하지는 않았다. 내가 "물론 괜찮습니다"라고 말하면서 다시 앞을 봤더니 다무엘을 바라보는 사람은 아빠만이 아니었다. 다른 병사들도 똑같이 보고 있었다. 병사들이 전부, 일단 일어나서 나와 다무엘 앞에서 한쪽 무릎을 꿇었다.

"로제마인 님의 명령이라고 하셨지만, 평민 마을의 병사 모두는 다무엘 님께 감사하고 있습니다. 정말, 정말로 감사합니다."

……대체 무슨 일이 있었던 거지?

영문 모를 감사에 곤혹스러워하면서 나는 다무엘과 안게리카를 번갈아 쳐다봤다. 안게리카한테는 기대해 봤자 소용없다. 빙긋 웃고만 있는 이 얼굴에는 '잘 모르겠습니다'라고 쓰여 있다.

"귄터, 다무엘이 무슨 일을 했나요?"

"저는 제 일을 했을 뿐입니다, 로제마인 님."

"하지만, 무슨 일이 있었기 때문에 이렇게 감사하고 있지 않겠어요? 다무엘이 활약한 이야기가 있다면 알고 싶다고 생각하는 것은 주인으로서 당연한 일이 아니겠습니까."

나는 설명해 주기를 바라며 아빠를 봤다. 아빠는 말하지 않기를 바라는 것 같은 다무엘의 눈치를 보면서 이야기를 시작했다.

"겨울에 북문 쪽으로 귀족의 도망을 막으라는 명령이 내려왔습니다. 기사단에서 병사들도 쓸 수 있는 마술구를 몇 가지 주셨고, 구원을 부르기 위한 마술구는 전원에게 지급될 정도였습니다. 하지만, 문을 봉쇄해도 귀족은 기수를 사용하고, 마술구로 구난 신호를 보내 봤자 귀족가 끝에 있는 북문까지는 구원이 당장 달려올 수도 없습니다."

숙청 때문에 기사단 대부분이 움직인 상태였으니까. 북문에는 기사 두 명이 상주하고 있었지만, 도망치려는 귀족 여러 명을 막는 건 힘든 일이다. 그런 상황에서 다무엘이 제일 먼저 달려와 줬다고 했다.

"저는 봉납식 준비를 위해 신전에 있었고, 덕분에 북문까지 빨리 갈 수 있었을 뿐입니다."

다무엘은 겸손하게 말했지만, 기사 두 명과 평민 병사들이 필사적으로 북문을 지키고 있을 때, 도망치려는 귀족들을 등 뒤에서 공격한 다무엘은 정말 마음 든든한 존재였다는 것 같다.

"덕분에 북문 병사들의 부상은 경상자 몇 명으로 그쳤습니다. 그리고 서문 사태 때도 수습을 위해서 다무엘 님이 제일 먼저 달려오셨습니다. 그래서 병사들은 다무엘 님께 감사하고 있습니다."

다무엘이 이렇게까지 평민 마을 병사들한테서 감사와 신뢰를 받는 줄은 몰랐네. 나는 감탄하면서 병사들에게 다시 자리에 앉으라고 말았다.

그 뒤에 최근에 평민 마을이 어떤지 이야기를 듣고, 이쪽도 그레첼에서 개혁할 예정이며 그에 따라서 장인들한테 커다란 일거리가 들어올 거라고 전했다. 멜키오르는 흥미롭다는 듯이 듣고 있었다.

병사들의 이야기를 듣고 있는 사이에 시간이 꽤 지난 것 같다. 측근의 귀엣말을 들은 멜키오르가 "저녁 시간에 늦으면 아버님과의 약속을 어기게 됩니다"라고 말하면서 자리에서 일어났다.

"로제마인 누님, 오늘은 정말 많이 배웠습니다."

"멜키오르가 여러 가지를 흡수하려고 하는 자세를 보여줘서 저도 기뻐요. 이건 열심히 노력하는 동생에게 드리는 선물입니다. 부적 마술구예요."

빌프리트와 샤를로테의 부적은 기원식에 출발하기 전에 전달해 달라고 필린느에게 맡겨 두고 왔다.

"감사히 받도록 하겠습니다. 그리고, 저도 아버님께 병사들의 이야기를 해 보겠습니다. 제가 제대로 보고드렸는지 로제마인 누님이 확인해 주세요. 그럼, 실례하겠습니다."

멜키오르는 서둘러서 자기 측근의 기수에 함께 타고 돌아갔다.

……어? 보고를 확인해 달라니……. 멜키오르, 너무 착실한 거 아냐? 나, 제대로 존경받을 누나 같은 일을, 했나?

조금 불안해하면서, 나는 멜키오르를 배웅했다.

다음 날 아침, 나는 내 시종과 요리사들을 태운 마차를 배웅하고 에 렌페스트로 돌아가는 회색 신관들이 탄 마차도 배웅했다.

"호위해 주신 병사 여러분께 감사합니다. 이건 감사의 뜻입니다."

나는 그렇게 말하면서 아빠에게 돈과 부적이 두 개 든 작은 주머니를 살며시 손에 쥐어 드렸다. 아빠는 은화 말고 다른 게 들어 있다는 감촉을 알아차렸는지 "감사합니다"라고 말하면서 조용히 품에 집어넣었다. 이미 엄마와 투리가 같은 부적을 가지고 있기 때문이었다. 두 사람에게 물어보면 사용하는 방법도 알 수 있을 테고, 나머지 하나가 누구 부적인지도 알 수 있을 거다.

나는 아빠의 움직임을 곁눈질로 보면서 병사들에게는 평소대로 출장 수당을 건넸다. 아빠는 "이 녀석들아, 정신 바짝 차려! 아직 일이 끝난 게 아니다"라고, 출장 수당을 받고 입이 헤벌쭉해진 병사들을 질타하면서 마차의 호위에 들어갔다.

"반드시 신전까지 모셔드리겠습니다."

"잘 부탁드리겠습니다, 귄터."

짧은 대화지만, 이렇게 마주 보고 이야기할 수 있다는 게 너무 기쁘다. 나는 아빠가 마차를 호위하면서 돌아가는 모습을 지켜보고 다음 겨울 저택으로 향했다.

내가 맡은 기원식을 전부 마치고 신전으로 돌아와서는 바로 플랑탱 상회에 연락했다. 열이 조금 나서 사흘 정도 체력을 회복하기 위한 휴양을 가질 예정이었는데, 이틀 만에 거의 회복됐다. 내 몸도 제법 튼튼해진 것 같아. 이제는 이동만 해도 거의 쓰러질 지경이 됐던 그 시절의 내가 아니야.

……이번에는 기원식 도중에 잠들어 버린 게 겨우 세 번뿐이었다고. 우흐흥.

"로제마인 님, 구텐베르크 일행이 도착했습니다. 공방에서 짐을 운반하는 일도 거의 끝났습니다. 준비해 주십시오."

길의 보고를 받자 나는 회의실에서 정면 현관으로 갔다. 회의실에는 퀼른베르거까지 동행할 내 측근과 인쇄 관계 문관이 모여 있었다. 시종은 리젤레타와 그레티아, 문관은 하르트무트와 로데리히, 호위 기사는 코르넬리우스와 레오노레와 유디트가 맡는다. 유디트는 미성년이지만, 퀼른베르거 출신이라서 귀성하는 것으로 해서 동행하기로 했다.

다무엘과 안게리카는 기원식 때 직할지를 돌았으니까 이번에는 쉬고, 오틸리에와 필린느는 클라리사를 막는 담당을 맡았다. 솔직히 말하자면 하르트무트가 신전에 있어 줬으면 싶지만, 정신을 차려 보니 하르트무트의 술수에 완전히 넘어가 있었다.

……상급 문관도 있는 편이 좋다는 하르트무트 말이 맞기는 하는데, 뭔가 석연치 않다.

게다가 이미 낯이 익은 인쇄 관계 하급 문관 헨릭 일행과 함께 뮤리엘라도 엘비라의 문관으로서 동행한다. 귀족원에서 공부한 인쇄 관계 지식이 도움이 된 것 같아서 다행이다.

"로제마인 님, 저, 이번에는 열심히 했습니다."

주황색 포니테일을 흔들면서 유디트가 나한테 말했다.

"구텐베르크가 퀼른베르거로 이동하는 것이 결정된 때부터 계속 브륀힐데와 레오노레한테서 정보를 모았고, 테오도르를 통해서 기베 쾰른베르거에게 환경을 준비해 주시도록 부탁드렸어요."

유디트가 의기양양하게 웃었다. 라이제강이나 그레첼에서 힘들었던 일이나 부족한 준비에 관한 정보를 쾰른베르거 쪽으로 보낸 것 같다.

"평민 장인인 그들이 제대로 일할 수 있는 환경을 갖추지 못해서 실패하게 되면 기베의 책임이 됩니다'라는 브륀힐데의 말을 전했더니, 기베 쾰른베르거도 협력해 주셨다는 것 같아요."

이미 일크너와 하르덴첼에서 성공했으니까 구텐베르크의 가르치는 방법이나 반입한 도구가 잘못된 건 아니다. 받아들이는 쪽이 어느 정도 준비가 되어 있는지가 중요하다고 브륀힐데가 말했다는 모양이다. 그레첼에 인쇄업을 도입하려다가 고생했던 경험이 브륀힐데한테 꽤 큰 영향을 준 것 같다.

"구텐베르크가 일하기 위한 환경은 갖춰져 있습니다."

"훌륭해요, 유디트. 정말 마음이 든든하네요."

나는 가슴을 활짝 펴고 있는 유디트를 마구마구 칭찬해 줬다. 이렇게 평민과의 사이에 다리를 놓을 수 있는 귀족이 늘어나면 에렌페스트는 훨씬 좋아지겠지.

정면 현관으로 나와 보니 짐들이 잔뜩 놓여 있었고, 벤노를 선두로 구텐베르크 일행이 죽 늘어서서 한쪽 무릎을 꿇고 있는 모습이 보였다. 벤노가 대표로 인사를 마치자 뒤쪽으로 시선을 슬쩍 돌렸다.

"로제마인 님, 이번에 처음으로 동행하는 구텐베르크의 제자들을 소개할 수 있도록 허락해 주십시오. 그리고 부디, 물의 여신 플류트레네의 맑은 흐름이 인도한 만남에 축복이 있기를."

나는 무릎 꿇고 있는 사람들을 둘러봤다. 구텐베르크 뒤쪽에 있는 사람이 제자들이겠지. 성인식 전후 나이로 보이는 소년들이고, 처음 만났을 무렵의 요한이나 자크를 방불케 했다.

"인고."

벤노가 부르자 목공장인 인고와 그 제자가 일어났다.

"로제마인 님, 제자 디모입니다. 인쇄기 제작에는 처음부터 관여했기에 만드는 방법과 구조에 대해 잘 알고 있습니다."

디모의 얼굴을 자세히 보자 어디서 봤는지 바로 알 수 있었다. 로제마인 공방과 핫세의 작은 신전에 인쇄기를 도입할 때 인고와 같이 있었던 공방 사람 중의 하나였다.

"디모라고 하는군요. 신전 공방에서 처음으로 인쇄기를 만들 때, 제가 만져도 손이나 손가락을 다치지 않도록 판자를 아주 꼼꼼하게 다듬어 주시던 모습을 기억하고 있습니다. 인고가 눈독을 들였다는 것은 알고 있었는데, 벌써 출장을 맡길 정도가 됐군요."

내가 얼굴을 기억하고 있을 줄은 몰랐는지, 인고도 디모도 깜짝 놀란 표정을 지었다. 그렇게까지 놀랄 일은 아닐 텐데. 처음으로 인쇄기를 만들어 준 사람들 얼굴 정도는 감동하는 마음과 함께 기억하고 있다.

"디모에게 인쇄기 설계도를 맡겼습니다. 순서와 새로운 토지의 공방 사람들과 어울리는 방법도 가르쳤으니 괜찮을 것입니다. 로제마인 님이 바라신 대로, 저는 이쪽 일에 힘을 쏟겠습니다."

"예. 인고에게 맡기는 것은 각지의 목공 공방 장인들이 있는 힘껏 매달려야 하는 일이 되겠죠. 제 전속이니까요. 인고에게는 기대하고 있습니다."

도서관의 책장도 만들어 달라고 해야 하지만, 여러 공방이 참가하는 그레첼의 고급 숙박소의 내장 경쟁에도 참여하게 해야 하니까. 가을에 실시할 그레첼의 엔트비켈른 때문에 목공 공방은 엄청나게 바쁜 상황이다.

"디모, 잘 부탁드립니다."

"저도 구텐베르크로 인정받을 수 있도록 열심히 하겠습니다."

의욕이 넘치는 것 같아서 다행이다. 내가 가볍게 고개를 끄덕이자 벤노가 "요제프"라고 불렀다. 인고와 디모가 무릎을 꿇고, 대신에 요제프와 제자가 일어났다.

"로제마인 님, 호레이스입니다. 하이디와 저 대신에 가게 되었습니다."

호레이스는 완전히 처음 보는 사람이다. 하이디의 잉크 공방에 갔던 때도 본 적이 없는 얼굴이다. 하이디와 같이 신이 나서 연구하던 장인이랑은 또 다른 사람이다.

"이번에는 연구에 몰두하거나 멋대로 행동하지 않는 사람이라는 부분에 중점을 두고 선택했습니다. 만드는 방법을 가르치는 데는 아무런 문제도 없지만, 하이디처럼 완전히 빠져들어서 연구하는 사람은 아닙니다. 퀼른베르거의 소재를 얻는다면 에렌페스트에서 연구하도록 하겠습니다."

하이디 같은 연구광을 혼자서 보내는 건 위험하니까 이번에는 요제프가 없어도 다른 구텐베르크들과 발을 맞출 수 있는 사람을 선택한 것 같다. 요제프는 여전히 마음고생이 끊이지 않나보다.

"요제프, 하이디의 회임을 축하합니다. 조금은 얌전히 지내고 있나요?"

"감사합니다. 하이디가 임신한 정도로 얌전해질 여자였다면 호레이스한테 부탁하지 않고 제가 퀼른베르거로 갔을 것입니다."

요제프는 상당히 피곤해 보이는 얼굴이다. 하이디는 임신 중에도 변함이 없는 것 같다. 오늘도 인사하러 오고 싶어 했다는 것 같지만, 요제프와 루츠가 '신전은 임신부를 꺼린다'라면서 필사적으로 뜯어말렸다는 것 같다.

"호레이스, 요제프를 위해서라도 먹고 자는 것까지 잊어버리고 잉크 연구에 몰두하거나 하이디처럼 폭주하지 말고, 퀼른베르거에서의 임무를 무사히 마치세요."

호레이스는 새로운 잉크 개발에서 딱히 성과를 이루지도 못했는데, 내가 구텐베르크의 동행자로 인정해 줄 리가 없다고 생각했겠지. 내가 살짝 웃었더니 긴장해서 굳어졌던 얼굴이 살짝 풀어지면서, 호레이스가 "알겠습니다"라고 말하며 고개를 끄덕였다.

요제프와 호레이스의 인사가 끝나자, 자크와 제자 세아드가 일어났다.

"로제마인 님, 세아드입니다. 실력은 다닐로만 못하지만, 요한과 퀼른베르거의 장인의 사이를 잘 중재해 줄 것 같은 성격이라서 선택했습니다."

붙임성 좋은 성격인 세아드에게 주어진 임무는 금속활자 만드는 방법을 가르치는 요한의 보조다. 완고하고 말이 없는 장인들끼리 만나면 충돌하는 일이 많아지거나 의견 차이 때문에 엄청난 균열이 생기고는 한다. 반년 가량의 짧은 시간 동안에 조금이라도 더 원활하게 일을 진행하려면 보조 역할이 필수라는 것 같다.

"솔직히 말해서, 저는 에렌페스트에 있는 쪽이 로제마인 님께 도움이 되리라고 생각합니다."

발상이나 설계 능력이 뛰어난 자크는 요한의 인간관계 보조 역할보다 새로운 설계와 발명에 힘을 쏟고 싶은 것 같다. 구텐베르크니까 귀족에게 얼굴을 알리기 위해서 자크도 동행했었는데, 적재적소라는 점을 생각하면 자크는 에렌페스트에서 설계에 힘을 쏟게 하는 쪽이 효율이 높겠지.

"……그럼, 자크에게는 뭔가 새로운 것을 부탁하는 쪽이 좋을까요? 아, 안 되겠네요. 올해는 결혼 준비 때문에 바쁜 데다 평민 마을에 남으니까. 새로운 발명은 내년에 하도록 하죠. 결혼식 당일에 잔뜩 축복해 줄 테니까, 올해는 새로운 생활 준비를 확실하게 해 주세요."

처음으로 구텐베르크 중에서 결혼하는 사람이 나왔다. 마음을 담아서 축하해야겠지. 내 말을 들은 자크는 "로제마인 님이 축복해 주셨다고 동료들에게 자랑하겠습니다"라면서 웃었다.

"세아드, 평소에는 다른 공방에서 일하는 장인의 기술을 볼 기회가 별로 없죠? 아주 좋은 기회가 될 거예요. 에렌페스트의 평민 마을에서는 못 배우는 것들을 잔뜩 흡수해 주세요."

"예."

마지막에 일어난 사람은 요한과 다닐로. 다닐로는 출장에 동행하는 게 처음이지만, 이름이나 그 성장에 관해서는 화제가 된 적이 있어서 알고 있다.

"로제마인 님, 다닐로입니다. 인수인계를 위해 제자로서 데려가기로 했습니다."

"다닐로도 금속활자를 전부 만들 수 있게 됐군요."

쉽사리 합격을 내주지 않겠다고 했는데, 퀼른베르거에 동행하는 걸 보면 금속활자 만들기에서 합격점을 받았다는 뜻이겠지. 내가 그렇게 말했더니 요한이 고개를 끄덕였다.

"이번에는 최대한 다닐로한테 만들게 하고, 저는 뒤에서 세아드를 가르치면서 지켜보는 형식으로 해 볼까 합니다."

자기 기술을 살려 기술을 닦는 데만 힘을 쏟아 왔던 요한도 제자를 키우기 위해서 여러모로 생각하고 있다는 걸 알 수 있다. 주위 사람들이 성장하는 걸 느끼면서 나는 고개를 끄덕였다.

"뛰어난 기술을 지닌 대장장이는 많으면 많을수록 좋으니까요. 다닐로와 세아드의 교육, 열심히 해 주세요. 대장장이 중에서는 요한이 최연장자니까."

다른 사람과의 교섭을 자크에게 완전히 맡겨 버렸던 요한은 윽, 하고 말문이 막힌 뒤에 고개를 끄덕였다. 나는 다닐로 쪽을 봤다.

"다닐로의 성장은 요한 등에게 들었습니다. 제 전속으로서 실력을 갈고닦아 주세요."

"그레첼의 장인이 왔던 때부터 저도 다른 곳으로 가기를 희망해 왔습니다. 이제야 성인이 돼서 데리고 가 주시게 됐으니, 열심히 하겠습니다!"

시원시원한 목소리로 그렇게 대답한 다닐로는 무뚝뚝하고 말수가 적은 장인이었던 요한과 분위기가 매우 달랐다. 장인 중에도 다양한 사람이 있다는 걸 알게 됐는데, 왠지 재미있다.

이것으로 새로운 사람들의 소개를 끝냈다. 나는 그 자리에 있는 하급 문관을 포함해 측근들과 구텐베르크 일행에게 부적을 나눠줬다. 마력이 있는 귀족과 평민을 위한 부적은 다른 물건이다.

"열심히 해 주시는 여러분께 드리는 부적입니다. 그럼, 출발 준비를 해 주세요."

크게 만든 레서 버스를 꺼내 짐을 싣기 시작했다. 이미 익숙한 구텐베르크의 지시에 따라 처음 해 보는 제자들이 레서 버스에 짐을 실었다. 한순간 망설이는 모습이 보이기는 했지만, 큰 소동이 벌어지지 않은 건 역시 이래저래 이야기를 들었기 때문이겠지.

짐을 실을 때는 조용했는데, 출발할 때는 조금 시끄러워졌다. 다닐로가 소리 없는 비명을 지르면서 날뛰었기 때문이다. 레서 버스가 하늘로 날아 올라갔을 때 처음으로 높은 곳을 무서워한다는 걸 알았나 보다. 안전띠도 맸고, 요한이 "그럼 밖을 보지 마라"고 하면서 머리를 꽉 눌러 준 덕분에 그렇게 큰 난리가 나지는 않았지만.

퀼른베르거의 국경문

"유디트입니다. 슬슬 도착합니다."

레서 버스 조수석에 있는 유디트가 퀼른베르거에 있는 테오도르에게 올도난츠를 날렸다. "준비는 다 되어 있습니다"라는 대답이 도착할 무렵에는 퀼른베르거의 여름 저택이 보이기 시작했다.

"저기입니다. 기베 일행은 신관용 별채 쪽에서 기다리고 있다는 것 같습니다."

여름 저택에 도착하자 기베 퀼른베르거와 인쇄 담당 문관 두 명을 선두로 많은 사람이 기다리고 있었다. 기베는 한눈에 봐도 기사 같은 분위기였다. 덩치가 크고 다부진 체격이고, 약간 무서운 얼굴이다. 전 기베 퀼른베르거는 끝까지 보니파티우스가 아우브가 되어야 한다고 했던 사람이라는 것 같다. 그런 아버지의 영향으로 이 사람 역시 보니파티우스를 가장 존경한다는 말을 들은 적이 있다.

……그렇다면, 근육 뇌려나?

기베 퀼른베르거는 인사를 마치고는 프랑, 모니카, 요리사들을 신관용 별채로 안내하라는 지시를 내렸고, 구텐베르크들을 평민 마을로 안내하도록 곁에 있는 문관들에게 말했다.

"짐이 많다고 들었기에 먼저 구텐베르크들을 평민 마을로 보내고 그 뒤에 작은 성배 문제와 인쇄 협회에 대해 논의할까 합니다. 어떠신지요?"

"제 눈으로 구텐베르크들이 지낼 상황을 확인할 수 있어서 다행입니다. 여러모로 배려해 주셔서 정말 감사합니다."

프랑 일행이 별채에 자기 짐을 운반하는 모습을 확인하고 있는데 리젤레타가 다가왔다.

"로제마인 님, 저와 그레티아는 평민 마을에 동행하지 않고 저녁 식사 때까지 여름 저택의 방을 정리하고 싶습니다만, 그렇게 해도 되겠습니까?"

시종에게는 시종의 일이 있다. 나는 두 사람에게 허가하고, 퀼른베르거의 하인들에게 짐을 운반하게 했다. 두 사람은 저택 사람의 안내를 받아서 방으로 갔다.

"그럼, 평민 마을로 가시지요."

레서 버스로 이동할 때는 퀼른베르거의 평민 마을이 정말 커다랗고 인구가 많은 것처럼 보였다. 하지만 실제로 사는 사람은 상당히 적은 것 같다. 왠지 거리 전체가 썰렁한 인상이다.

"빈집은 잔뜩 있으니까, 이쪽이 준비한 장소가 불편하시거나 다른 곳으로 옮기고 싶으시다면 언제든지 원하시는 대로 할 수 있습니다."

기베 퀼른베르거가 웃으면서 그렇게 말했지만, 준비해 준 집에 불만은 없다. 구텐베르크들은 자기가 살 집과 작업장으로 사용할 공방에 짐을 내려놓았다. 길을 비롯한 회색 신관들도 짐을 나르고 있었다. 그 사람들은 신관복을 벗어도 동작이 꼼꼼하고 깔끔해서 평민 마을에서는 조금 눈에 띄었다.

……데리러 올 무렵에는 여기에 적응하겠지만.

"커다란 도시인데 주민이 이렇게 적을 줄은 몰랐습니다. 뭔가 이유라도 있나요?"

자는 구텐베르크들이 짐을 내리는 동안 시간을 보내기 위해서 기베에게 물었다. 그는 마치 손녀라도 보는 것 같은 눈으로 나를 보면서 가르쳐 줬다.

"아주 오래전의 첸트가 국경문을 봉쇄해 버렸기 때문입니다. 국경문이 닫히기 전에는 이곳도 아주 크고 활기찬 도시였습니다. 다른 나라와의 교역도 왕성하고, 사람들의 왕래도 잦았다고 합니다. 당시에는 에렌페스트가 아니라 아이젠라이히라는 이름의 대영지였지요."

"……저는 에렌페스트의 역사는 배웠지만, 아이젠라이히라는 이름은 초기 역사에서 얼핏 봤을 뿐이라서, 대영지라는 것까지는 몰랐습니다."

국경문이 열려 있던 당시에는 영지의 이름이 달랐다면, 퀼른베르거의 국경문이 닫힌 건 200년도 더 된 일이라는 얘기가 된다. 정변 당시에 구르트리스하이트를 잃어버린 탓에 열지 못하게 돼 버린 국경문과는 사정이 다른 것 같다. 봉쇄된 국경문이라는 말에서 장대한 이야기를 느끼고 나는 가슴이 두근거렸다.

……어쩌지. 조금 두근거리기 시작했어.

"예전에, 어떤 일이 있어서 국경문이 닫히게 된 건가요?"

내가 두근두근하면서 물은 순간, 루츠가 "짐 운반이 끝났습니다"라면서 보고하러 왔다. 기베 퀼른베르거는 훗, 하고 웃고 도시 안쪽을 보며 말했다.

"로제마인 님은 국경문에 관심이 있으실 거라고, 유디트에게 들었습니다. 인쇄와 관계된 이야기가 끝나면 국경문으로 안내해드리도록 하겠습니다. 거기서 이야기하는 쪽이 훨씬 흥미롭겠지요."

……메모장, 준비해야지!

모르는 이야기가 나올 것 같은 분위기에 가슴이 뛰는 걸 느끼며, 나는 웃는 얼굴로 고개를 끄덕였다.

　구텐베르크들을 평민 마을에 내려준 뒤 나는 기베의 여름 별장에 방문했다. 거기서 벤노를 비롯한 플랑탱 상회는 퀼른베르거의 담당 문관과 협회 설립에 관한 이야기를 시작했고, 나는 기베 퀼른베르거에게 작은 성배를 건네고 기원식을 마친다. 이미 봄의 연례행사처럼 됐고, 익숙한 일이다.

　"그럼, 국경문으로 안내하겠습니다."

　나는 기수에 타고서 기베 퀼른베르거를 따라갔다. 하얀 건물 위에 목조 건축물이 있는 풍경은 똑같지만, 외벽 문을 지나면 평민 마을이 있고, 귀족가가 있고, 가장 안쪽에 아우브의 성이 있는 에렌페스트와는 완전히 반대다. 퀼른베르거에서는 문을 지나면 귀족가와 기베의 여름 별장이 있고, 안쪽으로 가면 갈수록 평민 마을이 되는 구조다.

　"일크너에서도 라이제강에서도 그레첼에서도 안쪽에 기베의 저택이 있었는데, 퀼른베르거만 배치가 다르군요."

　"아주 옛날에는 국경문에서 들어오는 다른 나라 사람들이 많았기 때문에, 국경문 근처에 다른 나라의 상인이 지내는 장소와 그들과 거래하는 평민 마을 사람들이 사는 장소가 있었고, 국경문에서 봤을 때 안쪽에 기베의 저택을 지었다고 들었습니다. ……아, 저기, 슬슬 보이기 시작했네요. 아우브가 만드는 하얀 경계문과 벽 건너편에 조금 특이한 색의 벽과 문이 보이시죠? 저게 국경문입니다."

　조수석에 있는 유디트가 손가락으로 앞쪽을 가리키면서 가르쳐 줬다. 상공에서 다가가면 아렌스바흐와의 경계문과 똑같은 하얀색 문 안쪽에 같은 높이의 문 두 개가 나란히 서 있는 것처럼 보였다.

"우와……. 아우브가 만드는 하얀 문도 아름답다고 생각했는데, 첸트가 만드는 문과 벽은 격이 다르네요."

경계문과 퀼른베르거의 외벽은 에렌페스트와 마찬가지로 순백색이지만, 그 안쪽에 있는 벽과 문은 마치 나전칠기에 사용하는 조개껍데기 같은 옅은 무지개색으로 빛나고 있었다. 어렴풋이 빛나는 것처럼 보이는 국경의 벽은 퀼른베르거 바깥으로도 길고 길게, 끝도 없이 이어져 있다. 왠지 만리장성이 생각나네. 하지만 지형에 맞춰서 구불구불한 게 아니라, 누가 선이라도 그어 놓은 것처럼 똑바로 뻗어 나가고 있어서 한눈에 인공물이라는 걸 알 수 있다. 정말 신기한 느낌이다.

……선을 그은 사람은 당연히 초대 첸트겠지만.

첸트의 결계가 쳐진 부분이 유르겐슈미트고, 대륙 일부를 잘라낸 것 같은 동그란 모양이라는 건 지리 수업에서 배워서 알고 있다. 하지만 실제로 국경을 보는 건 처음이다. 영지와 영지의 경계선처럼 국경선도 눈에는 보이지 않을 거라고 내 멋대로 생각했었는데, 문처럼 옅은 무지개색으로 빛나는 벽이 뻗어 있었다.

"국경문은 정말 아름답습니다만, 시내의 건물은 에렌페스트의 평민 마을처럼 하얀 건물 위에 목조 건축이다 보니 이렇게 가까이 오지 않으면 잘 보이지 않습니다."

유디트가 말한 대로 문의 높이는 3, 4층 건물과 같은 높이라서, 기베의 저택에서는 잘 보이지 않는다. 나는 분명히 첫 기원식 때도 퀼른베르거에 왔었는데, 그때는 문조차도 눈에 들어오지 않았다. 그때는 기베와 인사하는 건 페르디난드의 역할이고, 나는 마차에서 회복약을 마시며 쉬고 있거나 '얌전히 숨어 있도록'이라는 말을 듣고 숨죽이고 있고는 했으니 그 탓일 수도 있지만.

경계문의 하얀 문이 안쪽으로 활짝 열려 있는 게 보였다. 그 앞에는 경계하는 것 같은 기사들의 모습이 보이고. 그 너머에는 꽉 닫힌 경계문이 보였다. 옅게 빛나는 무지개색 문에는 복잡한 문양이 새겨져 있다. 아마도 슈바르츠와 바이스의 의상처럼 마법진을 숨기기 위한 문양을 잔뜩 새겨 놓은 게 틀림없다.

"퀼른베르거의 국경문은 항상 열려 있나요?"

"아닙니다, 오늘은 특별한 것입니다. 로제마인 님이 국경문을 보실 수 있도록 기베 퀼른베르거가 아우브께 부탁해서 개문 허가를 받았다고 테오도르에게 들었습니다. 이렇게 정면에서 국경문을 보게 될 줄은 몰랐는데, 정말 감격했어요."

유디트의 말에 의하면. 평소에는 국경문이 굳게 닫혀 있어서 정면에서는 볼 수가 없다는 것 같다.

"퀼른베르거에서 살았어도 어릴 적에는 닫힌 국경문과 외벽밖에 못 봤어요. 경계문과 국경문의 높이가 거의 비슷해서 각도나 보는 위치에 따라서 국경문 위쪽이 살짝 보이는 정도가 한계였죠……."

어린 유디트는 국경문이 너무나 보고 싶었다는 것 같다. 기사가 되려고 했던 것도 국경문에 가까이 가기 위한 대의명분이 필요해서였다나.

"귀족원에 들어가고 기수를 얻으면서 저는 비로소 국경문을 볼 수 있었어요. 그때는 정말 감동했었죠. ……아, 퀼른베르거에서 기사를 지망하는 사람들은 대부분 그런 이유 때문입니다. 저만 그런 게 아니고요. 테오도르도 그랬어요."

국경문에 가까이 가기 위해서 기사가 되려고 했다는 동기를 말했다는 사실이 창피한 건지, 유디트는 주황색 포니테일을 흔들면서 자기

혼자만이 아니라는 말을 되풀이했다. 그 모습이 재미있어서 나는 살짝 웃었다.

"테오도르는 국경문을 보기 위해서만이 아니라, 아버님처럼 기베 퀼른베르거를 섬기고 싶었다고 말했던 것 같은데요?"

"윽, 테오도르는 멋있어 보이려고 그랬던 겁니다. 지망한 이유는 저와 똑같아요."

유디트가 너무 필사적이라서 퀼른베르거의 기사들은 국경문에 가까이 가기 위해서 기사가 되려고 했다는 것으로 해 줬다.

……다음에 테오도르한테 물어봐야지.

"로제마인 님, 기베를 따라서 기수를 내려주세요."

유디트가 유도하는 대로 나는 경계문 옥상에 기수를 내리게 했다. 퀼른베르거의 기사들이 몇 명 줄지어 서서 맞이해 줬는데, 그중에 테오도르도 있었다. 시선을 주고받고 미소를 지었더니, 테오도르도 웃어 줬다. 열심히 견습 일을 하는 것 같아서 다행이네.

"로제마인 님, 이쪽으로 오시지요."

먼저 기수를 정리한 기베의 에스코트를 받으며 나는 천천히 걸어갔다. 높은 곳에 있는 탓일까, 바람이 조금 세고 쌀쌀하다. 내 시야에 옅은 무지개색으로 빛나는 국경문이 보였다.

문 안에 대기실과 집무실이 여러 곳 있는 경계문이나 도시의 문과 비교하면 국경문은 깊이감이 그다지 없어 보인다. 3~4미터 정도려나. 기사 여러 명이 기수를 타고 내려갈 수 있을 정도로 넓고 평평한 옥상이 있는 경계문과 달리 국경문은 기수에 타고 상공에서 출입하는 건 생각하지 않은 것 같다. 경사진 삼각형 지붕인 걸 보면.

"이 경치를 볼 수 있는 사람은 퀼른베르거의 기사뿐입니다."

옥상 끝까지 걸어가니, 국경문의 더 깊은 곳을 볼 수 있었다. 옅게 빛나는 국경문 너머에 펼쳐진 것은 모래 바다였다. 사락사락하고 마력이 전혀 없는 모래가 한없이 펼쳐져 있다.

"저는 국경문 너머에 다른 나라가 있을 줄 알았어요. 그러니까, 말씀하셨던 교역 상대였던 나라가 보일 거라고……. 그 나라는 어떻게 됐나요? 혹시, 마력이 떨어져서 이런 상황이 된 건가요?"

마력이 부족해서 황폐해지기 시작한 아렌스바흐의 상황을 생각해 보면 국경문이 닫힌 탓에 이웃 나라가 모래밭이 돼 버린 건 아닐까. 내가 조심조심 물었더니 기베 퀼른베르거는 웃으면서 "그런 이야기는 들어 본 적이 없습니다"라고 말하면서 고개를 저었다.

"국경문은 나라와 나라를 잇는 거대한 전이진이고, 첸트의 허가가 없는 자는 마력 유무와 상관없이 통과할 수가 없습니다. 저도 이야기만 들었을 뿐입니다만, 국경문이 열리면 거기에는 거대한 마법진이 있다고 합니다."

다른 나라 사람들은 국경문으로 전이해서 온 뒤 경계문을 통해서 퀼른베르거로 들어갔다는 것 같다. 즉, 첸트와 아우브 양쪽의 허가가 없으면 퀼른베르거에 들어올 수 없다는 얘기다.

"첸트의 허가를 받았는데 아우브가 허가하지 않아서 국경문과 경계문 사이에서 움직이지 못하게 된 사람은 없나요?"

내 질문이 예상도 못 한 것이었는지, 아니면 문 사이에서 우왕좌왕하는 상인들의 모습을 떠올렸는지 기베 퀼른베르거가 슬쩍 웃었다.

"어쩌면 그런 얼빠진 상인이 있었을지도 모르겠군요. 하지만 국경문 통과 허가는 받았으니까 그냥 돌아가면 됩니다. 아쉽게도 그런 재미있는 이야기는 남아 있지 않은 것 같군요. 일단 저는 모릅니다."

"그럼, 어떤 이야기가 남아 있나요?"

나는 서자판을 꺼내고 두근두근하면서 기베 퀼른베르거를 쳐다
봤다.

"첸트의 방문을 환영했던 봄과 가을의 축제 이야기는 많이 남아 있
습니다. 국경문은 봄부터 가을까지 열리고 겨울에는 닫혀 있었는지,
첸트가 직접 오셔서 문을 개폐했다고 합니다."

교역이 시작되는 봄에 대해서는 도시 사람들의 이야기가 많이 남아
있다는 것 같다. 문이 열린 순간부터 다른 나라 상인들이 몰려오기 때
문에 받아들일 준비를 하면서 첸트가 문을 열어주기를 기다렸다는 것
같다. 반대로 가을에는 서둘러 돌아가는 상인들의 이야기가 많다는
것 같고. 첸트가 문을 닫기 전에 자국으로 돌아가지 못하면 겨울을 날
준비도 못 한 채로 퀼른베르거의 혹독한 겨울을 나야만 한다. 기껏 번
돈을 겨울에 다 써 버린 상인의 이야기는 비애와 웃음으로 가득 찼다
는 것 같다.

"상인들의 분실물도 매년 좋은 볼거리였다는 것 같습니다."

"그런데 국경문은 유르겐슈미트의 끝에서 끝에 있으니까, 모든 문
을 여닫아야 하는 첸트는 정말 힘들겠네요. 제사 때문에 영지 내부를
돌아다니기만 해도 쓰러질 지경인데, 유르겐슈미트 끝에서 끝까지 이
동해야 하다니……. 저, 첸트를 동정하게 되네요."

매년매년 여기저기 국경문을 여닫아야 하다니, 첸트는 예상외로 힘
든 일인 것 같다. 기수를 타고 이동하려고 해도 호위나 측근이 많아서
힘들겠지. 그런 내 감상을 듣고 기베가 껄껄 웃었다.

"이동은 걱정할 필요 없습니다. 국경문 안에는 구르트리스하이트

를 가진 첸트만이 사용할 수 있는 전이진이 있다는 것 같으니까요."

그러고 보니까 영지에서 영지로 이동하는 전이진도 첸트라면 만들 수 있고, 국경문은 아우브가 만드는 경계문 바깥에 있으니까 전이진을 설치하는 데 아우브의 허가는 필요 없겠지.

······우와, 구르트리스하이트의 유무 차이가 너무 큰 것 같은데?

나는 첸트의 일에 대해 정확히 모르고, 지금은 구르트리스하이트가 없다고 불이익을 겪은 적도 없다. 그래서 구르트리스하이트가 없는 트라오크발을 첸트로 인정하지 않는 사람들의 말을 이해할 수 없었는데, 그건 유르겐슈미트를 통치하는 데 무엇보다 중요한 물건인 것 같다.

"그나저나 어째서 에렌····· 이 아니라 아이젠라이히의 국경문이 닫히게 됐나요? 교역을 생각해 보면 국경문은 정말 중요할 텐데요?"

지금 유일하게 열린 국경문을 지니고 있는 아렌스바흐가 교역에서 순위를 유지하고 있는 걸 생각해 봐도 국경문은 중요한 문제다. 그런 문이 왜 봉쇄되고 닫혀 버렸을까. 내 질문에 기베 퀼른베르거는 국경문을 손가락으로 가리켰다.

"국경문의 전이진 너머에는 보스가이츠라는 나라가 있었다고 합니다. 당시 이곳은 에렌페스트가 아니라 아이젠라이히라는 대영지였습니다. 지금의 프뢰벨타크도 대부분이 아이젠라이히였고, 하르덴첼보다 더 북쪽까지 영지가 펼쳐져 있었다고 합니다. 거기에 커다란 광산이 있었다고 하는데, 그것이 아이젠라이히의 특산품이었습니다."

광석과 그 가공품이 보스가이츠 쪽에 팔렸다는 것 같다. 그리고 양질의 광석으로 만든 무기는 하르덴첼의 평민들이 마수를 쓰러트리기 위해서 중요한 무기였고.

"그리고 또 하나. 유르겐슈미트와 교역하는 나라들이 무엇보다 탐냈던 것은 마석이었습니다. 아무래도 다른 나라에서는 마석이 그다지 존재하지 않는 신기한 물건인 것 같고, 이 근처에서는 평민도 사냥할 수 있는 약한 마수의 작은 마석조차도 비싸게 거래됐다는 것 같습니다."

그런 다른 나라의 이야기는 처음 듣는다. 마석이 거의 존재하지 않는 나라에서는 마석을 대체 어떻게 취급하는지도. 아렌스바흐와 거래하는 란체나베도 그런 걸까 등등 몇 가지 의문이 떠올랐다. 그런 내용을 적고 있는데, 기베 쾰른베르거가 낮은 목소리로 조용히 말하기 시작했다.

"보스가이츠의 꼬드김에 넘어간 아우브 아이젠라이히가 첸트를 노리면서 이 땅이 영락하기 시작했습니다."

내가 깜짝 놀라서 고개를 들었더니, 기베는 잠시 자기 턱을 쓰다듬은 뒤에 다시 이야기를 계속했다.

"당시의 아우브 아이젠라이히는 첸트 자리를 노릴 정도의 힘이 있었다고 합니다. 아우브는 꼬드김에 넘어가서 보스가이츠에서 온 자들을 받아들였고, 구르트리스하이트를 노리고 중앙으로 쳐들어가려 했습니다."

구르트리스하이트가 없는 지금의 왕이 아니다. 구르트리스하이트를 가진 진짜 첸트를 물리치려고 했던 것 같다. 보스가이츠에서는 식량 등의 지원 물자를 계속해서 보내왔고, 아우브 아이젠라이히는 귀족원으로 가는 전이진을 사용해서 물자와 기사를 조금씩 기숙사로 이동시켜 뒀다.

"아우브 쪽에는 그런 엄청난 계획을 막을 사람이 없었나요?"

"있었습니다. 하지만 듣지를 않았다고 합니다. 막을 수 없다고 깨달은 아우브의 딸이 단신으로 기수를 타고 중앙으로 갔고, 첸트에게 사실을 전했다고 합니다."

아버지가 귀족원에 물자를 이동시키는 동안 딸은 자기 기수를 타고 중앙으로 달려갔다는 것 같다.

"딸이 알려준 소식에 격노한 첸트는 바로 국경문을 닫아 버리고 중앙으로 돌아왔고, 중앙 기사단과 함께 기숙사를 기습해서 아우브 아이젠라이히를 타도했습니다."

당연한 얘기지만 반역을 꾸미던 아이젠라이히의 영주 일족과 중앙으로 쳐들어온 주요 귀족들은 처형당했다고 기베가 말했다.

"정보를 전한 아우브의 딸은 어떻게 됐나요? 그 사람도 역시 연좌로 처형됐나요?"

"그 사람만은 간신히 연좌 처형을 면했습니다. 첸트에 대한 충성과 반역을 사전에 막으려 했던 공적을 인정받아 새로운 아우브 아이젠라이히가 됐습니다."

기베 쾰른베르거의 말을 듣고 나는 안심해서 가슴을 쓸어내렸다. 여기서 연좌로 처형당했다고 했으면 정말 찜찜한 기분이 들었겠지. 하지만 이야기는 여기서 끝나지 않았다.

"단, 그것은 전혀 영예로운 일이 아니었습니다. 대영지 아이젠라이히는 첸트에 의해 프뢰벨타크와 아이젠라이히로 분할되어 중영지가 됐고, 지금의 하르덴첼보다 북쪽에 있던 풍부한 광산들은 클라센부르크에게 주어졌습니다. 딸에게는 왕족 약혼자가 있었다고 합니다만, 그 약혼은 취소되고 중간 영지에 어울리는 영주 후보생과 다시 약혼하게 됐다고 합니다."

목숨은 건졌지만 토지는 분할당하고 국경문과 광산을 잃으면서 주요 산업도 잃어버린 영지의 아우브가 돼 버렸다는 얘기다. 혼자만 연좌 처형을 면했다면 영지를 지탱해 줄 영주 일족도 없었겠지. 게다가 왕족 약혼자와의 약혼도 취소당했고. 아이젠라이히가 아무리 힘들어도 첸트가 손을 내밀어 줬을 리는 없겠지. 이 정도면 상당히 무거운 벌이 아닐까.

"주위에서는 반역을 일으킨 영지라 멸시했고, 결국 예전의 대영지는 점점 쇠퇴했다고 합니다. 주요 산업이었던 광산을 잃으면서 그때까지 오로지 농업에만 매진했던 라이제강 귀족이 단숨에 힘을 지니게 됐습니다. 물론 거기에 불만을 품은 아이젠라이히 귀족도 있었던 것 같습니다만."

영주 일족과 주요 귀족들이 처형당했지만, 아이젠라이히의 귀족이 전부 처형당한 건 아니다. 남은 귀족 중에 대부분은 옛 영광을 그리워하고 현재 상황에 대해 불만을 늘어놓았다는 것 같다.

"불만을 늘어놓는 자는 귀족만이 아니었습니다. 아무런 예고도 없이 갑자기 국경문이 닫힌 탓에 아이젠라이히에 남아 버린 보스가이츠 사람들도 마찬가지였지요. 고향으로 돌아가기를 바라는 사람들은 국경문에서 가장 가까운 쾰른베르거로 모여들었습니다."

큰 사건이 일어나면 당사자로부터 이야기를 듣고 노래를 만드는 음유시인도 모여든다. 보스가이츠 사람들의 탄식과 아우브 아이젠라이히의 어리석은 선택이 유행가가 되어 퍼져 나갔다는 것 같다.

"아이젠라이히의 다음과 그다음 영주 후보생은 늙은이들의 영광스러운 과거 이야기에다 음유시인의 노래를 들으며 자랐습니다. 덕분에 차기 영주를 결정하는 시기에 영주 후보생들의 주장이 딱 두 쪽이 나

버렸습니다."

"딱 두 쪽, 말인가요?"

내가 고개를 갸웃거렸더니 기베 퀼른베르거는 천천히 고개를 끄덕였다.

"싸움에 말려들었을 뿐인 보스가이츠 사람들을 고향으로 돌려보내기 위해서 국경문을 열어 달라고 첸트에게 부탁하려는 자, 그리고 전 아우브를 꼬드긴 보스가이츠 사람들이 같이 벌을 받는 것은 당연한 일이라고 생각하는 자, 그렇게 둘입니다."

각 영주 후보생에게 과거의 영광을 되찾고 싶어 하는 귀족과 이대로 벌을 받는 것이 당연하다고 생각하는 귀족들이 붙었고, 영지를 둘로 갈라 버리는 싸움으로 발전했다는 것 같다.

"아우브가 된 딸은 자신의 힘이 부족하다고 탄식했습니다. 첸트에게 반역을 일으킨 아버지도, 쇠퇴해 가는 영지를 둘로 갈라 버리는 싸움을 일으킨 자식과 손주도 막지 못했으니까요. 딸은 첸트에게 아우브 지위를 반납하고 이 땅을 다스릴 새로운 아우브를 임명해 주기를 부탁했습니다."

중앙 기사단을 거느린 첸트와 함께 찾아온 사람이 초대 아우브 에렌페스트였다는 것 같다. 국경문 개문을 바라는 아이젠라이히 귀족들을 물리치고 첸트는 아이젠라이히가 다시는 과거의 영광을 바라지 못하도록 구르트리스하이트를 사용해서 주추의 장소를 바꾸고는 영지의 이름을 에렌페스트로 바꿨다고 한다.

"지금의 그레첼 언저리에 아이젠라이히의 성이 있었다고 합니다. 그렇게 생각하면 대영지 아렌스바흐에서 온 공주에게 내려주기에는 딱 좋은 장소라고 할 수도 있겠군요."

나는 기베의 이야기를 메모하면서 내가 배운 역사와 대조해 봤다.

"제가 배운 역사하고는 조금 다르군요. 초대 아우브 에렌페스트는 아이젠라이히에 쳐들어가서 직접 주추를 빼앗았다고 배웠습니다만."

"첸트, 그리고 중앙 기사단과 함께 와서 당시의 아우브로부터 주추를 빼앗았다는 것까지는 같습니다만…… 듣고 보니 인상이 조금 다르긴 하군요."

기베 퀼른베르거는 고개를 살짝 끄덕이면서 동의해 줬다. 나는 서자판을 탁, 하고 닫으며 기베를 쳐다봤다.

"그리고 저, 아이젠라이히의 이야기를 알고 있던 것 같습니다. 잔뜩 모아 둔 이야기 중에 그 이야기가 있었어요. 첸트에게 거역한 어리석은 아우브의 이야기로서……. 영지 이름이 달라서 알아차리지 못했던 것 같아요."

귀족원에서 수집한 이야기 중에 비슷한 이야기가 있었다. 옛날에 있었던 일을 바탕으로 한 교훈 이야기라고 생각했는데, 설마 먼 옛날의 에렌페스트 이야기일 줄은 생각도 못 했다. 할 수만 있다면 다른 영지에 전해지는 이야기랑 비교해 보고 싶다.

"퀼른베르거에는 이 이야기의 문헌이 남아 있나요?"

"기본적으로는 부모로부터 자식에게, 기베에게서 섬기는 귀족들에게 구전으로 전해지는 형태입니다. 문헌도 남아 있기는 하지만, 너무 오래된 글이라서 읽기 힘듭니다."

……있다!

실제로 일이 벌어진 곳에 보관된 당시의 문헌이라면 꼭 읽어 보고 싶다.

"기베 퀼른베르거, 그것을 읽어 볼 수 있을까요? 제가 고어도 읽을 수 있습니다. 그리고 구어로 전해지는 것과 글로 남겨진 것의 차이, 퀼른베르거에 남아 있는 이야기와 영주 일족에게 전해지는 이야기, 그리고 왕족에게 남겨진 이야기의 차이를 조사해 보고 싶습니다."

내가 열의를 담아 어필했더니 기베 퀼른베르거는 "아, 예, 보여드릴 수는 있습니다만……"이라고 말하면서 한 걸음 뒤로 물러났다. 질려 버렸다고 해도 상관없어. 봐도 된다는 대답은 받아냈으니까.

"정말 감사합니다, 기베 퀼른베르거."

짧은 체류 기간 내에 다 베껴 써야겠다고 의욕에 불타는 날 보면서 기베 퀼른베르거가 조용히 물었다.

"로제마인 님은 이 이야기를 어떻게 생각하십니까?"

"그렇군요. ……구르트리스하이트가 없으면 유르겐슈미트를 다스리기가 정말 힘들 것 같다고 생각했습니다. 국경문 개폐도, 영지의 선을 긋거나 주추를 바꿀 수도 없잖아요? 각지의 아우브가 무슨 짓을 저지르려고 해도 강력한 권한을 발동할 수도 없고. 지금의 첸트는 유르겐슈미트를 통치하느라 얼마나 고생하고 계실까요."

첸트의 권력은 구르트리스하이트와 함께하는 것이라고 실감했다. 지금의 왕이 경솔한 발언을 하거나 대영지를 상대로 세게 나가지 못하는 건 구르트리스하이트가 없기 때문이겠지. 그렇게 트라오크발의 입장이 얼마나 힘들지 생각하고 있었더니, 기베 퀼른베르거가 생각도 못 한 말을 들었다는 표정을 지었다.

"이 이야기를 듣고, 로제마인 님은 트라오크발 왕의 치세를 생각하신 것입니까……."

"그렇게 이상한가요?"

내가 고개를 갸웃거렸더니 기베는 천천히 숨을 내쉬었다. 그리고는 나를 가만히 쳐다봤다.

"그럼 다시 질문하겠습니다. 첸트의 벌에 의해 닫혀 버린 국경문을 품고 있는 에렌페스트의 아우브에게 요구되는 자질은 어떤 것이라고 생각하십니까?"

"……아우브 에렌페스트에게 요구되는 자질 말인가요?"

나는 기베의 말을 되새기면서 필사적으로 생각했다. 어쩌면 이건 실패하면 안 되는 질문이 아닐까.

"국경문에 의한 교역은 없다고 생각하고, 영지의 향상에 힘을 쏟아야만 한다는 것일까요?"

내 대답을 들은 기베 퀼른베르거는 국경문 밖이 아니라 안쪽에 펼쳐진 퀼른베르거 시가지 쪽으로 시선을 옮겼다.

"다른 이의 의견에 좌우되지 않고, 구르트리스하이트를 지닌 첸트를 섬기는 것이라고, 퀼른베르거를 다스리는 저는 그렇게 생각합니다. 그렇기에 영지 내부의 귀족에 불과한 라이제강의 의견에 현혹되고 있는 빌프리트 님이 차기 아우브가 되는 것이 너무나 불안합니다."

라이제강의 지지를 얻기 위해 움직이고 있는 빌프리트를 보며 기베 퀼른베르거는 오히려 불안해하고 있는 것 같다. 그러고 보니 기베 퀼른베르거의 아들 중 하나가 빌프리트의 측근이었을 텐데.

"아드님으로부터 뭔가 정보가 있었나요?"

"로제마인 님이 아시는 수준에 불과합니다만……."

기베 퀼른베르거는 더이상 말하려 하지 않고 입을 다물었다. 정보 제공자가 너무나 확실하다 보니 자세한 얘기는 못 하겠지. 필요한 정보는 직접 긁어모으는 수밖에 없다.

……나중에 코르넬리우스 오라버니의 보고를 들어야겠다.

"아들은 빌프리트 님을 모시고 있습니다만, 그렇다고 부모도 지지한다는 뜻은 아닙니다."

기베의 목소리가 낮고 엄하게 바뀌었다는 걸 알아차리고, 나는 자세를 바로잡았다. 여기서 빌프리트를 감싸 주는 것이 약혼자의 역할이겠지. 하지만 내가 입을 열기도 전에 기베가 먼저 말했다.

"질려 버릴 정도로 고집스레 제2 부인을 들이려 하지 않았던 아우브께 기베 그레첼의 딸을 부인으로 맞이하게 하고, 영주 부부의 빈자리를 메우려는 것처럼 자신의 측근을 배치한 데다, 괜한 싸움을 피하기 위해 신전에 틀어박히는 쪽을 선택한 로제마인 님이 아우브를 노려 주셨으면 하고, 저는 그렇게 생각합니다."

……예? 아닌데요.

질베스타가 제2 부인을 들이기로 한 건 브륀힐데의 독주와 프리젠테이션 덕분이고, 리카르다는 스스로 질베스타한테 돌아가고 싶다고 말했고, 클라리사를 신전에 들일 수 없어서 필린느랑 같이 레베레히트에게 맡겼을 뿐인데요.

"기베 퀼른베르거께서는 약간 오해하고 계신 것 같습니다. 양아버님이 제2 부인을 들이기로 하신 것은 에렌페스트의 현재 상황을 고려하시고서 스스로 결심하신 일입니다. 제가 의견을 드린 것이 아닙니다. 오히려 저는 양어머님만을 생각하시는 양아버님께 시집가겠다고 결심한 브륀힐데를 말렸습니다."

기베 퀼른베르거가 의외라는 표정을 지었다. 리카르다와 필린느가 영주 부부 곁에서 일하고 있는 것에 대해서도 그 이유를 설명했다. 나는 사실을 말했을 뿐인데, 수긍할 수 없다는 표정이다.

"하지만, 로제마인 님은 영주 후보생 중에서 왕족의 신뢰가 가장······."

"기베 퀼른베르거."

나는 기베의 말을 자르고서 웃어 보였다. 누가 뭐라고 해도 평민 출신인 나는 아우브가 될 생각이 없으니까.

"차기 영주가 되고자 하는 빌프리트 오라버니가 라이제강의 지지를 얻으려 하는 것은 당연한 일이 아닌가요? ······그리고, 여기서 제가 기베의 부탁에 고개를 끄덕이면 그 시점에서 제가 다른 이의 말에 좌우되는 영주 후보생이 되어 버릴 것 같습니다만, 기베는 어떤 대답을 바라시나요?"

눈이 살짝 휘둥그레진 뒤에 아주 잠깐 침묵하더니, 기베가 훗, 하고 웃었다.

"로제마인 님의 뜻은 잘 알겠습니다. 여기는 바람이 좀 세니까 슬슬 저택으로 돌아가시는 쪽이 좋겠군요. 문헌을 내드리도록 하겠습니다."

여기서 아무리 말을 해 봤자 내 생각이 달라지지 않을 거라고 알아준 듯하다. 나는 안도하면서 기수를 꺼내고 올라탔다.

기베의 저택으로 돌아와서 나는 바로 문헌을 받았다. 전부 오래된 목패들이다. 그것을 슬쩍 훑어보고, 로데리히와 하르트무트의 도움을 받으며 열심히 베껴 썼다.

퀼른베르거에 머무는 것은 벤노와 문관의 의논과 합의가 끝나고 구텐베르크들이 일할 환경을 갖출 때까지의 짧은 기간이다. 인쇄업을 담당하는 문관들도 일에 익숙해져서 기베의 땅에 머무는 기간은 매년 점점 짧아졌다. 서둘러서 베껴야만 한다.

남은 문헌은 이야기가 기록된 것이 아니라 연표처럼 언제 무슨 일이 일어났는지 간결하게 적은 것과 보스가이츠에서 왔다가 돌아가지 못한 사람들이나 옛 아이젠라이히의 귀족들이 어떻게 살았는지 등을 정리한 것이었다. 아무래도 첸트에게 보내는 보고서의 사본 같다.

……역시 말로 전하는 것과 글로 남겨 둔 자료는 다른 느낌이네.

감정이 전혀 들어가지 않은 사실을 나열한 것이 말로 들었을 때보다 아주 가볍게 보인다. 하지만 내가 배운 역사에서도 기베가 말한 역사에서도 거의 나오지 않았던, 보스가이츠 사람들의 움직임을 잘 알 수 있었다.

아우브 아이젠라이히가 반역을 일으키기 직전의 몇 년 동안은 상인들의 출입이 빈번했고, 같은 상인이 봄부터 가을 사이에 몇 번이나 드나들기도 했고, 식료 관계의 거래가 많이 늘어나기도 했다. 또한, 돌아가지 못한 보스가이츠 상인들은 어지간한 부자가 아니면 시민권을 얻지 못했기 때문에 대부분이 먹고살기 위해 행상인이 돼서 각지로 흩어졌다는 것 같다.

……시민권이 없으면 집도 가게도 빌릴 수가 없고, 취직도 결혼도 못 하니까.

벌써 몇 년 전 일일까. 오토한테서 들은 행상인의 생활상이 생각났다. 어쩌면 오토는 보스가이츠의 자손이 아닐까. 그런 생각을 하면서 나는 문헌을 베껴 적었다.

체류 기간 내에 무사히 문헌을 다 베껴 쓰고, 나는 매년 하던 대로 벤노를 데리고 에렌페스트의 신전으로 돌아왔다. 퀼른베르거 주변 특유의 소재를 하이디의 잉크 공방에 선물로 전해 달라고 부탁하고 그레첼에서 온 사람들의 연수에 관한 이야기를 한 뒤에 벤노를 보냈다.

"이걸로 제 기원식은 끝났네요. 조금이나마 여유가 생기려나요."

나는 신전장실로 돌아가면서 잠과 프랑에게 말했다.

"앞으로 견습 청색 신관들을 받아들여야 하니까 기원식이 끝난 이후가 더 바빠질지도 모릅니다, 로제마인 님."

"어머나, 잠과 프리츠가 중심이 돼서 새로운 시종이 될 회색 신관들에게 지시를 내려 주고 있었잖아요. 받아들일 준비는 다 되지 않았나요?"

그렇게 말했더니 잠이 씁쓸하게 웃으면서 고개를 끄덕였다. 프리다를 통해서 파견된 요리사와 그 조수를 맡은 회색 무녀의 연수는 이미 시작됐고, 고아원의 식사가 늘어났다는 것 같다. 식재료 반입은 견습 청색들의 본가에서 거래하는 가게와 계약하는 형태를 취했기 때문에 신전에 새로운 업자가 드나들게 됐다고 했다.

"그들의 방에 가구와 학습 도구를 갖춰 뒀습니다. 신전에 적응할 때까지는 가능한 한 다 같이 행동하도록 하루의 일정도 짜 놨습니다. 귀족 아이로서의 교육에 어떤 것이 필요한지 필린느 님의 의견도 구했습니다."

잠의 말에 의하면 내가 기원식 때문에 자리를 비운 동안에 필린느가 신전의 시종들에게 여러 가지를 가르쳐 줬다는 것 같다.

"준비됐으면 아이들을 이동시키도록 할까요. 내일부터 신전이 떠들썩해지겠네요."

내가 직접 볼 수 있는 때에 청색 신관들을 맞이하고 싶었기 때문에 기원식이 끝날 때까지는 어린이 방에서 대기하도록 했다. 성에 올도난츠를 보내서 마차로 아이들을 이동시켜 달라고 부탁했다.

……아이들은 이걸로 됐고. 남은 건…….

"그런데 코르넬리우스 오라버니. 빌프리트 오라버니는 어떻게 지내고 계신가요?"

누가 어디서 듣고 있을지 모를 기베의 저택에서는 질문하지 못했던 빌프리트에 관한 질문을 했더니, 그 자리에 있던 측근들한테 아주 잠깐 찌릿한 느낌의 긴장이 감돌았다. 표정은 달라지지 않았지만 뭔가 분위기가 달라진 느낌을 받아서 나도 긴장하고 말았다.

"기베 퀼른베르거가 말씀하신 것처럼 라이제강에게 현혹되고 있나요?"

코르넬리우스는 내 불안을 없애 주려는 것처럼 살짝 웃으면서 고개를 젓고는, 가벼운 말투로 대답해 줬다.

"라이제강에게 현혹되고 있다기보다는 자존심과 의무 사이에서 고민하는 중인 것 같아."

……자존심과 의무 사이가 뭐야? 그게 대체 무슨 상태지?

"그 대답은 너무 추상적인 것 같은데, 어쨌거나 제가 할 수 있을 일이 있을까요? 람프레히트 오라버니는 도움이 필요하다고 하셨잖아요? 신전 업무에 지장이 없는 범위에서는 도와드릴 수 있습니다만, 어떻게 해야 빌프리트 오라버니를 도울 수 있을지 전혀 모르겠네요."

눈살을 찌푸리고 말했더니 코르넬리우스는 어깨를 살짝 으쓱거렸다.

"간결하게 말하자면, 빌프리트 님이 스스로 절충점을 찾는 수밖에 없으니까 로제마인은 그냥 두는 게 제일일 것 같아."

"그냥 두라고요? 정말 그러면 되나요? ……람프레히트 오라버니가 그렇게 말씀하셨나요?"

뭔가를 숨기고 있는 것 같은 기분이 들어서 살짝 의심하는 눈으로 코르넬리우스를 본 뒤에, 같이 있었을 레오노레 쪽을 봤다. 그러자 레오노레는 빙긋 웃었다.

"라이제강의 과제에 대해 아우브로부터의 의견이 있었던 것 같고, 아우브가 브륀힐데를 제2 부인으로 맞이하는 것에 대해서도 빌프리트 님은 여러모로 불만이 있었던 것 같습니다."

아버님께 직접 말하지는 않았지만, 측근들한테는 이래저래 늘어놓는 불만이 있는 것 같다.

"게다가 처음부터 예상했던 일입니다만, 빌프리트 님이 기원식을 위해 라이제강계 기베의 토지에 갔을 때 이런저런 이야기를 들은 것 같습니다. 로제마인 님을 차기 아우브로 삼는 것에 대해……."

귀족 언어로 에둘러 가며 빈정대는 말을 들었으리라는 건 쉽게 상상할 수 있다. 구 베로니카 파벌의 주요 귀족들이 벌을 받고 멀리 쫓겨났으니까. 영주 후보생 중에서 유일하게 베로니카의 손에 자란 빌프리트는 여러모로 힘들 거다.

"일정은 힘들겠지만, 기베께 인사할 때 저도 동행하는 게 좋았을지도 모르겠네요. 조금이나마 감싸드릴 수 있었지 않을까요?"

회복약이나 휴식 장소를 잘 계산하면 어떻게든 할 수 있었을지도 모른다. 내가 그렇게 말했더니, 코르넬리우스가 싫다는 것처럼 얼굴을 찌푸리면서 고개를 저었다.

"빌프리트 님이 차기 아우브가 되고자 한다면 라이제강을 따라야만 한다. 로제마인이 나서서 감싸 봤자 의미가 없어. 빌프리트 님의 자존심에도 상처가 날 테고, 그런다고 라이제강의 평가가 올라가지도 않아. 그렇지 않겠어?"

"그건 그렇겠지만, 제가 같이 있으면 노골적으로 빈정대는 일은 줄어들지 않을까 싶어요."

신뢰를 얻는 것이야 빌프리트의 역할이지만, 동행해서 악의를 줄여 줄 수는 있지 않을까 싶은데. 그렇게 말했더니 코르넬리우스는 눈썹을 살짝 들어 올렸다.

"청색 신관들이 줄어서 사람이 부족했고, 체력 면에서도 일정 면에서도 아슬아슬하게 움직였던 로제마인이 고민할 일이 아니야. 기원식에서는 영주 후보생이 직할지를 돌고 그 뒤에 인사하러 가는 방법도 있는데, 기베와 얼굴을 마주칠 회수를 늘리기 위해 기베들의 토지를 돌겠다고 말한 사람은 빌프리트 님이잖아. 로제마인이 걱정할 일이 아니야."

위로해 주고 있다는 건 알고, 말하는 내용도 맞는 말인 것 같지만, 왠지 코르넬리우스는 빌프리트한테만 엄격한 것 같다는 기분이 들었다.

"그렇다면 당장 라이제강의 평가를 올릴 필요는 없다고 조언해 주는 쪽이 좋지 않을까요? 숙청 때문에 삐걱거리고 있는 영지 내부를 서둘러서 정리해야 하는 아버님과 달리 빌프리트 오라버니는 아우브가 될 때까지만 지지를 얻으면 된다고 생각합니다만……."

서두를 필요는 없다는 말을 해 주면 조금이나마 마음이 편해지려나. 내가 그렇게 말했더니 레오노레가 곤란하다는 표정을 지었다.

"저도 지금 당장 지지를 얻을 필요는 없다고 생각합니다. 하지만 로제마인 님이 빌프리트 님과 부주의하게 접촉하는 일은 자제하는 편이 좋지 않을까요. 리카르다의 말에 의하면 복잡한 나이라는 것 같으니까, 두 분 모두 상처를 입는 것은 아닌지 걱정이 됩니다."

레오노레의 걱정을 잘 이해할 수가 없어서 고개를 갸웃거리고 있자니 하르트무트가 보충 설명을 하려는 것처럼 입을 열었다.

"라이제강이 차기 아우브로 밀고 있는 로제마인 님이 라이제강의 지지를 얻으려고는 하고 있지만 마음대로 되질 않아 상처받은 빌프리트 님께 조언해 봤자 그것을 있는 그대로 받아들일지 아닐지 모르겠다고, 레오노레는 그 점을 걱정하고 있습니다."

……아, 내가 말해 버리면 꼭 필요한 조언이라도 신경을 건드릴 수 있다는 뜻인가.

측근들이 입을 모아서 걱정해 주고 있다. 아마도 지금 빌프리트는 라이제강의 지지를 얻지 못해서 자포자기한 기분인 상태겠지. 그런 기분이 너무 오래 가지 않고, 빨리 다시 일어났으면 좋겠는데. 내 머릿속에 있는 빌프리트에게 '괜히 건들지 말 것'이라는 딱지를 찰싹, 하고 붙였다.

에필로그

퀼른베르거로 향하는 기수 하나가 하늘을 달려간다. 에렌페스트에서 출발했을 때는 눈에 보이는 것이 온통 밝은 파란색이었는데, 퀼른베르거가 가까워질수록 어두운 구름이 늘어나기 시작했다.

하늘의 변화를 주시하고 있던 알렉시스는 한 손으로 허리에 찬 약주머니를 뒤져서 회복약을 꺼내 단숨에 들이켰다. 비가 쏟아지기 전에 퀼른베르거에 도착하고 싶다. 알렉시스는 고삐에 마력을 불어넣어서 기수의 속도를 높였다.

……자, 내 이야기를 들으면 아버지가 뭐라고 하실까.

알렉시스는 기베 퀼른베르거와 둘째 부인 사이에서 얻은 아들로, 빌프리트의 호위기사다. 주인이 명령한 이번 임무는 '기원식에서 로제마인과 만났던 기베 퀼른베르거의 상태를 살펴라. 가능하다면 기베의 협력을 받아 오도록'이라는 것이었다.

아버지는 아들의 주인이라는 이유로 차기 영주로 지지하지는 않겠다고 딱 잘라 말했었다. 알렉시스가 거들어 봤자 협력해 줄 리는 없을 것 같다. 최근에 기분이 좋지 않은 주인을 위해서라도, 하다못해 로제마인에 대한 인상이 그다지 좋지 않았기를 빌고 있다. 하지만, 그 바람은 너무나 비겁하고 소극적이었다.

알렉시스는 이렇게 무거운 기분으로 귀향하게 되리라고는 생각해보지 못했다. 최대한 천천히 퀼른베르거에 도착하고 싶지만, 하늘에는 어두운 구름이 점점 많아져만 갔다. 마음과는 반대로, 알렉시스는 기수의 속도를 높이는 수밖에 없었다.

"아아, 알렉시스 님. 날씨가 험해지기 전에 도착하신 것 같아서 안심했습니다."

장대비가 쏟아지기 전에 도착한 알렉시스를 맞이한 사람은 기베 퀼른베르거를 섬기는 기사들이었다. 빌프리트의 호위기사가 되기 전까지 그들에게 지도를 받았던 알렉시스에게는 아주 낯익은 이들이다. 알렉시스는 기사가 건넨 수건으로 붉은 기운이 강한 주황색 머리카락의 물기를 가볍게 닦았다.

"알렉시스 님도 마침내 성인이 되셨습니까. 세월 참 빠르군요. 이번에는 임무 때문에 오셨나요?"

"그래, 맞아. 아무래도 주인의 명령도 없이 귀족가를 벗어날 수는 없으니까."

미성년자는 임무 때문이라고 해도 귀족가 밖으로 나갈 수 없다. 최근에는 미성년 영주 후보생들이 인쇄업 관련이나 제사 등의 사유로 귀족가에서 나가야만 하는 임무들이 늘어나고 있기에 '귀성을 겸한다면 동행 가능' 등등으로 어느 정도 융통성을 발휘해 주게 되기는 했다. 하지만 그렇다고 해도 예외적인 취급이다.

알렉시스는 겨울 끝 무렵에 막 귀족원을 졸업하고 새롭게 성인이 됐다. 기원식이 끝난 이 시기에 퀼른베르거로 돌아온 것은 처음 있는 일이다. 이렇게 낯익은 이들의 환영을 받으니 혼자서 임무를 수행할 수 있는 성인이 됐다는 자랑스러운 기분이 가슴 속에서 치밀어 올라왔다. 왠지 기분이 무거웠던 임무가 조금이나마 가벼워진 것 같은 기분이 들었다.

"알렉시스 님, 유디트가 어떻게 지내는지는 알고 계십니까? 얼마 전에 로제마인 님과 동행해서 제사를 치르러 돌아오기는 했습니다만, 주인 얘기만 하고 자기 얘기는 거의 안 했었기에……."

기사 중에 한 사람이 안절부절못하는 분위기로 그렇게 물었다. 그는 알렉시스가 호위기사가 되기로 결심했던 때에 특별히 지도해 준 솜씨 좋은 사람이다. 하지만 알렉시스는 그 기사는 알아도 그의 딸 유디트는 잘 모른다. 기베를 섬기는 기사의 딸이라고 해도 세례식 전에는 기베의 저택이 출입할 수 없기 때문이다. 같은 고향 출신이지만 알렉시스와 유디트가 서로를 처음 본 것은 성의 어린이 방에서였다. 지금도 영주 후보생의 호위기사라는 의미에서는 같은 입장이지만, 나이도 성별도 섬기는 주인도 다르다 보니 접점이 거의 없다.

……유디트가 견습 기사라서 다행이다.

만약 유디트가 견습 시종이나 견습 무관이었다면 정말로 접점이 전혀 없게 돼 버리고, 알렉시스는 아무 말도 못 했을 것이다. 하지만 같은 호위기사다 보니 기사단 훈련장에서 볼 수도 있고, 유디트의 높은 명중률은 아주 유명했다. 보니파티우스조차도 눈독을 들일 지경이라서 화제가 되기도 했다.

"신전에 계신 경우가 많은 로제마인 님의 측근과 성에 있는 내가 얼굴을 마주칠 일은 비교적 적은 편이다. 유디트를 보는 건 훈련 때 정도인데, 항상 보니파티우스 님이 칭찬하실 정도로 진지하게 매진하고 있다. 나도 유디트의 높은 명중률과 집중력은 정말 훌륭하다고 생각한다."

"그렇습니까. 정말로 보니파티우스 님이……."

딸을 칭찬하는 말을 듣고 기뻐하는 기사를 보며, 알렉시스는 '아들은 저와 같이 기베를 지키는 기사가 되고 싶은 것 같습니다'라고 자랑하는 이야기를 몇 번이나 들었던 일이 생각났다. 귀족원 기간에만 로제마인을 섬기는 특이한 견습 기사 테오도르가 그의 아들이다. 여전히 가족끼리 사이가 좋은 것 같다. 슬쩍 웃으며 알렉시스는 기베 퀼른베르거의 소재를 물었다.

"아버님은 집무실에 계신가? 일단 기별은 드렸는데…….."

"예. 집무실에서 기다리고 계십니다. 안내해드리겠습니다."

"아니, 괜찮아. 그대들은 훈련을 계속하도록."

최근에는 거의 돌아오지 못했지만, 원래 자신이 살던 곳이다. 안내받지 않아도 집무실이 어디 있는지 정도는 알고 있다. 하지만 시종과 기사들이 '손님을 안내해드리지 않으면 기베께서 꾸중하신다'고 말해서 어쩔 수 없이 그들 뒤를 따라갔다.

"실례하겠습니다, 기베 퀼른베르거."

기베 퀼른베르거는 토지에 이상이 없는지 확인하기 위해 기수를 타고 돌아다니는 일이 많아서 이따금 저택에 있는 때는 집무실에 출입하는 사람이 많았다. 하지만 오늘은 사전에 연락해 둔 덕분인지 집무실에는 차를 준비하는 시종과 기베의 등 뒤에서 대기하고 있는 문관 외에 다른 사람의 기척은 없었다.

"이쪽으로 오시지요."

알렉시스는 아버지가 평소처럼 집무를 보는 모습을 예상하고 있었는데, 지금까지와는 다른 대응이다. 아무래도 아들의 귀환을 기다리는 아버지가 아니라 영주 일족의 명령을 받은 호위기사에게 기베로서 대응할 준비를 하고 있던 것 같다. 알렉시스는 임무를 지닌 호위기사로 대우하고 있다는 것을 느끼고 인제 와서 새삼 자기 임무가 무겁게 느껴졌다. 그리고는 그 무게를 털어내려는 것처럼 자세를 가다듬었다.

"기베 쾰른베르거, 빌프리트 님으로부터 기원식의 로제마인 님에 대한 정보를 가져오도록, 이라는 명령을 받았습니다."

알렉시스가 자세를 바로잡은 모습을 보고, 기베 쾰른베르거가 살짝 눈썹을 들어 올렸다. 그리고는 그대로 만족스레 고개를 한 번 끄덕였다. 알렉시스의 태도가 합격점이었는지 기베는 자리를 권했다.

"그나저나, 로제마인 님의 정보라니? 기원식에 관한 보고에 뭔가 문제라도 있었나?"

떠보는 것처럼 쳐다보는 시선에 알렉시스는 몸이 굳어졌다. 아버지의 얼굴이 아닌 기베 쾰른베르거와 마주하는 일은 처음이다. 알렉시스가 빌프리트의 호위기사가 된 뒤에도 성에서 귀족을 대응하는 것은 문관과 시종들의 역할이고, 귀족원에서는 주변 사람들이 전부 아이들이었다. 자신이 당사자가 돼서 귀족 사회의 속을 떠보는 일을 경험해 본 일은 거의 없다. 긴장된 분위기 속에서 나이 든 귀족의 노회한 태도를 직접 보자 그의 목에서 꿀꺽 소리가 울렸다.

"기원식 보고에 문제가 있던 것은 아닙니다. 빌프리트 님이 정보를 바라셔서……."

"흐음. 겨울 동안에 영주 일족의 측근이 여러 명 해임됐다고 하더니, 성인이 된 직후의 호위기사를 귀족가 바깥으로 내보내서 정보 수집을 명령해야 할 정도의 사태인가."

밖에서 정보를 수집하는 것은 문관의 역할이다. 물론 호위기사도 밖에 나가서 알게 된 것이 있다면 주인에게 보고한다. 하지만 정보 수

집 자체가 임무로 주어지는 일은 거의 없다. 호위기사에게 정보 수집을 명령해야 할 정도의 사태냐고 묻자 알렉시스는 천천히 고개를 끄덕였다.

"숙청의 영향이 상당히 큽니다. 영주 일족도 지금까지처럼 있을 수는 없겠죠."

"네가 영주 후보생들의 관계가 달라졌다고 보고했었는데, 기념식에서 본 로제마인 님께서는 그런 느낌을 전혀 찾아볼 수 없었다. 빌프리트 님이 차기 영주가 되기를 바라고, 자신은 그 입장을 바라지 않는다고 하셨다."

그 말을 들은 알렉시스는 온몸에서 힘이 빠져나가는 것 같은 안도감을 맛봤다. 최근에는 '라이제강 귀족은 물론이고 로제마인도 그런 생각을 품고 있다'라거나 '영주의 양녀가 된 것은 차기 영주가 되기 위해서였다'라는 말이 빌프리트의 입에서 나오고 있었다. 빌프리트 주위에서 그 말을 부정하는 사람은 램프레히트와 로제마인의 측근뿐이었다.

숙청 때문에 파벌의 세력이 완전히 바뀌어 버린 지금, 성에 남은 구 베로니카 파벌은 거의 없고 중립 파벌이나 라이제강계 귀족이 대부분을 차지하고 있다. 그래서 차기 영주인 빌프리트는 상당히 불편한 입장이다. 지금 그 의견을 들으면 주인의 마음이 조금이나마 편해질지도 모른다.

"기베가 보셨을 때, 로제마인 님은 어떠셨습니까? 그러니까, 차기 영주로서……."

알렉시스가 조심조심 물었더니 기베는 천천히 턱을 쓰다듬으면서 "로제마인 님 말인가……"라고 말하며 만족스러운 미소를 지었다.

"아우브로서의 소질은 예상 이상이었다. 친족이 아닌 처음 만난 기베를 상대로도 두려워하지 않고 자신의 의견을 말하더군. 그것도 다른 의견을 무시하지 않고, 잘 들으면서. 역시나 보니파티우스 님의 손녀야. 파벌을 이용하는 일은 있어도 파벌이 휘두르기는 힘든 영주가 될 것이다."

기베가 로제마인을 칭찬하는 와중에 알렉시스는 자신이 기베로서의 아버지에게 겁을 먹었다는 사실을 간파당했다는 것을 알고서 깜짝 놀랐다.

"그리고, 귀족원에서 하셨던 일이나 인쇄 사업을 발전시키는 방법에 대해 보고받은 것만 본다면, 로제마인 님의 언동에서는 장래의 전망이 느껴진다. 책을 늘리고 싶다, 귀족원의 성적을 올리고 싶다, 귀족들의 마력을 늘리고 싶다, 제사와 신전의 존재 방식을 재검토하고 싶다, 평민의 입장을 향상시키고 싶다…… 그런 것들 말이다. 하고 싶은 일이 명확하다면 아래에 있는 사람도 따라가기 쉽지. 지방에 있는 기베로서는 제 의사는 전혀 보여주지 않고 측근에게 조종만 당하는 것처럼 보이는 영주보다 안심할 수 있다."

알렉시스가 예상했던 것 이상으로 칭찬했다. 하지만 기베 퀼른베르거는 단 한 번 만났을 뿐이다. 로제마인에 대해 잘 아는 것은 아니다. 밖에서는 좋게 보일지도 모르지만, 가까이 다가가면 단점도 보이는 법이다. 실태를 알게 되면 기베도 의견을 바꾸지 않을까.

"분명히 로제마인 님의 발상이나 성적은 훌륭하다고 생각합니다. 하지만, 그분은 너무 독창적입니다. 언동이나 요구가 너무나 뜬금없어서 항상 주위 사람들을 곤혹스럽게 만듭니다. 영주가 되신다면 도저히 따라가지 못하겠죠."

하지만 그렇게 말했는데도 전혀 동요하지 않고 기베 퀼른베르거는 흥, 하고 코웃음을 쳤다.

"주인의 의견이나 전망을 실현할 수 있도록 완충재나 고삐 역할을 맡는 것이 측근과 배우자의 역할이다. 그래서 영주 일족에게는 유능한 측근이 붙어 있는 것이 아닌가. 실제로 로제마인 님은 잘하고 계신다. 그렇기에 개인이 아닌 에렌페스트 전체의 성적이 향상됐고, 왕족이나 상위 영지와 연줄도 생겼다. 그리고 중요한 측근들에게서 부정적인 의견도 없고. 유디트와 테오도르는 로제마인 님에 대해 자랑스럽게 말했었다. 딱히 문제가 있는 것 같지는 않다만."

단순한 질투가 아니냐는 말을 들은 알렉시스는 "측근에게서도 라이제강계 귀족에게서도 부정적인 의견은 나오고 있습니다"라고 말하며 고개를 저었다. 그리고 짙은 파란색 눈에 도전적인 기색을 담고 기베 퀼른베르거를 바라봤다.

"트라우고트 님은 도저히 따라가지 못하겠다면서 측근을 사임했습니다. 그리고 본인의 지지 세력인 라이제강계 귀족 쪽에서도 성적을 낮춰 줬으면 싶다고 진언했습니다. 아무리 봐도 아우브에 걸맞은 분은 아닌 것 같습니다."

"음? 트라우고트 님 자신에게 문제가 있다고 보니파티우스 님이 격노하셨고, 라이제강계 귀족은 로제마인 님이 차기 영주가 된다면 그 방침에 따르겠다고 했다는 보고가 있었다만. ······그건 누가 한 말이냐? 너 자신의 의견은 아닐 텐데?"

퀼른베르거라는 시골에 있으면서도 갖은 정보를 얻고 있는 아버지를 보자 알렉시스는 혀를 내둘렀다. 어지간한 반론 가지고는 의견을 바꾸게 할 수도 없다. 그 차분한 태도가 믿음직하다고 생각하면서 알렉시스는 쓸쓸한 미소와 함께 고개를 끄덕였다.

"빌프리트 님의 수석 시종이었던 오즈발트입니다. 로제마인 님과 달리 주위를 곤란하게 만드는 발상이나 언동을 하지 않는 빌프리트 님이야말로 상당히 우수한 영주 후보생이라고."

"멍청하기는. 그것은 측근으로서 편할 뿐이지, 영지에 도움이 되는 소질은 아닐 터인데."

빌프리트의 측근들 사이에서는 상식처럼 말하고 있는 것이지만, 밖에서는 통하지 않았다. 측근 동료들과 그렇지 않은 사람의 의견에 괴리가 심하다는 것을 확인하고 알렉시스는 왠지 이제야 겨우 숨통이 트인 것 같은 기분이 들었다. 측근 동료들의 의견은 구 베로니카 파벌 쪽으로 기울어 있고, 지금은 반론을 허락하지 않는 분위기로 가득했다. 너무나 답답하고 숨이 막힐 지경이다.

"영주에게 필요한 것은 목표를 정하고 나아가겠다는 의지와 중요한 국면에서 선택하고 그 책임을 지겠다는 각오다. 귀족원에서 우수자가 됐으니 빌프리트 님이라도 무난한 영주는 될 수 있겠지. 하지만 측근들에게 휘둘리기만 해서는 상위 영지와 어깨를 나란히 하기 위한 혁신적인 정책을 펼치는 영주까지는 기대할 수 없다. 나는 그런 의미에서 로제마인 님을 제1 부인보다 영주에 어울리는 분이라고 생각한다."

기베 퀼른베르거가 단언하는 말을 듣고 알렉시스는 살짝 한숨을 쉬었다.

"역시 빌프리트 님이 바라는 대답을 가져갈 수는 없겠군요. 아버님…… 만약 제가 이 대답을 가져가서 주인께 책망을 받는다면 퀼른베르거로 돌아와도 되겠습니까?"

"무슨 뜻이냐? 내 선택 때문에 너를 책망하다니?"

"라이제강계 기베들을 만나면서 마음대로 되지 않은 책임은 램프레히트에게 있다고 책망하고 있으니, 쾰른베르거에서의 실패는 제 책임이 되지 않을까 싶습니다……."

빌프리트는 기원식을 기회로 라이제강계 귀족을 자기 사람으로 만들겠다는 의욕에 불타고 있었다. 로제마인과 약혼하면서 차기 영주 자리에 올랐기 때문에 라이제강계 귀족도 어느 정도는 빌프리트를 받아들이리라 생각했던 것 같다. 실제로, 지금까지 인쇄업 관련 등으로 방문했던 곳에서는 차기 영주로서 존중해 줬다.

램프레히트도 로제마인의 측근도 '지금은 자제하라'고 충고했지만 빌프리트는 예전의 경험을 바탕으로 '말하면 이해해 줄 것이다'라면서 강행했다. 알렉시스는 말리지 않았다. 분기하는 것 자체는 상관없다고 생각했기 때문이다. 자신들이 호위 임무에 힘을 쏟으면 될 뿐이고, 빌프리트 자신도 처음부터 모든 것이 잘 되리라고 생각하지는 않았으리라 여겼다.

하지만, 현실은 만만치 않았다. 현지에서 라이제강계 귀족들의 차가운 눈길을 받고, 은근히 무례한 대응을 받은 빌프리트는 '끔찍한 짓을 당했다'라면서 풀이 죽었다. 라이제강계 귀족은 자신을 지지하는 세력이 되어 주지 않는다. 그들이 추대하는 것은 어디까지나 로제마인. 로제마인을 차기 영주로 삼을 기회가 있다면 아무리 약혼자라고 해도 빌프리트는 제거 대상이 된다. 그런 현실을 직접 겪은 빌프리트는 '실패의 원인은 사전에 제대로 손써 두지 않은 램프레히트와 약혼자면서도 비협조적인 로제마인에게 있다'면서 화를 내고 책임을 전가했다.

"지금의 라이제강계 귀족이 빌프리트 님을 그리 간단히 받아들일 리가 없다. 단번에 성공할 거라고 여겼다면 낙관적인 것도 정도가 있다고 해야겠지. 빌프리트 님은 자신의 조모가 라이제강계 귀족에게 했던 짓을 모르는 것인가?"

"……지식으론 알아도 그로 인해 얼마나 원망을 샀는지, 사람들이 얼마나 화가 나 있는지는 이해하지 못한 것 같습니다. 저도 베로니카 님이 어머님께 내린 처사에 대해 알고는 있지만 제가 직접 뭔가를 당한 건 아니라 크게 고려해 본 적이 없었습니다."

알렉시스의 어머니는 라이제강계 귀족이다. 베로니카의 괴롭힘을 받기 싫어서 보니파티우스의 제1 부인과 직접 담판을 짓고 보니파티우스의 도움을 받아서 퀼른베르거로 시집왔다. 그녀는 베로니카의 방식에 대해서 입을 꾹 다물었는데, 시간과 마음의 낭비라는 이유로 굳이 싫어하는 사람에 대해 생각하거나 말하거나 보려고 하지 않는 사람이었다.

그래서 알렉시스는 어머니가 과거에 당한 처사에 대해 처음으로 성에 갔을 때 주의를 들었던 정도만 알고 있다. '너한테 도움이 안 되니까, 성에서는 내게 가까이 오지 말거라'라고 말하면서 접근을 금지했던 일이 훨씬 기억에 남아 있다.

성에서 알렉시스는 기베 퀼른베르거의 아들로 소개되었고, 어머니께 가까이 가지 못한 탓에 아버지와 그 제1 부인 곁에 있었다. 그래서 그는 라이제강계 귀족과의 인연이 거의 보이지 않는 존재가 됐다. 지금에 와서는 베로니카가 주목하지 않도록 부모님과 아버지의 제1 부인이 여러모로 생각해서 지켜 줬다는 것을 알 수 있다.

부모님의 대책은 정답이었다. 당시의 베로니카에게는 중립파 기베

의 아들보다 라이제강 귀족의 중추를 짓밟는 쪽이 훨씬 중요했겠지. 알렉시스는 베로니카와 첫인사 외에는 말을 나눠 본 적이 없다. 귀여운 손자의 측근 후보라는 점에서도 말을 듣도록 만들기 힘든 기베 퀼른베르거의 아들은 그녀의 시야에 들어가지 않았다.

알렉시스에게 베로니카는 멀리 떨어진 사람이다. '뭔가 영주인 질베스타 님보다 높은 사람 같다'고 생각했더니, 어느샌가 실각해 있었다. 그 정보밖에 기억이 없다. 그래서 실각했던 때도 알렉시스는 '그렇구나'라고 생각했을 뿐이었다. 라이제강계 귀족에게도 베로니카 파벌 귀족에게도 공감하지 못했기 때문에 자기 조모의 행실에 대해 아무 생각도 없는 빌프리트에게 딱히 혐오감을 품지도 않고, '뭐, 그런 거겠지'라고 수긍할 수 있었다.

"빌프리트 님이 자신이 관여하지 않은 옛일에 대해 아무 생각이 없고 낙관적이라는 점은 부정하지 않습니다. 하지만, 귀족원에서 돌아와 숙청의 영향을 직접 보기 전까지는 정말로 이상적인 주인이었습니다."

"뭐가 어떻게 달라졌지?"

"가장 큰 변화는, 빌프리트 님이 묘하게 로제마인 님을 적대시하게 됐다는 점이겠죠. 그리고 다른 영주 후보생들에게 갑자기 차기 영주인 자신에게 공적을 양보하라든지, 자신을 보좌하라는 말을 하게 됐습니다."

그전까지도 오즈발트가 뭔가 손을 쓰고 있다는 사실을 어렴풋이나마 알고는 있었지만, 빌프리트가 성과를 내놓으라고 강요하는 일은 없었다. '동생한테 양보받는 건 싫다'라고 말했었다. 최소한 귀족원 표창식에서도 로제마인에게 그런 말을 했던 것을 알렉시스는 알고 있다. 그런데 갑자기 '약혼자와 동복동생이라면 차기 영주에게 성과를 바쳐야 마땅하다'는 말을 하기 시작했다.

"빌프리트 님은 대영지의 방식에 맞추면 그렇게 되고, 에렌페스트에서도 옛날부터 그렇게 해 왔다고 자신만만하게 말씀하셨습니다만……."

"대영지의 방식이라……. 하긴, 이복형제와 차기 영주를 대립시켜 평가 경쟁을 하게 만들 때는 동복형제가 성과를 양보하기도 하지. 하지만 지금의 에렌페스트에서는 약혼 덕분에 빌프리트 님이 차기 영주로 결정된 것이 아닌가. 타인의 성과를 빼앗을 필요는 없다."

기베 퀼른베르거는 그렇게 말한 뒤에 뭔가를 생각하는 것처럼 먼 곳을 보며 깊은 한숨을 쉬었다.

"베로니카 님이 질베스타 님을 위해서 측근들의 성과를 빼앗았던 것은 유명한 이야기다. 그렇다면, 에렌페스트의 영주 일족은 오래전부터 그래 왔다고 할 수 있겠지."

알렉시스는 신음하면서 머리를 쥐어뜯고 싶어졌다. 빌프리트의 말 자체는 틀린 것이 아니었다. 근거로 삼고 있는 '예전'이 '베로니카의 전성기'였을 뿐이다. 구 베로니카 파벌의 측근들은 예전부터 해 온 당연한 행동이라고 생각할 수도 있지만, 지금에 와서는 빌프리트가 아직도 베로니카 파벌이라는 인상을 주는 최악의 행동이 될 뿐이다. 라이제강계 귀족들의 심정은 나빠져만 갈 뿐이겠지.

"제가 예전에 베로니카 님이 행하셨던 일에 관심이 있었다면, 조금이나마 막을 수 있었을까요?"

"너 하나가 뭐라고 해 봤자 쉽지 않았겠지. ……헌데, 빌프리트 님의 변화가 너무 급격하군. 뭔가 원인으로 짐작 가는 일은 없나? 영주의 측근이 해임됐을 정도니까. 빌프리트 님의 환경도 상당히 달라졌겠지?"

변화의 원인을 명확히 하고 그 원인을 제거하라는 지적에 알렉시스는 다시 한번 생각해 봤다. 분명히, 주인 주변의 환경은 크게 달라졌다.

"생활상에서 커다란 변화는 수석 시종인 오즈발트가 사임처럼 보이는 해임을 당한 일이려나요."

오즈발트는 '파벌의 폐단이 미치는 것을 우려한 해임입니다. 빌프리트 님이 아우브께 반발하지 않도록 사임한 것처럼 보이도록 하라'는 명령을 받았습니다'라는 말을 측근들에게 전한 뒤에 주인에게는 '제가 있으면 빌프리트 님께 도움이 되지 않는다'는 말로 눈물을 흘리며 사임 허가를 요청했다. 오즈발트가 가족이 연루된 사람들에게도 사임을 권한 결과, 네 명의 성인 측근이 그만뒀다.

"가장 오래 섬겨 온 충신을 잃은 빌프리트 님은 자신의 무력함을 책망하셨습니다. 그 때문인지 봄을 축하하기 위한 연회에서 약혼자가 그 분한 마음과 슬픔에 공감해 주지 않았다는 이유로 분개하신 것이 아닌가 싶습니다."

나중에 알렉시스는 이름을 바친 측근인 바르톨트가 '라이제강의 공주에게는 기쁜 일이겠지요. 베로니카 님께 원한을 품고 있는 파벌이니까'라고 위로하는 모습을 봤다.

"세례식 전부터 측근이었던 자가 갑자기 사라지면서 정신적으로 불안정해진 것은 아닌가 싶습니다. 베로니카 님이 키우신 빌프리트 님께는 영주 부부보다 오즈발트 쪽이 훨씬 가까웠을 테니."

"흐음……. 어쩌면, 달래고 야단치는 수석 시종이 사라지면서 그전까지 억누르고 있던 방종한 마음이 표면으로 드러난 것인지도 모른다. 또는 그들을 측근으로 되돌리라는, 아우브에 대한 무의식적인 반항 행동이려나?"

아버지의 추측을 듣고 알렉시스는 팔짱을 끼었다. 그는 주인의 갑작스러운 변화가 당혹스러워서 눈살을 찌푸리기는 했지만, 그런 생각은 해 본 적이 없었다. 신선한 의견이다. 제삼자의 의견은 정말 귀중하다. 마침 좋은 기회니까 알렉시스는 아버지의 의견을 듣고 싶어서 다른 생각 난 일에 대해서도 말했다.

"집무 환경이 달라진 것도 크다고 봅니다. 예전과 달리, 성안에서 중립파와 라이제강계 귀족들이 두드러지게 됐습니다. 그래서 구 베로니카 파벌이 빌프리트 님 주위를 둘러싸고 있던 때와 비교하면 집무 환경도 달라졌습니다."

"아양 떨고 칭찬하기만 하던 자들이 아니게 됐다는 말인가."

아버지의 신랄한 표현에 알렉시스는 씁쓸하게 웃으며 고개를 끄덕였다.

"기본적으로 빌프리트 님의 측근들은 칭찬해서 성장하게 하자는 주의입니다만, 지금은 보니파티우스 님의 질책이 날아오는 환경이 되었습니다."

"보니파티우스 님의?"

"예. 페르디난드 님이 신전에서 처리하던 일을 로제마인 님이, 성에서 하던 일을 보니파티우스 님과 빌프리트 님이 분담하게 됐기 때문입니다."

주인의 집무 시간은 크게 늘고 자유 시간이 줄어들었다. 또한 집무를 볼 때는 보니파티우스와 얼굴을 마주해야만 한다. 빌프리트는 손녀에 대한 애정이 넘치는 숙부와 집무를 보는 것 때문에 숨이 막힐 지경인 것 같았다.

그 기분은 알렉시스도 이해하지만, '성의 집무를 로제마인이 했으면 싶다'든지, '신전에만 틀어박힐 수 있는 로제마인은 속 편하고 좋겠다'라든지, '차기 영주의 제1 부인으로서 할 일을 안 하고 있다'는 불만은 이해할 수 없었다.

페르디난드가 성에서 지낸 시간은 그리 길지 않았다. 아마도 신전 쪽의 업무량이 더 많았기 때문인 것 같다. 그리고 로제마인은 성인 문관이 하르트무트 하나뿐이다. 견습 문관을 포함해도 집무를 볼 수 있는 사람이 상당히 적다.

"빌프리트 님에게는 문관이 셋, 견습 문관이 세 명이 있으니, 보니파티우스 님과 같이 일하고 싶지 않다면 자기 문관들에게만 시키면 되지 않겠습니까?"

"그렇게 제안한 적은 있나?"

"문관들이 각하했습니다. 아직 책임을 질 만큼 집무에 정통하지 않아서 무리라고."

신전에서 멜키오르의 측근들이 인수인계 기간을 두는 것처럼 빌프리트와 그 측근들에게도 인수인계가 필요하다고 했다. 에렌페스트는 영주 일족이 적고, 지금은 측근을 해임해서 힘든 상황인 영주 부부에게 빌프리트의 교육까지 부탁할 수는 없다. 보니파티우스에게 차기 영주의 교육을 부탁할 수밖에 없는 상황이다.

"집무 환경을 개선하고 싶다면 빌프리트 님이 하루빨리 인수인계를 마치는 수밖에 없지. 변화는 그것뿐인가?"

알렉시스는 최근에 빌프리트가 입에 담는 불만을 생각해 내고 손뼉을 쳤다.

"빌프리트 님은 아우브께서 제2 부인을 맞이하는 것에 대해서도 꺼리시는 듯합니다."

"고집스레 제2 부인을 들이려 하지 않았던 아우브 에렌페스트치고는 잘도 결단했다고 생각했는데…… 대체 뭐가 불만이라는 건가?"

빌프리트는 식당에서 이야기를 들었을 때는 아무 말도 안 했지만, 자기 방에 돌아와서는 '라이제강에서 들이는 아내라면 로제마인이 있지 않은가'라든지, '브륀힐데를 들일 바에는 로제마인을 아버지의 제2 부인으로 삼을 것이지'나, '로제마인이 라이제강의 공주로서 그들을 억제하지 않는 게 잘못이다'는 불만을 늘어놨다. 아우브에게 다시 생각해 달라고 설득하기 위해 샤를로테 님에게 협력을 요청하기도 하고, 브륀힐데에게 사퇴하라고 말하기도 했던 것을 떠올리며, 알렉시스는 말로 뭐라 표현할 수 없을 만큼 무거운 기분을 맛봤다. 양쪽에서 거절당하고 화를 내던 빌프리트를 달래는 일은 정말 힘들었다.

"브륀힐데 님의 연령이 자신들과 거의 차이가 없다는 것과, 로제마인 님의 측근에서 영주 일족으로 들어온다는 점이 마음에 들지 않으셨던 것 같습니다."

"허나, 제2 부인을 들여서 파벌을 조정하고 집무를 분담하는 것은 영주로서 당연한 일이다. 그리고 빌프리트 님 자신도 언젠가 제2 부인을 맞이해야 하는 몸이 아닌가."

안 그래도 에렌페스트는 영주 일족의 숫자가 적다. 다음 아우브가 제2 부인을 들이지 않고 넘어갈 수는 없을 것이다.

"예. 저로서는 라이제강계 귀족을 억제하기 위한 제일 좋은 선택이었다고 생각합니다만, 라이제강계 귀족의 기세가 지금보다 커질 테고, 자신의 측근을 바친 로제마인 님이 차기 영주에 가까워졌다고 측근 동료들 사이에서는 평이 좋지 않습니다."

알렉시스는 이렇게 말하고서야 처음으로 알았다. 브륀힐데가 제2부인이 되는 것을 꺼리는 사람은 빌프리트와 그 측근들뿐이다. 많은 구 베로니카 파벌 귀족들이 잡혀간 지금, 기베들은 영주가 선택한 라이제강계 귀족을 억제할 수단에 납득했다.

"제2부인을 싫어하는 것은 베로니카 님의 교육 탓인지도 모르겠군. 그분은 본인의 남편이 제2부인을 들이는 것을 허락하지 않았고, 질베스타 님이 제2부인을 싫어한다는 발언을 해도 나무라지 않았을 정도니까."

"어릴 적의 교육이 그런 부분에도 영향을 미친다면, 빌프리트 님이 베로니카 님의 그림자를 벗어나는 것은 힘들겠군요. 최근의 급격한 태도 변화를 통해 빌프리트 님이 틀림없는 베로니카 파벌이라는 사실이 명확해졌습니다. ……로제마인 님의 친오빠인 램프레히트는 노골적으로 적대시당하는 탓에 정말 힘들어하고 있습니다."

알렉시스는 시선을 발밑으로 떨궜다. 빌프리트가 기원식에서 라이제강 귀족 기베의 토지를 돌겠다고 제안했을 때, 램프레히트는 그만두라고 주의를 줬다. 그 뒤로 빌프리트는 걸핏하면 측근 동료들에게 램프레히트의 충성심이 의심된다고 말했다. 알렉시스가 자기도 모르게 말리려고 했을 때, 바르톨트로부터 '퀼른베르거도 로제마인 님 편입니까?'라는 말을 들었고, 램프레히트는 '난 익숙하니까 떨어져 있도록'이라고 말했다. 그 뒤로는 되도록 끼어들지 않으려 하고 있다.

그런 와중에 빌프리트는 기베들과의 면회를 강행했고, 알렉시스의 예상대로 실패로 끝났다. 성으로 돌아와서 풀이 죽어 있는 빌프리트는 원망하는 얼굴로 램프레히트를 봤다.

"이번 실패의 원인은 빌프리트 님이 주위에서 하는 말을 듣지 않은 것과 라이제강계 귀족의 오랜 분노를 우습게 봤다는 점입니다. 오랜 분노가 단 한 번의 면회로 풀릴 리가 없습니다. 꾸준히 이해를 얻어 가도록 해야 합니다."

알렉시스는 램프레히트의 말이 지극히 옳았다고 생각했다. 반성하고 다음 기회에 잘 활용하면 되는 일이다. 하지만 램프레히트의 말은 '너무 차갑다' '배려심이 없다'는 이유로 무시당했다.

"저는 끼어들지 않기를 잘했습니다"

"알렉시스 너는 뭐라 말할 생각이었지?"

"램프레히트도 로제마인 님의 측근들도 말렸는데 강행한 사람은 누구입니까? 생각했던 결과가 나오지 않았다고 토라지는 데에도 정도가 있습니다, 라고."

"흐음. 퀼른베르거를 적대시하게 될 위험성이 크군. 넌 조용히 있거라."

램프레히트의 말 때문에 더 삐쳐 버린 빌프리트에게 달려온 자는 이름을 바친 측근인 바르톨트였다. '이렇게 노력하셨는데 정말 불쌍하시군요……' '로제마인 님과 램프레히트가 사전에 더 협력해서 사전에 손을 썼다면……'이라는 말로 빌프리트 님의 책임이 아니라는 점을 강조하면서 위로했다. 그걸로 주인의 기분이 좋아질 거라고 여기며 다른 측근들도 바르톨트를 따라서 램프레히트의 도움이 부족했다고 말하게 됐다. 알렉시스는 이게 대체 무슨 촌극이냐고 생각할 지경이었다. 실패의 원인이라고 욕을 먹고 있는 램프레히트가 더 불쌍하다는 생각이 들었다.

"네 어머니도 라이제강계 귀족인데, 너는 아무 말도 안 들었나?"

"아무래도 빌프리트 님은 베로니카 님과 마찬가지로 저를 기베 퀼른베르거의 아들로만 보고 계신 것 같습니다. 중립파에 파벌 따위와는 관계없다고 단언하는 퀼른베르거의 귀족이라고 생각하시고 계십니다."

실제로 알렉시스는 호위기사는 주인을 지키기만 하면 된다고 생각하고 있다. 쓸데없는 일은 생각하고 싶지도 않다. 알렉시스가 빌프리트의 호위가 된 것은, 오로지 램프레히트가 권했기 때문이다. 베로니카가 실각한 뒤에 측근의 파벌 관계를 베로니카파에서 중립이나 라이제강 쪽으로 기울게 하고 싶다고 했고, 알렉시스는 그 말을 받아들였다.

그래서 알렉시스는 램프레히트가 생트집 같은 이유로 반감을 사고 있는 상황이 마음에 들지 않았다. 하지만 정작 본인이 '영주 부부가 측근 재편성을 마치고 처벌을 받은 구 베로니카 파벌 귀족들이 집무에 복귀하게 될 무렵이면 빌프리트 님도 라이제강계 귀족도 진정이 되겠지. 일시적인 발작이다'라고 말할 뿐이었다. 조금만 참으면 된다고.

"이런저런 말을 듣기는 했지만, 지금까지 빌프리트 님이 해 오신 노력은 이해하고 있습니다."

하얀 탑의 일 때문에 오점이 생겼지만, 그래도 꾸준히 노력해 왔다. 같은 학년이라서 로제마인과 비교당하는 힘든 입장이지만, 우수자로 뽑히는 성적을 계속 거두고 있다. 기숙사를 이끄는 일도 잘 해 오고 있고, 형제들과의 관계도 지금까지는 양호했다. 숙청 때문에 자신의 파벌인 구 베로니카 파벌 학생들의 불만을 들으면서도 영지 후보생으로서의 책무를 다하고 있고, 단켈페르거가 부조리한 디터를 걸어 왔어도 기사들을 이끌고 승리했다.

"그렇기에, 갑자기 변해 버린 주인의 모습이 너무나 슬프고 한심해서 견딜 수가 없습니다. 정말 화가 납니다. 단켈페르거와의 디터에서 로제마인 님을 지키기 위해 분투하던 모습은 대체 어디로 갔을까요? 저는 빌프리트 님과 함께 로제마인 님과 에렌페스트를 단켈페르거로부터 지켜 냈습니다. 그때는 정말 자랑스러운 기분이었습니다. 호위기사로서 이 싸움에 동참할 수 있어서, 승리해서 정말 다행이라고……."

그 시절에는 숙청이 일어나도 자신들은 괜찮으리라 생각했다. 무슨 일이 있어도 차기 영주인 빌프리트를 중심으로 뭉쳐서 밝은 미래를 향해 나아갈 거라고, 근거도 없이 믿고 있었다. 하지만, 지금은 그런 꿈을 꿀 수조차 없다.

"파벌은 정말로 귀찮은 것이라고 하셨던 아버님의 말씀을 뼈저리게 느꼈습니다. 빌프리트 님이 스스로 베로니카 님의 어두운 유산 속으로 달려드는 것 같은 언동을 하는 이유가 대체 무엇인지 저는 도저히 이해할 수가 없고, 지금은 성안의 분위기가 너무나 숨이 막힙니다. 측근을 사임하고 퀼른베르거로 돌아오고 싶습니다."

알렉시스가 토해 내는 말들을 조용히 듣고 있던 아버지는 천천히 숨을 내쉰 뒤에 미간에 짙은 주름을 새기며 팔짱을 끼었다. 새로운 과제를 내릴 때의 동작을 보고 알렉시스는 자세를 바로잡았다.

"……지금의 너는 주인이 자신의 이상에서 벗어난 것이 마음에 들지 않아서 측근으로서 해야 할 일을 내던지려 하고 있을 뿐이다. 일이자기 마음대로 되지 않아서 짜증이 난 빌프리트 님과 네가 뭐가 다르다는 것이냐."

낮은 목소리로 지적하는 말을 듣자 알렉시스는 숨이 턱 막혔다. '다르다'라고 반론할 수 있으면 좋겠는데, 반론할 말이 생각나지 않았다.

"없어진 측근이 누구냐. 그자가 정말로 지금까지 빌프리트 님의 고집을 억누르고 있었나? 아니면 여전히 비밀리에 그들과 연락을 취해 오히려 뭔가 이상한 걸 부추김당하기라도 한 건 아니냐? 부모의 연좌를 면하기 위해서 이름을 바치고 측근으로 들어온 자가 있다고 했는데, 그자는 정말로 믿을 수 있느냐?"

"이름을 바친 자는 빌프리트 님께 거역할 수 없지 않습니까?"

주인을 위해 목숨을 바치는 것이 이름을 바친 측근이다. 알렉시스는 그들을 의심해 본 적도 없었다.

"이번에 이름을 바친 것은 목숨을 구하기 위해 강제로 한 것이다. 충성 끝에 이름을 바친 자와 같을 리가 없지. 베로니카 님께 이름을 바치는 것을 강요했지만, 충성심이 부족한 언동을 했던 자를 알고 있다. 명령을 배신하지 못할 뿐이지, 마음속에서는 무슨 생각을 하는지 모르는 일이다. 그 복잡함과 위험성은 항상 가슴속에 담아두도록 해라."

빌프리트에게 슬금슬금 다가가던 바르톨트의 모습이 머릿속에 떠올랐다. 그러고 보니 이름을 바쳤다는 이유로 무척 신뢰하는 것인지, 신입인데도 빌프리트는 바르톨트를 중용하고 있다.

"주인의 일하는 환경을 주시해라. 차기 영주면서도 영주를 보좌하는 일의 양이 너무 많아서 따라가지 못한다면, 영주가 돼서도 일을 제대로 못 할 것이다. 하지만 거기에 방해하는 뭔가가 있을 가능성은 없겠느냐? 일하는 중에 라이제강계 귀족으로부터 자잘한 괴롭힘을 당하고 있지는 않은지 잘 확인해 봐라."

서류와 눈싸움을 하면서 주인의 일을 보좌하는 것이 문관. 그들의 눈이 미치지 않는 부분을 보는 것이 호위기사라고 기베 퀼른베르거가 말했다. 집무실에서 멍하니 서 있기만 하면 되는 게 아니라는 말을 듣고 공격 등에 대한 경계만 생각하고 집무를 방해하는 것에 대해서는 생각이 미치지 않았던 알렉시스는 깊이 반성했다.

"반대로, 너희들의 언동이 라이제강계 귀족의 비위에 거슬린 건 아닌지 돌아보는 것도 중요하다. 베로니카 님이 라이제강에게 행했던 짓을 잊은 것 같은 언동을 하지는 않았나?"

그건 가능성이 상당히 클 것 같다고 생각했다. 자세한 일을 모르기 때문에 주의할 수도 없다. 문제는, 그것을 알기 위한 노력조차도 하지 않았다는 점이다.

"잘 봐라, 주인의 행동을. 잘 들어라, 주위의 목소리를. 호위기사로서 지켜라, 주인의 명성을. 주인이 길을 벗어났다면 억지로라도 되돌려라. 그것이 측근이 할 일이다. 주위의 변화에 휘둘리고 싫은 일에서 눈을 돌리다가 물러나 버리는 얼간이는 퀼른베르거로 돌아와도 곤란할 뿐이다."

아버지의 질책을 듣고, 알렉시스는 침을 꿀꺽 삼켰다.

"제가 측근으로서 할 수 있는 노력을 다했는데, 그래도 어떻게 할 수 없는 경우에는……?"

"간단한 일이지. 영주 후보생으로서 실격이라는 증거를 모아서 아우브께 폐적을 진언하고, 측근 자체를 해산시켜라. 그 뒤에 돌아온다면 기꺼이 맞이하겠다. 네가 하는 일에 책임감 있게 임해라."

알렉시스가 사임하는 건 간단하지만, 빌프리트가 주인으로서 적합하지 않다는 것을 증명하는 건 간단한 일이 아니다. 정말로 주인의 상황을 주의 깊게 보고, 그 주위를 세세히 살펴야만 한다. 오늘 지적받은 것만 돌이켜 봐도 알렉시스의 일하는 태도는 어중간했다. 빌프리트를 영주 후보생으로서 실격이라고 하기 전에 알렉시스 자신이 호위기사로서 실격이라는 낙인이 찍히겠지.

"못난 짓을 했습니다. 온 힘을 다해서 빌프리트 님을 섬기겠습니다."

자신이 섬기는 방법이 부족했다고 지적받고 야단맞은 것은 솔직히 분하다. 하지만 자신이 해야 할 일이나 가야 할 방향이 보였다. 퀼른베르거로 돌아왔을 때의 칙칙하고 답답했던 기분과 달리, 자신의 눈앞이 환해진 것만 같았다.

일단 빌프리트 주위를 자세히 살펴보고 싶다. 램프레히트와 협력해서 다양한 각도에서 변화의 원인을 검증하고 싶다. 해야 할 일을 가슴에 품고 알렉시스는 도전적인 웃는 얼굴로 자리에서 일어났다.

반성과 선망

저녁 식사 자리에서 브륀힐데를 제2 부인으로 삼겠다는 이야기를 듣고, 저는 온몸의 핏기가 가시는 기분이 들었습니다. 간신히 미소를 지으며 축하의 말을 했고 그 자리는 어떻게든 넘겼습니다만, 제 방으로 돌아온 뒤에는 도저히 가만히 있을 수가 없었습니다.

　"바넷사, 어떻게 하죠? 저 때문에 브륀힐데가 아버님의 제2 부인이 돼 버리겠어요."

　저는 영주 일족 회의 중에 아버님과 어머님께 불만을 터트려 버리고, '제2 부인을 들여서 귀족들의 안정을 우선해야 했다'고 비난했습니다. 그 탓에 어머님의 임신과 출산에 영향을 주지 않으면서 약혼자가 정해지지 않은 라이제강계 귀족으로서 브륀힐데에게 화살이 돌아갔을 것이 분명합니다.

　"진정하세요 샤를로테 공주님. 만약에 공주님의 말씀이 계기가 되었다고 해도, 제2 부인으로 맞이하겠다고 정한 분은 아우브 본인이십니다. 그리고 라이제강계 귀족을 이끌 수 있는 제2 부인이 필요한 것도 틀림없는 사실이죠. 그렇게 도망치던 아우브가 공주님의 의견을 받아들이셨는데, 공주님이 동요하시면 어떻게 하겠습니까?"

　그래요, 제가 뭐랬어요. 라이제강계 귀족을 제2 부인으로 맞이하는 것이 최선이라고. 그 탓에, 언니의 소중한 측근이 힘든 입장이 돼 버렸어요.

　이번 약혼은 영주 일족에게만 이익이 있고, 브륀힐데에게는 이익이 너무나 적습니다. 라이제강계 귀족을 이끌기 위한 제2 부인으로서 환영받고 있지만, 어머님 정도 나이라면 모를까 미성년인 브륀힐데가 나이 많은 귀족들을 이끄는 것은 쉬운 일이 아니겠죠. 저도 친족이라는 이유로 보니파티우스 님이나 숙부님들의 의견들 정리하라고 하면 정말 아득한 기분이 들 것이 틀림없습니다.

또한 아우브께서 그레첼의 개혁에서 당당하게 돕는 것이 가능하다는 이점을 설명하셨는데, 원래 아버님과 어머님이 예정을 틀어지게 만드셨습니다. 그 빈자리를 브륀힐데에게 메워 달라고 부탁하는 것이 잘못 아닐까요. 아무리 좋게 말해도 어머님이 임신하면서 생긴 빈자리를 메우기 위한 일입니다.

브륀힐데는 차기 기베로서 그레첼에 인쇄를 도입하거나 개혁을 추진하려 했다고 들었습니다. 아무리 그레첼을 위한 일이라고 해도, 아버님의 갑작스러운 제안 때문에 차기 기베라는 입장을 잃어버리다니 얼마나 낙담했을까요. 저는 오라버니의 약혼 때문에 제가 갑자기 차기 영주 후보에서 내려오게 되었던 일이 생각났습니다.

……아버님은 다른 사람의 마음을 소홀히 여기는 경향이 있습니다. 오라버니만 우선하느라, 제가 어떤 기분을 느꼈는지…….

차기 영주가 정해져 있기에 브륀힐데는 제2 부인이 된 뒤 만약에 아이가 생기더라도 차기 영주의 어머니를 노릴 수는 없습니다. 처음부터 일반적인 제2 부인이 바라는 미래를 포기해야 하는 상황입니다.

게다가 아버님은 어머님을 너무 사랑하셔서 오랫동안 제2 부인은 필요 없다고 말씀하셨습니다. 브륀힐데가 아무리 젊고 예뻐도 아버님의 총애를 받을 일은 없을 것 같습니다. 딸인 제가 이런 말을 하기는 그렇지만, 아버님의 총애는 너무 편중된 것이 아닐까요.

브륀힐데는 중앙은 물론이고 다른 영지에서도 탐내는 곳이 많은 재원입니다. 그런데, 남편의 총애도 장래의 희망도 얻을 수 없는 제2 부인으로서 나이 차가 부모 자식만큼이나 나는 남성과 결혼해야 한다니……. 제가 그런 입장이 됐다고 생각하면 정말 오싹한 기분이 듭니다.

"미성년인 브륀힐데가 아니라, 자식을 바라지 않는 나이 든 미망인을 찾으면 좋지 않았을까요."

"인제 와서 무슨 말을 해 봤자 기베가 승낙한 이상 약혼은 막을 수 없습니다. 브륀힐데 님께 미안한 일을 했다고 생각하신다면 앞으로의 대처를 생각하도록 하시죠. 샤를로테 공주님께서 브륀힐데가 바라는 형태로 힘을 보태 주시면 됩니다."

아버님과 브륀힐데의 약혼 발표에 놀라워하는 목소리가 들려왔던 봄을 축하하기 위한 연회가 끝나고 귀족들이 각자의 토지로 돌아가자, 성안이 조금 조용해졌습니다. 그런 와중에 저는 서쪽 별채를 둘러보러 성에 찾아온 브륀힐데를 제 방으로 불렀습니다.

"약혼하고 바쁠 때 이렇게 불러서 미안해요."

"아닙니다. 불러 주신 것만으로도 정말 기쁩니다. 저도 샤를로테 님과 이야기하고 싶었으니까요."

브륀힐데는 생글생글 미소를 지으며 자리에 앉았습니다. 저는 제 시종에게 차를 가져오라고 했습니다. 브륀힐데의 가슴을 장식하고 있는 목걸이는 아버지가 보낸 약혼 마석입니다. 그것을 몸에 지닌 브륀힐데는 영주 일족에 준하는 처지가 됐습니다.

"먼저 사과부터 드리게 해 주세요. 브륀힐데에게 제2 부인의 제안이 가게 된 것은 아마도 저 때문입니다. 설마 이렇게 무거운 책임을 떠넘기게 될 줄은 몰랐습니다. 제가, 정말 어리석은 짓을……."

"샤를로테 님이 마음 아파하실 일이 아닙니다. 아우브께서 결정하신 일이니까요."

브륀힐데는 저를 배려해 줬지만, 저는 고개를 저었습니다.

"어머님의 임신에 영향을 주지 않는 라이제강계 귀족이라면 좀 더 나이가 있고 사교에 익숙한 미망인이라도 좋았습니다. 최소한 미성년인 브륀힐데보다는 친족들을 파악하기가 용이하겠죠?"

저도 보니파티우스 님이나 숙부님을 상대하는 것은 무리지만, 오라버니나 멜키오르, 그 자식에게 대응하는 정도라면 어렵다고 여기지 않습니다. 그리고 어머님보다 나이가 많은 미망인이라면 아우브의 총애를 받지 않아도 문제시하지 않겠죠.

"……샤를로테 님은 제 사교 능력이 불안하다고 생각하시나요?"

"아닙니다. 귀족원에서 협력하며 다과회 준비 등을 했기에 브륀힐데의 능력은 잘 알고 있습니다."

제가 1학년 때 상위 영지와의 사교를 문제없이 처리할 수 있었던 것은 브륀힐데 덕분입니다. 지금까지 에렌페스트가 해 온 것은 하위 영지의 사교였으니까, 대응 방법을 바꿔야만 한다고 조언해 줬습니다. 언니의 측근들이 상위 영지와의 다과회에 익숙하기도 하고, 초대 손님의 취향을 잘 알고 있던 덕분에 정말 많은 도움을 받았습니다.

"브륀힐데가 라이제강계 귀족들을 이끌어 준다면, 영지에는 큰 도움이 되겠죠. ……그래도, 제게는 아버님께만 유리하고 브륀힐데에게는 이익이 적은 결혼으로만 보입니다. 친족들을 이끄는 일은 원래는 성인이 되지도 않은 브륀힐데에게 맡길 임무가 아니니까요."

내 의견을 들은 브륀힐데는 차를 마시면서 곤란하다는 것처럼 미소를 지었다.

"샤를로테 님이 저를 걱정해 주시는 것은 감사하지만, 나이 많은 미망인이면 안 됩니다. 그리고, 라이제강계 귀족을 이끌어서는 안 됩니다."

전혀 예상도 못 한 의견을 듣고 저는 깜짝 놀랐습니다. 그 말의 의미를 이해할 수 없어서 고개를 살짝 갸웃거렸습니다.

"베로니카 님이 냉대하신 기간이 너무 길었습니다. 나이가 많은 사람일수록 원한이나 분노가 강할 테니, 영주 일족의 생각과 발을 맞출 수가 없습니다. 라이제강계 귀족이 제2 부인을 중심으로 삼아 나쁜 의미로 일치단결하는 경우, 지금의 영주 일족을 가능한 배제하고 보니 파티우스 님을 후견인으로 삼아서 로제마인 님을 차기 영주로 추대하려고 움직이겠죠."

제2 부인이 돼서 권력을 지닌 자가 어떻게 움직이느냐에 따라서는 일이 지금보다 훨씬 귀찮아질 거라고 브륀힐데는 말하고 있습니다. 저는 그 말을 듣고 충격을 받았습니다.

"할머님의 피해자였던 어머님이나 저도 배제하는 대상이 되는 건가요?"

"플로렌치아 님과 샤를로테 님은 몰라도, 멜키오르 님은 남성이니까 위험시하리라고 생각합니다."

어머님과 저는 할머님에 의한 피해자고, 파벌에 라이제강계 귀족이 많기 때문일까요. 오라버니라면 모를까, 저와 멜키오르까지 영주 일족이라는 범주로 묶여서 깊은 원한을 사게 되리라고는 생각도 못 했습니다.

"베로니카 님의 존재를 옛날 일이라고 생각하는 젊은 세대에서 차기 영주가 되고 싶지 않다고 하시는 로제마인 님의 희망을 받아들일 수 있고, 자신의 친족이 아니라 영주 일족과 보조를 맞춰서 세대교체를 추진할 수 있는 라이제강계 귀족이 아니라면 지금의 에렌페스트에서 제2 부인을 맡을 수 없습니다."

그 단호한 말을 듣고, 저는 감탄의 한숨을 쉬었습니다. 영주 일족으로서 소용돌이 한복판에 있는 저보다 브륀힐데 쪽이 라이제강계 귀족이 얼마나 위험한지에 대해 더 잘 알고 있는 것 같습니다.

"제 약혼이 발표되고, 아우브가 그레첼의 개혁에 적극적이라는 사실이 알려졌습니다. 그 결과, 어떻게든 로제마인 님이 차기 영주가 되기를 바라는 세력과 영주에게 의견이 잘 통하게 됐으니 현상 유지만 해도 상관없다는 세력으로 나뉘었습니다. 제 역할은 라이제강계 귀족의 의견을 모으고 이끄는 것이 아니라 영주 일족의 위협이 되지 않는 정도까지 분열시키는 것입니다."

브륀힐데가 자기 일족의 움직임을 잘 보고 생각한다는 것은 알겠습니다만, 영주 일족을 위해서 그렇게까지 열심히 노력하는 이유를 모르겠습니다.

"당신은 차기 기베 그레텔이고, 원래는 남편감을 맞이해야 하는 입장이 아니었나요? 아버님의 제2 부인은…… 진심으로 바란 일은 아니었죠?"

제게는 그레첼 출신 호위기사 렌구르트가 있습니다. 그래서 그레첼의 내정을 다소나마 안다고 생각합니다. 브륀힐데는 기베 그레첼의 첫째 부인의 딸이고, 아들이 없는 기베는 브륀힐데를 차기 기베로써 키워 왔다고 들었습니다. 사람들 위에 서기 위한 교육과, 다른 가문과 결혼하기 위한 교육은 다릅니다. 차기 영주 후보에서 다른 영지로 시집가는 처지가 돼 버린 저는 그렇게 처지가 바뀌는 것이 얼마나 곤혹스러운지 이해할 수 있습니다.

또한 기베 그레첼도 브륀힐데를 아우브의 제2 부인으로 삼을 생각은 없었을 것입니다. 갑자기 후계자인 딸을 빼앗긴 그레첼은 무슨 생각을 하고 있을까요. 여러 가지 점에서 불안한 생각만이 듭니다만, 브륀힐데는 미소를 지으며 고개를 저었습니다.

"샤를로테 님이 신경 쓰실 일은 아닙니다. ……이 약혼은 제 희망이기도 하니까요."

생각도 못 한 말을 듣고 눈만 깜박이는 저에게 브륀힐데는 잠시 생각한 뒤에 도청 방지 마술구를 제게 내밀었습니다. 제가 그것을 쥐자 브륀힐데는 귀족답게 생각을 읽을 수 없는 웃는 표정을 유지한 채로 입을 열었습니다.

"아직은 렝구르트에게도 비밀로 해 주시겠다고 약속해 주세요. ……아버님의 제2 부인이 남자아이를 낳았습니다."

저는 동요해서 깜짝 놀랐습니다. 그러니까, 이번 약혼이 아니라 남자아이가 태어난 것 때문에 브륀힐데가 차기 기베에서 내려오게 됐다는 뜻이겠죠. 지금까지 해 온 노력이 아무런 의미도 갖지 못하고 드높이 가로막고 있는 성별의 벽 앞에서 좌절하는 일은 저도 경험한 적이 있습니다. 그때는 무슨 말을 들어도 위로가 되지 않았습니다. 무슨 말을 해 줘야 좋을지를 몰라서, 저는 몇 번이나 입을 열었다가 닫기만 반복했습니다.

"그러니까…… 대체 뭐라고 말해야 좋을지……. 그저, 저도 조금이나마 그 기분을 알 것 같습니다. 제가 남성이었다면, 이라고 생각했던 경험이 있으니까요."

"아, 샤를로테 님은 정말 힘든 입장이셨죠. 저도 그 무력감은 잘 알고 있습니다."

많은 말을 하지 않아도 서로의 마음이 전해집니다. 비슷한 경험을 가진 사람들 사이의 친근감을 가슴에 품고 둘이서 어색한 미소를 지었습니다.

"아들의 탄생을 기뻐한 아버님은 후계자 지명을 보류하겠다고 말씀하셨습니다. 보류라고 해도, 제가 남편을 들이게 되면 장래에 다툼의 원인이 되겠죠. 여동생이 남편을 맞이하거나, 남자아이의 성장을 기다리거나……. 어쨌거나, 저는 후계자 자리에서 제외된 것이나 마찬가지입니다. 어머님이 엄청나게 당황하셨죠."

그 남자아이가 기베가 되면 장래에 그 아이의 어머니인 제2 부인이 중용될 것입니다. 딸들이 전부 결혼한 제1 부인은 점점 밀려나게 되겠죠.

……그러고 보니, 아버님이 오라버니와 언니를 약혼시킨 이유 중의 하나가 어머님의 입장을 지킨다는 것이었죠.

저는 살짝 한숨을 쉬었습니다. 차기 기베에서 내려오자마자 어머님의 장래를 걱정했다면 브륀힐데는 비탄에 잠길 여유도 없었을 겁니다.

"영주의 제2 부인이라면 기베가 바뀐 뒤에도 존중할 수밖에 없는 신분이겠죠? 어머님이 정말 기뻐하셨습니다."

보통은 영주의 제2 부인이 된다고 해서 무조건 안심할 수는 없고, 영주의 세대교체에 의한 세력 변화를 걱정해야만 합니다. 하지만 브륀힐데는 다음 세대의 제1 부인인 언니의 측근 출신입니다. 어지간한 일이 벌어지지 않는 한은 영주가 바뀌어도 잘 지낼 수 있겠죠.

"그러니 저는 이 약혼을 환영하고 있습니다. 잘 생각해 보세요. 다음 기베에게도 의견을 말할 수 있는 제2 부인이라니, 정말 훌륭하지 않나요? 그리고 지금까지 저를 휘둘러 왔던 아버님보다 위에 설 수 있게 됐습니다.”

브륀힐데는 연갈색 눈동자를 살짝 가늘게 뜨면서 장난스레 웃었습니다. 그 웃는 얼굴에서 제2 부인을 강요받았다는 비통한 느낌은 찾아볼 수 없었습니다. 지금까지의 입장을 잃었다는 의미만 따져 보면 저와 마찬가지인데, 어째서 이렇게까지 다른 걸까요. 풀 죽지도 않고 자신의 장래를 생각할 수 있는 브륀힐데가 너무나 눈부시게 보입니다.

“……제가 걱정하는 것은 그레첼보다도 플로렌치아 님과 샤를로테 님의 심정입니다. 갑자기 제2 부인이 결정돼서 불쾌하지는 않으신가요?”

“솔직히, 이 어려운 상황에서 귀중한 조력자가 생기는 약혼인데 저희가 어째서 불쾌하게 생각할까요? 반대는 말도 안 되는 일입니다.”

그렇게 말하고 나서 나는 살짝 입에 손을 얹었습니다. 브륀힐데가 제2 부인이 되는 걸 반대했던 영주 일족이 생각났기 때문입니다.

“……혹시, 오라버니가 뭔가 말씀하셨나요?”

브륀힐데의 미소가 아주 조금 짙어졌습니다. 굳이 말로 표현하지 않는 긍정이라는 걸 알았습니다. 저도 오라버니한테서 ‘아버님께 반대하겠다. 같이 가자’는 말을 듣기는 했지만, 설마 브륀힐데에게 직접 항의하러 갔을 줄은 몰랐습니다. 결혼은 부모가 정하는 일입니다. 항의해 봤자 브륀힐데가 약혼을 거절할 리가 없습니다.

“아우브께서 영지를 위해 결정한 약혼에 대해 차기 아우브인 오라버니가 항의를 하다니……. 정말 죄송합니다. 할머님의 교육 탓인지, 아버님도 오라버니도 제2 부인이라는 존재에 대해 그다지 좋은 감정을 지니지 않은 것 같습니다.”

오라버니가 ‘우리가 같이 제2 부인에 대해 반대하자’라고 말했던 일을 떠올리며 저는 브륀힐데에게 사죄했습니다. 오라버니는 '제2 부인은 좋지 않은 존재다'라든지 '라이제강계 귀족을 이끄는 건 로제마인에게 맡기면 된다'라고 상당히 감정적으로 말했습니다. 정치적인 판단보다 감정을 우선하는 점이 너무나 불안합니다.

……'어머니가 같은 여동생이니까 너는 나한테 따라야겠지?'라고 말했을 때는 정말 질려 버렸지만…….

숙청 때문에 구 베로니카 파벌이 줄어들고 라이제강계 귀족의 암약을 불안하게 느끼는 지금, 아버님과 어머님은 그들을 억제하기 위해서 움직이고 계십니다. 그 모든 것들이 오라버니를 차기 영주로 삼기 위한 일인데, 정작 당사자가 제일 이해하지 못하고 있는 듯한 언동을 보이고 있습니다.

"베로니카 님의 교육인가요……. 한넬로레 님을 제2 부인으로 삼겠다는 조건을 받아들이고 디터에 임하셨기에 빌프리트 님이 그런 생각을 지니고 계신 줄은 몰랐습니다."

깜짝 놀라서 손을 입에 댄 브륀힐데에게 저도 동의했습니다. 오라버니의 언동에는 일관성이 없는 경우가 꽤 많습니다.

"지금까지 오라버니의 언동에 위화감이 들었던 때는 오즈발트의 암약이 있었습니다. 라이제강계 귀족의 세력이 지금 이상으로 강해지는 것을 우려했으니까, 아마도 구 베로니카 파벌 측근의 의견을 받아들였겠죠. 오즈발트가 해임됐으니 앞으로는 한쪽으로 치우친 사고방식이 조금씩 시정되지 않을까 싶습니다만……."

"해임? 오즈발트는 사임했다고 들었습니다만?"

브륀힐데의 밝은 갈색 눈동자가 휘둥그레졌습니다.

"사임처럼 보이도록 한 해임입니다. 약혼을 통해 오라버니가 차기 영주로 결정된 이후 오즈발트가 할머님의 방식을 과도하게 답습해 온 탓에 제가 어머님께 말씀드렸습니다. 하지만 숙청 이전에 해임하면 구 베로니카 파벌 귀족들에게 숙청에 관한 정보를 흘릴 위험성이 있지 않겠습니까? 어머님은 오즈발트를 바로 해임하지 않고 수석 시종으로서 귀족원에 격리했습니다. 졸업식을 위해 귀족원에 찾아오셨을 때 사임인지 해임인지 선택을 종용했고, 오즈발트는 사임을 선택했다고 들었습니다. ……비밀입니다."

브륀힐데는 "정말 감사합니다"라고 말하며 미소를 지었습니다. 서로가 비밀로 여기는 일을 교환하면서 저는 브륀힐데의 신뢰를 얻은 것 같습니다.

"오즈발트가 없어졌는데도 왠지 최근의 빌프리트 님은 지금까지보다 훨씬 더 감정을 자제하지 못하는 것처럼 보입니다. 샤를로테 님은 뭔가 이유를 알고 계시나요?"

오라버니는 제게 직접 '어머니가 같은 동생이니까 협력해라'라고 말하러 올 정도였는데, 언니의 측근에게도 그런 말을 했으려나요.

"어쩌면 오즈발트의 후임을 맡은 새로운 수석 시종에게 문제가 있는지도 모릅니다. 오즈발트는 자주 제게 성과를 양보하라고 했는데, 오라버니는 그걸 전혀 모르는 것 같았습니다. 하지만, 지금은……."

"측근이 주인도 모르게 암약하는 것이 아니라, 빌프리트 님을 부추겨서 움직이게 한다는 뜻일까요?"

브륀힐데와 이야기를 나누면서 오라버니가 저를 화나게 했던 언동의 이유가 보이기 시작한 것 같은 기분이 들었습니다. 아무런 근거도 없는 예측이라 그 근거를 찾을 필요는 있습니다만.

"저도 자세한 것은 모릅니다만, 그럴 가능성이 크다고 생각합니다.

부자연스러운 느낌이 크게 눈에 들어오지는 않았으니까 오라버니도 측근에게 불신감을 품게 되겠죠. 상황을 좀 더 지켜봐야겠네요."

……차기 영주가 가장 큰 불안 요소라니, 정말 곤란한 일이네요.

저는 천천히 한숨을 내쉬고 찻잔을 들었습니다. 차를 마시고 잠시 말을 쉬는 것으로 오라버니에 관한 화제를 끝냈습니다.

"브륀힐데, 안심하세요. 저도 어머님도 브륀힐데가 제2 부인이 되는 것을 불쾌하게 생각하지 않습니다. 미성년자에게 무거운 책임을 지우고 언니의 소중한 시종을 빼앗는 것에 대해서는 조금 다른 생각도 있습니다만……."

브륀힐데가 제2 부인이 돼서 떠나고, 리카르다까지 아버님 곁으로 돌아왔습니다. 안 그래도 측근이 적었는데, 언니의 시종은 상당히 불안한 인원으로 줄어들었다고 봅니다.

"저는 졸업할 때까지 귀족원에서는 로제마인 님을 섬길 생각이고, 리카르다는 아우브의 희망이 아니라 본인의 뜻으로 이동했습니다. 로제마인 님은 성에 계신 시간이 짧으니까 시종이 줄어도 불편하지는 않다고 말씀하셨고……."

브륀힐데가 저를 달래려는 것처럼 미소를 지었습니다. 아무래도 제가 아버님을 보는 시선이 너무 엄격해져 있었던 것 같습니다.

"……정말로, 플로렌치아 님도 저를 환영하실까요?"

"그래요. 어머님은 예전부터 영주 일족이 너무 적고 마력이 부족하니까 제2 부인을 맞이했으면 한다고 아버님께 호소하셨습니다. 그 제2 부인이 라이제강계 귀족에게 대응할 수 있는 사람이고, 같은 파벌이 잖아요? 아주 환영하고 계신답니다."

제1 부인과 대립하지 않는 제2 부인은 쉽게 얻을 수 있는 것이 아

니니까요. 브륀힐데는 같은 파벌이고 어머님의 보좌도 언니의 보좌도 가능합니다. 그리고 신전에서 자란 탓에 에렌페스트의 사교 방식에 대해 잘 모르는 언니와 달리 여자들의 사교를 가르칠 필요가 없습니다. 게다가 미성년이라서 어머님의 임신에도 아무런 영향이 없습니다. 이 이상 바랄 게 뭐가 있을까요.

"그렇게 말씀해 주셔서 안심했습니다. 그렇다면 제가 영주 일족이 되기 위한 지도를 부탁드려도 될까요? 원래는 제 주인께 부탁드려야겠지만, 로제마인 님은 성에 계시지 않아서 부탁드릴 수가 없고, 더 부담을 늘려드릴 수도 없으니……."

"당연히 있는 힘껏 도와드리겠습니다. 제가 할 수 있는 일이라면 사양 말고 말해 주세요. 저는 언니의 부담을 조금이라도 더 줄여드리고 싶으니까요."

브륀힐데의 부탁에 저는 바로 고개를 끄덕였습니다. 언니는 정말 바쁘니까요. 신전에서는 숙부님의 빈자리를 메우는 데다가 멜키오르의 교육까지 해야 합니다. 어린이 방에 있는 아이들도 신전에서 맡고 싶다는 말씀도 하셨죠.

그리고 인쇄업과 다른 영지 상인들을 받아들이는 일에 대해서도 아직 언니가 맡는 부분이 너무나 큽니다. 특히 올해는 아버님과 어머님이 영지 내부의 귀족 관계에 힘을 쏟는 만큼, 평민에게 지시를 내리는 실무적인 부분은 거의 언니가 맡게 되겠죠.

"사실 저도 신전에서 도와드릴 수 있다면 좋겠지만, 숙청으로 귀족이 감소하면서 성의 집무도 늘어났고, 아무것도 모르는 곳에 가 봤자 방해만 될 테니……."

"로제마인 님은 각자가 잘하는 것을 더 키워 나가고, 서툰 부분은 다른 사람에게 도움을 받으면 된다고 생각하시는 분입니다. 필린느와 다무엘을 측근으로서 중용하시는 것만 봐도 알 수 있겠죠. 솔직히 말해서, 동생을 위해서라고 말하면 로제마인 님이 열심히 해 주시니까, 측근들에게는 샤를로테 님이 정말 고마운 존재랍니다."

브륀힐데는 장난스러운 표정으로 살짝 소리까지 내며 웃었습니다. 제가 언니의 도움이 된 것 같습니다. 왠지 매우 기쁘네요.

"저도 주인의 부족한 부분을 돕고 싶습니다. 로제마인 님께 라이제강계 귀족과의 사교를 부탁드릴 수는 없습니다. ……정확히 말하자면 영주 일족과 라이제강계 귀족이 바라는 형태가 되지는 않겠죠."

"바라는 형태가 되지는 않는다는 것이, 무슨 뜻이죠?"

저는 그 말의 의미를 모르겠습니다. 언니가 뜬금없는 행동을 하는 경우가 많기는 하지만, 자세히 들어 보면 언니 나름대로 이론이나 이유가 있습니다. 그리고 최종적으로는 나름대로 좋은 형태로 마무리를 짓습니다.

"아시다시피 로제마인 님은 신전에서 자라셨습니다. 친족과의 교류가 없고 세례식 이후에도 어른들의 사정 때문에 친족과의 면회나 교류가 제한되었습니다. 저는 친족들과 교류하는 자리에서 로제마인 님을 뵌 적이 없습니다."

차기 영주로 추대받지 못하도록 거리를 두게 했다고 듣기는 했습니다만, 설마 친교가 전혀 없었을 줄은 몰랐습니다.

"그래서 로제마인 님은 일족 사람들이 생각하는 베로니카 님과의 문제나 분노에 공감하실 수가 없고, 일족이 원하는 것을 진정한 의미에서 이해하실 수도 없습니다. 사교에 시간을 들여 봤자 라이제강계 귀족이 실망할 가능성도 크겠죠. 예전에 제가 그랬으니까요."

브륀힐데는 계속 언니의 충신이었다고 생각했었습니다. 실망했던 시기가 있었다는 사실은 처음 알았습니다.

"일족의 바람을 이해하지 못하는 것만이 아니라, 로제마인 님은 2년 동안의 유레베 때문에 사교 경험을 쌓지 못한 상황에서 갑자기 귀족원에 가서 실전을 겪은 탓인지, 기존의 사교가 통하지 않습니다."

"언니는 독자적인 방식으로 상위 영지나 왕족과 연줄을 가지고 있으니까요. 그런 사교, 저는 도저히 흉내도 낼 수가 없습니다. 귀족원에서 그렇게나 가까운 곳에서 봤는데도 알지 못했을 정도니까요."

언니와 다르게 브륀힐데는 라이제강계 귀족으로서 어린 시절부터 친족들과 평범하게 교류해 왔습니다. 또한 차기 기베로서의 교육도 받았기 때문에, 기존의 귀족들 간에 어울리는 방법을 잘 알고 있죠. 신전에서 자란 탓에 뭘 해야 하는지 이해도 못 하고 면회하기도 쉽지 않았던 언니와, 자신들의 방식을 잘 알고 있는 브륀힐데. 영주 일족에게 자신들의 의견이 통하기를 바라는 라이제강계 귀족에게 어느 쪽이 다루기 쉽고 다가가기 쉬울지는 깊이 생각해 보지 않아도 알 수 있겠죠.

"언니에게 라이제강계 귀족이 바라는 기존의 사교가 어렵다는 것은 잘 알았습니다."

경험도 거의 없이 그때그때 대응한 결과, 언니의 사교는 하위 영지의 외교와 전혀 다른 것이 되어 버렸습니다.

"조금 전에도 말씀드린 대로, 라이제강계 귀족의 의견을 여럿으로 나누고 싶습니다만, 그런 잔재주는 로제마인 님께 맞지 않습니다. 다른 영지와의 교섭을 부탁드려야 한다고 생각합니다."

그것은 저도 귀족원에서 느꼈던 일입니다. 상위 영지의 말을 무작정 받아들이기만 하는 것이 아니라 자신의 의견을 밀어붙이는 강한 힘이 지금의 에렌페스트에게는 너무나 필요합니다.

"저는, 언니께 하위 영지의 사교를 가르쳐 봤자 큰 의미가 없다고 생각합니다. 앞으로 왕족이나 상위 영지와 대면할 때에 혼란만 커지 겠죠? 가능하다면 세대교체를 추진해서 언니가 하고 계시는 사교를 저희가 받아들이고 에렌페스트를 발전시켜야 하지 않을까요."

제 말에 브륀힐데가 힘차게 고개를 끄덕였습니다. 같은 목표를 바라보게 됐다는 기분이 들었습니다. 동시에, 그 힘찬 느낌이 너무나 부럽다는 생각이 들었습니다.

"……브륀힐데는 차기 기베 자리에서 내려오고 라이제강계 귀족을 억누르는 역할을 떠맡게 된 것에 대해 불만을 품어 본 적이 없나요? 그러니까, 제 경우에는 차기 영주가 되는 길이 끊어졌을 때 다시 일어 나는 데 시간이 걸렸으니까, 어떻게 다시 일어날 수 있었는지 참고삼 아 가르쳐 주셨으면 싶어요."

잠시 생각하던 브륀힐데가 입을 열었습니다.

"저라고 전혀 낙담하지 않았던 것은 아닙니다. 다른 영지의 상인들 을 받아들이는 도시로써, 그레첼을 제 손으로 발전시키고 싶다는 생 각은 지금도 가지고 있습니다. 하지만 저는 차기 기베가 아니게 되기 는 했어도, 로제마인 님의 시종이기에 해야 할 일도 나아가야 할 길도 남아 있었습니다."

귀족원에서는 언니를 따라다니느라 바빠서 낙담할 시간도 없었다 고 말하며 브륀힐데는 쓸쓸하게 웃었다.

"그렇다면, 제2 부인이 되면서 언니의 측근이 아니게 돼서 아쉽겠 군요?"

"아닙니다. 시간이 얼마 없어서 조금 초조하기는 하지만, 아쉽다고 생각하지는 않습니다."

"시간이 없나요?"

"예. 로제마인 님이 성인이 돼서 신전장직을 그만두시고, 차기 영주의 제1 부인이 되어 성에서 지내게 되실 때까지 3, 4년 정도겠지요? 그때까지 저는 주인 대신 라이제강계 귀족의 고삐를 쥐고 영주 일족으로서 여성의 사교를 장악해야만 합니다. 로제마인 님의 어려워하시는 부분을 보조하고 근심 없이 생활하실 수 있도록……. 저는 로제마인 님의 측근이니까요."

브륀힐데는 언니의 측근으로서 영주의 제2 부인이 되고, 장래에는 언니가 움직이기 편하도록 행동할 생각인 것 같습니다. 생각지도 못했던 브륀힐데의 결의와 자랑스러워 보이는 웃는 얼굴, 미래를 바라보는 강한 빛을 지닌 눈동자 앞에서 저는 말로 표현할 수 없는 선망과 패배감을 맛봤습니다.

"도와주실 수 있을까요, 샤를로테 님?"

"에, 물론이죠. 같이 언니를 도와드리도록 해요."

웃는 얼굴로 브륀힐데에게 고개를 끄덕여 보이기는 했지만, 제 가슴속에서는 뭔가 답답하고 무거운 기분이 퍼져 나가고 있었습니다.

브륀힐데가 제2 부인이 되기를 바랐다는 것, 영주 일족에게 협조적인 이유도 알았습니다. 처음에 고민했던 문제는 해결했는데, 이야기가 끝난 뒤에도 제 기분은 풀리지 않았습니다.

"아직 근심이 남은 얼굴이신데, 대체 어떤 이야기를 나누신 건가요? 중간부터 도청 방지 마술구를 사용하셨죠?"

수석 시종 바넷사가 걱정하는 투로 물었는데, 무슨 말을 해야 좋을까요. 서로의 비밀을 입에 담지 않도록 주의하면서 저는 입을 열었습니다.

"렌구르트가 걱정했던 대로 브륀힐데는 차기 기베가 아니게 되었는데, 그렇다고 크게 낙담하지는 않았습니다. 차기 기베가 아니게 되었어도 언니의 시종이니까 일도 나아가야 할 길도 남아 있다고 하더군요. 저는, 정말 놀랐습니다……."

제가 차기 영주 후보에서 내려오게 됐을 때의 모습을 알고 있는 바넷사는 "브륀힐데 님이 심지가 강한 여성이라는 것은 알고 있었지만……"이라고 말하며 놀란 표정을 지었습니다.

"성인이 된 뒤에 신전에서 나오게 될 언니를 위해 제2 부인이 되어 사교를 보좌하고 싶다더군요. 저도 협력하겠다고 약속했습니다."

"그렇다면, 이야기를 나눈 성과는 있으셨군요?"

제 분위기를 살피면서 확인하는 바넷사에게 고개를 끄덕였습니다. 이번 대화를 통해 처음에 지니고 있던 걱정과 불안은 사라졌습니다.

"제 걱정은 필요 없는 것이었습니다. 브륀힐데는 강하고, 똑바로 앞을 보고, 자신이 할 수 있는 일을 있는 힘껏 하려 하고 있습니다. 안심했는데도 저는 어째서 이렇게 무거운 기분인 걸까요? 왠지 진 것 같은 기분이 들고, 너무나 부러워서 견딜 수가 없습니다."

내 말을 음미하는 것처럼 바넷사가 살짝 고개를 숙였습니다.

"공주님은 뭔가 승부를 하셨나요?"

"승부는 하지 않았지만……. 저는, 언니께 도움이 되고 싶다고 생각은 하면서도 브륀힐데의 결의나 실행력에는 도저히 당해내지 못한 것이, 언니에게 은혜를 갚고 싶다는 각오가 부족했던 것 같은 기분이 듭니다."

바넷사는 "측근과 자매는 할 수 있는 일도 다르겠죠"라고 말하며 웃었지만, 그게 전부가 아닙니다.

"브륀힐데와 협력해서 언니를 돕는 것은 제 바람과도 일치하는 일입니다. 그런데, 어째선지 저만 혼자 따돌림당한 것 같은 기분이 들고, 브륀힐데가 부럽다고 생각하게 됩니다."

"부럽다는 것은 동경에 가까운 감정인가요? 아니면, 질투일까요?"

조용히 자신의 감정을 다시 바라보라는 말을 듣고, 저는 부럽다고 생각한 순간을 떠올렸습니다.

"동경에 가까운 감정 같아요. 언니를 위해서 몇 수 앞을 생각하고 있는 올곧은 눈이 너무나 눈부시게 보였습니다. 저는, 그토록 강하게 미래를 바라볼 수가 없어요."

"공주님은 다른 영지와 결혼하게 될 테니까, 혼처가 정해지지 않은 지금 상태에서는 미래 따위를 생각할 수도 없는 것이 당연한 일이 아니겠습니까. 고민할 필요도 없는 일입니다."

"……아……."

저는 영지를 위해 다른 영지로 시집갈 예정입니다. 즉, 브륀힐데나 언니가 서로 협력하는 미래의 에렌페스트에 제 모습은 없습니다.

"저는, 언니와 브륀힐데와…… 귀족원에서 서로 협력했던 때처럼 계속 같이 지냈으면 좋겠다고 생각했군요."

영지와 영지 사이의 관계를 위해 여성 영주 일족은 다른 영지로 시집가는 것이 당연한 역할이라고 할 수 있습니다. 영주 일족의 숫자가 적으면 사위를 들여서 영주 일족으로서 보좌하게 하는 길도 있습니다. 하지만 멜키오르가 있고 브륀힐데처럼 우수한 사람이 영주 일족이 돼서 언니를 도와준다면, 제 보좌는 필요 없습니다. 다른 영지와의 인연을 중시하게 되겠죠.

다른 영지로 시집가는 것이 영주 일족의 의무라는 걸 이해하고는 있지만, 마음속 깊은 곳에서는 그것이 싫었겠죠. 숨겨져 있던 속내를 알게 되자 저는 난처해졌습니다.

"브륀힐데가 훌륭한 측근이기에 아쉽기도, 부럽기도 했던 것 같아요. 저는 언젠가 영지를 떠나야만 하고, 계속 언니의 동생으로 있을 수는 없으니까요."

"공주님, 그렇게 힘들어하실 필요는 없습니다."

바넷사의 위로에 저는 싱긋 웃어 보였습니다. 하지만 그것이 허세라는 걸 알아봤겠죠. 바넷사는 가슴이 아프다는 것처럼 눈살을 찌푸렸습니다. 그 표정은 제가 차기 영주 후보에서 내려왔을 때와 같은 것이었습니다.

……이대로 가면 또 측근들을 걱정하게 만들겠죠. 어떻게든 다시 일어나야 할 텐데…….

그렇게 생각한 순간, 브륀힐데가 '차기 기베는 아니게 됐지만, 로제마인 님의 시종이니까 해야 할 일도 나아가야 할 길도 남아 있었습니다'라는 목소리가 머릿속에서 되살아났습니다.

"저기, 바넷사. 다른 영지로 시집가서 에렌페스트의 영주 일족이 아니게 돼도 저는 언니의 동생일까요?"

"예? 물론이죠. 당연한 일이 아니겠습니까. 공주님들을 보고 있으면 장래에 다른 영지에서 살게 된다고 해도 자매의 유대가 끊어질 일은 없을 거라는 생각이 듭니다."

바넷사의 말을 듣고 가슴속에 희망의 빛줄기가 비친 것 같은 기분이 들었습니다.

"다른 영지에서 언니를 도와드릴 수도 있을까요?"

"물론입니다. 에렌페스트와 다른 영지를 맺어 주기 위한 혼인이니까요. 혼처에 따라 다르기도 하겠지만, 제1 부인이 되실 로제마인 님과 서로 협력할 수는 있겠죠."

"아버님은 결혼 상대를 결정할 때, 가능한 제 희망을 들어주시겠다고 말씀하셨습니다. 저는, 언니와 협력할 수 있는 영지를 선택하고 싶어요."

에렌페스트를 떠나 다른 영지로 시집가게 돼도 언니의 동생이라는 입장이 남게 된다면 브륀힐데에게 질 수는 없습니다. 선대의 제2 부인보다 다른 영지의 제1 부인 쪽이 도움이 되는 일도 있겠죠. 새로운 목표를 찾아낸 제 가슴속에는 더 이상 패배감도, 브륀힐데에 대한 선망도 남아 있지 않았습니다.

서문에서의 공방

"동문의 보고는 이상이다."

오늘은 병사장 회의 날이다. 계절마다 한 번 정도 중앙 광장 근처에 있는 병사 회의실에 모여서 열린다. 예년이었다면 귀족님이 참가하는 영주 회의가 끝난 뒤에 있는 여름 소집이 가장 긴장되고 힘들었는데, 올해는 봄인데도 의제가 많고 힘들다. 겨울의 엄중 경계 태세에 대한 보고와 3년에 한 번 있는 병사장 교대가 있기 때문일 것이다.

"그럼 다음은 북문인가. 귄터, 북쪽의 상황을 가르쳐 주게."

보고를 마친 동문 병사장의 말에 나는 자리에서 일어났다. 북문은 귀족가와 접해 있는 문이다 보니, 기사님들도 교대로 경계를 서고 있다. 그래서 귀족님들에 대한 정보가 가장 잘 들어오고, 기사님들이 평민 마을에 말을 전해 달라고 하는 경우도 많다. 귀족님들의 상황을 몰래 캐는 것이 북문 병사의 역할이다. 여기서 말한 '북쪽의 상황'이라는 것은 북문의 상황이 아니라, 더 북쪽에 있는 귀족가와 귀족님들을 뜻하는 은어다.

"……그렇게 해서, 자세한 것은 가르쳐 주시지 않았지만, 중죄를 저지른 자는 체포되고 처분을 받았다는 것 같다. 귀족님들 쪽은 아직 정신이 없는 것 같지만, 일단 우리가 경계해야 하는 시기는 지난 것 같아. 구원 마술구도 다 회수했으니까 엄중 경계 태세를 해제해도 된다고 하셨다. 위험하니까, 라면서 겨울에는 다른 곳에 계셨던 로제마인 님도 신전으로 돌아가셨다고 들었다."

내가 북문 기사님들은 물론이고 신전 문지기한테서도 구해 온 정보까지 같이 말했더니 "너, 여전히 로제마인 님에 대한 정보 하나는 확실하구나"라느니 "신전 문지기한테 민폐 끼친 건 좀 아니지"라는 딴 죽과 웃음소리가 들려왔다.

……시끄러. 루츠도 투리도 다프라 견습이 되고 가게에서 살게 되면서 마인의 정보가 거의 안 들어오게 됐단 말이야.

어쩔 수 없이 나는 순찰하는 김에 신전으로 가서 직접 물어보고 있다. 그렇다고 신전에 민폐를 끼치는 건 아니다. 마인의 정보를 유통해 주는 대신에 겨우내 늘어난 귀족 출신 고아를 데리고 숲에 갈 때 남문에 소개하고 잘 봐달라는 말도 해 주고 있다. 서로 돕고 사는 거다.

"이봐, 엄중 경계 태세를 풀어도 된다는 건, 한마디로 병사장을 교대해도 문제가 없다는 건가?"

"그래도 되지 않겠어?"

남문 병사장의 질문에 나는 손을 가볍게 흔들었다. 갓 이동해서 익숙하지 않은 녀석들만 있으면 중요한 때에 명령 전달이나 움직임에 지장이 생길 가능성도 있다. 그래서 엄중 경계 태세 중에는 병사장 이동을 중지하기로 했었다.

"아냐, 아예 내년에 할까? 난 말이야, 정신없는 시기에 북문 병사장이 돼서 귀족님들과 엮이기 싫다고."

"누군들 좋아하겠어. 북문은 귀족님들이 있어서 힘드니까. 난 서쪽에서 남쪽으로 가니까 속 편하네. 하하."

싫다는 얼굴로 이동 연기를 제안하는 동문 병사장을 서문 병사장이 남의 일이라고 놀리고 있는데, 병사가 숨을 헐떡이면서 뛰어 들어왔다.

"큰일 났습니다, 병사장님."

여기 있는 사람들 전부 병사장인데. 내가 '어느 문인가'라고 묻기도 전에, 서문 병사장이 일어났다.

"무슨 일이지?!"

"허가증이 없는 다른 영지의 귀족이!"

"뭐라고?!"

조금 전까지 동문 병사장을 놀리던 서문 병사장의 얼굴이 새파래졌다.

"들여보내진 않았겠지?!"

"예! 필사적으로 막고 있습니다. 영주님의 결계도 있어서인지, 그 앞에서 멈춰 줬습니다."

생각지도 못한 곳에서 귀족과 관계된 귀찮은 일이 날아 들어왔다. 내 가슴속에 떠오른 것은 마인이 청색 견습 신관이었던 때의 일이었다. 허가증에 대한 연락을 철저하게 해 두지 않은 탓에 딸을 잃게 됐던 쓸쓸한 기억이 되살아났다. 반년쯤 전에는 귀족 문장을 슬쩍 보여주고 억지로 문을 통과한 마차가 회색 신관들을 납치했다. 허가증이 없는 귀족이면 틀림없이 뒤가 구린 자들이다.

"신관장 하르트무트 님의 약혼자이자 로제마인 님의 측근이라고 합니다만, 다른 영지 귀족이 측근인 경우도 있습니까? 멋대로 막았다고 혼나지 않을까요?"

병사는 빠르게 말했는데, 그런 귀족이 온다는 이야기는 마인은 물론이고 루츠나 투리, 신전 문지기한테서도 들은 적이 없다.

"귀족들 사정 따위 알게 뭐냐! 영주의 허가증이 없는 놈은 들여보내지 마라! 그게 전부다!"

내 서슬에 병사도 병사장도 경악한 표정을 지었다. 그 직후, 예전 병사장의 잘못이 생각났겠지. 수긍한 표정으로 바뀌었다.

"너, 마술구를 사용해서 기사단에 긴급 사태라고 알렸나?!"

"그러려고 병사장님을 부르러 왔습니다! 밖에 견습이 대기하고 있습니다."

겨울 동안 병사 모두에게 지급했던 구원 마술구를 회수해 간 지금은 문에 있는 기사단에 긴급 사태를 알리기 위한 마술구는 병사장이 허가해야만 사용할 수 있다. 그 허가를 받기 위해서 견습들과 같이 뛰어왔다고 말했다.

서문 병사장은 병사가 가리킨 창문을 뛰쳐나갈 기세로 열고는, 큰소리로 "허가한다!"라고 외치며 팔을 흔들었다.

밖에서 대기하고 있던 견습이 "허가한다!"라고 외치면서 똑같이 팔을 휘둘렀다. 아마도 서문에서 병사들이 달려오는 모습을 보고, 길 가던 어른들도 긴급 사태라고 경계하고 있었겠지. 견습과 같이 "허가한다!"라고 큰소리를 지르며 팔을 휘둘러 줬다. 그 사람들의 목소리와 움직임이 파도가 되어 서문으로 향하는 큰길을 달려갔다.

나는 견습이 소리친 것을 확인하고는 바로 회의실에서 뛰쳐나와 계단을 뛰어 내려갔다. 밖으로 나오자 주위에 있는 사람들이 서문 쪽을 보고 있었다. 마찬가지로 서문을 본 순간, 붉은빛이 솟아올랐다. 서문의 마술구가 작동한 것이다.

"좋았어!"

소리친 다음에는 북문 쪽을 봤다. 마술구보다 가느다란 빨간 빛이 북문에서 올라왔다. 북문의 기사님이 보내는 확인했다는 뜻의 빛이다. 이제 기사단에 연락이 들어갈 것이다. 그것을 확인한 견습이 회의실 창문에서 자신을 내려다보고 있는 험악한 얼굴의 병사장들을 향해 웃는 얼굴로 빨간 천을 들어서 좌우로 흔들었다. 북문이 보이지 않는 회의실을 향해 빛이 올라왔다고 알리는 신호다.

"당장 서문으로 달려간다! 그 귀족, 절대로 들여보내지 마라!"

……무슨 일이 있어도 막아 내겠다!

나는 창문에서 내려다보고 있는 병사장들을 향해 소리치고는 대답을 듣지도 않고 서문을 향해 내달렸다. 알았다는 것처럼 견습 병사도 같이 뛰어갔다.

"다른 영지의 귀족이 밀고 들어오려 한다! 경계해라!"

주민들을 향해 소리치면서 큰길을 달려가는 우리 머리 위로 기사님의 기수 두 마리가 지나갔다.

우리가 서문에 도착했을 때는 북문의 기사님들과 다른 곳에서 온 귀족이 문답을 하고 있었다. 허가증도 없이 들어오려고 했던 외지인은 젊은 아가씨 두 명이었다. 머리를 올린 걸 보면 성인 같기도 하지만 아직 앳된 기색이 남아 있는 얼굴의 아가씨와 아직 스무 살이 안 된 것 같은 젊은 아가씨까지 두 명이다.

……별일이네.

나는 그렇게 생각했다. 보통 귀족 여성은 평민에게 모습을 보여주는 걸 싫어해서 마차에서 내리지 않는 법이다. 마치 안에서 종자에게 요구를 말하고, 종자가 기사님이나 병사와 이야기한다. 하지만 두 사람은 당당하게 마차에서 내려서는 기사님과 이야기하고 있다. 여행용 복장인지 두 사람 모두 귀족치고는 상당히 간소한 차림새인 것도 왠지 보통 귀족이 아닌 것처럼 보이게 한다. 아무리 봐도 수상하다.

두 사람 모두 파란 망토를 걸치고 있었다. 분명 귀족의 망토는 영지에 따라 색이 다르다고 했었지. 파란 망토가 어디 귀족인지는 모르겠지만, 기사님은 알고 있을 것이다.

……혹시, 높은 영지인가? 평소하고 다르게 아주 정중한 태도인데.

북문의 기사님이 대응하고 있는 사람은 나이가 많은 여자 쪽인데, 종종 젊은 아가씨한테 확인하는 걸 보면 젊은 쪽이 주인이 아닌가 싶다. 나는 작은 신전에서 마인과 그 주위 호위기사들, 신전 시종들의 언동을 봤기 때문에 언동을 보면 귀족들 간의 상하관계를 어느 정도 알 수 있다. 하지만, 그게 전부다. 정보가 너무 부족하다.

……잠깐만, 지금이라면 마차 안쪽을 수색해 볼 수 있지 않을까?

기사님과 두 사람이 이야기하는 모습을 슬쩍 보며 나는 서문 병사 한 사람을 손가락으로 슬쩍 찌르고는 작은 소리로 물었다.

"이봐, 저 두 사람 마차는 어디 있지?"

마차의 격이나 가문의 문장을 보면 조금이나마 뭔가를 알아낼 수 있겠지. 만약 짐에 투리가 만든 머리 장식 같은 것들이 있으면 마인이나 그 주변 사람들과 관계가 있을지도 모른다고 생각할 수 있고.

하지만 서문 병사에게서 돌아온 대답은 "마차는 없습니다"라는 것이었다.

"마차가 없다니, 무슨 소리야?"

"기수던가요? 둘 다 귀족님의 탈것으로 슝~ 하고 날아왔습니다."

"……뭐야 그게. 너무 수상하잖아."

정말로 귀족 여성이 맞나? 라고는 의심부터 시작해야 할 정도로 보통이 아니다.

"제가 로제마인 님이 측근이 돼도 좋다는 허락을 받았습니다. 못 들으셨습니까?"

"죄송합니다, 클라리사 님. 가지고 계신 메달로 증명할 수 있는 것은 귀하가 단켈페르거의 상급 귀족이라는 사실뿐입니다. 로제마인 님의 측근이라고 증명할 무언가가 하나도 없고, 아우브의 허가증도 없는 상태에서는 시내에 들어갈 수 없습니다. 아우브께 보고하고 허가증을 받을 때까지 여기서 대기해 주십시오."

기사님들은 두 사람에게 그렇게 말하고는 우리 쪽을 보며 말했다.

"우리는 보고하고 허가증을 받기 위해 돌아가겠다. 귀족용 대기실로 안내하도록. 알겠지?"

다른 영지 귀족의 대응이라는 귀찮은 일을 떠넘기고 기사님들은 가 버렸다. 허가장을 받을 때까지는 서문에서 대기하는 수밖에 없는 것 같다. 서문 병사장이 필사적으로 웃는 척하면서 두 사람 앞으로 걸어 갔다.

"그럼, 이쪽으로 오시지요."

"제가 로제마인 님의 측근이라는 사실이 알려지지 않았다니, 하르 트무트는 대체 뭘 하는 거죠? 당장이라도 섬기고 싶다고 말했을 텐 데⋯⋯."

귀족용 대기실에 들어가서도 퉁퉁 부은 얼굴을 한 클라리사 님의 말을 듣고 나도 모르게 얼굴을 찌푸렸다.

"에렌페스트에서는 영주님의 허가가 없으면 상위 영지의 귀족이라 고 해도 들어갈 수 없습니다. 그런 것도 모르는 분이 로제마인 님의 측 근? 하르트무트 님의 약혼자? 말을 좀 가리면서 해 주시겠습니까."

"이봐 귄터! 그만!"

"그 발언을 철회하고 사죄하세요."

조금 연장자인 아가씨는 기사인 것 같다. 순식간에 무기를 뽑아 들 고 내게 겨눴다. 서문 병사장이 당황해서 말리려고 했지만, 나는 멈출 생각이 없었다.

"허가증도 없이 찾아온 수상한 인물이 문지기에게 그런 무기까지

겨누다니. 보나 마나 로제마인 님이 평민을 중용하고 계신 것도 모르시겠죠? 도시를 지키는 우리를 공격하고 억지로 여기를 통과하면 어떻게 생각하게 될지, 무슨 말을 듣게 될지, 알고는 계십니까? 본인이 로제마인 님의 측근을 자처하고 싶다면 주인의 평가를 깎아내리는 행동은 자제해 주시죠."

측근의 행동 때문에 주인의 평가가 떨어진다. 그런 것도 모르는 바보가 마인 주위에 있으면 귀찮아진다. 그리고 평민을 무시하는 측근도 필요 없고. 작은 신전에서 이야기를 나눌 수도 없게 돼 버릴 가능성도 있다. 다무엘 님네 같은 측근이 있으면 그걸로 족해.

"그만 하세요, 그리젤다."

"하지만, 클라리사 님……."

"로제마인 님이 평민을 소중히 여기신다는 것은 알고 있습니다. 가까이 지내시는 상인들이 있다는 것도, 평민들이 그분을 좋아한다는 것도……. 아마도, 이 병사의 말이 사실이겠죠. 평민이라는 것을 믿을 수 없을 만큼 무례하기는 하지만."

클라리사 님은 기사에게 무기를 거두라고 명하고 날 보면서 의기양양하게 웃었다.

"하지만, 제가 하르트무트의 약혼자이자 로제마인 님을 섬길 수 있도록 허락을 받았다는 것도 사실입니다. 로제마인 님은 측근에 대한 무례를 용서하시는 분도 아닙니다. 언동에 조심하는 쪽이 좋을 겁니다. 귀족원에서 나눴던 약속과 귀족의 사정에 대해 평민 병사가 정보를 얻을 수 있는 입장은 아닐 것 같으니까, 믿지 못하는 것도 당연한 일이겠지만."

도발하는 것 같은 웃음을 보고 발끈했다. 정곡을 찔린 탓이기도 하겠지. 나는 일개 병사니까, 귀족 사회에 대해서는 잘 모른다. 딸이 있는 세계에 대해 알고 싶어도 알아낼 수단이 없는 것이 현실이다. 그래도 병사로서 일하는 중에 알게 된 것도 있다.

"하르트무트 님의 약혼자라는 것도 믿기 힘들군요. 약혼자로서 왔다면 보통은 혼수를 실은 마차와 함께 왔을 테고, 신랑의 일족이 영주님의 허가증을 지참하고 영지 경계문까지 마중을 나가야 할 텐데 말입니다. 제가 지금까지 문지기 일을 하면서 다른 영지에서 결혼하러 온 귀족 여성을 여러 명 봤습니다만, 신랑도 친족도 없는 신부는 본 적이 없습니다. 의심받아도 당연한 일이 아니겠습니까?"

내 지적이 아픈 부분을 찔렀는지 클라리사 님의 파란 눈에 노기가 서렸다.

"뭐라고?! 무슨 실례를!"

"허가증도 없이 쳐들어오는 쪽이 훨씬 실례가 아닌가!"

크으으윽…… 하고 둘이서 눈싸움을 하고 있었더니, 그리젤다 님이 한심하다는 것처럼 고개를 저었다.

"클라리사 님, 지금 이야기에서는 저 병사의 말이 옳습니다."

"세상에! 그리젤다는 이 무례한 병사 편을 드는 겁니까?!"

"편이고 뭐고……. 폭주하신 건 사실이지 않으십니까."

이번에는 주인과 종자 둘이서 말다툼을 시작했다. 이상하기는 해도 나쁜 녀석은 아닌 것 같다. 나한테서 독기가 빠져나갔고, 가볍게 한숨을 쉬었다.

"믿어 주기를 바라신다면 약혼자 하르트무트 님께 연락해 보시죠. 귀족님께는 목소리를 날리는 새가 있지 않습니까? 진짜 약혼자라면 대답이 올 테니. 제가 신관장님의 목소리를 알고 있으니까 속일 수는 없습니다."

"이런 곳에 있는 평민이 정말로 하르트무트의 목소리를 알기나 할까?"

"알고말고요. 신전에서 이야기를 나누고 있으니까."

기원식이나 수확제 때 마인이 우리를 배웅하러 올 때나 핫세에서 회색 신관들을 데리고 왔을 때, 하르트무트 님은 신전에 있으면 얼굴을 비추러 오셨다. 그리고 틈만 나면 병사들에게서 마인에 관한 정보를 얻으려 했고. 처음에는 왜 정보를 수집하려는 건지 영문을 알 수가 없어서 경계했지만, 루츠와 길의 이야기를 듣고서 그분이 충신이라는 것을 이해했다.

……수상하고 이상한 사람이라는 인상은 더 커졌지만.

클라리사 님은 귀족님들이 가지고 다니는 막대를 꺼내서 하얀 새를 만들더니, "에렌페스트의 서문에 도착했습니다"라고 말했다.

"아우브의 허가증이 없는 다른 영지의 귀족은 들여보낼 수 없다고 문지기가 막고 있습니다. 어떻게 하면 될까요?"

붕, 하고 막대를 휘둘렀더니 하얀 새는 벽을 뚫고서 사라져 버렸다. 그리고 얼마 지나지 않아, 하얀 새가 벽을 통과해서 돌아왔다.

"로제마인입니다."

어째선지 하르트무트 님께 보낸 올도난츠에 마인한테서 답장이 왔다. 내가 딸 목소리를 잘못 들을 리가 없다. 클라리사 님한테 답장을 보낸 걸 보면 일단 이 여자와 아는 사이라는 말은 사실인 것 같다. 깜짝 놀란 나를 보며 클라리사 님이 의기양양한 표정을 지었다.

"자, 보세요. 저는 로제마인 님의 측근입니다."

그 직후,

"클라리사, 병사의 말에 따라 서문에서 대기하세요. 그렇게 못 하겠다면 즉각 단켈페르거로 돌려보내겠습니다."

올도난츠에서 들려온 마인의 목소리에는 노기가 가득 담겨 있었다. 클라리사 님은 "예?"하고 곤혹스러워하기 시작했다. 야단맞으리라는 생각은 해 보지도 못한 것 같다. 나는 흥, 하고 가볍게 콧방귀를 뀌었다.

"우리의 지시에 따라 여기서 대기하도록. 알겠나?"

"당신들에게 따르라고요?! 아무리 그래도 너무 무례하지 않습니까?"

"저 새가 하는 말을 들었잖아?!"

"로제마인 님이야 따르겠지만, 당신들을 따르길 기대하면 곤란합니다!"

우리 둘이 눈싸움을 벌이고 있는데, 다무엘 님과 안게리카 님이 도착했다.

"귄터, 인제 그만 하세요. 평민 병사가 상위 영지 귀족을 응대하는 건 너무 버거울 것이라는 로제마인 님의 명령을 받아 이렇게 왔습니다. 뒷일은 저희가 맡겠습니다."

다무엘 님의 말에 병사들한테서 환호성이 터져 나왔다.

"역시나 로제마인 님이야. 우리 사정을 정말 잘 아신다니까."

"다무엘 님, 정말 고맙습니다!"

"이봐, 주민들한테 이제 괜찮다고 전해!"

로제마인 님은 평민 마을에 볼일이 있을 때면 항상 다무엘 님을 보내신다. 붙임성이 좋고, 귀족 특유의 오만함도 없고, 마인의 사정을 잘 알기 때문에 나로서는 가장 안심할 수 있는 기사다.

그리고 그건 다른 병사들에게도 마찬가지였다. 제사에 동행하는 사람이 다무엘 님과 안게리카 님이다 보니, 얼굴을 아는 사람들도 많다.

우리에게 로제마인 님의 말씀을 전한 뒤에 다무엘 님이 클라리사 님 일행 앞에서 한쪽 무릎을 꿇었다.

"하급 호위기사 다무엘이라고 합니다. 물의 여신 플류트레네의 맑은 흐름이 이끄신 좋은 만남에 축복을 기원할 것을 허락해 주십시오."

"허락합니다."

"물의 여신 플류트레네여, 새로운 만남에 축복을."

반지에서 녹색 빛이 은은하게 나왔다. 귀족님의 인사인가 보네. 기수도 기사답고 멋있는데, 이렇게 한쪽 무릎을 꿇고 빛을 내면서 인사하는 것도 멋지다니까.

……구혼 마석처럼, 어떻게든 흉내를 낼 수 없을까?

어떻게든 그럴듯하게 흉내를 낼 방법이 없을지 생각하고 있는 내 앞에서 다무엘 님이 클라리사 님께 앞으로의 일정을 이야기하고 있다. 아무래도 허가증을 받는 데 시간이 꽤 걸린다는 것 같다.

"현재, 로제마인 님과 하르트무트 님은 회합 중이시기 때문에 이쪽에서 대기하시길 바란다고 하십니다. 회합이 끝나고 허가증을 받는 대로 로제마인 님이 오실 것입니다."

"어머나, 로제마인 님이? 알겠습니다. 로제마인 님이 저를 마중하러 오실 때까지 얌전히 기다리도록 하죠."

서문의 병사들에게도 북문에서 온 기사님들한테도 '빨리 들어가게 해 달라'고 호소하던 클라리사 님이 다무엘 님의 말에 간단히 고개를 끄덕였다. 그리고 살짝 긴장이 풀린 다무엘 님께 빙긋 미소 지어 보였다. 웃고는 있지만, 그 파란 눈은 사냥감을 발견한 육식 짐승의 눈처럼 빛나고 있었다.

"기다리는 동안 에렌페스트에서의 로제마인 님에 대해 말씀해 주세요. 제가 로제마인 님의 측근으로서 알아 두는 쪽이 좋은 것들을 가르쳐 주셨으면 합니다."

겁먹은 것처럼 얼굴을 찌푸린 다무엘 님한테는 미안하지만, 나는 남몰래 주먹을 꽉 쥐었다.

……그거 좋은 생각이네! 나도 듣고 싶다!

귀족으로 지내는 마인의 이야기를 들을 수 있는 중요한 기회가 된다. 최근에는 상인들과의 회합이 줄었다는 것 같기도 하고, 그 회합에 다른 귀족들이 동석하다 보니 예전처럼 이야기를 듣기 힘들어진 데다가 루츠도 투르도 다프라 견습이 돼서 집에 돌아오는 일이 적어지다 보니, 마인의 정보에 굶주려 있다.

"다무엘 님은 이쪽으로. 안게리카 님도 부디……."

"저는 이쪽에서 경계를 맡겠습니다. 클라리사의 말 상대는 다무엘에게 맡기도록 하죠."

안게리카 님은 그렇게 말하고는 귀족용 대기실 문 앞에 가서 섰다. 무기를 손에 든 상태로 실내를 둘러보고 있다. 평소에도 저렇게 마인을 호위했다는 걸 알 수 있는 익숙한 움직임이다. 기껏 좋은 기회니까 안게리카 님한테서도 이야기를 듣고 싶었는데, 어쩔 수 없지.

"귄터, 그쪽은……."

"허가증이 도착할 때까지 잘 부탁드리겠습니다. 물론, 여기서 호위하겠습니다."

내가 오른쪽 주먹으로 왼쪽 가슴을 두 번 두드려서 경의를 표했더니, 다무엘 님은 쓸쓸하게 웃으면서 "후우, 시간 보내기에는 좋겠죠"

라고 말하고는 클라리사 님 쪽으로 고개를 돌렸다.

"하지만…… 무작정 말하라고 하셔도 무슨 말을 해야 좋을지 곤란하니까, 그쪽의 질문에 대답하는 형태로 말해도 되겠습니까? 그리고 죄송합니다만, 영지의 자세한 사업 내용 등에 대해서는 지금 여기서 대답할 수 없는 것도 있습니다. 그 부분에 관해서는 미리 양해를 부탁드리겠습니다."

"물론이지요. 먼저 로제마인 님의 하루 예정에 대해 말씀해 주세요. 귀족원에서의 대략적인 생활 흐름은 알고 있습니다만, 에렌페스트에서는 어떤가요? 성과 신전에서의 생활 흐름에 차이가 있나요? 로제마인 님은 어느 정도 빈도로 신전에 다니시나요?"

청산유수처럼 질문을 늘어놓는 클라리사 님에게 다무엘 님이 힘없는 목소리로 "하나씩 부탁드립니다"라고 요청하고는, 대답하기 시작했다.

"성에서의 생활은 귀족원과 크게 다르지 않습니다. 두 점 종에 측근이 집합하는데, 그것이 로제마인 님의 기상 시간입니다."

"어머나, 두 점 종이라니 꽤 늦게 모이는군요. 아침 훈련은 없나요?"

그리젤다 님이 별일이라는 얼굴로 고개를 갸웃거렸더니 클라리사 님이 "에렌페스트는 귀족원에서도 없었습니다"라고 잘 안다는 얼굴로 대답했다. 그런데, 아침 훈련이라는 게 대체 뭘까. 병사도 기사도 아닌 귀족 여성이 할 일은 아닐 텐데.

……그러고 보니, 마인이 체력을 기르기 위해 기사 훈련장에서 걷는 연습을 했다고 들은 적이 있지. 다른 지역 아가씨들도 그런 연습을 한다는 건가?

"기상은 두 점 종으로 되어 있습니다만, 로제마인 님은 일찍 일어나시는 분이시고 침대에 책을 가지고 들어가서 독서를 하시는 경우도 많다고 합니다. 기상 때 문관은 책을 정리한다고 필린느가 말했습니다."

"어머나. 그렇다면 제게도 할 일이 있군요."

클라리사 님이 신이 난 목소리로 말했다. 아무래도 보통 귀족 여성은 매일같이 침대에서 책을 읽지 않으니까 아침 준비 시간에 문관은 할 일이 없는 것 같다. 눈을 반짝거리면서 마인의 이야기를 듣고 싶어하는 클라리사 님과는 조금이나마 친해질 것 같은 기분이 든다.

"아침 준비를 마치면 식사를 하십니다. 조식 시간이 되면 남성 측근도 방에 드나들 수 있게 됩니다."

감시라는 명목으로 그 사람들 곁에 있던 나는 다무엘 님에게 하얀 새가 날아올 때까지 마인의 평범한 일상 이야기를 듣는 행복한 시간을 보냈다.

허가증이 나왔으니 지금부터 기수를 타고 서문으로 가겠다는 소식에 우리는 귀족용 대기실에서 나와 기수가 내려올 수 있는 탑 위로 올라갔다. 병사들과 서문 병사장도 왔다. 다 같이 정렬해서 기다렸더니 마인과 하르트무트 님, 그리고 다른 귀족들이 내려왔다. 마인은 한 손을 들어서 달려가려는 클라리사 님을 막더니 가슴을 두 번 두드리는 경례를 하고 줄지어 서 있는 병사들을 죽 둘러봤다.

……아아, 많이 컸구나.

원래는 작은 신전이라도 가지 않으면 이렇게 가까이에서 보거나 말을 할 수도 없다. 내 마음속에 있는 가장 강한 기억이 헤어졌던 때라서 그럴까. 언제 봐도 마인이 성장한 것처럼 보인다. 게다가 귀족다운 느낌도 몸에 많이 익었다.

나는 성장하고 있는 딸의 모습을 보고 가슴이 뜨거워지는 기분을 맛보면서 서문 병사장을 마인에게 소개했다. 마인은 안심시키려는 것처럼 미소를 짓고는 허가증과 돈을 서문 병사장에게 건넸다.

"도시를 지키기 위해 열심히 노력해 주신 병사들에게 책임을 물을 리가 있겠습니까? 오히려 상이 필요하겠지요. 많지는 않지만, 이걸로 열심히 해 주신 병사들의 노고를 위로해 주세요."

마인은 병사장과 병사들을 격려해 주고는 클라리사 님 일행을 연행이라도 하는 것처럼 금세 떠나버렸다. 나는 딸의 모습을 더 보고 싶었지만, 다른 병사들을 위해서라도 오래 있으면 곤란하니까. 참 복잡한 일이다.

"병사장님, 병사장님. 로제마인 님이 얼마나 주셨습니까?"

"교대 끝나면 같이 가시죠. 혼자 챙기시면 안 됩니다."

"병사장 교대식을 위해서 다시 중앙 회의실로 돌아가기도 귀찮네. 그냥 한잔하러 갈까?"

귀족들이 떠난 서문에 긴장이 풀린 병사들의 목소리가 오갔다. 오늘은 서문 병사장이 마인한테 받은 대은화로 건배다.

"……그렇게 해서, 로제마인 님 주위에 이번에는 다른 영지의 귀족이 들어온 것 같아."

"그랬군요. 로제마인 님도 참 힘드시겠네. 그런데, 정신 사나우니까 빨리 옷 갈아입고 앉아 줄래요? 건배만 하고 왔다고 했으니까, 마실 거잖아?"

건배까지만 하고 집으로 돌아온 나는, 에파가 시키는 대로 옷을 갈아입기로 했다. 아직 다무엘 님한테 들은 마인의 일상 얘기도 안 했으니까, 오늘은 얘기가 길어질 것 같다.

"로제마인 님은 겨우내 많이 성장하셨더라고. 다 큰 것 같았어. 그리고 오늘은 꽤 엄한 얼굴을 하고 계셨지. 클라리사 님을 데리러 서문에 왔을 때는, 이런 얼굴로……."

"다음에 투리한테도 얘기해 줘야겠네. 어쩌면, 투리는 항상 그런 얼굴을 보고 있으려나."

최근에는 마인의 이야기가 들어오지 않았으니 에파도 신이 났겠지. 기쁘게 들으면서 술을 따라 줬다. 하지만, 맞은편에 앉아서 저녁밥을 먹고 있는 카밀은 재미없다는 것처럼 입을 삐죽 내밀었다.

"아빠도 엄마도……. 우리 식구들은 로제마인 님 얘기만 나오면 갑자기 이상해진다니까."

마인에 관한 기억이 없는 카밀에게는 그다지 재미있는 이야기가 아닌 것 같다. 하지만 플랑탱 상회에 견습으로 들어가기로 정해졌으니까, 금세 화제에 끼어들게 되겠지.

"너도 곧 알게 될 거다. 기대된다, 카밀."

"난 플랑탱 상회에 들어가도 아빠랑 엄마처럼 되지는 않을 거야!"

그렇게 우기는 카밀의 말을 듣고 나와 에파는 얼굴을 마주 보며 웃었다. 그러고 싶으면 그래도 되고. 플랑탱 상회에 들어가면 카밀이 마인을 누나라고 인식하지는 못하더라도 언젠가 둘이 만나게 되는 날이 오겠지. 그런 미래를 상상하면서 나는 술잔을 들었다.

"반톨께 감사를."

후기

오랜만에 뵙습니다, 카즈키 미야입니다.

「책벌레의 하극상 ~사서가 되기 위해서라면 뭐든지 할 수 있어~ 제5부 여신의 화신Ⅳ」를 구입해 주셔서 정말 감사합니다.

프롤로그는 오랜만에 램프레히트 시점. 빌프리트의 호위기사인 탓에 로제마인과 엮이는 일이 적은 오빠입니다. 아이가 태어나서 아빠가 됐습니다. 램프레히트 시점에서 로제마인과 그 측근들이 어떻게 보이고 있는지, 엘비라가 확실하게 못을 박는 모습과 처자식과의 관계를 다뤄 봤습니다. 램프레히트에게는 가장 행복했던 시기입니다.

본편은 영주 후보생들의 귀환부터. 지금까지는 하나로 잘 뭉쳐 있던 영주 일족이 라이제강계 귀족의 의향과 과제 때문에 분단되고 있습니다. 각자가 바라는 것이나 목표가 달라서 엇갈리는 와중에 작은 불신의 싹이 크게 자라고 있습니다.

그리고 쾰른베르거의 닫힌 국경선. 다른 국경문이 정변으로 구르트리스하이트를 잃어버린 탓에 여닫을 수 없게 돼 버린 것과 달리, 쾰른베르거는 오래전에 첸트가 봉쇄해 버렸습니다. 에렌페스트가 되기 이전, 아이젠라이히 시절의 이야기입니다.

이번 테마는 세대교체라고 할까요. 숙청을 통해 구 베로니카 파벌이 완전히 사라지고 라이제강계 귀족들의 천하가 찾아오고, 브륀힐데가 아우브의 제2 부인으로서 영주 일족에 들어오는 것이 결정됐습니다. 라이제강계 귀족 중에서도 나이든 이들과 젊은 세대는 목표에 큰 차이가 있습니다. 신전에서도 멜키오르가 인수인계를 위해 드나들게 되면서 로제마인도 자신이 신전장에서 물러나는 날을 의식하기 시작했습니다. 구텐베르크도 제자들에게 출장을 맡길 정도로 성장하고 있습니다. 흘러가는 시간에 거스르며 붙잡으려고 하는 자, 흐름이 더 빨라지기를 바라는 자…….

에필로그는 빌프리트의 호위기사인 알렉시스 시점입니다. 중립파인 기베 쾰른베르거의 아들 시점을 통해 기베의 사고방식과 달라져 버린 자신의 주인에 대한 생각을 그려 봤습니다. 유디트와 같은 고향 출신인 만큼 파벌에 대한 관심이 적기 때문에 빌프리트가 베로니카를 그리워하더라도 별 느낌이 없고, 라이제강계 귀족처럼 단결할 필요를 느끼지도 않았습니다. 아버지의 질책을 받고, 어떻게 변해 갈까요…….

이번 오리지널 단편은 샤를로테 시점과 귄터 시점입니다.

샤를로테 시점에서는 브륀힐데가 자신이 제안한 라이제강계 귀족 출신 제2 부인이 돼 버린 것에 대해. 브륀힐데가 스스로 제2 부인이 되겠다는 말을 꺼냈다는 사실을 모르는 샤를로테의 고뇌와 공감과 동경입니다.

귄터 시점은 서문에 나타나서 시내로 들어가려고 하는 클라리사와의 공방과 평민 마을의 모습을 그려 봤습니다. 이쪽은 진지한 느낌이 적고 코미컬한 느낌과 기세를 중시했습니다. 귄터가 변함없이 딸을 너무나 좋아하는 딸 바보라서 정말 쓰기 쉬웠고, 즐거웠습니다.

이번 권에서 시이나 님이 새롭게 디자인해 주신 캐릭터는 레베레히트, 베르트람, 알렉시스, 기베 퀼른베르거 네 명입니다. 전부 남자네요(웃음).

레베레히트는 하르트무트의 아버지고, 유능하지만 방심할 수 없는 문관입니다. 제 이미지는 로제마인을 만나지 않은 하르트무트. 베르트람은 숙청 때문에 고아원으로 오게 된 라우렌츠의 이복동생입니다. 귀족다운 자존심을 지니고는 있지만, 지금은 그것 때문에 위태로운 소년. 알렉시스는 갓 성인이 된 빌프리트의 호위기사입니다. 엄청나게 멋있어졌다고 생각합니다. 기베 퀼른베르거는 위엄이 있고, 스스로 움직여 버리는 타입. 알렉시스와 같이 있을 때의 부모와 자식이라는 느낌이 좋네요.

공지사항입니다.
・「이 라이트노벨이 대단해! 2021」(타카라지마사)
이쪽에서 단행본, 노벨즈 부문 제2위, 여성 부문 랭킹 제1위! 를 차지했습니다. 응원해 주신 여러분, 정말 감사합니다.
・제4부 만화 연재 개시.
감사하게도 제4부의 귀족원을 빨리 만화로 읽고 싶다는 독자 여러분의 목소리가 많았기에, 카치키 히카루 선생님께서 만화를 그려 주시기로 했습니다. 귀족원이라는 무대, 단번에 늘어난 측근들, 슈바르츠&바이스를 만화로 즐기실 수 있습니다.

만화 제3부 4권, 제2부 5권도 봄에는 발매할 수 있도록 준비 중입니다. 제2부, 제3부, 제4부가 병행으로 연재하게 돼서 혼란스러운 독자님도 계시겠지만, 부디 각각의 만화를 즐겨 주시면 감사하겠습니다.

이번 표지는 폐쇄된 느낌이 드는 무거운 분위기로, 각자 다른 방향을 보고 있는 영주 일족입니다. 이번 권의 내용을 정말 잘 표현했다고 생각합니다.

컬러 삽화는 기베 쾰른베르거가 안내해 준 쾰른베르거의 국경문. 원래는 경계문과 세트지만, 이번에는 국경문만 큼직하게 그려 주셨습니다.

시이나 유우 님, 정말 감사합니다.

마지막으로 이 책을 구입해주신 여러분께 최상급의 감사를 바칩니다.

제5부 Ⅴ권은 2021년 봄 무렵에 발매될 예정입니다. 그쪽에서 다시 뵙겠습니다.

2020년 10월

카즈키 미야

힘든 현실

너무 많아서 힘들어~

으아~~~

으… 신전장 업무라는 건 알지만

페르디난드님 기능을 탑재한 마술구가 잔뜩 필요하려나

지금 가장 필요한 게 뭐냐고 묻는다면?

빨리 책을 읽고 싶다면 업무의 효율화를 생각하도록

이것과 이것은 하나로 정리하도록

로제마인, 여기가 틀렸다

2호

3호

1호

잠시 쉬도록 하시죠, 로제마인 님

안 되겠다. 지적까지 잔뜩이야

충욱

시력 8.0

음, 멀리서 오는 적습을 빨리 알아차리는 것도 기사의 자질이니까

할아버님은 눈이 정말 좋으시네요

예를 들어서 저 커다란 나무가 보이는 건물의

안쪽에 있는 창문 세 개 중에 오른쪽 창문 너머로 보이는 테이블에 라펠이 2개 놓여있지

책벌레의 하극상 [5부] 여신의 화신4

초판 1쇄 발행   2023년 5월 15일

저자 카즈키 미야

발행인 원종우
발행처 (주)블루픽

주소 (13814) 경기도 과천시 뒷골로 26, 2층
영업부 02-6447-9000   **편집부** 02-6447-9019   **팩스** 02-6447-9009
메일 edit@bluepic.kr   **웹** vnovel.kr

ISBN 979-11-6769-195-8 04830

Honzukino Gekokujo Shisho ni naru tameni ha Syudan wo Erande Iraremasen
Dai Go-bu Megami no Keshin 4
By Miya Kazuki
Copyright © 2021 by Miya Kazuki
First published in Japan in 2021 by TO BOOKS, Inc.
Korean translation rights arranged with TO BOOKS, Inc.
through Shinwon Agency Co.

이 책과 수록 내용의 한국 내 저작권은 신원 에이전시를 통한
TO BOOKS와 독점 계약으로 (주)블루픽이 소유합니다.